怒海潜龙 I

且听沧海★著

江苏凤凰文艺出版社
JIANGSU PHOENIX LITERATURE AND ART PUBLISHING.LTD

图书在版编目(CIP)数据

怒海潜龙.1/且听沧海著.-- 南京:江苏凤凰文艺出版社，2019.3

ISBN 978-7-5594-3161-5

Ⅰ.①怒… Ⅱ.①且… Ⅲ.①长篇小说—中国—当代 Ⅳ.① I247.5

中国版本图书馆CIP数据核字(2018)第302418号

书　　名	怒海潜龙.1
著　　者	且听沧海
策划编辑	李　根
责任编辑	袁　媛　刘洲原
出版发行	江苏凤凰文艺出版社
出版社地址	南京市中央路165号，邮编:210009
出版社网址	http://www.jswenyi.com
印　　刷	北京市昌平新兴胶印厂
开　　本	700×990毫米　1/16
印　　张	24
字　　数	320千字
版　　次	2019年3月第1版　2019年3月第1次印刷
标准书号	ISBN 978-7-5594-3161-5
定　　价	49.80元

目 录

怒海潜龙 I

01 海神佣兵团

水下斗狂鲨

东国南海。

水面，风平浪静；水下，杀机四伏。

一条灰鲭鲨悄无声息地靠近了一个潜水的年轻人。

潜水的年轻人名叫唐巍，二十一岁，海洋科技大学船舶设计专业大三学生，出身于采珠世家。

采珠——一个古老的行当，早在春秋战国时期，就已经出现了采珠人，到了明代，采珠到达了顶峰。唐巍的家族就在那个时代出现并走上了巅峰。

到了清代，珍珠贝被采捕殆尽，采珠行当逐渐没落。到了唐巍祖父那一代，除了唐巍的祖父，几乎没有人采到珍珠，渐渐地无人下水采珠了。

尽管采珠人不再采集珍珠，可是一身的水下本领并没有荒废。他们改行当渔民，不是撒网收网的那种渔民，而是潜水捕捉扇贝、鲍鱼、龙虾等海物的渔民，他们一年有一大半的时间泡在海里。

唐巍从小就跟着父辈们出海。刚开始的时候父辈们潜水采捕，他就在水面上游，后来七八岁的时候，跟着父辈们一起潜水，惊人的潜水天赋显现出来——闭上一口气，能潜入水下一百米。很多潜水几十年的采珠人都做不到。

唐巍的祖父因为采到过珍珠，在家族中最有威望，祖父说唐巍是“龙子”，天生就是下水采珠的胚子。要是生在明朝，凭那一身水下本领，不知道能采多少珍珠，博一生的荣华富贵。

可是唐巍毕竟是现代人，他也像大多数孩子那样，按部就班地上小学、初中、高中、考大学。唐巍天资聪颖，细心努力，考取了重点大学——海洋科技大学。在学校里，唐巍的成绩优异，前途一片光明。

就在唐巍大三的时候，他的母亲突然患上了尿毒症，每个月要透析十余次。一个月就要花费五千多元，算上各种治疗药物，花费得更多。唐巍的父母都是渔民，一个月的收入也就是七八千元，根本无力承担。

唐巍暑假回家，看到家中窘况，想到了出海采珠。如果能采到珍珠，怎么也能赚个几万块。

唐巍把想法一说，家人都不同意，尤其是唐巍的祖父，攥着祖传的开贝刀守在唐巍房门口。说唐巍要是敢下水采珠，他就像开珍珠贝那样把唐巍开了。

亲人之所以反对，主要是因为潜水实在是太危险了，潜水采珠更危险。古语“欺山莫欺水”绝不是一句空话，能置采珠人于死地的杀手数不胜数，鲨鱼、毒鱼之类的就不说了，普通人都能想到，还有很多杀手普通人连想都想不到，比如说低温。很多采珠人，是在海中被活活冻死的。

唐巍为了赚钱给母亲治病，实在是顾不了那么多了。他也是艺高人胆大，小时候经常跟着祖父下水，几乎什么危险都见过了。于是唐巍趁祖父打盹的时候跑了出来，借了一艘小渔船，来到祖辈历代采珠的水域，抛了锚，下水采珠。

唐巍在十米深的海底找了半个小时，没有发现一枚珍珠贝，就在他失望地翻开一块礁石之后，一团巨大的黑影出现在他的视野里。

出产珍珠的水能见度大多数不高，所以唐巍此时还看不清灰鲭鲨的真容。他只能凭借经验判断那团黑影是灰鲭鲨，距离自己四十米。

四十米，灰鲭鲨全速冲刺，大约只需要三秒钟。这种灰鲭鲨极难对付，因为冲刺时间太短，采珠人根本来不及躲避。实际上有不少采珠人都是在不知不觉间被灰鲭鲨袭击的，直到灰鲭鲨的利齿撕碎他们的身体，他们才知道自己被鲨鱼袭击了。

唐巍安安静静地站在水底，放低身子，一动不敢动。祖父曾告诉过他，遇到鲛鲨——古时采珠人分不清楚鲨鱼的种类，所有鲨鱼都叫鲛鲨——第一件事情是不要动，鲛鲨很有可能只是路过，你不动，它不想咬你，你要是动了，它就会想着咬一口玩玩。那一口对鲛鲨来说只是游戏，对采珠人来说就是丧命。

唐巍站在水底，注视着灰鲭鲨，灰鲭鲨没有加速，只是缓缓靠近。这让唐巍心中松了一口气，看来这条灰鲭鲨只是路过。

灰鲭鲨距离唐巍越来越近，唐巍看清了灰鲭鲨的身体，心猛然一翻，只见灰鲭鲨的身上满是大大小小的伤痕，这说明它身经百战，经验丰富。在它的背鳍下方，有一条长长的伤疤，那些伤疤是圆形的，啤酒瓶盖大小，整齐地排成一列。这显然是大王乌贼或者巨枪乌贼腕足上的吸盘留下的，这条灰鲭鲨竟然和它们厮杀过。

灰鲭鲨游到唐巍的身边，并没有从旁边游走，而是尾巴一甩，胸鳍一划，绕着唐巍转起了圈。这让唐巍的心一凉，灰鲭鲨绕着什么东西转圈，就是把什么东西当成了猎物，唐巍已然成了它的猎物。

唐巍很想返回水面，回到船上，那样他就安全了。可是他不敢解开腰间的压铅带上浮，灰鲭鲨最喜欢从猎物下方攻击，唐巍只要上浮，就是送死。

唐巍眼看葬身鲨口，却不惊慌，因为他带着一件祖传的兵器——分水峨嵋刺。

分水峨嵋刺，小臂长短，两头尖锐，形如枪头。相传为峨嵋派所创，水战中可以刺穿敌船，故称“分水峨嵋刺”。

采珠人千百年来与鲛鲨、毒鱼生死相搏，为了能在搏斗中取得胜利，采珠人练就了一整套水下格斗技艺。分水峨嵋刺及其招法，就是这些技艺之一。

唐巍握紧分水峨嵋刺，举到头顶，他不敢用尖端去刺灰鲭鲨。祖父告诉过他，鲛鲨这种东西，如果你不能杀死它，千万别弄伤它，尤其是别让它流血。鲛鲨一旦流血，就会变得狂暴无比，不咬碎弄伤它的东西，决不罢休。

唐巍打算用刺身去击打灰鲭鲨，灰鲭鲨感到疼痛，有可能转身离开。

正在唐巍全神贯注盯着那条灰鲭鲨之时，突然，只见它胸鳍向下一划，背部向上一拱，头部往起一抬。唐巍的心骤然收紧，这是灰鲭鲨发起攻击的信号。

灰鲭鲨犹如离弦的飞箭，张开血盆大口，亮出一口雪白尖利的牙齿，直扑唐巍的胸口。唐巍本能地挥动分水峨嵋刺，刺身重重地砸在灰鲭鲨鼻子上，灰鲭鲨身子一偏，向唐巍身侧游去。与此同时，一道蓝绿色的水雾从灰鲭鲨鼻部散开。

唐巍看到那团蓝绿色的水雾，全身的血都凉了，因为那不是别的东西，而是血，鲨鱼的血！唐巍那一下击打，竟然划破了灰鲭鲨的身体。采珠人世代相传，决不可弄伤鲛鲨，现在唐巍竟然给灰鲭鲨的鼻子开了一道口子。

灰鲭鲨果然暴怒，背鳍和胸鳍剧烈颤动，血盆大口不断开合。唐巍心知不好，左手伸向腰间，解开压铅带，双脚一蹬海底，溅起一片泥沙，在浮力和蹬力的作用下，快速冲向水面。

唐巍正在上浮，灰鲭鲨在水中一转身，继续咬向唐巍，这次鲨口张开得更大。鲨鱼的口部骨骼十分特殊，下颌骨只是松松地挂在头骨上，这让它可以将嘴巴张开到难以想象的程度，从而一口吞掉猎物，暴怒的灰鲭鲨打算一口吞下唐巍。

唐巍攥紧了分水峨嵋刺，已动杀机，不杀这条灰鲭鲨，他就要葬身鲨腹。

杀掉灰鲭鲨，两条路，一条，刺中心脏；另一条，刺中大脑。除此之外，刺中任何一处，都只会让灰鲭鲨变得更加狂暴。

心脏位于灰鲭鲨腹部，唐巍在灰鲭鲨的上方，心脏是刺不到了，只能刺大脑。

灰鲭鲨的大脑在两眼之间，只有排球般得大小，想要在瞬间刺中，比登天还难。可是唐巍别无选择，唯有舍命一搏。

眼看着灰鲭鲨迫近，唐巍振臂一挥，分水峨嵋刺急射而出，带起一道白亮的水痕，直刺灰鲭鲨。

水上特工团

分水峨嵋刺眼看就要刺中灰鲭鲨双眼之间的大脑，没想到灰鲭鲨竟然鬼使神差般一扭头，那分水峨嵋刺竟然偏离准心，直挺挺地刺入右眼之中，一股污浊的蓝绿色血液瞬间喷涌。

唐巍全身的血都凝固了。刚刚用分水峨嵋刺伤到了灰鲭鲨的鼻子，已经让其暴怒，现在又毁了它的眼睛，这样一条灰鲭鲨，不咬碎唐巍决不罢休。

分水峨嵋刺的尾后有数米长的锁链，抓在唐巍的左手之中。唐巍左手一抖，分水峨嵋刺收回手中，灰鲭鲨在剧痛之下猛地向后一退，随后摆动鲨口，冲唐巍撕咬过来。

唐巍到了这个时刻也豁出去了，就算你吃了老子，老子也要给你多留几个窟窿，唐巍就是有这般宁死不屈的刚强劲儿。他举起分水峨嵋刺，准备应战，可就在这时，情况突然发生了变化。

唐巍猛然感觉到，海水动了起来，像一记重拳，砸在他的胸前，身子顺着海水荡出去好几米。唐巍只感觉胸口一阵闷痛，一股温热的鲜血涌上喉咙，腥气充满了口腔。

唐巍喉咙一用力，把满口鲜血咽进肚子，瞬间明白——有人在水中使用了炸药，拳头一样的海水就是炸药掀起的冲击波。

灰鲭鲨对冲击波比人类敏感，冲击波一震，灰鲭鲨急速游向远处，扔下了唐巍。

唐巍死里逃生，浮出水面。刚刚的水下激斗不到两分钟，这几乎是唐巍憋气的极限了。他深深地吸了几口气，收好分水峨嵋刺，正在这时，只见远处驶过来一艘巡逻艇。

巡逻艇速度很快，驶向唐巍，在距离他五十多米的时候减速。随后一艘橡皮小艇从巡逻艇上下来，眨眼间来到了唐巍的身边。小艇上有四个军人，唐巍看到他们就是一惊，这里是东国专属经济区，而小艇上的军人，却不是东国军人。

一个军人抬起枪口指向唐巍，大声叫喊："水中男人，把手举起来。"

唐巍面对着枪口，只能举起双手，那个军人又叫嚷起来："游过来，游过来，不然我就开枪。"

军人紧张极了，看样子很害怕唐巍。唐巍很奇怪，自己只是个普通人，他们有什么好怕的。

唐巍没有办法，只能游到小艇附近。两个军人探出手臂，将唐巍抓上小艇，狠狠地摔在甲板上，动作粗暴生硬，令唐巍心生恼怒，唐巍一边站起身来一边大声喊道："我是东国公民，这里是东国专属经济区，你们凭什么抓我……"

其中一个军人没等唐巍说完话，摘下步枪，抬起枪尾，在唐巍头上狠狠地砸了一下。唐巍身子一软，倒在甲板上，大脑一片空白。

其余三个军人扬起军靴，重重地踏在唐巍的背上，用力之大，几乎要踩断骨头。

两个军人拿出匕首，直接割开唐巍的潜水衣，将他全身扒光。唐巍身上穿的是祖传的潜水衣，鲨鱼皮所做，两个军人竟然直接把它毁了。

两个军人一边扒光唐巍的潜水衣，一边搜查他身上的东西，开贝刀、藏珠袋、分水峨嵋刺全被他们拿走。

唐巍被砸得昏昏沉沉的，一点儿力气都没有，只能任人宰割。

四个军人搜查完唐巍，把他双臂反剪，用手铐锁定，押回巡逻艇。

小艇的速度很快，带起呼啸的海风。唐巍一丝不挂，又刚从海里出来，全身是水，被海风一吹，冰寒刺骨，全身发抖。

很快，小艇返回了巡逻艇，寒冷让唐巍恢复了神志。他发现，巡逻艇的艇首装备了一门舰炮，E 国造的 AK-176M，退弹口开着，弹壳散落一地，刚才的爆炸应该就是它造成的。

艇身上部署着各种武器，包括多管近防炮和榴弹发射器，每件装备后面都有如临大敌的军人。整艘巡逻艇给人的感觉，就像是有一个强大的敌人正在逼近，上面的人必须倾尽所有，才能勉强保命。

唐巍想弄清巡逻艇的国籍，于是开始找巡逻艇上的国旗，可是整艘巡逻艇不光没有国旗，连一面旗帜都没有。要知道军舰在航行的时候是要挂各种各样信号旗的，不挂任何旗帜，只有一种可能，那就是巡逻艇不想被任何人注意。

唐巍一上军舰，一群军人就围拢过来，他们的神色更加紧张，感觉唐巍像是一颗定时炸弹。唐巍更觉得奇怪，自己到底有什么可怕的？

军人们押着唐巍进了一间舱室，解开他的手铐，抓起他的双手，高高举过头顶，用一根缆绳绑紧，紧得几乎要勒进他的肉里。缆绳穿过舱室上方的管道，几个军人用力一拉，唐巍被吊了起来，双脚离地。

军人们吊起唐巍的过程前后不超过一分钟，显然训练有素。吊的方式很歹毒——脚尖微微离地，虽未全部离地，可想踩实地面又不可能。

人被绑住双手吊起的时候，手腕被勒得奇痛无比，背肌被拉得酸痛难忍，不由自主地想去踩实地面。如果脚尖微微离地，脚就会尽力去踩地面，使得脚背和小腿酸痛，让人感到更加痛苦。

唐巍被吊起之后，舱门一开，一个中年男人在两个军人的簇拥下走了进来。中年男人一进来，所有的军人立刻绷紧神经，大气都不敢出。

中年男人身形瘦小，一身没有任何军衔、国籍标志的蓝白条纹迷彩服显得有些空荡；他常年在海上风吹日晒，面色黝黑；他的眼神凌厉凶恶，透着浓浓的杀气，杀气之中又带着深深的自负，似乎世间万物都以他为中心。

最让唐巍感到惊讶的是——中年男人只在大腿上绑了一把匕首，整艘巡逻艇上的军人，哪一个不是背着步枪别着手枪，如临大敌。只有他，对于即将到来的威胁全无畏惧。

中年男人走到唐巍的面前，仰起头问道："你是东国人？"

唐巍说："我就是东国人，你们是什么人？"

中年男人听到唐巍问到他的身份，骄傲之情油然而生，高声地说道："我们是安洛国水上特工团特别行动队，我是少校队长，代号魔鬼魟。"

水上特工团这个词一出来，唐巍就是全身一振，作为一个军迷，水上特工团这个名字可是如雷贯耳。这是安洛国最精锐的两栖特种部队，被安洛国海军视为战略舰队，这支部队的成员，各个是万里挑一的精锐，专精水下作战。

唐巍虽然惊讶，却没有惧意，他面对强敌，从不会害怕。唐巍怒道："我是东国公民，这里是东国专属经济区，你们凭什么抓我？"

魔鬼魟眼睛一瞪，厉声说道："你根本不是东国公民，你是海神的人。"

唐巍说："海神？我不知道海神是什么东西，你们立刻放我走。"

"演得还挺像，你们海神的人，演技看来都不错。"魔鬼魟盯着唐巍的眼睛，眼神里的意思很明显，你别想骗过我。

唐巍被魔鬼魟弄得哭笑不得，他无奈地说道："你们真的弄错了，我根本不是海神的人，我甚至不知道海神是什么东西。"

"如果你不是海神的人，为什么会有水下格斗装备？"魔鬼魟拿出了分水峨嵋刺和开贝刀，举到唐巍的面前。

唐巍说：“那根本不是水下格斗装备，那两样东西，一样是用来防鲨鱼的，一样是用来打开珍珠贝的，我是一个采珠人，我只是在水下采集珍珠。”

魔鬼魟说：“采珠人有和灰鲭鲨搏斗的能力吗？还敢说你不是海神的人。”

“难道只有海神的人才能和灰鲭鲨搏斗，其他人都只能束手待毙？”唐巍对魔鬼魟的自负无可奈何。

“看来你是不想说了，对吗？”魔鬼魟的脸上露出了狰狞的笑容。

搏命反击

唐巍说：“我根本和那个海神没有任何关系，你让我说什么！”

“在我们水上特工团面前，没有人能藏得住秘密。”魔鬼魟狞笑一声，后退两步，冲唐巍一点手。两个水上特工走到唐巍的面前，一左一右站定，从背后拿出了两根小臂长短的鲨鱼警棍。

鲨鱼警棍是专门用来驱赶鲨鱼的，由特种橡胶制成，质地坚硬无比。打在鲨鱼身上，疼痛能让鲨鱼转头游走，打在人身上是什么滋味，可想而知。

“你们想干什么！”唐巍此时只有愤怒，没有恐惧。他的性格就是这样，再强大的敌人也不能让他恐惧。

左边水上特工抡起鲨鱼警棍，重重地砸在唐巍的左肋之上。肋骨外面的肌肉层极薄，鲨鱼警棍几乎直接和骨骼碰撞，疼得唐巍全身一激灵，冷汗刷地一下冒了出来。

唐巍不想在这群安洛国人面前示弱，死死一咬牙，把惨叫声咽进了肚子。没等疼劲儿缓过来，右手边那个水上特工已经挥出鲨鱼警棍，砸在唐巍的右肋上，两股疼劲儿叠加在一起，唐巍几乎要把牙齿咬碎了，这才没有惨叫出声。

“停下。”魔鬼魟制止了部下，阴笑着道：“这只是开胃菜，正餐在后面，说吧，说了就不用吃正餐了。”

唐巍说：“别说我不知道，就算我知道也不会告诉你。”

“继续，吃正餐。”魔鬼魟说道。

左边那个水上特工再次扬起鲨鱼警棍，这次他打的位置，竟然是唐巍的双腿。

唐巍被鲨鱼警棍一记重击，疼痛犹如巨浪般铺天盖地地压来。他脑海里面一片空白，再也忍耐不住，惨叫了出来。

右边那个水上特工也举起了鲨鱼警棍，重重地砸在唐巍的两腿之间。两股疼劲儿叠加在一起，唐巍疼得全身发抖，呻吟声都发不出来了。

两个水上特工停了手，魔鬼魟走过来，冷声说：“为了祖国的利益，我可以不择手段，你说不说，不说我就继续用刑。”

唐巍疼得一个字都说不出来，两个水上特工走了过来要继续打，魔鬼魟挥手制止了两人，冷笑道：“让他缓一会儿，缓一会儿再打会更疼。”

唐巍缓了足足五分钟，疼痛这才弱了些，他深深地吸了几口气，咬着牙心想：和你们这些歹毒的水上特工拼了！唐巍从小儿就有这股宁死不屈的劲儿，你要是把我逼急了，我豁出命去，也不能让你好受。

唐巍喘着粗气说：“我……我把……所有事情都告诉你，能不能先把我放下来……”

魔鬼魟说：“放你下来？你反抗怎么办？虽然我比你们海神的人厉害多了，能瞬间将你制服，可是我不想费力。”

“好吧，给我几分钟，让我缓一口气。”唐巍深深地呼吸着，同时观察舱室四周的情况。这间舱室是杂物舱，什么都没有放，空荡极了。舱室的四角，各站着一个水上特工，怀里抱着步枪，枪口没有指向唐巍。

唐巍的面前就是魔鬼魟，他大腿上绑着战术携行袋，里面插着匕首。

魔鬼魟的身后，是两个水上特工，就是他们用鲨鱼警棍打唐巍的，他们每个人身后都背着步枪。

唐巍还被吊着，想和这些水上特工拼命，先得下来。他仰起头，看看吊着自己的管道，那根管道如手腕一般粗细，金属表面磨损得厉害，尤其是管道和船体的连接部分，螺栓已经被腐蚀得不成样子了。

唐巍四处观察，这让魔鬼魟顿生警觉，魔鬼魟可是有几十年的特战经验，警惕性强得像一条误入鲨群的金枪鱼。他声音突然一变，厉声吼道："你在看什么？"

话音未落，只见唐巍双腿突然向上一收，提到胸前，腰上一用力，身体蜷缩起来，以被吊着的手腕为支点，做了一个后翻，双腿直接压上吊他的绳子，绳子被压得向下一收，一股强力压在管道之上。

管道早已老旧，承受不住重压，连接管道的螺栓"砰"的一声崩断，管道斜斜地落了下去。一股灼热气体突然喷出，正喷在魔鬼魟身后两个水上特工脸上。

眨眼之间，两个水上特工的脸就变得焦黑如炭，这是程度最重的烧伤。两个水上特工一声不吭，倒在了地上，不省人事。

原来唐巍刚刚看到管道老旧，管道连接的螺栓满是锈迹，便想到用强压的办法，弄断管道。这完全是唐巍的搏命之举，管道能不能断，全凭运气，如果管道不断，唐巍必死无疑。至于管道里有高温气体，瞬间让两名水上特工烧伤昏迷，却是意外之喜。

管道一断，唐巍自然滑了下来，双脚落地。魔鬼魟和站在四角的水上特工神色惊变，四角的水上特工举枪要射，自负的魔鬼魟却想要自己制服唐巍。他一伸手，从大腿的战术携行袋里抽出匕首，没有做丝毫的蓄力动作，从下到上，直刺唐巍小腹。这种刺法虽然速度最快，却对臂力要求极高，没有三年苦功绝对用不出来。

唐巍看到魔鬼魟的匕首向自己刺来，暗自高兴。他最怕的其实是四个水上特工手里的枪，他们刚刚都把枪端起来瞄准唐巍，魔鬼魟就扑了上来，他们担心误伤，把枪都放下了。如果他们不用枪，单靠格斗论输赢，那唐巍至少有九成把握！

采珠人的敌人，不单单是凶险的大海，更有凶恶的人——海盗。因为海盗的威胁，采珠人千百年来传承下一整套格斗技艺，称为“退龙拳”。

唐巍从七岁开始就跟着祖父练习退龙拳，至今已经练习了十四年。他的拳法，可不是花拳绣腿，光练把式。他的拳法，是按照千百年来东国传统武术的训练方法，一点一滴积累起来的。

唐巍从小开始，先练“功”，后练“招”。练功之时，站桩练劲，下了不知多少苦功；练招之时，祖父一招招拆手、说手，等到招数有所积累，祖父又亲自喂手。等到唐巍长大，祖父又找习武之人与他对练，就这样刻苦练习了十四年。尽管上学之后练习时间有所减少，可是唐巍的格斗能力仍然不容小觑。

魔鬼魟虽然是精锐的特种兵，可是单论格斗能力，未必是精通东国传统武术的唐巍的对手。

唐巍看准魔鬼魟的匕首，猛扑上去，双手抓握匕首。按照常规打法，唐巍抓握的应该是魔鬼魟的手腕，可是唐巍抓的是匕首，魔鬼魟想直接割断唐巍的手指，没有躲避，被抓了个正着。

匕首锋利无比，唐巍如果去直接抓，手指必被削断。可是唐巍的双手被缆绳绑着，于是用缆绳去缠匕首，手指安然无恙。

唐巍用缆绳缠住匕首，身子一转，把后背当成武器，撞向魔鬼魟。退龙拳属于东国传统武术中的内家拳，讲求“全身无处不是拳”，身体的任何一个部分，都能成为攻击敌人的武器。

魔鬼魟虽然精通格斗之术，可是没见过唐巍如此奇特的东国传统武术——军用格斗术哪有用后背当武器的，弄了个措手不及，被唐巍重重地撞在胸前。

唐巍一招击中，毫不停歇，身子一矮，腰向后一顶，重重地撞在魔鬼魟双腿之间的要害位置。内家拳讲求“方寸发力”，瞬间爆发极大力道，魔鬼魟的睾丸瞬间被撞碎，跪倒在地，昏死过去。

唐巍和魔鬼魟的战斗只用了一招就分出了胜负，这才是真实的格斗，真正的生死相搏。那种花里胡哨的打斗只有在电影里才能看到。

魔鬼魟的匕首十分锋利，唐巍手腕上的缆绳已经被磨断大半，唐巍用力一挣，手挣脱了缆绳。

舱室四角的水上特工想要开枪，可是他们担心直接开枪会误伤同伴，于是跑向一个方向——都向舱室门口移动。

唐巍当然不会让他们的计谋得逞。刚刚魔鬼魟把他的分水峨嵋刺扔在了甲板上，就在唐巍身边。唐巍一蹲身，抓起分水峨嵋刺，小腿一用力，像弹簧一样扑向离他最近的一个水上特工。

那个水上特工转动枪口就要开枪，唐巍速度虽然快，但也快不过子弹。于是他一扬手，分水峨嵋刺闪电般地射出。

还没等那个水上特工扣动扳机，分水峨嵋刺就已经刺进了他的前胸。水上特工惨叫一声，后倒在地，连带着手臂向上一扬，本能地扣动扳机，“啪啪啪”一个连射。子弹打在舱室里，四处弹射，火星四溅。

这个连射，救了唐巍的命。本来剩下的三个水上特工已经瞄准了唐巍，准备开枪，结果一连串子弹射出，四处乱飞，他们本能地蹲身躲避。

水上特工躲避子弹的过程给了唐巍时间，唐巍扑到倒在地上的水上特工的身上，直接抓起他那支 TAR-21 突击步枪，枪带压在身下，唐巍举不起枪，只能勉强扬起枪口，冲另外三个水上特工扣动扳机。

唐巍以前没打过枪，实际上他连真枪都没见过，高中和大学虽然都有军训，可是现在的军训，早就见不到枪了，所以唐巍根本不懂如何开枪，他直接把扳机一扣到底。

血腥杀戮

“啪啪啪……”步枪打出一串连射，枪的后坐力直接把唐巍掀了个跟头。

后坐力让枪口大幅度跳动，子弹毫无准度可言。不过距离太近了，子弹还是击中了三个水上特工。他们倒在地上，两个胸口中弹，人事不省，一个腹部中弹，污血流了一地。不过他还保持着神志，举起枪，对准了唐巍。

由于角度的关系，唐巍手中的枪根本打不中那个水上特工。唐巍扔下枪，拔出分水峨嵋刺，虎扑到那个水上特工身前，狠狠刺下，刺身完全没入胸腔。

那个水上特工已经受伤，手指很不灵便，直到分水峨嵋刺深深地插进胸肌，穿透胸腔，也没能扣动扳机。

唐巍担心那个水上特工没有死，用尽全力下压分水峨嵋刺，直到分水峨嵋刺触到坚硬的甲板再也刺不进去时，唐巍才收力。水上特工哀嚎几声，气绝身亡。

唐巍抬手拔出分水峨嵋刺，握在手中。方才生死相搏，走到魔鬼魟跟前，把他的衣服、军靴扒了下来，穿在身上，消耗了他极大的体力。他用退龙拳的内功功法深吸几口气，体力恢复了一大半，逐个检查地上躺着的水上特工。被分水峨嵋刺刺中的两个人已经死了，其他五个身受重伤，昏迷不醒。

唐巍现在要做的事情，就是离开这艘巡逻艇。回家。可是他杀掉了两个水上特工，还重伤了五个，安洛国人怎么可能让他离开?

为今之计，只有抓人质，逼迫他们放自己离开！唐巍打定主意，决定抓那个魔鬼魟当人质。

唐巍走到魔鬼魟身边，想要把他弄醒。这时他突然意识到，其他四个昏迷的水上特工，一旦醒来，朝他背后开一枪，他就没命了。

还是杀掉他们吧，以绝后患！唐巍握紧了分水峨嵋刺，走向两个被严重烫伤的水上特工的身边。这两个人距离他最近，唐巍打算先杀他们。

唐巍无意中看到地上的枪，他看看枪，又看看分水峨嵋刺，心想还是用枪吧。虽然自己不太会用枪，可是一会儿出去肯定要和大批水上特工血战，现在得拿枪练练手。

唐巍将分水峨嵋刺放回到鱼皮刺套，重新背在背上，走过去拿起那支 TAR–21 突击步枪，将枪尾抵在肩膀上。

唐巍走到两个水上特工面前，本想把枪口顶在两人头顶开枪。可是 TAR–21 突击步枪的枪身太短了，唐巍要想把枪口顶在两人头上，必须单膝跪地。

唐巍于是改打胸口，他的腮贴在枪身上，眼睛去看瞄准具，唐巍听说过瞄准的时候要做到“三点一线”——眼睛、表尺缺口、准星在一条直线上。可是 TAR–21 突击步枪使用的是觇孔式瞄准具，从外面看是一个圆圈，唐巍根本不知道哪里是表尺缺口，哪里是准星。

唐巍看着觇孔式瞄准具琢磨了好一阵，还是没想明白怎么瞄准，索性不再去想，反正目标就在枪口前面，不可能打不中。

唐巍之前把扳机一扣到底，结果打出一串连射，枪的后坐力把他掀了一个跟头。这次唐巍不敢那样打了，他轻轻地扣动了一下扳机。

“砰”的一声脆响，唐巍眼角的余光看到了一枚弹壳从抛弹口飞出，一股淡淡的白烟散开。TAR–21 突击步枪是无托结构步枪，抛弹口距离唐巍的脸颊很近，唐巍清楚地嗅到了硝烟味。

唐巍还是为自己是个枪械菜鸟付出了代价，枪的后坐力推得他身子一趔趄，后退两步这才站稳。

子弹钻进水上特工的胸口，在胸前留下了一个血糊糊的弹孔。水上特工全身一震，抽搐几下不动弹了。唐巍担心他没有死，又补了一枪，这才去打下一个人。

唐巍如法炮制，在其他三个人的胸口各打了两枪，杀掉了他们。不过打这几枪并没把他变成枪械老手，杀第三个人的时候，由于唐巍不知道 TAR–21 突击步枪如何调整快慢机，所以枪一直处在连发状态。唐巍没有控制好力道，打出一个三发点射，剧烈跳动的枪身让第三枚子弹打在舱壁上。子弹反弹到唐巍身前，距离唐巍的脚咫尺之遥，吓得唐巍向后跳了一大步，狼狈不堪。

唐巍看着血肉模糊的尸体，并没有感到什么不适，恶心、想吐之类的感觉统统没有。他暗自笑了笑，也许这就是嗜血基因在起作用吧。

唐巍想把保险关上，可是看了半天，都没有看出哪个是保险，索性不再想保险的事。他走到魔鬼魟的身边，在他身上重重踢了一脚，喊道：“醒醒。”

魔鬼魟毫无声音，唐巍连踢了几脚，还是没有声音。唐巍担心他装死，抬起沉重的军靴，重重踩在魔鬼魟手掌上，一声脆响，掌骨应声折断。

即便如此，魔鬼魟仍然没醒。唐巍蹲下身子，摸了摸他的颈动脉，还有跳动，说明他没死。唐巍正在想怎么能够弄醒他，正在这时，唐巍突然意识到了一个严峻的问题。

这个严峻的问题就是——为什么没有其他水上特工过来？

枪声已经响了好几次，在发动机运行的噪声和舰体破浪的噪声不大的情况下，肯定会被其他水上特工听见，他们为什么没有赶来？

难道说他们还在路上？不应该啊，从第一次开枪开始，到唐巍换上了衣服，八次开枪，打死四人，时间过去了七八分钟。这么长时间，二千米都能跑完了，这艘巡逻艇只有四十米长，怎么能过不来？

难道其他水上特工被什么事情拖住了来不了？唐巍想到了水上特工无比惧怕的海神，难道是海神来了？不对，如果海神来了，巡逻艇上的舰炮、榴弹发射器、机枪步枪肯定会疯狂发射，声音能把人耳朵震聋，可是唐巍却什么声音都没有听到。

唐巍决定出去弄清楚情况，他看了看昏倒在地的魔鬼魟，担心他醒来偷袭自己，决定杀掉他。他不敢再用枪，用分水峨嵋刺洞穿了他的心脏。

唐巍走到舱门旁边，把耳朵贴在舱门上，外面安安静静，没有一点人声。

唐巍轻轻打开舱门，沿着来时的路往外面走，舱室里安安静静，除了唐巍的脚步声，再无人声。

唐巍的心伴随着脚步声悬起，接近甲板之时，心几乎要从嗓子眼儿里跳出来。

眼前就是甲板舱门，打开这道舱门，外面就是甲板。唐巍把头凑近甲板，听外面的声音，舱门外面只有海浪声和海风声，连人走动的声音都没有。

唐巍把枪背在身后，把分水峨嵋刺拿了出来，他不太会用枪，这种时候还是信任分水峨嵋刺。

唐巍深吸了一口气，把舱门拉开一条小缝，听外面的声音，外面只有海风声和海浪声。

唐巍蹲下身子，拉大舱门缝隙，快速探头扫了一眼甲板，立刻把头收回。甲板上安安静静，没有活动的人。

唐巍胆子大了起来，拉开舱门，走到甲板上。

此时天已经黑了，月光照在甲板上，借着月光，唐巍看清了甲板上的情景，大吃一惊。

只见甲板上到处都是死尸，它们凌乱地躺着，你压他的头，他压你的脚，在月光中好像一大堆不会动弹的雕塑。

距离唐巍最近的一具死尸只有一米多远，死尸平躺着，手伸着，去够前面的 AGS-30 榴弹发射器。

唐巍用脚轻轻踢了踢死尸的胳膊，硬邦邦的，死透了。看身上，蓝白条纹的迷彩服干干净净，完完整整，没有一滴血，没有一个伤口；看脸上，满嘴白沫，白沫之中还掺着恶心的呕吐物；看下身，一摊秽物堆在下面，死前曾大小便失禁。

这种死状太奇特了，唐巍闻所未闻。他向前走，继续查看尸体，每一具尸体的死状都差别不大，没有伤口，口吐白沫，大小便失禁。尸体全都穿着蓝白条纹的迷彩服，都是水上特工，没有别人的尸体。杀掉这么多水上特工的人，竟然能全身而退。

唐巍再一次想到了海神，这些人，难道都是海神杀的？

就在这时，唐巍突然意识到了另一件事情，这件事情让他不寒而栗。

这些水上特工，是被同时杀死的！

如果他们是被先后杀死的，那么后死的人会为先死的人收尸，应该有摆放整齐的尸体才对。可是没有，一具都没有，所有尸体都凌乱地摆着。

这些水上特工，每一个都是精锐中的精锐，那个海神真有这么大的能耐，把他们同时杀死，然后全身而退吗？

不管如何，这艘巡逻艇都不是久留之地，必须立刻离开。唐巍看向四周，想要找到自己的那艘小渔船，可是茫茫大海之上，根本没有那艘渔船的影子，安洛国人似乎把它击沉了。

没有船，唐巍根本回不去。这艘巡逻艇倒是一艘船，可是它太大了，唐巍一个人无法开动。

游回去？不行，这里距离最近的陆地至少有二十五海里，水温只有十五度，没等游完一半，唐巍就得被冻死。游回陆地和采珠不同，采珠不需要时时刻刻泡在水里，觉得冷了可以上船保暖，游回陆地可没有地方给唐巍保暖。

留在安洛国巡逻艇上等待救援？更不行，这里虽然是东国的专属经济区，可是东国海军并不知道这艘军舰的到来，不知道什么时候才能赶到。反倒是安洛国人更有可能先到，到时候唐巍一定会被抓住杀掉。

唐巍真是左右为难。正在这时，唐巍突然感到后背被什么东西撞了一下，一股电击的痛感瞬间传遍全身，身体随之失去力气，重重地摔在了甲板上。

海神佣兵团

唐巍一倒地，立刻想要站起来，可是身体完全不受控制，好像有什么东西切断了大脑一样。

身子怎么动不了？快点动啊！唐巍咬着牙想让身子动起来，可是毫无作用。正在这时，只听见平稳的脚步声从身后传来。

有人来了，危险！唐巍拼命起来，可就是站不起来！

脚步声由远而近，一个人挡住月光，把一片阴影投到唐巍的身上，一双蛙人特战鞋出现在眼前。

唐巍趴在甲板上，右脸紧贴甲板，根本看不见那人的正脸。他的眼睛拼命地向上看，还是看不见。右眼被脸挤压，与左眼形成了一片模糊的重影区，眼前一切都朦朦胧胧的。

那人伸手抓住了唐巍的肩膀，把唐巍翻了过来。唐巍身高一百八十厘米，体重八十公斤，全身都是肌肉，那人竟然不费吹灰之力，就把唐巍翻了过来。

唐巍这下看清了那人的样子。那人是个年轻男子，穿着一身紧身潜水衣，头上没有带任何潜水装具，呼吸面罩之类的东西统统没有。

年轻男子胸前挂着一支狙击步枪——PSG-1 型，这种狙击步枪是世界名枪，被多个国家特种部队选用，这名男子显然是一个狙击手。

年轻男子的身高和唐巍差不多，身材健壮，西方人面孔，长相俊朗，头发是引人夺目的亮金色，又浓又密，微微打卷；两道剑眉下面是一对圆圆的眼睛，目光柔和；眼睛下面是挺拔的鹰钩鼻；鼻子下面的嘴不大不小，嘴唇很薄，嘴角自然上扬，天生一副笑模样。

年轻男子虽然是一个狙击手，可他却和其他狙击手截然不同。一般狙击手冷酷铁血，而这个家伙，目光温柔，面带笑容，好像他是一个喜剧演员，随时要把别人逗笑。

这种表情更让唐巍心惊，他宁愿遇到一个凶神恶煞的壮汉，相比之下，壮汉的危险是显而易见的。而面前这个满脸笑容的狙击手，完全不知道他有什么危险。

年轻男子右手拿着一支电击枪，这种枪可以释放巨大电流，使人失去对身体的控制，唐巍就是被这支枪击中的。

年轻男子轻蔑地看着唐巍，语气里充满嘲笑："东国海军陆战队'蛟龙特潜队'，东国最精锐的水下特种部队，我还以为其中特战队员有多厉害呢，没想到被我这么轻易制服。"

"蛟龙特潜队"据说是东国最精锐水下特种部队，可是它的存在始终没有获得官方证实，唐巍也只是在网络上听过这个名字。电击枪的电流让唐巍舌头发麻，他用尽力气，才说出话来："我根本不是蛟龙特潜队的特战队员，我只是一个普通人。"

年轻男子不屑地笑了几声，说道："普通人？别开玩笑了！你刚刚做了两件事情，第一件，与灰鲭鲨搏斗，差点把它干掉；第二件，杀掉七个水上特工，夺下枪逃出重围，这是普通人能做出来的事情吗？"

唐巍说："你……你怎么知道这两件事情？"

"我在整艘巡逻艇上施放了'杀人蜂'侦察机器人，舱室里发生的一切我都能看见；我还在这片海域布设了'深蓝幽灵'水声监听系统，可以通过声音了解水下的一切，现在你还不承认自己的真实身份吗？"年轻男人说完摊了摊手，一副"我就是这么强大"的样子。

唐巍震惊于年轻男子强大的侦察手段，讶然无语。年轻男子威胁道："你要是不承认自己的身份，我就对你用刑。请你相信，我的手段，比那些水上特工厉害得多。"

唐巍无奈地苦笑，刚刚被水上特工毒打，现在又要被这个不明身份的家伙用刑，自己可真是倒了大霉。唐巍急忙解释："我不是什么蛟龙特潜队队员，我不过是个普通人，我下水是为了采珠。"

年轻男子说："你怎么连说谎都不会，东国早就没有采珠人了，你们东国特种兵从来不进行反刑讯训练吗？"

唐巍说："我没说谎，我的妈妈生病了，治病需要一大笔钱，我没有办法，这才出来采珠，想碰碰运气。"

"唉。"年轻男子长叹一声，伸手抽出大腿上绑定的潜水刀，"不给你玩点有趣的，你是什么都不会说的。"

年轻男子把刀背贴在唐巍的大腿上，向两腿之间移动，狞笑道："刚刚安洛国水上特工打的地方不知道有没有打坏，我来给你做一个切除手术吧。"

年轻男子的潜水刀停在唐巍的两腿之间，转眼就要下刀。唐巍急中生智，大声喊道："我根本不会用枪！"

"你说什么？"年轻男子停下了手中的潜水刀，用疑惑的目光盯着唐巍。

唐巍说："你既然看到了我杀水上特工的情景，那你应该看出来了，我不会用枪，如果我是东国特种兵，不可能不会用枪。"

年轻男子缓缓收起了刀，想了片刻，然后从大腿的携行带里取出一部平板战术电脑，找出唐巍杀掉水上特工的录像，一边看一边低声自语："这个家伙竟然被枪的后坐力掀了个跟头，这种事情会发生在特种兵身上吗？"

"这个家伙看着瞄准具半天都没有开枪，显然是对觇孔瞄准具一窍不通，东国特种兵怎么会连觇孔瞄准具都没有见过？"

"这个家伙怎么不调快慢机？不调也就罢了，特种兵能通过控制扣动扳机的力道选择单发还是连发，可是这个家伙为什么后来打出一个三发点射，还不控制枪口上跳，让反弹的子弹差点打中自己……"

年轻男子嘟嘟囔囔了一阵儿，突然大叫起来："我明白了，这个家伙是真不会用枪啊！他根本不可能是东国特种兵，我看他力战灰鲭鲨，血洗水上特工，就觉得他是东国特种兵，该死，怎么犯了这么低级的错误！"

年轻男子收起掌上战术电脑，蹲到唐巍面前，嬉笑道："看来你真的是一个普通人，我误会你了，可是我想不通，你为什么水上、水下格斗能力都那么强？"

唐巍说："我出身于采珠世家，我的祖上全都是采珠人，我所有格斗能力都是祖上传下来的。"

年轻男子眼睛蓦地亮了起来，惊叹道："东国传统武术？"

唐巍说："没错，就是东国传统武术！"

"太好了！"年轻男子竖起大拇指，"你会东国传统武术，无疑是让你加入我们的重要筹码。"

唐巍一愣，问道："加入你们，什么意思？你们是谁？"

年轻男子嘴角一扬，露出一个优雅的微笑，平静地吐出两个字："海神。"

"海神！"唐巍放声惊呼，他被抓住全是因为这个神秘莫测的"海神"，现在海神的人终于出现在了他的面前，唐巍急忙问道："海神到底是什么东西？"

年轻男子说："海神是一支佣兵团，全称是'海洋之神雇佣兵军团'，这个名字太长了，所以别人一般都称我们'海神'。我们海神和别的佣兵团有本质的区别。"

唐巍说："什么区别？"

年轻男子高高昂起头，傲然说道："其他佣兵团主营业务是陆地作战，而我们是水下作战。其他佣兵团的组成人员，大多数原来是世界各国陆地特种部队的精英，而我们，是水下特战精英，是最顶尖的蛙人。"

年轻男子说这些话的时候带着满满的自豪感，唐巍却没把他的自豪感当回事，直接问道："水下作战还需要专门的人吗？一般特种兵不都能进行水下作战吗？"

"你以为水下作战是那么容易的吗！"年轻男子满面怒容道，"你随便找一个特种部队士兵，没有专门训练过水下作战的那种，给他发一套潜水装具，让他潜水作战。任务能不能完成先不说，他要是能活着上来，我愿意穿着丁字裤去跳艳舞。"

唐巍见到年轻男子发怒，转换话题："这满甲板的水上特工都是你们杀的？"

年轻男子说："当然，除了我们海神，还有谁能同时干掉这么多水上特工。"

唐巍说："他们可都是精锐，你们是怎么做到的？"

年轻男子说："我们使用了上帝之眠，一种神经性毒剂，使他们在瞬间全部毙命。"

唐巍对这个海神佣兵团不感兴趣，问道："你们能把我送回东国吗？"

"不能，我已经说了，我要你加入我们海神佣兵团。"年轻男子语气坚决，态度强硬，没有半点商量的余地。

唐巍的心猛地一颤，他从没想过有一天会成为雇佣兵，成为雇佣兵，就好像进入另一个世界。唐巍问道："你为什么要我加入你们？"

没等年轻男子说话，远处突然传来了一阵震耳的发动机轰鸣声，只见一艘快艇，正破浪而来。年轻男子笑道："我们的人来了，回去再说。"

年轻男子抱起唐巍，跳进大海，游向那艘快艇。尽管他抱着一个人，可是游泳速度仍然很快，单就游泳而言，他绝对是顶尖高手。

年轻男子带着唐巍上了快艇，笑道："海神里的人，都不用名字，只用代号，我的代号是水藻。"

"水藻？"唐巍眉头皱了皱，"我原本以为像你们海神这样强大的组织，成员应该有一些凶悍的代号，比如说'飞鲨''狂鲸'之类的。"

水藻说："不不不，你错了，相比于鲨鱼和鲸鱼，水藻才是海洋里最强大的东西。你听说过鲨鱼和鲸鱼有灭绝的危险，可是你听说过水藻有灭绝的危险吗？"这个叫水藻的家伙，连代号都如此与众不同。

水藻嬉笑着耸耸肩，"好了，不说我了，说说你吧，我来说说为什么让你加入海神。首先，你有这种能力；其次，你有这种需求。"

唐巍说："有能力的人那么多，你们为什么想要我？"

水藻说："不，你错了！拥有水下能力的人极少，拥有你这么强的水下能力的人就更少了。把一个普通特种兵的水下能力训练到你这种水平，需要花费相当多的时间和金钱，所以我特别希望你加入。更重要的是，我们海神需要补充新人，拥有你这种能力的人，我们见一个要一个。"

唐巍说："原来我的能力这么珍贵……"

水藻说："当然，如果你没有这么珍贵的能力，我是不会拉你加入的，我们海神特别需要有你这种能力的人。"

唐巍说："那需求呢？需求是什么意思？"

水藻露出同情的目光，柔声说道："你说你的妈妈得了重病，需要很多钱，在我们海神，每一次行动的出场费就是二十万美元。请注意，二十万美元仅仅是出场费，不管行动目标能不能完成，二十万美元都会发到行动参与者的手中，如果算上目标完成奖励，赚的钱会更多。"

唐巍心动了，不管任务能不能完成，只要有任务，二十万美元就能到手，这对他的家庭来说可是一笔巨款。

水藻看出唐巍心动了，得意地笑了笑，说道："我们正好需要人手，你是最佳人选，答应吗？"

水藻不再说话，他静静地看着唐巍的眼睛，等待着唐巍的回答。唐巍暗暗想道：加入海神之后，一次行动就至少可以得到二十万美元，没有比这更快的赚钱法子了，我必须答应。尽管当雇佣兵很危险，可是很值得。

唐巍缓缓说道："我加入海神。"

"太好了！"水藻发出了孩子一样的欢呼，"加入海神，需要我们团长的同意。现在把你的基本情况告诉我，包括姓名、年龄、国籍、受过的训练，包括智能和体能。我们海神的行动都和高技术装备有关，智能太低无法完成行动目标。"

唐巍说："姓名唐巍，年龄二十二岁，国籍东国，智能训练方面，我是船舶设计专业学生，学习过船舶设计相关专业知识；体能训练方面，十年以上东国传统武术训练，包括拳脚格斗和器械格斗，我从四五岁开始就会游泳和潜水……"

唐巍在说的时候，水藻在一部平板电脑上记录，等唐巍说完，水藻把平板电脑关闭，笑道："你的情况我已经发给了团长，就等他批准了，不过我要提醒你一点，不要觉得自己会潜水。"

唐巍说："为什么？我从小就会潜水。"

"因为海神面对的水下世界，其复杂程度和危险程度超出你的想象，如果你觉得自己会潜水，就会放松警惕，进而丧命。"水藻说这话的时候，破天荒地收起了笑容，如临大敌。唐巍的心不由得猛地一颤。

两人不再说话。过了五分钟，水藻的平板电脑屏幕亮起，一条新消息发了进来，水藻点开消息，顿时大声惊呼："我们团长竟然不同意你加入，他是不是疯了！"

02　食人鱼行动

食人鱼行动

唐巍眉头一紧，本想加入海神赚一笔钱，可是海神的团长竟然不让他加入，他急忙问道："团长为什么不让我加入？"

水藻说："具体原因，团长说回去再说，我们先回去。"

两人不再说话，快艇破浪前行，十分钟之后，一艘游艇出现在眼前，这就是海神的临时指挥中心。水藻带着唐巍上了游艇，在游艇内部七转八拐一阵，水藻带着唐巍来到作战指挥室。

作战指挥室是一间巨大的舱室，舱壁被显示屏铺满。中间最大的显示屏上是一张战区态势图，态势图上包括安洛国全境、东国南部和吕宋国北部。陆地部分布满了红点，显示的是各个空军以及海军的基地；海洋部分则有若干移动的红点，显示的是空军或海军的作战单位。

最大的显示屏的周围是八块小型显示屏，上面不断跳动着各种图表和数字。显示屏下面，是六排电子计算机操作台，十几个人身穿黑色西装的男女，正在噼里啪啦地敲着键盘，不时用各种语言说着什么。

在舱室正中央，站着一个中年男人，他穿着一套普通西装，四十五岁左右，个子比唐巍高出一头，身形瘦小。不过从裸露在外的手和手腕来看，粗壮结实，身体力量绝对不弱。

中年男子也是西方人面孔。头发不如水藻那样密，只有薄薄的一层，黯淡的灰金色中间夹杂着白发；眉毛稀疏，双眼细长；眼睛是淡淡的灰色，目光阴冷；鹰钩鼻和水藻一样笔挺；嘴巴周围留着一圈短短的胡子，和头发的颜色一样。

中年男子深沉阴郁，不怒自威。唐巍一见到他，就感到一种压迫感，他就好像一层笼罩天地的黑云，压得人喘不过气来。

中年男人双臂交叉抱在胸前，盯着显示屏沉思，一动不动，甚至眼睛都不眨一下。仿佛他是一座巍峨的山峰，滔天巨浪也不能撼动他分毫。

唐巍注意到，舱室里的所有人都对他充满敬畏，他们甚至不敢抬头偷偷看他一眼。一名起身走动的操作员宁可绕开几排操作台也不从他身边走过。

水藻小声地告诉唐巍："他就是我们海神的团长，代号波塞冬——希腊神话中的海洋之神，大海的统治者，海神就是他一手创办的。"

唐巍说："他是什么人？竟然能创建这么强大的佣兵团？"

"在我们海神，每个人的过去都是一个谜团，我们都不问彼此的过去，我也不清楚团长的过去。我只知道他是个手眼通天的家伙，知道鹰星国 KH-12'锁眼'侦察卫星吗？"水藻神秘兮兮地眨了眨眼睛。

唐巍说："当然知道，那是世界上最先进的光学侦察卫星。"

水藻的脸上骤然笼上一层惧意，压低声音说道："有一次行动，我们团长为了侦察某个地域敌军部署情况，打了一个电话，让卫星进行了一次机动变轨。你应该知道，卫星变轨次数是有限制的，他竟然能让那颗卫星变轨，他的身后有多强大的力量，可想而知。"

手眼通天，是波塞冬给唐巍留下的第一个印象。

水藻和唐巍说着话，来到了波塞冬面前，波塞冬直接转过身去，扔下一句"会议室"，径直地走出舱门。

"团长让我们去会议室。"水藻拉着唐巍，跟在波塞冬后面，"我们团长就是这样一个简洁直接的人。"

简洁直接，是波塞冬给唐巍留下的第二个印象。他不喜欢多说话，似乎一生之中能说的话是有数的，数量到了他就会没命。

在波塞冬的带领下，三人来到会议室。水藻刚刚关上门，就抢到波塞冬面前，低头行了个礼，说道："请允许我再次强调我们需要唐巍的理由。第一，他的水上、水下能力都非常非常强，他能在水下与灰鲭鲨搏斗，能在水上杀掉七名精锐水上特工，这样的人实在太少太少，我们海神不能放过他。第二，他以前从来没杀过人，第一次杀人就杀掉了七个，而且他杀人的时候毫无惧色，不像普通人，见到死尸都会精神崩溃。更不用说杀人了，这种天赋，完全可以让他成为我们的一员。"

波塞冬一直抱着肩膀，一副拒人于千里之外的样子，脸上没有一点反应。唐巍甚至都怀疑，波塞冬到底有没有在听水藻说话。

波塞冬听水藻说完，面无表情地说道："我不同意他加入，是因为他从未经历过战争，海神是最顶尖的水下雇佣兵军团，不是新兵训练营。水藻，你去上岸送他走。"

波塞冬走到舱门口，伸手去拉舱门，就要离开。唐巍见到波塞冬态度如此坚定，暗暗叹息："看来没希望加入海神了，钱只能想别的办法赚了。"

水藻的声音突然响起："如果我让他经历一次战争呢？"

波塞冬没回头，问道："怎么经历战争？"

"食人鱼行动。"水藻走近波塞冬两步，昂着头，紧紧地盯着波塞冬的后背，等待着波塞冬转过身来。

波塞冬根本没有转身，他冷冰冰地问道："什么意思？"

水藻说："我们本来不打算接'食人鱼行动'，现在我们接下这次行动，让唐巍去，就当是一次试炼。如果他能完成行动目标，你就让他加入，怎么样？"

波塞冬沉默，没回头，放在舱门把手上的手也没有放下，水藻再走近两步，说道："团长，我知道你在担心什么，你在担心唐巍行动失败，有损海神的声誉，你不必担心，我带唐巍以个人身份承接行动，成败和海神无关。”

“声誉？”波塞冬不屑冷笑，转过身来对海藻说，“我从来不把‘声誉、荣誉’这些屁用没有的东西放在心上。”

波塞冬抬手指向唐巍，冰冷的眼神中竟然闪过一丝温热：“食人鱼行动让他去，就是送死。”

“我相信他，他死不了。”水藻坚定地看着波塞冬的眼睛，唐巍从未见过他如此郑重。

波塞冬转头看向唐巍，说道：“你去执行食人鱼行动，是送死，敢去吗？”

唐巍说：“我如果去了，有二十万美元的出场费吗？”

波塞冬说：“有。”

唐巍说：“我如果死了，二十万美元的出场费是不是全部给我的家人？”

波塞冬说：“是。”

唐巍说：“我凭什么相信你们？”

波塞冬说：“不信可以走。”

唐巍略加思索，说道：“二十万美元不是小数目，给我的家人之后能不引起别人的怀疑吗？”

波塞冬说：“能。”

唐巍说：“我急需用钱，这笔钱能不能尽快给我的家人？”

波塞冬说：“能。”

唐巍说：“什么时间给？”

“你开始行动，我开始发钱。”波塞冬的回答，一如既往的简练直接，一个多余的字都没有。

唐巍深吸一口气，咬着牙说道：“那好，我去。”

“好。”波塞冬看向水藻，“食人鱼行动由你负责，行动结束直接告诉我结果。”

波塞冬说完之后快步地走了出去，水藻用最快的语速对唐巍说：

“食人鱼行动将在十天之后开始，时间紧迫，我现在就给你介绍食人鱼行动。”

水藻说着按动了舱壁上的几个按钮，一面舱壁竟然变成了显示屏，显示屏上满是图片和文字。水藻掏出一支激光笔，指着屏幕最中间那张人像图片说道：“这个人名叫埃尔多安，他掌控着哥伦国最大的武装集团，这个武装集团十分强悍，政府也十分忌惮他们。”

唐巍说：“我知道了，我们是不是要去收拾这个武装集团？”

“一个小小的武装集团，还用不着我们动手。”水藻不屑地摇了摇头说，“这个武装集团，是我们的雇主。”

“雇主？”唐巍神色一变，惊呼出声。在他心中，武装集团都是十恶不赦的家伙，现在他成了雇佣兵，竟然要为武装集团做事。这正是波塞冬说过的，雇佣兵的世界里，只有金钱，至于祖国、正义根本不值一提。

“没错，这群畜生就是我们的雇主。”水藻咧嘴一笑，“哥伦国政府觉得单凭自己的力量难以剿灭武装集团，于是求助鹰星国。鹰星国派出海鲨突击队，帮助哥伦国训练了一支特种部队，名叫水狼别动队，建立了一座特种训练基地，名叫食人鱼基地。”

“水狼别动队成立之后，打得埃尔多安集团哭爹喊娘，埃尔多安集团被迫和哥伦国政府谈判，他们想要获取更大的谈判筹码。于是雇用我们，完成食人鱼行动。食人鱼行动的内容是——派出一个人，破坏食人鱼基地，你——就是那个人！食人鱼基地的守卫工作由海鲨突击队负责，你的对手，将是最精锐的海鲨突击队，害怕了吗？”

“我一点都不害怕。”唐巍就是这样的人，多年潜水经历养成了他不惧一切强敌的性格，“我有些奇怪，我一个人能对一座基地造成多大破坏？”

水藻淡淡一笑，按了一下手中的激光笔，一张图片放大到了整个屏幕。图片是一艘船的三维结构线图，唐巍是学船舶设计的，对这种图十分熟悉，他一眼看出，这艘船是特战艇。

水藻指着那张图片说道：“这是鹰星国 Mark V SOC 特战艇，最大航速四十五节，艇长二十五米，艇员五人，可搭载十六人。可配备多种武器，包括 M2 重机枪、M240 通用机枪、MK19 榴弹发射器。”

“这型特战艇已经在 2013 年退役了，鹰星国为了打击埃尔多安集团，特地找出来一艘，半卖半送给了水狼别动队。鹰星国人为了加强火力，把 M1A2 主战坦克的主炮系统安装在了上面。”

“经过了改装的特战艇，被哥伦国方面称为战神之锤，在内河中完全就是航空母舰一般的存在。食人鱼行动的目标，就是渗透进入到食人鱼基地，炸毁这艘特战艇，这种任务只能一个人完成。”

唐巍轻轻点头，水藻继续说道：“渗透路线分为两部分，第一部分，森林渗透。渗透距离，八公里；渗透地点，亚马逊雨林……”

“等等！”唐巍脸色骤变，“你说渗透地点在亚马逊雨林？”

亚马逊雨林——世界上最危险的地方，没有之一。杀人的东西不计其数，巨蟒、箭毒蛙、凯门鳄、黑寡妇毒蜘蛛……没有经验的人在里面根本活不过五分钟。要说江河湖海，唐巍了如指掌，可是热带雨林，唐巍十分陌生。

水藻满不在乎地笑道：“你不用担心，这八公里的渗透，会有狂蟒佣兵团跟随你行动。狂蟒佣兵团，南美洲最强大的雇佣兵团之一，专精热带雨林作战。”

唐巍稍微松了口气。

水藻接着说：“雨林渗透之后，是三公里的内河潜渡渗透，这段渗透由你一个人完成。之所以要进行内河潜渡渗透，是因为海鲨突击队在基地附近三公里的热带雨林里部署了大量的运动传感器，有人接近他们就会察觉。从水下渗透进入是唯一的机会。”

“这次行动只能由我们海神来完成，因为渗透过程必须保证身体或装备的任何一个部分都不露出水面，只要露出水面一点，就可能被海鲨突击队发现，这一点其他佣兵团完全做不到。”水藻的嘴角上扬，露出自豪的笑容。

唐巍试探着说道："潜渡渗透，应该比较容易，至少比雨林渗透容易一些。"

"不要这样想，你会死得很惨。"水藻抬起手，摆了摆手指，面色凝重，"你要渗透的水域毕竟在亚马逊森林里，那里充满了危险，有绿森蚺，食人鱼等等。总之能杀掉你的东西不计其数，你只有祈祷别遇到他们。"

唐巍微微点头。水藻继续说道："你潜水进入食人鱼基地，找到战神之锤，随后在其水线下船体安装炸弹将其引爆，之后撤离。

"你有两种撤离方式，第一种，原路返回，这需要再进行一次潜水渗透，再穿越一次亚马逊森林，我相信你不会愿意。

"第二种，我们给你准备了假身份——南非华裔探险家，你借着这个身份，去找食人鱼基地的人，说你在亚马逊森林迷路了，需要他们的帮助，他们会把你送到附近的城市。我们的人会在那里接应你。"

唐巍说："食人鱼基地的人不会怀疑我吗？我毕竟是在战神之锤被炸之后出现的。"

水藻说："当然不会，那处河段凶险万分，周围雨林也是杀机四伏，谁能想到有人能够渗透进来布设炸弹。好了，这就是食人鱼行动。"

唐巍梳理了一下任务脉络，首先，热带雨林渗透八公里；之后，潜水渗透三公里；最后，安装炸弹将其引爆，利用假身份撤离。

唐巍这可是第一次执行任务，第一次上战场，和鹰星国的海鲨突击队交手也就罢了，竟然还要穿越无比恐怖的热带雨林，潜行绿森蚺和食人鱼出没的河流。唐巍这次行动，不仅成功的几率很小，甚至连生还的希望都很小。

水下作战特训

水藻关闭了显示屏，笑道："走吧，我带你去休息，从明天开始我对你进行特训。从现在开始到你行动之前，我们只有十天的时间，十天之后，我让你具备完成食人鱼行动的能力。”

十天，短短十天，让唐巍具备完成食人鱼行动的能力，唐巍自己都有些不敢相信。

水藻随后给唐巍安排了休息舱，唐巍用海神的通讯系统给家中发了消息，编了个理由让他们放心。

水藻把训练计划发给唐巍。训练分为三个阶段——第一天到第三天，潜水装具特训；第四天到第六天，水下枪械特训；第七天到第九天，水下爆炸物特训；第十天，休息，准备出发。

整个计划里，没有热带雨林生存特训，没有陆上枪械特训，没有陆上枪械特训唐巍还能理解，毕竟雨林渗透不一定会遭遇海鲨突击队。可是没有热带雨林生存特训唐巍就没法理解了，不经过任何训练就进入亚马逊雨林，这不是找死吗？

唐巍向水藻发问，水藻告诉唐巍：“雨林渗透的过程中你始终和狂蟒佣兵团在一起，他们个个都是热带雨林的生存专家，而且是丛林作战专家。不管遇到什么事情，躲在他们后面就行。”

“躲在他们后面。”唐巍把这句话念叨了几遍，牢记在心，睡觉，准备第二天的特训。

第二天，训练开始，第一阶段，潜水装具特训。

水藻把唐巍带到了一处游泳池旁边，海神的游泳池全都是潜水池，水深达到十五米。一般游泳池水深最多五米。

水藻今天没有穿潜水衣，只穿了一件宽松的衬衫和一条肥大的裤子，衬衫和裤子上印着花里胡哨的图案，他像是一个嘻哈歌手，要去赶场演出一样。水藻就是这么个奇怪的家伙，看他那吊儿郎当的样子，没人敢相信他是海神佣兵团成员，还是一个狙击手。

水藻给唐巍带来了一套潜水装具，教他穿戴上。穿戴的过程中水藻告诉唐巍，潜水装具有很多种，唐巍这次使用的是“自携式潜水装具”，海神内部代号灵鲨。

这套装具是由海神设计的，设计图纸交由世界上最顶尖的潜水装具公司制造。制造过程不惜工本，精益求精，所有材料都用最好的，以至于整套装具造价十五万美元。世界各国特种部队使用潜水装具，造价都不超过五万美元。

灵鲨潜水装具之所以如此昂贵，是因为采用了全新的材料和设计，比其他潜水装具更轻、水下的运动阻力更小。

唐巍在穿戴上潜水装具之后，水藻带着他下水。水藻下水也不脱衣服，就穿着那一身比较嘻哈的衣服下水。他是一个疏懒随性、不拘小节的家伙，觉得来回换衣服太过麻烦。

水藻在水下教唐巍用咬嘴呼吸、用沉浮气囊控制升降……种种水下技能，唐巍几乎是一教就会，把水藻震惊得差点呛死在潜水池里。

水藻教会唐巍之后，让他带上一个袋子，袋子里面装着二十千克铅块，模拟炸弹。然后在水下游泳六千米，以适应水下潜渡。

唐巍随后开始游泳，水藻却连湿衣服都懒得脱，坐在池边，打开一部笔记本电脑玩游戏。唐巍自幼潜水游泳，最多一次游过三万米，六千米对他来说不算什么，就是潜水池太小，唐巍需要一次次转弯。

八十五分钟之后，唐巍浮出水面，水藻惊讶得差点把电脑扔在水里。海神从来没有人能第一次使用灵鲨潜水装具就游得这么快。

之后两天，唐巍每天都完成一次六千米潜泳，每天吃六顿饭，吃的食物都是海神精心准备的。每天晚上，水藻都会安排唐巍呼吸半个小时左右的高纯度氧气，加强身体储氧能力。

第一阶段训练结束。第四天，第二阶段训练——水下枪械特训开始。

水藻带着唐巍去武器库。在路上唐巍注意到，水藻几乎每天都要换一件衣服，这是他作为狙击手的习惯——不让衣服的气味留在身上，避免潜伏时被敌人发现。

武器库里摆着十几个巨大的柜子，每个柜子上都有不同的标签，突击步枪、狙击步枪、手枪、冲锋枪等等。水藻带着唐巍来到“水下枪械”的柜子前面停下，打开柜子，拿出一支手枪，递到唐巍的面前。

这支手枪形状奇特，有五根细长的枪管，围绕同一轴心布置。水藻说道：“这是P11型水下手枪，由D国HK公司研制生产。HK公司是世界最著名的枪械公司之一，代表作MP5冲锋枪，久负盛名。这次行动，你就用这种枪吧。”

唐巍没有接下枪，面露难色，水藻笑道：“你一定是嫌水下手枪杀伤力太差，那好，我们换水下步枪。”

水藻说着拿起一支步枪，步枪拥有硕大狭长的弹匣，那弹匣是专门容纳水下箭形弹的。水藻介绍道：“这是E国APS水下步枪，世界上第一型水下步枪，它应该让你满意了吧？”

水藻把APS水下步枪递到唐巍手中，唐巍还是没有接下，脸上仍然是一副不满意的表情。水藻惊疑道：“这两种枪都是首屈一指的水下步枪，它们你都不要，你还想要什么？”

唐巍犹豫片刻，说道：“这些枪都只能在水下使用，我想要水陆两用的枪。”

水藻很惊讶，问道：“水陆两用的枪？你为什么要那种枪？”

唐巍说：“雨林渗透过程中，我虽然能躲在狂蟒佣兵团身后，可是我不能不带枪吧。如果我带上两支枪，一支水下用的，一支陆上用的，实在太麻烦了。我在网上看到过，有一种水陆两栖步枪，发射超空泡子弹，我想要那种枪，你们海神这么强大，应该有那种枪吧？”

“这个嘛……”水藻想了一会儿，说道，“可以，我这就让人去给你拿水陆两栖步枪。”

水藻拿出对讲机，和装备保障部门取得了联系，不一会儿一部水陆两栖步枪便送了过来。水藻告诉唐巍，这型步枪被海神称为“隐龙”，你以后就用这种步枪。

水藻开始教唐巍如何在水下射击，基本射击原理都相差不多。水下射击最大的难点是瞄准，由于人的水下视觉和水上视觉不同，射手经常会产生错觉，测算不准目标的距离和速度，会导致脱靶。可对唐巍来说，没有这个问题，唐巍从小潜水游泳，对水下环境早已适应。

唐巍之前有过陆地上开枪的体验，现在在水下开枪，和之前的体验完全不同。最大的区别就是——水下射击经常会伴随大量气泡，一枪打出之后，气泡形成一个巨大的云团，将唐巍的视线完全罩住。

水藻将一大桶金枪鱼倒入潜水池，让唐巍射击。金枪鱼的体积比人小得多，速度和灵活性更比人好得多，能在水中射杀金枪鱼，就能在水中射杀人。

在接下来的三天时间里，唐巍每天都在潜水池中射杀金枪鱼。水藻在潜水池边弄了个电烤箱，唐巍每杀一条，他就拿来烧烤，弄得潜水池每天都香气四溢。

唐巍的训练成绩让水藻瞠目结舌，命中率竟然是百分之六十，这几乎已经打破了海神成员首次水下步枪射击的纪录。

唐巍如此表现，俨然成了水藻骄傲的资本，他每次见到波塞冬，都会拉着他说唐巍有多么出色，海神必须让他加入。不过波塞冬每次都用一句简单的话让水藻哑口无言："等他活着回来再说。"

水下步枪也是有后坐力的，因此每天的射击训练结束后，唐巍都会觉得肩膀酸痛。水藻就带唐巍去做按摩，按摩效果奇佳，按摩半个小时后酸痛感就会消失。

第二阶段训练结束后，第三阶段训练——水下爆炸物特训随即开始。

唐巍这次使用的水下爆炸物是定时炸弹，内部装填着一种水下炸药，名叫"深雷"，水下爆炸威力在世界各国水下炸药之中名列前茅。爆炸之后能够产生大量气泡，这些气泡能像刀子一样撕开船身装甲。

水下爆炸物特训比较轻松，唐巍只要会计算安全距离，再根据安全距离设定起爆时间就行了。至于将炸弹安装在特战艇上，非常容易，炸弹外壳装有电磁铁，启动开关，炸弹就能牢牢地贴在特战艇外壳上。

三天之后，水下爆炸物特训结束，唐巍熟练掌握了定时炸弹的使用方法。

第十天，游艇在吕宋国靠岸，水藻带着唐巍，乘坐飞机赶赴哥伦国，食人鱼行动，正式开始。

死亡雨林

飞机是埃尔多安集团的专机，因此唐巍可以携带各种装备，包括灵鲨潜水装具、隐龙两栖步枪和深雷炸药。唐巍一路上心情忐忑，并不是担心最后的潜渡和爆破，而是担心穿越雨林。这一段路程，唐巍只能把命交到狂蟒佣兵团的手上，他讨厌让别人掌控自己的命运。

飞机落地，南美洲那灼人的热浪扑面袭来。埃尔多安集团派人和车将唐巍接到行动出发地——亚马逊雨林里的一处小村庄，这座小村庄被埃尔多安集团控制。

水藻没有和唐巍一起行动，他去埃尔多安集团的豪华庄园度假了，临走的时候交给唐巍一部卫星电话，让唐巍在紧急时刻和他联络。

狂蟒佣兵团对这次行动非常重视，派出了“绞杀”分队的十一名精英，由绞杀分队队长切西亚、副队长刺魂率领。

狂蟒与海神一样，成员名字全都是代号，切西亚是伊甸园里那条毒蛇的名字，而刺魂，唐巍并不知道这名字的含义。

切西亚，三十八岁，美洲人。身材威猛，面相庄严，满脸络腮胡子。从小在亚马逊雨林长大，雨林生存专家，战斗经验极其丰富。据埃尔多安集团的人介绍，他曾经参加过哥伦国内战，杀过的人超过两千。

刺魂，三十四岁，亚洲人。唐巍高度怀疑他是东国人，不过埃尔多安集团没有介绍，他也不能问。

切西亚和其他佣兵都让唐巍心安，唯独刺魂，让唐巍感觉不靠谱，因为和其他人相比，他实在不像一个雇佣兵。其他人都是膀大腰圆，满脸凶悍，而刺魂个子矮小，比唐巍低一头，身材匀称，眉清目秀，一脸书卷气。

刺魂甚至还留着一头披肩长发，这可是雇佣兵的大忌，一旦头部受伤，极难处理伤口。唐巍多看了几眼刺魂的长发，被他察觉到了，他并没有生气，只是轻甩了一下长发，淡淡地说："长发？没关系，我从来不会受伤。"

唐巍完全没有雨林生存经验，切西亚派刺魂守在他的身边，寸步不离。

一切准备就绪，出发的时候，一个意外情况发生——连日大雨导致行进路线上的几条河流水位暴涨，大片雨林被淹没，地面无法行走，必须使用橡皮艇。

切西亚于是让埃尔多安集团弄来三艘橡皮艇，这才出发。切西亚在最前面开路，唐巍在中间，三艘橡皮艇进入了雨林深处。

唐巍起初听说雨林被水淹没，还有些欣慰，对于水，他更有亲近感。可是真正进入雨林，那种亲近感顿时荡然无存。

这里的水和唐巍见惯的河水、海水截然不同。由于水淹没了大量植物，呈现深绿色，散发着腐烂的味道，如同一大缸发臭的酱汁。

水面上漂浮着各种奇怪的叶子和草，偶尔能见到几具蝇虫乱飞的动物尸体，不时有几只虫子跑过水面。瘆人的是，时常有什么东西在水面一闪而没，给这些水增添了无穷神秘感。很多树泡在水里，各种藤蔓垂落在水面上，整个雨林，犹如一座没有出路的迷宫。

唐巍看看在最前面带路的切西亚，钦佩不已，他竟然还能认出路，要是换成他，早就迷失方向了。

三艘橡皮艇都是划桨前进的，唐巍也跟着划桨。突然，唐巍感觉到一股怪力拉住了桨，他以为桨被水下的草缠住了，用力往回一拉，没想到那股怪力竟然跟着增大，把唐巍猛地向外一拉。

唐巍一惊，本能地发出更大的力往回夺桨，同时惊呼："水里有东西。"

刺魂就在唐巍的身边，他扬起手中的桨，冲水面重重一拍，“啪”的一声水花四溅。与此同时，唐巍感觉手上的桨一松，怪力已经无影无踪。唐巍紧张得大口喘气，其他狂蟒佣兵都笑了起来，嘲笑唐巍少见多怪。

唐巍疑惑地看着刺魂，问：“水里有什么东西？”

刺魂毫不惊讶，笑道：“可能是食肉大鲇鱼，也可能是凯门鳄，甚至可能是小型牛鲨，水一涨，它们全都来了。没事，它们不可怕，可怕的是……”

刺魂的脸色一沉，用手指了指那些低垂在水面上的藤蔓说：“可怕的是它们！”其他狂蟒佣兵同时收起了笑容。

唐巍看着那些纤柔无害的藤蔓，一脸茫然地问道：“它们有什么可怕的？”

“水淹没了地面，所有怕水的虫子包括黑寡妇毒蜘蛛、巨人蜈蚣等等，都会躲在那里，箭毒蛙、毒蛇也会跟过去，如果他们落下来，冲人咬上一口……”刺魂微笑着摇了摇头，不再说了。

唐巍的心不觉一颤，这片雨林的危险，远远超过他的想象……

众人划着橡皮艇，行进了一天，结果才前进了两公里，仅仅完成了渗透路程的四分之一。当天晚上，众人系好橡皮艇，上岸之后，找了一块干爽的开阔地，开始搭帐篷，准备宿营。

唐巍不需要亲自动手搭帐篷，他只要在一边看就行了，刺魂警惕地站在他的身边。很快帐篷搭好，开始吃饭。切西亚指挥众人用镁条燃起篝火，加热食物。他们吃的东西是一种黏稠的汤，味道很咸，同时补充水和盐。汤里面有肉块和面饼，补充能量。

吃饭的时候，所有人都把靴子脱了下来，赤着脚烤火。刺魂告诉唐巍，在雨林中行进，必须保持脚的干燥，否则整个脚会烂掉，进而感染，一命呜呼。这些事情唐巍从没听说过，更让他觉得雨林生存是一门艰深的学问。

夜幕笼罩着雨林，这里的夜比别处更黑。

众人准备休息，切西亚开始安排守夜任务，唐巍和刺魂不需要守夜，其他人进行轮换，切西亚守第一班。

切西亚背起枪，冲众人笑道：“我去撒泡尿，你们先休息。”说完走向了一边的树林。唐巍和刺魂住同一座帐篷，两人走了进去。

唐巍和刺魂相处了几日，关系稍微近了一些，他终于问出了埋在心里已久的问题：“我看你不太像雇佣兵，能成为副队长，一定有过人之处吧？”

刺魂哈哈一笑说：“我看你也不像雇佣兵。我还从来没见过完全没有雨林生存经验就来雨林执行任务的雇佣兵。”

唐巍勉强一笑，刺魂明显不想回答这个问题，他也就不再问了。正准备要睡觉，外面突然传来“砰”的一声枪响，是切西亚的乌齐冲锋枪发出来的。

唐巍面色骤变，紧张地看着刺魂，刺魂下压双手，示意唐巍不要动。他半蹲在帐篷边上，将帐篷掀开一个小缝，向外面看。

“会不会是枪走火了？”唐巍小心地问。

“不可能，切西亚的枪不可能走火，遇到野兽的可能性更大。”刺魂右手抽出了腰间的手枪，抽出的瞬间在大腿上一蹭，开保险、上膛一气呵成。

“不对劲……”刺魂平静的声音里泛起一丝波澜。唐巍急忙地摘下分水峨嵋刺，握在手中，凑到刺魂的身边，向外面看去。只见树林之中，一个人影晃晃悠悠地走了过来，他在篝火火光之外，看不清楚具体的模样。

刺魂左手打开了胸前的对讲机，道：“群蟒注意，意外出现，做好战斗准备，先不要离开帐篷。”此刻情况不明，贸然离开帐篷，十分危险。

很快那个人影走进了火光之中，身形相貌渐渐地清晰了起来，他竟然是……切西亚！

切西亚的左胸上，竟然插着一支弩箭，那支弩箭插得极深，几乎只剩一半儿箭身露在外面。

切西亚踉踉跄跄地走到篝火旁边，身子一软，扑倒在地，箭身刺透了身体，从后背穿了出来。切西亚一阵抽搐，鲜血一股一股从口中咳出，很快就不动了。

狂蟒佣兵团绞杀分队的队长，竟然被人一箭穿胸，当场毙命！

什么人干的？

雨林里的土人？不可能！那只箭的箭杆在火光下反射出金属光泽。土人没有这种箭，而且土人的弓弩绝对没有一箭穿胸的贯穿力。

一阵莫名的恐惧感攥住了唐巍的心，他握紧了分水峨嵋刺，战意随之而起。他瞬间想到将篝火扑灭，避免暴露目标。可让唐巍惊讶的是，刺魂竟然从背包里抽出镁条包扔进篝火里。

唐巍一惊，心想：刺魂这样做，不是在暴露目标吗？

等到镁条碰到篝火，唐巍才明白刺魂的深意。篝火点燃镁条，“轰”的一声化为冲天烈焰，刺眼的白光突然在夜空中腾起，这一瞬间的强光足以干扰任何敌人的观察，这让狂蟒佣兵有了撤出帐篷的时间。

与此同时，只听刺魂的声音响起：“立刻撤离帐篷，就近隐蔽，敌军袭来，这不是演习！”

刺魂闪电般地收起手枪，抓起战斗背囊，冲唐巍喊了一声“跟我走”，掏出匕首在帐篷后面开了一个口子，钻了出去。唐巍背起自己的装备，紧随其后。

刺魂带着唐巍隐藏在一棵大树后面，将乌齐冲锋枪架在胸前，紧张地盯着篝火方向。其他雇佣兵全都离开了帐篷，躲在了大树后面。

篝火变得微弱，场面一时间安静了下来，除了各种虫鸣，没有一丝人声。刺魂低下头，压低声音冲胸前的对讲机说道：“群蟒注意，敌人是海鲨突击队，多人一组，监视各个方向，防备偷袭。”

唐巍的眉头突然一皱，暗暗吃惊：他怎么知道敌人是海鲨突击队？可是局势紧迫，他也没法问，只能攥紧分水峨眉刺，半蹲在地上，背靠着刺魂，掩护他的身后。

强敌之围

一分钟过去了，场面一如既往地平静，唐巍压低声音问刺魂："你怎么知道是海鲨突击队？"

刺魂说："弩箭！那是海鲨的丛林专用弩箭。"

唐巍说："我们现在怎么办？"

"隐蔽，等待，谁先动，谁先死。"刺魂做了一个不要说话的手势，唐巍不再说话。

时间一秒一秒流逝，唐巍第一次感觉时间竟然可以流逝得这么慢。场面一片死寂，现在攻防双方，就好像坐在了死亡跷跷板上，谁都不敢率先行动。

突然，一个若有若无的声音，从右边传进了唐巍的耳朵，"嗖……嗖……嗖……"缓慢而又连续，声音虽然很小，可是没有逃过唐巍的耳朵。唐巍常年潜水，耳膜经受过超强水压的一次次训练，所以他的耳音远比一般人灵敏，甚至强过狂蟒佣兵。

唐巍的神经猛然绷紧，只有人，才能发出这样的声音，如果是动物，声音会快得多。

唐巍用手肘轻轻一碰刺魂，用之前约定的战术手语告诉他：有危险，在右边。

刺魂迟疑片刻，随后将冲锋枪枪口转向了右手边，此时那声音变得清晰起来。刺魂也听到了，他轻轻地把冲锋枪背在身后，将一柄匕首攥在手中。在这片死寂之中，开枪就会暴露位置。

声音更近了，就在唐巍和刺魂藏身的大树之后。

唐巍和刺魂大气都不敢出，等着树后那人露出真身。

可就在这时，声音突然停下。那人已经意识到，面前这棵大树是一个绝佳掩体，后面可能藏着人。

刺魂冲唐巍做了个“留在原地，不要动”的手势，攥着匕首，悄声轻步地向树后的另一侧绕去。唐巍用眼角的余光目视他消失在树后，双眼仍旧紧紧地盯着原来的方向。

突然，撕心裂肺的惨叫声从树后传来，一同传来的是“砰”的一声枪响。唐巍来不及多想，攥紧分水峨嵋刺，从树后冲出。只见刺魂将一个人压在身下，匕首深深地刺进后脑，那人趴在地上，全身抽搐，手边握着一支手枪。

唐巍一脚把手枪踢飞，扫了一眼那人臂章，果然是海鲨突击队！

刺魂拔出匕首，冲唐巍做了一个回去的手势，两人一同躲回树后。与此同时，密集的枪声从四面八方响起，目标全都是唐巍和刺魂藏身的位置。

枪声一响，狂蟒佣兵随之开枪，枪声很快响彻树林。

狂蟒佣兵使用的是乌齐冲锋枪，而对面的海鲨突击队，使用的是 MP5 冲锋枪。两种枪声音不尽相同，MP5 的声音彻底压倒了乌齐的声音！

从枪声判断，对面的海鲨突击队至少有三十个人，而狂蟒这边，去掉没有丛林作战能力的唐巍，只有十个人，彻底落在下风。

刺魂当机立断，冲着对讲机下命令：“撤退！地点橡皮艇停放位置！”

刺魂冲唐巍一挥手，带着唐巍向后面跑去。橡皮艇的停放地点距离宿营地只有一百米，可是这一百米，到处是树和灌木，想跑过去至少需要五分钟。

唐巍正在跑着，转过一棵缠满绞杀藤的大树。突然发现，一个海鲨特种兵出现在他的左手边，他的手中端着一支 MP5 冲锋枪。

危险！唐巍灵机一动，扔出分水峨嵋刺，电光石火之间，分水峨嵋刺已经击中海鲨特种兵的前胸。

可是分水峨嵋刺并没有刺进去，因为那个海鲨特种兵身上有防弹衣。唐巍投掷分水峨嵋刺的力道再大，也不可能刺穿硬质碳纤维防弹板。

在分水峨嵋刺击中海鲨特种兵的时候，特种兵也扣动了扳机。分水峨嵋刺巨大的撞击力让他身子一晃，手中的 MP5 枪口一抬，一串子弹

“嗖嗖嗖”地飞过唐巍的耳边，打在身后的树上。不知道打中了树上什么东西，黏糊糊的汁液洒了唐巍一头。

海鲨特种兵稳住身子，对准唐巍就要继续开枪。唐巍下意识地向旁边一扑，躲避子弹，可是忙中出错，脚被地上的草绊了一下，失去平衡，重重地摔在了地上。

唐巍的心一沉，一片绝望。可就在这时，只听刺魂大吼一声，引起了海鲨特种兵的注意，他急忙调转枪口，对准刺魂。只见刺魂的手一扬，紧接着海鲨特种兵身子一震，直挺挺倒在地上。

一枚钢针，直直地立在海鲨特种兵的眉心，钢针透骨，瞬间毙命！唐巍终于明白刺魂为什么叫刺魂了，这一手飞针，直刺魂魄！

刺魂把唐巍拉了起来，带着他继续跑，唐巍收回分水峨嵋刺，紧跟着刺魂。几分钟之后来到河边，上了橡皮艇，只见两个狂蟒佣兵冲了出来，跳上橡皮艇，抓起桨就划水。

刺魂大声吼道：“其他人呢？”

狂蟒佣兵说：“都死了！快撤！”

刺魂和唐巍也拿起船桨，拼命划水，橡皮艇顺流而下。加上四个人全力划水，一时间划出去数十米远。

海鲨特种兵猛冲过来，MP5枪声大作，子弹“嗖嗖嗖”地飞过橡皮艇。唐巍突然感到身上一沉，侧目一看，身后那个狂蟒佣兵的头垂在了自己肩上，嘴角流血，已然毙命。

唐巍一弯腰，让死尸贴紧自己，做自己的防弹衣。很快感觉死尸震了两下，为自己挡了两颗子弹。

橡皮艇越划越远，枪声停了下来，冲锋枪的射程和精度毕竟有限。唐巍刚松了口气，只听见身后传来“轰”的一声巨响，一片水幕砸在橡皮艇上。唐巍身边的狂蟒佣兵用尽力气冲刺魂嘶吼：“榴弹发射器，是榴弹，海鲨有备而来，行动消息肯定泄露了！”

一般雨林行军，只带手枪、冲锋枪就够了。带榴弹发射器，说明海鲨知道会在开阔地带发生战斗，就是冲狂蟒来的。

那个狂蟒佣兵话音未落，一枚榴弹就在他身边爆炸了，半个脑袋都炸飞了，刺魂大声喊道："快点靠岸！"

唐巍急忙向岸边划。可就在这时，唐巍只听见身边"轰"的一声巨响，这个爆炸声距离他极近。他只感觉脑袋"嗡"的一声，眼前一黑，身子紧接着飞了起来，重重地摔在了岸上。

过了十几秒，唐巍才清醒过来，他强忍着"嗡嗡"的耳鸣声，看向水面。只见那艘橡皮艇已经翻了，倒扣在岸边，向身边看，刺魂躺在一边，嘴角、眼角都是血，闭着眼睛，不省人事。

唐巍急忙过去，他想站起来走过去，可是脑袋是晕的，站起来就摔倒了。他只能爬过去，伸手掐刺魂的人中，道："刺魂，醒醒。"

刺魂缓缓地睁开眼睛，无力地抬起手，唐巍一把抓住他的手说："你怎么样？还能坚持吗？"

"我……我不行了……"刺魂的肺被冲击波严重震伤，一说话，鲜血就从嘴里冒出来，血里全是气泡。

刺魂的瞳孔开始放大，呼吸也变得微弱，一阵巨大的悲痛席卷唐巍的身心。这些天一直是刺魂陪在唐巍的身边，唐巍对他不可能一点感情都没有。

唐巍鼻子泛酸，他尽力安慰刺魂："你一定要坚持住，你一定会好的。"这些话几乎都是电视里的陈词滥调，可是唐巍在悲痛之下，真的想不出别的话。

刺魂狠狠咬了咬牙，恨恨地说道："海鲨……有……准备，消息……泄露了……查……查清楚，报……报仇……"

刺魂脑袋一歪，咽了气，唐巍的泪水不由自主地涌了出来。可是他没有时间悲伤，因为海鲨突击队随时会赶过来。

唐巍连滚带爬地站起身来，跑到一棵大树后面躲了起来。他已经顾不上躲避危险的毒虫了，借着河水反射的月光，他朦朦胧胧看见，海鲨特种兵正沿着河岸，步行搜索过来，他们并没有用狂蟒的橡皮艇。

唐巍绝对没有在雨林里对抗海鲨突击队的能力，他只能联系水藻。

唐巍掏出那部卫星电话，联系水藻，很快建立了通讯线路。

唐巍用最快的语速说道："我们遭遇了海鲨突击队，狂蟒的人全都死了，我现在该怎么办？"

水藻说："你们怎么可能遭遇海鲨突击队？不可能啊，那一带根本没有海鲨的人。"

"一定是泄密了！"唐巍带上了火气，"可现在说这个没用，我现在怎么办？我根本对抗不了海鲨！"

"你不用想着对抗，你唯一的出路是向海鲨突击队投降。"水藻收起了一贯的玩世不恭，语气里充满了对唐巍的关心。

唐巍说："我向海鲨投降，他们就不杀我了吗？"

水藻说："除了埃尔多安集团高层的几个人，没人知道你的真实任务，我敢保证，泄密的人也不知道。你编一个合理的理由，坚持下去，海鲨不会杀你的。"

唐巍说："海鲨会相信吗？"

水藻说："不一定，他们会对你使用各种酷刑，如果你能坚持住，他们就会相信。"

"酷刑？"唐巍冷笑一声，之前水上特工团的毒打他还记忆犹新，他绝对不会再受那种羞辱，"我不会再让人用酷刑折磨我，我宁可战死。"

"你别犯傻！"水藻大吼起来，"你绝对不是海鲨的对手，就算你侥幸打赢了海鲨，你也走不出那片死亡雨林。"

"你不用说了，我已经决定了。"唐巍凄然一笑，"希望你们信守承诺，把钱给我的家人。"

"喂……你不要犯傻！"水藻急得声音都变了，他是真心想把唐巍当成他的战友。

唐巍关闭了卫星电话，将它放回防水背包，从背包里拿出了隐龙两栖步枪。他不太会在陆地上使用，可是有一件武器防身总是好的。

唐巍粗略估算了一下海鲨突击队的人数，差不多五十个，他不敢和他们对战，想撤到出发的那个村子。他将隐龙斜背在身后，粗略地看了一下指北针，向村子的方向跑去。

可是唐巍刚刚跑了两步，突然身子被什么东西一带，踉跄了一下，原来是隐龙两栖步枪挂上了一边的藤蔓。

唐巍暗暗苦笑，如果刺魂还在的话，自己绝对不会遭遇这样的麻烦。他把枪拿出来，刚要继续走，可就在这时，他猛然发现，一条挂在藤蔓上的蛇，正扬着头，盯着他。

这条蛇长着一颗三角形的头，犹如一个矛头，身上鳞片粗大，还有三角形的白色花纹。唐巍看到这条蛇，全身的血都凉了，刺魂在出发之前曾经给他看过致命毒蛇的图片，这种蛇赫然在列。它叫三色矛头蝮，剧毒，被咬上一口，就会全身腐烂。

唐巍听刺魂说过，三色矛头蝮不仅毒性极强，而且在夜晚极其活跃，性情凶猛，最讨厌被人打扰。唐巍的枪显然打扰了他。

唐巍对蛇并不陌生，在潜水的时候，他曾经遇到过各种海蛇，有些都有剧毒。在面对海蛇的时候，不要招惹它们，安安静静地离开就行了，一般海蛇不会主动攻击人的。可是对海蛇的经验，对它管用吗？

三色矛头蝮不停地吐着舌头，试探着唐巍，似乎要发起攻击。唐巍拿出分水峨嵋刺，不敢后退。他听刺魂说过，有的蛇最喜欢欺负“胆小鬼”，你要是面对它退缩，它就一口咬过来，唐巍恰好在它的一击必杀范围之内。

唐巍心急如焚，远处海鲨正在步步紧逼，近处毒蛇虎视眈眈。

唐巍和毒蛇僵持着，时间不停流逝。只听密集的脚步声在不远处响起，海鲨特种兵已经包围过来，唐巍隐约听见他们在喊叫：“发现目标！”

脚步的震动越来越强烈，三色矛头蝮感觉到情况不妙，“嗖”的一声爬走了。

03 地河天窗

地河天窗

唐巍见到毒蛇离开，刚要松一口气，只听身后脚步声猛然逼近，那脚步声嘈杂而有序，从各个方向合拢过来。唐巍还不知道，海鲨突击队已经摆出了围歼队形。

唐巍暗想：海鲨突击队应该有夜视装备，要不怎么这么快就追上我？他不禁后悔没有带夜视装备，狂蟒佣兵团根本没料到行动会暴露被海鲨截击，所以没有携带夜视装备。

海鲨突击队有夜视装备，局面对唐巍更加不利。他不敢怠慢，把隐龙步枪向下一压，拔腿就跑。

唐巍听到身后传来海鲨特种兵的说话声，语句简短，语气干脆，一听就是战术短语。唐巍听到了“击毙”之类的词，海鲨突击队似乎打算直接干掉唐巍。

唐巍的脑海中闪出种种反击方案：回头开枪？不行！他没用隐龙两栖步枪练过陆上射击，不仅打不中海鲨特种兵，还会给他们击毙自己的机会。

躲在灌木丛之中，用分水峨嵋刺洞穿海鲨特种兵的心脏？也不行，以他的雨林生存能力，躲进灌木丛，没等偷袭海鲨特种兵就可能被毒虫咬死。

唐巍没有任何反击手段，逃跑是唯一的选择。

唐巍所在的地方是一处高坡。他向上跑出去百十米，后面的海鲨突击队都没有开枪，也没有发射枪榴弹。因为雨林太茂密了，射击角度几乎被完全堵死。

尽管如此，唐巍仍然不觉得自己能逃出海鲨突击队的“魔爪”，他们人多，各个是雨林生存专家，丛林特战精英。而唐巍，全部本领都在水下，在雨林中作战，犹如虎落平阳！

在雨林中奔跑，要随时躲避杂乱无章的树木藤蔓，因此唐巍累得气喘吁吁，胸口一阵阵发闷，连呼吸都带上了血腥味。正在唐巍到达极限之时，突然一阵急促的流水声钻进了他的耳朵。

唐巍如同抓住了救命稻草，循着水声，用最快的速度冲了过去。途中刮到了一根藤蔓，一只拇指大小、毛茸茸的怪虫拍在他的脸上，唐巍也顾不上想它有毒没毒，直接一巴掌碾死。黏糊糊的汁液弄了一手，也顾不上擦，全力奔跑。

唐巍穿过一片草丛，只见一片开阔地带出现在眼前，一条宽阔的急流从高处飞速落下，撞击在地面上，水花四溅。可是这条急流并没有沿着高坡奔涌而下，而是流进了地上的一个大洞。

唐巍看着那个大洞，心猛然一颤，这是地下河的入口，这里竟然有地下河！

亚马逊雨林里竟然有地下河？没错，真的有！亚马逊雨林不仅拥有世界上流量最大的地面水系，同时也拥有流量最大的地下水系，在地上地下两条水系的滋养下，孕育出了世界上最大的雨林。

几天之前，雨林探险专家切西亚曾经在闲聊的时候对唐巍说过，亚马逊雨林下面有世界上最大最复杂的地下河。他年轻的时候曾经受雇于某个秘密机构，率领一支探险队对亚马逊雨林的地下河进行考察，结果发现，这里的地下河时常会在雨季出现地面入口，被称为“地河天窗”。

就是唐巍现在看到的东西。

唐巍看着湍急的水流和巨大的洞口，一个疯狂而恐怖的念头闪过脑海。他躲在一棵大树之后，警惕地看着海鲨突击队追来的方向，将隐龙两栖步枪收进背囊，拿出了卫星电话，联络水藻。

通话线路很快接通，水藻的声音很焦急："唐巍，你现在立刻向海鲨突击队投降，不要再犹豫了，否则你会……"

"不要说了，我已经想到脱身的办法了……"唐巍快速打断水藻的话，也不给水藻发问的时间，接着说道："我发现了一个地下河入口，我要进入地下河。"

"你疯了吗？"水藻怒吼起来，"你竟然敢进地下河，你知道地下河流到什么地方吗？"

"不知道。"唐巍的声音格外平静，"不过我听切西亚说过，这一带的地下河很可能注入雅拉河。"雅拉河就是水狼基地所在的河。

"你不能进去，太危险了！"水藻抢着说道，"你知道它的水道有多长吗？你确定你的压缩空气足够吗……"

"别再说了，海鲨来了！"唐巍快速打断水藻的话，"最后说一句，请你们信守承诺，把钱给我的家人。"

"不行的，地下水道太危险了……"水藻正在说着，突然电话另一端没了声音，原来是唐巍关闭了卫星电话。

电话的另一端，水藻呆若木鸡。他是潜水员中的翘楚，更清楚进入地下河有多危险。在潜水领域，进入地下河属于"洞穴潜水"，这种潜水极其危险，只有最有经验的潜水员才敢尝试，每年死在这上面的潜水员高达数百人！

唐巍对洞穴潜水的危险并非一无所知，可是他真的别无选择了。与海鲨突击队战斗是死；在雨林里逃亡也是死；向海鲨突击队投降，受尽严刑拷打，更是生不如死。所以他只能进入地下河，殊死一搏。

唐巍用最快的速度脱掉丛林迷彩服，留下贴身的灵鲨潜水衣，将迷彩服扔进洞口的急流里。在急流冲击下，迷彩服很快消失不见了。

唐巍从背囊里拿出潜水面罩，戴上；扯出呼吸管，固定在潜水面罩上；取出手表型潜水电脑，戴在左手手腕上；拿出脚蹼，安装在作战靴上。他担心地下河里有凶猛的大鱼，于是右手握紧分水峨嵋刺，这才跳入急流。

唐巍的身影消失在急流之中，身后的海鲨突击队此时追了上来。他们看到地上的大洞和急流，根本没想过唐巍会跳进去，继续向雨林深处搜索。

唐巍刚刚进入洞中，就被湍急的水流狠狠冲出去十几米。水流速度之快，唐巍根本没有时间调整身体姿势，他扭曲得像一只开水锅里的活虾。

在这种时刻，水下经验帮了他。他在大海中曾经误入过急速暗流，熟悉这种情况，因此并不惊慌。唐巍转动身体，保持正常的游泳姿势。水流速度太快了，他根本不需要耗费体力游泳，只需要尽力保持平衡，水就能推动他前进。

尽管如此，可唐巍一点都不敢放松。因为地下水道里一丝光亮都没有，完全被黑暗笼罩，比地面上黑的多。地面上的雨林里还有零星的月光和星光，足够唐巍看到敌人。

在这种情况下，唐巍完全不知道前面有什么东西。如果水道在前面突然转向，唐巍就会被水推着撞向岩壁，这种速度的撞击，唐巍必死无疑。

唐巍快速打开潜水面罩上的头灯，一道雪亮的光柱射出。可是这道光柱根本帮不了唐巍，因为水裹挟着大量泥沙，十分浑浊，光线完全被挡住。唐巍的眼前，满是乱舞的砂砾，在这处水道里，唐巍就是一个睁眼瞎。

唐巍没有办法，只能“随波逐流”，水流把他冲到哪算哪，他也没有游回入口的可能。因为水流速度远远大于他的游泳速度，无论他怎么游，都会被水冲走。

唐巍飞速前进，不知道过了多少时间，他感觉到水流速度变慢了，同时眼前的砂砾也变多了。

唐巍暗叫一声“不好”，水流变慢，砂砾增多，说明水道在前面有转弯，有岩壁等着他，这要是撞上去……唐巍不敢多想，急忙伸手划水，想要减慢速度。可是根本没有用，他划水那点速度和急流相比，简直不值一提。

唐巍距离岩壁近了些，水清了一些，他隐隐约约看到上面凹凹凸凸，满是尖锐的石棱。一旦撞上，即便不死，装备也可能损坏。

岩壁更近了，唐巍看得更清楚了，有几个石棱还直挺挺地立着，好像插在岩壁上的尖刀，可以不费吹灰之力刺进唐巍的身体……

岩壁越来越近，唐巍眼看命在旦夕。他急中生智，右手一扬，分水峨嵋刺深深地刺进身边的石壁。

唐巍的想法很简单，将分水峨嵋刺刺进岩壁，以它为支点减速，这个办法是完全可行的。以唐巍的臂力，抓住分水峨嵋刺不被冲出去易如反掌。

可是让唐巍没想到的是，分水峨嵋刺虽然刺进了石壁，可是却没有停住，反而被水流推动着，划破石壁一路向前。原来石壁根本没有唐巍想象中的那么硬，它非常软，根本卡不住分水峨嵋刺。

岩壁近在咫尺，唐巍就连收腹提腿，用脚去踢岩壁做缓冲的时间都没有。他牙一咬心一狠，把身子一转，背囊冲向岩壁。心想撞就撞吧，有高压气瓶和背囊做缓冲，应该死不了，至于撞坏装备……先不被撞死再说吧。

唐巍瞬间撞上了岩壁。碰撞的瞬间，泥沙俱起，水中一片污浊。让他吃惊的是，完全没有想象中的剧烈撞击，他反而感觉撞到的东西很软，似乎岩壁被他撞塌了。

唐巍转头一看，不由得大吃一惊。撞上的东西哪是什么岩壁，分明就是泥土层！那些支棱出来的石棱，竟然是大树的树根。

松软的泥土层显然是撞不死人的，唐巍的心略微松了松，可是很快，他就意识到了更危险的事情。

地下河奇景

地下水道质地松软，说明这处地下水道并不是长期存在的岩体水道，而是被水流临时切割出来的泥质水道。这种水道很不坚固，很有可能随时崩塌，一旦崩塌，唐巍就会被活埋在里面。

唐巍虽然意识到了巨大危险，可他的内心却没有丝毫波动。因为他很清楚，面对这种情况，他什么都做不了，现在只能跟着水流走，走到哪算哪。

唐巍从泥壁上起身，重新恢复了平衡，手脚推着壁面转过弯道，顺流而下。水流经过转弯，速度更快了，不过水倒是清澈了一些，唐巍能看清眼前两三米的地方。

唐巍要想活下去，就必须尽最大可能减少压缩空气的消耗。不懂潜水的人都以为潜水员的高压气瓶里装的是氧气，其实不然。潜水员很少用纯氧，因为纯氧在高压下会对人体产生毒性，潜水员使用最多的气体是压缩空气。

唐巍为了节省压缩空气，使用了特别的呼吸方法——低频呼吸法，就是最大限度减少呼吸次数。人在陆地上的时候，平均一呼一吸要用4秒，使用低频呼吸法之后，这个时间会被拉长到40秒甚至更多。

唐巍以前的潜水都是没有任何装具的裸潜，所以对这种呼吸方式不太适应。不过他天赋过人，经过一段时间的训练，掌握了这项技术。

唐巍控制着呼吸，跟着水流漂了半个小时，地下河道依旧伸手不见五指，前不见头，后不见尾。唐巍长年在幽暗水域潜水，对这种恶劣条件习以为常，要是换成别人，可能早就崩溃了。

突然，大量气泡出现在唐巍的眼前。在头灯的照射下，这些气泡散发着奇异的光彩，它们打在水道壁面上炸裂，将泥沙打落下来，弄得水更加浑浊。

唐巍的心一动，这一路漂过来都没见到什么气泡，这里怎么会有这么多?

如果换成别人，肯定想过去一探究竟，可是唐巍没有这样的想法。多年潜水经验告诉他，水下世界危险万分，在没有准备的情况下，永远不要去探索未知的东西。所以唐巍在水下遇到奇怪的东西，第一选择永远是躲开。

可是现在，唐巍想躲开气泡是不可能的，气泡在他面前形成了一堵墙，这堵墙近在咫尺。他没有一丁点绕过去的可能，只能硬着头皮往气泡堆里闯。

唐巍进入了气泡墙，起初一切如常。很快，他只感觉一股怪力从身下袭来，将他向下狠狠拉去，没等唐巍反应过来，身体就剧烈旋转起来。

唐巍猛然意识到，他被卷进漩涡了！他曾经遇到过海流漩涡，就是这种感觉。

唐巍没有做任何动作对抗漩涡，任由吸力拉着他运动，他知道在漩涡之力面前，人力毫无作用。

唐巍感觉自己被拉进了一个大洞，可是四周全都是气泡，他什么都看不清。

唐巍被漩涡怪力裹挟着旋转前进。过了五六分钟，那股怪力消失了，唐巍眼前浑浊的气泡一下子消失了，水质也清澈了许多。

唐巍本能地一抬头，只见头顶是整齐的岩壁，和刚刚那处泥沙做成的壁面不同，这里的壁面，是真正的岩石。

唐巍急忙转头看向周围，所见令他大吃一惊，身边是宽敞的水道，根本看不见壁面。这处水道深不见底、宽不见边，让他生出一种置身海底的感觉。

唐巍恍然明白——这里，才是真正的地下河，极宽极深的地下河。

唐巍稳稳心神，抬起左手手腕，看潜水电脑。电脑内置了惯性导航系统，能够确定唐巍的方位，再配合内置地图，就能确定唐巍的位置。

唐巍发现，此时他正处在距离雅拉河两公里的地方，地下河向雅拉河方向流动。可是唐巍不确定这条地下河会不会注入雅拉河，如果不注入，唐巍必死无疑。

尽管如此，唐巍别无选择，只能顺着水流方向走。幸好地下河流速不慢，唐巍在这种水流里游动比较省力，不会消耗太多压缩空气。

唐巍索性放下生死，专心地欣赏地下河奇景。他借助头灯的光照惊讶地发现，岩壁上竟然有不少洞，硬币大小，洞口规则平整，一看就是生物挖出来的。

唐巍知道地下河拥有特殊的生物体系，比如说东国的地下河就有无眼平鳅、透明金线、半盲米虾等物种，亚马逊雨林地下河的生物，肯定比东国丰富得多。不过唐巍向前游了几百米，地下河一直死气沉沉，没有出现生物的迹象。

就在唐巍不抱希望的时候，突然在他下方，出现了一群闪烁的光圈。那些光圈不断变换着颜色，从蓝色到橙色到绿色再到红色，四种颜色依次变换，循环往复，好像都市夜晚的霓虹灯。

唐巍常年潜水，自以为见多识广，可是见到这种场面完全惊呆了，根本不知道它们是什么东西。他也不敢潜下去一探究竟，这些东西很可能有危险。

唐巍加快速度，想离那些变色光圈远一些。可就在这时，他突然感到一片气泡在眼前升起，低头一看，只见一大群奇怪的生物游了上来。

它们有些像虾，可又不太像。长着虾一样的头、身子和腿，却拖着一条夸张的长尾，长尾上满是对称的细小短肢，好像蜈蚣的脚。

它们的身体是完全透明的。在头灯的照耀下，白色的骨骼、红色的内脏、蓝色的血液清晰可见，唐巍甚至看到了一个小小的红色圆球在跳动，那就是长尾怪虾的心脏。

长尾怪虾快速地向上游，变换的光圈在后面紧追不舍。唐巍意识到这群变换光圈在猎杀长尾怪虾，他不想搅入其中，游向一边。

很快变换光圈游动上来，唐巍借助头灯的光，看清了它们的真身——一个透明的圆筒，五颜六色的内脏清晰可见，周围飘荡着纤长的触手，圆筒边缘上生着发光细胞，变换的光就是这样发出的。

唐巍觉得这些东西是水母。他对水母并不陌生，他潜水的时候见过很多种水母，他对水母抱着一百二十分的敬意，因为很多水母都是有剧毒的。比如箱水母和僧帽水母，被它们蛰上一口，性命难保。

唐巍不知道这些变光水母有没有毒，他不想以身试险，调整了一下沉浮水袋，下潜了数米。又向另一侧游动了一段距离，避开了它们。

长尾怪虾已经游到了岩壁下面，无处可躲，被变光水母追上。变光水母纤长的触手漂动过去，触手只要一碰到长尾怪虾，长尾怪虾便像触电一样，全身瘫软，不能动弹。

变光水母用触手包裹起长尾怪虾，送入体内——也就是圆筒里。圆筒是透明的，从外面可以看到长尾怪虾一点点被消化液吞噬。

唐巍目睹了变光水母捕捉长尾怪虾的过程，一阵阵心惊。他担心的并不是变光水母，因为那些变光水母的速度不快，如果他全速游动，变光水母追不上他。他真正担心的是——地下河中有大型掠食鱼类！

长尾怪虾和变光水母的数量都不少，一定会有大型掠食鱼类来捕杀它们，维持生态平衡，这是自然界的铁律。唐巍担心碰上大型掠食鱼类，一旦碰上，就将是一场死战。

唐巍对大型掠食鱼类一无所知，现在只能祈祷别遇到它们。可就在这时，在他的前方，突然出现了一群游动的东西，唐巍也看不出是什么。不过唐巍从它们带起的水波可以感觉出，它们的个头一定不小。

唐巍担心它们就是大型掠食鱼类，攥紧了分水峨嵋刺，全神戒备。

不一会儿，那群大鱼来到唐巍的面前，每一条都如唐巍手臂般大小，眼睛已经退化，只剩下一条小缝。它们通体雪白，身上的鳞片很细，嘴巴小小的，嘴巴周围生着长长的触须；它们的游动速度并不快，身子圆滚滚的，显得呆呆傻傻。

唐巍看到这群大鱼一副呆萌的样子，稍微放下心来，觉得它们应该没有威胁。唐巍强压下伸手抚摸它们的冲动，从它们的身侧游过去。

可就在这时，一条大鱼的触须碰到了唐巍的右臂。突然之间，本来呆萌的大鱼就像被按了快进键一样，动作快如闪电，一口向唐巍的右臂咬来。

让人吃惊的是，大鱼的嘴巴看起来不大，可是一张开，嘴巴竟然像裂开一样，扩大到原来的几倍，里面满是锋利如刀的尖牙。

这些裂口盲鱼，就是唐巍一直担心的大型掠食鱼类。

唐巍本能地抬起手，用分水峨嵋刺一挡，裂口盲鱼这一口狠狠咬在分水峨嵋刺上。裂口盲鱼咬上就不松口，头部狠狠一甩，竟要夺走分水峨嵋刺。

唐巍手上加力，回夺分水峨嵋刺。没想到裂口盲鱼天生蛮力，咬着分水峨嵋刺甩动，竟然把唐巍甩出去一大段距离。

唐巍手腕一转，使出一股螺旋劲，带动着分水峨嵋刺在裂口盲鱼口中一拧。裂口盲鱼顿时咬不住了，尖牙大口一松，唐巍将分水峨嵋刺夺回手中。

暗河激斗

与此同时，更多裂口盲鱼的触须碰到了唐巍的身体，一张张尖牙大口向唐巍咬来。这些长满尖牙的嘴虽然不像灰鲭鲨那样可怕，可真要是在唐巍的身上咬上一口，也够他受的。

唐巍见到离他最近的一条裂口盲鱼已经冲到胸前，抬手就是一刺。分水峨嵋刺从裂口盲鱼的背脊上刺进去，从下腹鳍钻出来，一团淡蓝色的体液从刺口喷涌而出。

裂口盲鱼感觉到了剧痛，疯狂地扭动起来，将水搅乱。水波搅动了触须，那些裂口盲鱼一时间出现了混乱，没有继续攻击唐巍。

唐巍一抖手，抽出分水峨嵋刺，双腿快速蹬水，游出去十来米，与裂口盲鱼拉开了距离。可是那群裂口盲鱼不依不饶，追了过来，它们的游泳速度比唐巍更快，眨眼之间几乎要追上了唐巍。

唐巍眉头紧锁。这些裂口盲鱼单个战斗力虽然比不上他曾经对抗过的灰鲭鲨，可是它们的数量多。比起灰鲭鲨，似乎更难对付。

正在这时，游在最前面的一只裂口盲鱼一口咬中了唐巍的左脚脚蹼，唐巍用右脚一蹬，把那只裂口盲鱼踢开，几只裂口盲鱼接踵而至。唐巍挥动分水峨嵋刺，将几只裂口盲鱼赶开。可是更多的裂口盲鱼却围拢过来，唐巍心急如焚，再这样下去，非得被这群怪物分尸不可。

在这危急关头，唐巍一眼瞄到了那群变光水母，它们对长尾怪虾的剿杀已经接近尾声，正向下方漂去。

唐巍灵机一动，想把裂口盲鱼引到变光水母群里，让它们大战一场，他趁机逃脱！尽管进入水母群有被刺伤的危险，可灵鲨潜水衣材料坚韧，变光水母触手上的毒刺应该刺不穿。

唐巍想到此处，收腰蜷身，在水中转过身来，双腿猛地一蹬水，蹿出去很远。裂口盲鱼的反应速度并不太快，唐巍转过身来它们并没有立刻追击，因此拉开了距离。不过裂口盲鱼的速度比唐巍快得多，开始追击之后立刻拉近了距离。

唐巍估算了一下到变光水母的距离，心瞬间凉了，以他的游泳速度，没等靠近变光水母，就会被裂口盲鱼包围吃掉！

唐巍急中生智，双腿一蹬水，靠近了上岩壁，用手中的分水峨嵋刺在壁面上一刺，重重地向后一推，身体借着这股力道猛地向前一蹿。那支分水峨嵋刺就如同是一部推进器，推动着唐巍快速向前。

借着分水峨嵋刺的助力，唐巍身后的裂口盲鱼没能像刚刚一样追上他。数分钟之后，唐巍已经靠近了那群变光水母，只需要再用分水峨嵋刺推动一次，唐巍就能冲入变光水母群，将裂口盲鱼引入其中。可就在这时，又出现了变故。

唐巍像刚刚一样，将分水峨嵋刺插进上岩壁，用尽全力向后一推，可是这次分水峨嵋刺没能像刚刚那样把他推出去。他在岩壁上一滑，把岩壁划出一道深痕，这处岩壁比较松软，无法借力。

唐巍身体一滞，一条裂口盲鱼已然冲到身边，一口咬在了唐巍的小腿上，一阵剧痛传遍全身。他以前也被大鱼咬过，可是今天这一口竟然格外的疼。

唐巍顾不上看小腿的伤口，拼尽全力游向变光水母，可没想到那条裂口盲鱼竟然不松口，拖得他速度大减。其他裂口盲鱼趁势将唐巍围在核心，张口就咬，腰、后背、胳膊，数处疼痛传遍唐巍全身。

正在这时，一条细长透明的丝状物漂荡到唐巍面前，那正是变光水母的触手。

唐巍伸出左手，猛地将触手抓在手中。水母的触手上布满了刺丝囊，这些刺丝囊被唐巍抓握，带着毒液的刺丝像针一样弹出。幸好潜水衣足够坚韧，没被刺穿。

唐巍紧握触手，狠狠地按在一条裂口盲鱼身上，刺丝瞬间刺入裂口盲鱼的身体。那条裂口盲鱼就像被电击了一样，全身一颤，立即冲向变光水母，一口咬在圆筒上，直接把圆筒撕开一个大口子。

变光水母遭受重击，其余触手立刻缠上裂口盲鱼。与此同时，身上变换的光更亮更快，犹如发起总攻的信号弹。

几只变光水母立刻游动过来，用触手缠绕那只裂口盲鱼。裂口盲鱼剧烈地抖身甩尾，溅起一片片水浪，其他裂口盲鱼如同听到了进攻的号角，纷纷冲向变光水母。

裂口盲鱼纷纷放弃唐巍，开始攻击变光水母，唐巍身边只剩下那条咬住他腿的裂口盲鱼。唐巍挥动分水峨嵋刺，稳稳刺中它的头部，它顿时毙命。唐巍手臂一甩，将尸体扔进幽深的地下河。

唐巍迅速检查伤口，他很幸运，裂口盲鱼没能洞穿他的潜水衣，只在上面留下了深深的牙印。

唐巍用分水峨嵋刺支撑岩壁助力，加速离开战场。他担心裂口盲鱼追上来，不时地向后看，只见裂口盲鱼和变光水母斗得难解难分。裂口盲鱼虽然个头大、力量足，可是变光水母数量多，有毒刺。裂口盲鱼能将变光水母撕扯成碎片，变光水母也能将裂口盲鱼毒死。

几分钟后，唐巍再也看不到那些变换的光圈了，这才收起分水峨嵋刺，恢复到顺水漂流的状态。

刚刚一番恶斗，消耗了不少压缩空气，唐巍想知道压缩空气的剩余量，立刻去看潜水电脑。潜水电脑与压缩气瓶中的传感器通过蓝牙连接，随时显示剩余气体量。压缩空气剩余量为百分之六十，按照当前压缩空气的消耗情况，够他使用两个小时左右。

也就是说，如果两个小时之内他还无法找到出口，他就会死在这条地下河里，这还是不遇到任何麻烦的理想情况。如果再遇到裂口盲鱼，或者是什么更厉害的掠食鱼类，那唐巍的时间会变得更少。

唐巍打开定位功能，添加地图，很快发现，雅拉河在他的东北方向，到那里大约需要四十五分钟。但这并不能表明他游向东北方向就能进入雅拉河，这条地下河可能突然转向，甚至从雅拉河下面穿过去，但这是他唯一的机会。

唐巍向东北方向游去，四十分钟之后，唐巍发现自己的位置与雅拉河重合，也就是说，雅拉河此时在他的上面。

唐巍看了看潜水电脑上的水压读数，上面显示当前水压相当于三十五米深度。而雅拉河平均深度是二十五米。这十米的水压差，足够把地下河水压入雅拉河，如果真的有注入口，那这个注入口一定会在地下河的上岩壁上。

可是这个注入口到底会在哪里呢？唐巍借助头灯的光亮，在上岩壁上寻找。可是很快发现自己这种找法根本不行。他的头灯只能照射两三米的距离，这岩壁宽广无边，没有几天几夜根本找不完，必须找到一个全新的方法。

唐巍凝神思索，突然想到：如果地下河真的注入雅拉河，那就一定会出现大股乱流，只要我找到这股乱流，应该就能找到注入口。

可是乱流该怎么找呢？肉眼看不到，身体也感觉不到，唐巍决定借助一些东西。

唐巍伸出手去，在岩壁上抠下来一些泡软的石块，搓成粉末，把粉末放在水中，看粉末的流向，希望借此看出变化的流场。结果粉末全都顺着地下河的流向流走，唐巍一点流场变化都没有看出来。

也许这里距离注入口太远，所以流场变化不明显，唐巍换了一个地方，再次释放粉末，结果一无所获。

唐巍一连试了十几次，没有一次奏效，他无奈地放弃了这个办法，可他一时间又想不出别的办法，他抓着岩壁停在原地，一筹莫展。

时间一分一秒地流逝，压缩空气量越来越少，唐巍活下去的时间也越来越短，他的心渐渐被绝望笼罩……

难道真要被活活困死在这条地下河里？

就在这时，转机突然出现！

唐巍感觉身边有什么东西游过，转头一看，只见一条巴掌大小的鱼从他的身边缓缓游过。那条鱼生着漂亮鲜艳的蓝黑花纹，还长着一对天真烂漫的大眼睛。

唐巍的脑海中就像有一道闪电划过，瞬间照亮了整片黑暗！

地下河里的生物，由于长年不见天日，身体色素极少、眼睛高度退化，不可能有漂亮鲜艳的花纹，更不可能有这么大的眼睛。这条鱼竟然拥有花纹和大眼睛，说明它一定是从地上河过来的。这附近的地上河，只有雅拉河了，这条彩鱼一定是从雅拉河游过来的。

地上河的鱼，身体构造无法适应地下水域环境，在地下河无法生存，它一定会返回地上河。只要跟着它，一定能找到注入口。

唐巍双脚打水，跟在那条彩鱼后面。幸运的是，彩鱼虽然身体轻盈，可是游得并不快，唐巍全力游动，完全能跟得上它。

彩鱼一直向东北方向游动，差不多过了十多分钟，突然“嗖”地一下，从唐巍的眼前消失了。唐巍心头一颤，难道最后一丝希望也破灭了吗？他双臂摆动，快速划水，追了过去。

搅动掠食者

唐巍游到彩鱼消失的位置，惊喜地发现，上岩壁上竟然有一个大洞。这个大洞深不见底，极其宽阔，水从地下河流进大洞。

大洞在地下河上方，水竟然能流“上”去，听起来不可思议，可这就是大自然的鬼斧神工。因为地下河水压比地上河高，所以水会被压上去。

唐巍看了看潜水电脑，他所在的位置仍然在雅拉河的下方，穿过这个大洞，就有可能进入雅拉河。

唐巍并没有过分喜悦，因为他不知道这个大洞会不会通入雅拉河。多年的潜水经历让他养成了沉稳谨慎的性格，事情没有尘埃落定之前，绝不产生情绪波动。

大洞入口水流并不快，唐巍缓缓地游了进去。他贴着洞壁，时刻用分水峨嵋刺刺入岩壁，控制速度。此时的他，完全不敢游得过快，一旦速度太快，命就没了！

这绝不是危言耸听，而是冰冷的现实！

唐巍现在是在上浮，潜水员的上浮可不像普通人想的那样，想上浮到什么深度就能一下子浮上去。潜水员在水下呼吸的是高压空气，其中包括高压氮气。在高压下，它们会溶解在身体里。如果快速上浮，这些氮气会猛地释放出来，给身体带来致命的伤害。因此潜水员必须控制时间，缓慢上浮。

唐巍缓慢地上浮了将近十分钟，终于离开了水洞，进入了一片宽阔的水域。这片水域的上方不再笼罩着令人崩溃的黑暗，而是透着微微的亮光。这种亮光唐巍非常熟悉，那是夜空中的月光，这里是地上河。

唐巍终于离开了地下河，进入了地上河，他再次看潜水电脑，确定这里就是雅拉河。他终于进入了雅拉河，这场以生命为筹码的豪赌，他赌赢了！

唐巍一阵狂喜，心脏剧烈地跳动起来，他急忙平稳心神。对一个潜水员来说，情绪波动是大忌，因为无论是高兴还是悲伤都会导致身体代谢加速，消耗不必要的压缩空气。

唐巍很想浮出水面，拥抱一下久违的月光，呼吸一下常压空气，可是他压制住了这样的冲动。因为他很快意识到，他根本没有脱离危险，对他而言，不过是从一号死牢搬到了二号死牢。

唐巍从潜水电脑上得知，这里距离食人鱼基地只有不到一公里。水藻之前告诉过他，海鲨突击队昼夜在这片水域巡逻，他们一般乘坐巡逻艇，巡逻艇上装备大型红外 / 微光夜视装备。只要唐巍敢在水面露出脑袋，就会被海鲨突击队发现，必死无疑。

唐巍的面前有两条路，其一，放弃食人鱼行动，在水下卸掉装备，用水藻给他准备的假身份联络海鲨突击队；其二，继续完成食人鱼行动。

唐巍选择第一条无可指摘，毕竟他刚刚死里逃生，而且导致他身陷险境的过错并不在他，而是海神或者埃尔多安集团高层泄露了情报。

唐巍很想选择这条路，可是他很担心，一旦选择了这条路，海神会不给他钱。尽管水藻说过，那二十万美金相当于出场费，只要他执行这次行动就会得到这笔钱。可是水藻同样说过，那二十万美金有阵亡抚恤金的性质，要是唐巍既没有完成任务，还活着回去，那钱是不是就不给了？

唐巍左右为难，他在水下也没法用卫星电话联络水藻。他牙一咬心一横，主意打定：为了那二十万美元，按照原计划潜入食人鱼基地，炸掉战神之锤特战艇！都已经到这里了，要是放弃的话就前功尽弃了。

唐巍用潜水电脑查看了一下深度，二十八米，这个深度有些大了，不适合继续行动，他决定上浮到十米深度。

唐巍打开潜水电脑的计时器，控制着时间上浮，三分钟之后，唐巍进入了十米深度。这里的月光更亮了，让唐巍觉得很舒服。

唐巍利用潜水电脑确定方向，向食人鱼基地游去。游着游着，唐巍感觉到了危险，那就是——河水越来越浅了，从二十八米减少到二十米，最后减少到了十五米左右，这种深度凯门鳄最喜欢了，附近很可能栖息着凯门鳄。凯门鳄可是极其强大的掠食者，唐巍根本不想碰。

正在这时，一阵“轰隆”声从远处传来，对于拥有丰富潜水经验的唐巍来说，这种声音他非常熟悉——快艇螺旋桨打水的声音！

海鲨突击队来了！唐巍的心微微一颤，神经蓦然绷紧。不过他并没有过分担心，因为他很清楚，他在水下十米深的位置，只要他不浮出水面，海鲨突击队没有任何可以发现他的手段。唐巍甚至对巡逻艇的到来感到高兴，因为这刺耳的声音足以驱赶凯门鳄。

唐巍正为不必遭遇凯门鳄而高兴，可就在这时，他猛然发现，头顶的巡逻艇不对劲！

正常情况下，巡逻艇肯定会“轰轰轰”地开过去。而现在，巡逻艇在经过唐巍头顶的时候，竟然减速了。螺旋桨的声音小了许多，似乎有停下来的意思。

唐巍心想这是怎么回事，难道说巡逻艇发现我了？这不可能，绝对不可能！十米水深，暗夜月光条件，他们绝对不可能看到水下十米的状况！难道说他们用了声呐？别逗了，声呐只能听到水下有东西，至于那东西是人还是鱼，根本分辨不出来。

唐巍认定海鲨突击队发现不了自己，硬着头皮往前游。可就在这时，他突然听到水面传来了“啪”“啪”“啪”的声音，有人在往水里扔东西。

唐巍第一个反应是海鲨突击队在扔深水炸弹，可是转念一想就笑了，海鲨突击队不至于拿深水炸弹来炸我吧！他抬头向上看，只见暗蓝色的水面上，有几大块东西沉了下来，光线太暗，他根本看不清楚这些东西是什么。

唐巍的潜水经验告诉他，在水下，好奇心是最要不得的东西，遇到没见过的东西，第一件事情永远是躲开。水下世界，太诡异，太危险。人在水下，脆弱得就像狂风里的玻璃瓶，稍不留神就会摔得粉身碎骨。

唐巍加快划水速度，躲开那些奇怪的块状物。可就在这时，突然远处传来了快速的划水声，一道强劲的水波打在唐巍的身上。唐巍转头看去，只见一个庞大黑影从远处冲过来，径直扑向一个块状物。

庞大黑影从唐巍的头顶划过，唐巍看见了扁长的脑袋、短小的四肢、圆滚的身体和粗大的尾巴，这东西竟然是一条凯门鳄！

这条凯门鳄身长足有二米，已经算是凯门鳄家族中的巨无霸了。它游到块状物的附近，张开大口，一口将块状物吞下。

唐巍突然明白了，海鲨突击队根本不是在巡逻，他们是在扔肉块引诱凯门鳄啊！

在黑夜之中，想要发现潜渡的人不容易，于是海鲨突击队就四处扔肉块。凯门鳄在夜晚并不活跃，可在肉块的刺激下，它们活跃起来。如果有人潜渡进入这片水域，凯门鳄就会冲出来将他撕碎！

狠，真是太狠了！

唐巍没有想错，海鲨突击队扔肉块就是这个目的！埃尔多安集团早就想干掉战神之锤。此前曾经雇用几个佣兵集团，数次对食人鱼基地发动攻击，不过没有一次成功，全被海鲨突击队挫败。埃尔多安集团没有办法，这才找到了海神。

海鲨突击队被数次骚扰，不胜其烦，于是想出了这样的办法，在夜晚向水中投掷肉块。这些肉块都经过了特殊处理，加入了兴奋剂一类的物质，凯门鳄吃完便活跃起来，足以吃掉一切水下入侵者。

海鲨突击队的巡逻艇扔完肉块就走了。那条凯门鳄将数块肉吃掉，彻底活跃了起来，开始在水中游动起来，寻找更多的肉块。

唐巍立刻紧张起来。水藻曾经告诉过唐巍，凯门鳄可以通过视觉、嗅觉和触觉感知水下情况，感觉器官极其灵敏。尽管唐巍距离凯门鳄有一段距离，可是仍然能感知到唐巍游泳时带起的水波。

唐巍决定暂时不动，以免引起凯门鳄的注意。他在水中转了个身，以站立姿势面向凯门鳄，警觉地看着它的动静。同时用最轻微的动作打水，维持他在水中的平衡。

凯门鳄似乎并没有注意到唐巍，它在远处悠然自得地游着，一直用壮硕的巨尾对着唐巍。唐巍紧绷的心弦稍微松了松，看样子那条凯门鳄会就此游走，不会过来打扰他。

唐巍眼看着凯门鳄越游越远，几乎要离开他的视线。可就在这时，他猛然感觉到什么东西从身边“嗖”地一下冲了过去。唐巍本能地一转头，只见一条手臂长短的怪鱼飞速游过。

那条怪鱼头部扁平，口部上翘，身体宽壮，鳞片粗大，竟然是一条巨骨舌鱼！这种鱼在亚马逊雨林并不少见，是凶狠的食肉鱼类。

唐巍惊出一身冷汗，不是因为他害怕巨骨舌鱼，而是害怕巨骨舌鱼引起凯门鳄的注意。他的体形比这条巨骨舌鱼大多了，巨骨舌鱼不敢动他。可要是巨骨舌鱼和凯门鳄打斗起来，凯门鳄就有可能注意到他。

唐巍伸出手去，想要抓住巨骨舌鱼，可是它游得太快了，唐巍抓了个空。只见巨骨舌鱼冲到凯门鳄附近，吞吃着散碎的肉块。凯门鳄果然注意到了它，尾巴一划，转过身来，直面唐巍的方向。

两栖步枪战巨鳄

巨骨舌鱼也是个“老奸巨猾”的家伙，知道自己的体形、力量和凯门鳄无法相比，根本不是对手，灵活地一转身，游向深水，消失在一片水草之中，而凯门鳄却盯上了唐巍。

凯门鳄慢慢悠悠地靠近唐巍，唐巍全身的血几乎都凝固了。比起灰鲭鲨，面前的凯门鳄更让他担心，他有面对鲨鱼的经验，可是面对鳄鱼，他的经验为零。毕竟大海里没有鳄鱼（世界上虽然有咸水鳄，可是在东国分布极少，唐巍根本没有见过）。

唐巍对凯门鳄的捕食习性一无所知，不知道它会用什么方式发动攻击，也不知道它发动攻击的预兆是什么。唐巍即将在云山雾罩之中，与一个恐怖强敌对抗。

随着凯门鳄的靠近，唐巍看清了它的身体。全身上下都是粗糙的鳞片，犹如一身坚硬的铠甲，背上的几排鳞甲高高竖起，犹如插着一柄柄短剑。唐巍攥了攥手中的分水峨嵋刺，暗暗心想，这家伙能刺穿那一身铠甲吗？

唐巍突然想起了曾经一次潜水经历。那次他在水下遇到了一条云斑鰕虎鱼，十几厘米长，那种鱼是出了名的皮硬，吃之前甚至要想办法剥皮。因为那皮煮熟了也咬不动。

唐巍当时起了好奇心，用分水峨嵋刺去刺它，结果完全刺不动。眼前这条凯门鳄，明显比云斑鰕虎鱼硬多了。

唐巍正在想着，眼睛瞥到了凯门鳄长在头顶的眼睛，这里必然是凯门鳄最脆弱的地方。真要打起来，就刺这里。

唐巍做好了突刺的准备。可就在这时，只见那条凯门鳄闪电一般地冲了过来，张开血盆大口，冲唐巍的脖子就咬。

凯门鳄这一下出击，速度实在是太快了，唐巍几乎什么都没看清，就看见一道黑影冲了过来。这种情况不用说刺眼睛了，唐巍连眼睛在哪都看不见。

多年东国传统武术训练养成的本能在这个关键时刻救了唐巍。他把分水峨嵋刺往凯门鳄的口中一递，刺身碰到了凯门鳄的尖牙。凯门鳄猛地一闭口，狠狠咬住分水峨嵋刺。

据说鳄鱼的咬合力是所有猛兽中最强的，接近一吨。不过分水峨嵋刺形状浑圆，通体光滑，凯门鳄的牙齿又不密集，唐巍一用力便把分水峨嵋刺抽了出来。

分水峨嵋刺离开凯门鳄的巨口之时，刺尖划破了它的口腔，疼痛让它动作一滞。唐巍借着这个机会，双脚猛地一蹬水，向后退开了数米。

唐巍并没有脱离险境，反而更陷绝境，因为疼痛激发了凯门鳄血性。唐巍知道分水峨嵋刺对付不了凯门鳄，决定换一招对付它，那就是——隐龙两栖步枪！

两栖步枪的杀伤力可比分水峨嵋刺强悍多了，分水峨嵋刺刺不穿凯门鳄的钢铁战甲，隐龙两栖步枪却可如利刃破冰！

唐巍并不担心使用两栖步枪会被水上的人察觉。这里距离水面足有十米，两栖步枪的声音和气泡都会消失于无形。

隐龙两栖步枪在唐巍腰部的背囊之中，背囊经过特殊设计，枪可以快速取出放入。唐巍伸出左手去拿隐龙两栖步枪，这时只见凯门鳄向下一潜，向唐巍的脚下游去。

原来这种从下往上的撕咬，才是凯门鳄最凶狠的杀招。刚刚咬唐巍的那一口，不过只是试探，是和唐巍玩玩。唐巍既然“不识抬举”，只能逼得凯门鳄使出全力。

唐巍的心一颤。以这条凯门鳄的攻击速度，没等他把隐龙两栖步枪拿出来，就会被拦腰咬断！

危急时刻，唐巍急中生智，右臂一扬，对准凯门鳄的脑袋将分水峨嵋刺掷出。

分水峨嵋刺不偏不倚，正好打在凯门鳄的脑袋上，与坚硬的铠甲正面相撞。分水峨嵋刺果然不是凯门鳄铠甲的对手，被瞬间弹开，如同撞上了一块顽石。

分水峨嵋刺虽然被弹开，可是后面的锁链依旧缠在唐巍的手臂上，因此分水峨嵋刺还在唐巍的掌控之中。

尽管分水峨嵋刺没有杀伤凯门鳄，却把它撞得脑袋一偏，没能立刻撕咬唐巍。唐巍借着这个机会，将隐龙两栖步枪拿在手中。

水下步枪的射击也和水上步枪一样，需要将枪托抵肩，抵消后坐力。唐巍用最短的时间完成抵肩动作，右手打开保险，拉开枪机。

水下步枪射程一般只有十几米，超出这个范围，人就看不见目标了。因此水下步枪的瞄准不需要像陆上步枪那样精细，唐巍几乎没费多少时间就瞄准了凯门鳄。

这时凯门鳄胸腔鼓起，怒火高燃，由下而上，一口咬向唐巍的腰腹，唐巍稳稳地扣动了扳机。

击针撞上底火，弹壳内的火药极速燃烧，大量高压气体喷涌而出，将子弹推出枪膛。气流涌出枪膛，产生大量气泡。气泡翻涌起来，把唐巍的视线完全遮住。气流同时产生了巨大声响，这声响格外沉闷，与陆地上的枪声迥然不同。

如果是普通子弹，在水下由于水的巨大阻力，根本飞不出去多远。而隐龙两栖步枪发射的是超空泡子弹，子弹在"飞行"的时候，由于弹头的特殊构造产生了超空泡现象，让子弹平稳高速地"飞行"。

子弹结结实实地撞在凯门鳄脑部后面的背上，角质鳞构成的鳞甲瞬间被撕开。子弹狠狠地钻进凯门鳄的身体之中，殷红的血瞬间弥散开来。

超空泡子弹巨大的停止作用让凯门鳄向下一沉，唐巍趁机再次拉开和它的距离，远远地看着它，希望它死掉。

可惜的是，凯门鳄皮糙肉厚，体重巨大，这一枚子弹打在人身上足以毙命。可是打在凯门鳄身上，并不能把它杀掉，反而使它狂性更甚。

凯门鳄再次冲向唐巍，唐巍不敢怠慢，举起隐龙两栖步枪，对准凯门鳄扣动了扳机。又一枚超空泡子弹射出，打在凯门鳄的背上。这一弹靠近尾部，再次给凯门鳄添了一个血洞。

凯门鳄被打得向下一沉，再浮上来的时候，动作明显迟钝了许多。

即便是凯门鳄再皮糙肉厚，被两枚超空泡子弹击中，也受到了重创。凯门鳄受了重伤，不再攻击唐巍，转头向远处游去。唐巍这才松了口气，将隐龙两栖步枪放回背囊。

唐巍收好了隐龙两栖步枪，便把分水峨嵋刺也收了回来。刚刚急于开枪，任由分水峨嵋刺落向水底，根本没工夫管它。唐巍抓着锁链收回分水峨嵋刺，手触碰到锁链之时，突然感觉不对劲。

分水峨嵋刺的锁链是用炼钢古法打造的，上面用砂纸打磨了无数遍，十分光滑。可是现在，手摸上去竟然有细微的凹痕，而且不只一节锁链上有，一连四五节锁链上都有。

唐巍很奇怪，莫非这是凯门鳄咬出来的？不对啊，凯门鳄咬的是分水峨嵋刺的刺身，没有咬到锁链啊……唐巍收回分水峨嵋刺，举到面前，只见上面是一排细小的白印，两侧的略深，中间的很浅。

难道说这是被什么东西咬出来的？不会吧，能把精钢打造的分水峨嵋刺锁链咬出痕迹，这个咬的家伙得多有劲儿啊！更何况从白印的分布来看，这个家伙的嘴巴至少有二十厘米宽，水中哪有这样的庞然大物？

唐巍越想越心惊，此处绝对不是久留之所。凯门鳄、巨骨舌鱼都是强悍的凶兽，现在又多了一个能把分水峨嵋刺咬出一道白印的家伙。看来海鲨突击队投下的肉块把附近的掠食者都搅动了起来。时间一长，不知道会出现什么状况，现在必须赶紧走。

唐巍急忙收起分水峨嵋刺，快速游走。可就在这时，他突然看到，凯门鳄的方向一时间气泡层起，波浪翻滚，那条凯门鳄似乎在和什么东西打斗。

唐巍可不想多看，无论和凯门鳄打斗的东西是什么，他都应付不了，他双腿快速打水，向远处游去。

唐巍正在游着，猛然间听到身后水声大作。他回头一看，只见那条凯门鳄正高速游来，它的身上多了一条条像带子一样的东西。那些带子看起来很粗，圆滚滚的，在它的身上一圈圈绕着。凯门鳄看起来很痛苦，不停地甩动壮尾，扭动四肢，嘴巴不停地向后去咬那些带子。

唐巍这时猛然看清，缠住凯门鳄的东西不是普通之物，而是一条粗壮的绿森蚺！

绿森蚺，蟒蛇的一种，世界上最大的蛇，体长最大可以达到十二米，重量超过五百公斤，擅长绞杀各种猛兽，堪称亚马逊雨林的第一霸主。由于其体形过于庞大，常年生活在水中，在水中极其灵活，最喜欢在夜间活动。

在唐巍进入亚马逊热带雨林之前，水藻就告诉过他，雅拉河里有绿森蚺，曾经把一名海鲨特种兵活活绞死。据说那个海鲨特种兵的二十四根肋骨全部被压碎，刺进肺里，死状惨不忍睹。如果你遇到绿森蚺，什么都别干，能跑多远就跑多远。

一道电光闪过唐巍的脑海，他的分水峨嵋刺肯定是被森蚺咬的。森蚺的口中长着上下六排牙齿，足有一百多颗，撕咬力惊人。

死斗绿森蚺

唐巍此刻全都明白了，这条绿森蚺刚刚就潜伏在一边，“偷看”他与凯门鳄的死斗。他的分水峨嵋刺落在水下，不巧落在绿森蚺的身边，它出于好奇，就咬了一口。可能是察觉出分水峨嵋刺不好吃，所以扔下了它。等到那条凯门鳄负伤而走，血腥味刺激了绿森蚺的捕食欲望，于是出手猎杀。

此时凯门鳄和绿森蚺的厮杀仍然在继续，绿森蚺使出了它的最强杀手锏——死亡缠绕，用它那强壮的身躯紧紧缠住猎物。强大的压力令猎物的血液无法流动、肺部无法呼吸、心脏无法跳动，最终一命呜呼。

绿森蚺更厉害的地方在于——它能感知到猎物的心跳。只要猎物的心脏还有一丝跳动，它就不会松开身躯，它会一直缠绕猎物，至死方休。

绿森蚺死死地锁在凯门鳄的躯干上，凯门鳄支撑不住它的重量，不断下沉，最终落在河底。河底都是岩石，所以没有搅起泥沙弄浑河水。唐巍还能看见两条巨兽的搏斗，而这壮观的搏斗景象，竟然让唐巍——这个水下高手忘记了逃跑。

唐巍看到，绿森蚺的巨口死死咬住凯门鳄的腰部，身体一圈圈地缠在凯门鳄的躯干上，身体不断收紧，对凯门鳄施加的压力越来越大。

凯门鳄虽然被唐巍打了两枪，可是在生死关头却爆发出了潜能。它的四只利爪全部楔进绿森蚺的身体，绿森蚺粗大的鳞片被整个扒掉，露出雪白色的蛇皮和深红的肌肉。

凯门鳄还用血盆大口狠狠咬住绿森蚺的尾巴，鲜血不断从绿森蚺尾巴上涌出来。

绿森蚺在缠绕，凯门鳄在抓咬，凯门鳄只能伤绿森蚺的皮肉，而绿森蚺却能伤凯门鳄的内脏，这场厮杀似乎胜负已定。唐巍不再看下去，双脚打水，游向远处。

几分钟后，正在生死搏杀的凯门鳄和绿森蚺消失在唐巍的身后，唐巍暗暗庆幸那条绿森蚺去攻击凯门鳄了，没有攻击他。如果是攻击他，他连一分钟都支撑不住。他的隐龙两栖步枪能击中面积比较大的凯门鳄，可是想要击中细长的绿森蚺就难了。

正在这时，唐巍突然看到前面出现了一片奇异的景象。只见水底躺着一个巨大的黑色圆球，上面似乎长了不少触手，在水中晃动。

尽管唐巍一路来见识过了不少奇异生物，奇妙景观，可是眼前这个巨大黑色圆球还是让他大感惊奇。这个黑色圆球足有五六米长，一两米高，在水下不停扭动，上面还有条状的东西在滑动。更奇怪的是，那些触手一样的东西一会儿从圆球里钻出来，一会儿又钻回去，没有片刻安宁。

唐巍搜遍了脑海中的知识储藏库，也没有想出这个东西是什么，他也无法判断这个东西对他有没有威胁。在这种情况下，他决定离它远点，从它的远处游过去。不过唐巍为了监视它，没有让它脱离自己的视线。

黑色圆球距离唐巍越来越近，唐巍看它也越来越清晰。等到唐巍看清它的真身，惊讶得差点一口水呛进肺里！

那个黑色圆球不是别的东西，而是一群绿森蚺！

一群看不出数量的绿森蚺缠绕在一起，从远处看就是一个巨大的黑色圆球，它们扭曲着身子，不时滑动。有的绿森蚺不时把头抬起来，看起来就像漂浮在水中的触手。

唐巍心头骇然，绿森蚺可是出了名的独行杀手，它们为什么会缠绕在一起？

唐巍再次感到自己见识短浅，他不再多想，快速游走。不管原因如何，一群绿森蚺都是极其恐怖的，必须马上走。

唐巍不知道的是，这些绿森蚺之所以缠绕在一起，原因其实很简单，那就是交配。

绿森蚺与其他动物不同。其他动物的雄性为了争夺与雌性的交配权，通常会大打出手，只有获胜的雄性才有权与雌性交配。而绿森蚺，雌性对于所有想要与之交配的雄性都来者不拒。雌性会和所有雄性缠绕在一起，组成一个巨大的交配圈，并与每一条雄性交配，这种交配圈最长可以持续六个星期。

唐巍快速地从绿森蚺交配圈边上游过。几条绿森蚺察觉到了游过的唐巍，不过它们忙着交配，没有理会唐巍。唐巍略微松了口气，可就在这时，惊变突然发生。

一阵剧烈的发动机轰鸣声从唐巍的头顶传来，海鲨突击队的巡逻艇又来了。而且这次的巡逻艇，正好从唐巍的头顶驶过，声音极大，水的传声性能又好，震得唐巍头皮一阵阵发麻。这声音同样惊动了交配圈里的绿森蚺，两条绿森蚺从交配圈里游了出来，其中一条冲唐巍游了过来。

唐巍眼角的余光瞥见了那条游动的绿森蚺，他急忙侧转身体，面向那条绿森蚺，他担心绿森蚺会突然发动进攻。在水下，人的观察能力受到极大限制，很多时候都无法提前发现水下攻击者，大多数被攻击的潜水员，直到被尖牙撕开皮肉、毒刺进入皮肤才发现攻击者。唐巍的水下经验极为丰富，因此第一时间监视威胁。

游向唐巍的这条绿森蚺差不多五米长，体重超过一百五十千克，这种级别的绿森蚺，人一旦被缠上就别想活命。更可怕的是，这条绿森蚺身上布满了大大小小的疤痕，其中蛇头位置更是有一道十几厘米长的伤疤，不知道是和什么猛兽搏斗留下的。这些伤疤就像勇士的勋章，告诉所有生物——不想死，就离我远点。

绿森蚺主要依靠“红外线感受器”探察目标，它的“红外线感受器”可以探知十米外一摄氏度的温度变化，人类最先进的红外线感应器也望尘莫及。唐巍这个三十七摄氏度的高温物体，在绿森蚺“看”来简直就像房间里的大象，无处可藏。

绿森蚺“看”到唐巍，径直朝他游来。在水的浮力作用下，笨重的绿森蚺行动异常灵活，几乎眨眼之间，它就靠近了唐巍。

这条绿森蚺方才被巨大的声响打扰到了交配，极为愤怒，它打算把所有怒火都发泄到唐巍的身上。它身体停在水底，头部高高扬起，身体盘成“S”型，舌头不停吞吐，准备发动进攻。

唐巍意识到了情况不妙，右手探进背囊，抽出隐龙两栖步枪。刚要举枪射击，猛然感觉到身子被一股怪力一拽，不由自主地向水下沉去，瞬间就触到了水底。

原来绿森蚺突然发动了攻击，它一口探出，直接咬中了唐巍的脚蹼，一百多颗尖牙将唐巍的脚蹼咬得死死的。绿森蚺之所以咬这里，是因为宽大的脚蹼在水中很像它经常捕食的水豚，那一下出击的速度堪比战机起飞，快到难以想象。唐巍完全没反应过来，一点躲避的动作都没有。

唐巍刚刚意识到自己被咬中，还没有想出应对之策，绿森蚺就缠了上来。这是它最擅长的捕猎杀招，一口咬住猎物，随即使出死亡缠绕。从咬住猎物到缠住猎物全身，连一秒钟都用不上。

绿森蚺缠绕速度之快，唐巍几乎还没怎么感觉到死亡缠绕的巨大压迫力，蛇身就已经缠过他的腿，绕过他的腰，直接缠上腹部和胸部。腿被缠住一时间还死不了，可胸腹部都是内脏要害，被绿森蚺缠绕挤压，几分钟就会内脏破裂出血，一命呜呼。

多年传统武术训练积攒下的经验再次救了唐巍。他把隐龙两栖步枪一竖，挡在了胸腹前面。绿森蚺的身体凶狠地压上了隐龙两栖步枪，与唐巍的双臂正面对抗。

唐巍瞬间就感觉不行了，双腿在重压之下完全麻木。胸腔被压得喘不过气，手臂对抗着强压，酸痛难忍。

唐巍背上的流线型高压气瓶也被绿森蚺缠绕。高压气瓶是用高强度工程塑料制造的，绿森蚺仅靠肉身不会压坏它。可是绿森蚺的重压通过高压气瓶传到唐巍的背上，唐巍感觉脊椎都要断了。

更可怕的是，绿森蚺的尾巴缠上了唐巍的肩膀。呼吸管绕过肩膀与潜水面罩相连，绿森蚺绕上肩膀就把呼吸管压瘪，压缩空气无法供应给唐巍。

唐巍没有呼吸到空气，立刻本能地开始闭气。他的闭气极限是五分钟，而在绿森蚺的压迫下，身体耗氧量大幅增加，他也不知道自己能坚持多少时间。

唐巍拼命寻找解脱之策，可是他绝望地发现，他没有任何应对绿森蚺的办法。他和绿森蚺的力量相差太大了，在绿森蚺的绞杀面前，他完全没有抵抗的能力。

对唐巍更不利的是，他的手臂完全陷入与绿森蚺的对抗中，根本腾不出来。手既然腾不出来，那还怎么脱险？

十几秒之后，唐巍感觉手中的隐龙两栖步枪变形了。隐龙两栖步枪为了减轻重量，只有在击针、枪管等部件上用了钢铁，其他位置全都用的是工程塑料，强度大大降低。时间一长就挡不住绿森蚺的重压。

唐巍危在旦夕，在此生死时刻，他突然想到了一个死中求活的办法……

04 殊死搏杀

偷袭海鲨特种兵

唐巍想起了切西亚说过的话，当时几个人闲聊，无意中说起了如果被绿森蚺缠绕该怎么办。刺魂等几个人无奈摇头，纷纷说道："要是真被绿森蚺缠上，就等死吧。"

切西亚在这个时候笑了，信心满满地说道："如果你能让绿森蚺觉得难受，它就不会吃你了。"

唐巍顺势发问："怎么能让绿森蚺觉得难受？"

切西亚猥琐一笑，说道："你去捅它的泄殖腔。蛇的泄殖腔可不仅仅是用来排泄的，还是用来生小蛇的。"

现在切西亚的话成了唐巍的救命稻草，他想找绿森蚺的泄殖腔，可是根本找不到。因为绿森蚺的泄殖腔外面包裹了厚实的鳞片，没有经验的人别想找到。

唐巍没找到泄殖腔，却想到了别的办法：让绿森蚺难受，可不仅仅只是这一个办法。

唐巍的分水峨嵋刺之中，藏着采珠世家祖传的"逐妖散"。"逐妖散"是一种中药，由十几味中草药配制而成，在水中释放，可以产生一股极其难闻的气味，水中恶兽闻到这种气味，几乎都会逃走。在采珠人看来，鲨鱼等水中恶兽都是“妖怪”，故此称“逐妖散”。

逐妖散尽管驱兽效果极佳，可是唐巍在对付灰鲭鲨和凯门鳄的时候都没用过。原因很简单，它的作用范围太小，维持时间太短，还要考虑水的流向。如果恶兽在水的上流，效果便几乎为零。

可是现在，绿森蚺紧紧地缠在唐巍的身上，如果唐巍此时施放逐妖散，绿森蚺恰好在杀伤范围之内。

逐妖散藏在分水峨嵋刺的暗格里，扣动分水峨嵋刺上的机关，逐妖散便自行放出。分水峨嵋刺收在唐巍大腿上的战术携行囊里，唐巍想把手伸过去，却发现不太可能。

唐巍的双臂都在同绿森蚺的缠绕怪力抗衡，一旦松开一只手，那股怪力便会直压胸腹，给唐巍的内脏造成极大伤害，甚至直接压碎肋骨和胸骨！

可是唐巍别无选择，只有殊死一搏！

唐巍飞速地松开右手。松开的一瞬间绿森蚺的怪力便压了过来，胸前的剧痛如爆炸一般蔓延全身。

唐巍强忍剧痛，右手摸到了分水峨嵋刺的机关，用尽全力一按，一股淡绿色的粉末在水中散开。

唐巍带着潜水面罩，嗅不到水中任何气味。他不知道逐妖散有没有失效，也不知道绿森蚺怕不怕这种气味，只能听天由命。

正在这时，唐巍突然感觉身上的压力一松，随即见到绿森蚺动了起来。蛇头松开了脚蹼，蛇身渐渐松弛，缓缓滑下。很快，绿森蚺完全离开了唐巍的身体，快速游走，消失在一片水草之中。

唐巍的压缩空气供应恢复了，他深深地吸了一口，呆呆地看着绿森蚺消失的方向，几乎不敢相信自己刚刚死里逃生。唐巍摸了摸大腿上的分水峨嵋刺，没想到竟然是驱妖散救了他。

唐巍缓过劲儿来，活动了一下肢体，发现没有受伤。他检查了一下装备，隐龙两栖步枪已经变形，不能用了，脚蹼被咬出了几排孔洞，虽然会影响打水效率，可是仍然能用。其他装备都没有出现太大损伤。

唐巍扔下隐龙两栖步枪，按照潜水电脑指示的方位，继续向目标位置游去。幸运的是，之后半个多小时的潜行，唐巍没有再遇到任何危险。

唐巍进入了食人鱼基地水域，寻找两艘特战艇。这两艘特战艇一定会停在码头。因为埃尔多安集团里的人跟食人鱼基地内部的人有关系，食人鱼基地的人会让两艘特战艇停在码头，不执行任何任务。

夜幕下的河水能见度极低，如果唐巍用眼睛寻找，根本找不到特战艇。为了解决目标发现问题，埃尔多安集团的内线在特战艇上安装了声波发射器，能够发射人耳无法听到的高频率超声波。唐巍的潜水电脑上集成了声波接收器，找到声波源就可以定位。

唐巍打开潜水电脑的声波定位功能，屏幕上出现了两个红色亮点，一下一下地闪动。唐巍转动手臂，指向不同方位，红色亮点随着唐巍手臂的转动时明时暗，变亮的方向就是声波发射的方向，唐巍沿着红点最亮的方向游动过去。

唐巍游了一阵，水面上出现了灯光。在幽暗的水下，这灯光十分显眼，它正是码头上的照明灯。唐巍已经进入了食人鱼基地，这让他更加小心。

唐巍将潜水深度上升到了六米，继续前行。灯光越来越亮，潜水电脑上的红点也越来越清晰，在灯光之下，唐巍看到了一排船体，有大有小。

在别人看来，这些在水线以下的船体都差不多。可唐巍学的专业是船舶设计，这些船体的在水线以下的部分在他看来全都标注着各种设计参数，他很快就将两艘特战艇挑了出来。

唐巍暗暗高兴，这一路历尽坎坷，终于要完成任务了。他正准备取出深雷炸弹，安装在船体上，可就在这时，他突然看到：一个人影，正在特战艇周围游动，他的手中拿着什么工具，正在船体上忙碌。

唐巍仔细看去，发现这个家伙在给特战艇清理船体。船体水下部分经常会被各种生物附着，比如说藤壶、贝类、藻类等等。这些生物附着多了，严重影响船体的快速性和操纵性，必须定期清除。人工清除的经济性最高，应用最广。

唐巍心头一颤：这个清除附着生物的人可是大麻烦，他围绕在船体周围，我根本不可能过去安装炸弹，怎么办？等他干完活自己走？不行，谁知道他什么时候能干完，我的压缩空气可所剩不多了。

这样看来，除了干掉他，别无他法！

虽然这个家伙是海鲨突击队的精英，可是单论水下格斗，出身于采珠世家，时常在水下与恶兽搏斗的唐巍却有十足的信心干掉他。不过唐巍最大的麻烦是——他必须悄无声息地干掉那个海鲨特种兵！

潜水人员在清除船体附着生物的时候，一定不是单独行动的，船体上一定会有支援梯队，包括观察员、救生员、潜水医生等等。唐巍一旦与那个海鲨特种兵搏斗，就会被其他人发现，到时候几枚手榴弹扔下来，唐巍游泳速度再快也快不过冲击波。

到底该如何悄无声息地干掉那个海鲨特种兵呢？唐巍灵机一动，一个巧妙的办法在脑海中成形。

唐巍双腿打水，向水下潜去，一直到十五米左右，快接近水底了才停止下潜，随后他向海鲨特种兵的下方游去。在游的时候，唐巍一直盯着上面的海鲨特种兵，在水面光照条件下，唐巍能看见他，而他不可能看见唐巍。

唐巍握着分水峨嵋刺，在水底拍打，这是在驱赶水底生物。水底生物种类繁多，很多都非常危险，比如说魟鱼，身体扁平，潜伏在水底泥沙之下，极为隐蔽，很难被发现。它有一根长着毒刺的尾巴，一旦有人不小心踩到它，它就会用尾巴横扫，毒刺刺入人体，严重时可以导致死亡。

唐巍打了几下，水底没有波动，看来这里没有魟鱼。唐巍半跪在水底，从面罩上取下头灯，对准海鲨特种兵的方向打开，一道亮光射了上去，唐巍随即关闭头灯，亮光消失。再打开，再关上，如此反复了十几次。

唐巍这样做就是要吸引海鲨特种兵下来。在海鲨特种兵看来，水面下可能会有什么发光生物，他可能会出于好奇下来看看。他只要下潜到八九米的深度，唐巍就有信心将其一击必杀。

唐巍闪烁的光果然引起了海鲨特种兵的注意。如果海鲨特种兵是职业潜水员，绝对不会下潜，因为职业潜水员不会做任务之外的任何事。可是海鲨特种兵不是职业潜水员，他们虽然也在水下作战，可只能算蛙人，下潜深度不大，侧重于近水面和陆地作战。真正的职业潜水员，是海神那一群人。

这个海鲨特种兵并没有职业潜水员的习惯，他见到闪光，觉得好奇，于是开始下潜。他戴着头灯，唐巍很清楚地看见了他。

唐巍见他有头灯，担心被他发现，握着分水峨嵋刺在水底一阵乱搅一片泥沙飞扬起来，将唐巍笼罩其中。即便是海鲨特种兵到了唐巍的头顶，也发现不了他。

海鲨特种兵距离唐巍越来越近，唐巍估算了一下距离，决定出手。他双腿一蹬水底，如同一条灵巧的鲨鱼，直扑那个海鲨特种兵。

海鲨特种兵见到水下猛然窜出来一个东西，还是人形的，已经意识到这是个人了。他急忙蹬水往水面走，可是论起水下灵活性，他是远远逊色于唐巍的。他穿的是普通潜水装备，两个巨大的圆筒形压缩气瓶产生了大量阻力。而唐巍却穿着海神精心设计的灵鲨潜水装具，水下阻力减到最小。

峨眉刺战潜水刀

眨眼之间，唐巍就冲到了海鲨特种兵身下，他手臂一扬，将分水峨嵋刺径直地刺入海鲨特种兵的小腿，鲜血瞬间喷涌而出。海鲨特种兵也当真硬气，强忍剧痛，伸手拔出了大腿上绑定的潜水刀。

海鲨特种兵挥动潜水刀，对准唐巍就刺。海鲨突击队使用的潜水刀是为水下格斗专门设计的，比一般潜水员用的潜水刀要长一些，刀刃异常锋利，刀背上还有锯齿。

唐巍见到潜水刀刺来，不躲不闪，手上一用劲儿，用分水峨嵋刺下拉海鲨特种兵，分水峨嵋刺卡在海鲨特种兵的小腿肌肉里，唐巍向下一拉，奇痛无比。海鲨特种兵的力道瞬间减弱不少，这一刺对唐巍威胁全无。

唐巍带着海鲨特种兵潜入深水。海鲨特种兵在剧痛之下无力与唐巍抗衡，被唐巍带得一路下潜，慌张之下，咬嘴瞬间脱落，涌出一大串气泡。

咬嘴是用来供给压缩空气的，咬嘴一脱落，压缩空气供应瞬间中断。海鲨特种兵慌乱地伸手去抓咬嘴，可那咬嘴在气泡的推动下在水中乱动，一时间不好抓住，他只好把全部注意力都放在了抓住咬嘴上。

唐巍见机不可失，快速地抽出分水峨嵋刺，手臂向上一扬，重重地刺在了海鲨特种兵的小腹上，鲜血和体液顺着伤口弥散开来。

唐巍一刺而中，没有拔出分水峨嵋刺，反而使出更厉害的后招。他快速转动分水峨嵋刺，在海鲨特种兵的肚子里连续画了几个圆圈，这是唐巍多次和水下恶兽搏斗积累下来的经验。

唐巍这一招极为凶狠，体型巨大的水下恶兽都挡不住，更不用说海鲨特种兵这个普通人了。他当场毙命，犹如一块石头，向水下沉去。

唐巍快速地拔出分水峨嵋刺，也来不及收起，就要拿出深雷炸弹进行安装，留给他的时间已经不多了。水面上的海鲨特种兵见到同伴没有上浮，时间一长，必然下水查看，那时自己肯定露馅。

唐巍的手刚刚摸到深雷炸弹，却突然看到了让他神经紧绷的一幕！

只见不远处，一个人正看着他。那个人穿着潜水装备，手中拿着一盏潜水探照灯，光柱雪亮，正好照在唐巍的身上。

唐巍大吃一惊，没想到下水的海鲨特种兵不是一个，而是两个！后面那个没有戴潜水头灯，没开潜水探照灯，没有发出任何光亮，又在前面的那个人的头灯后面。唐巍的视线完全被灯光覆盖，根本没看到他。

唐巍暗叫“不好”，如果这个海鲨特种兵给水上的人发出信号，自己就将功亏一篑。

只见海鲨特种兵把潜水探照灯举了起来，开始晃动，这是在发信号。潜水探照灯不光能用来照明，还能用来传递信号，它射出的光柱极强，水面上也能清晰地看到。

唐巍心念一动：绝不能让他发出信号！他双腿猛地打水，逼近海鲨特种兵，右臂一振，分水峨嵋刺急射而出，速度极快。海鲨特种兵躲闪不及，正好被刺中右臂，剧痛之下，潜水探照灯顿时脱手，翻滚着落向水底。

唐巍右手一拉，想要收回分水峨嵋刺。不想那个海鲨特种兵竟然一把抓住锁链，借着唐巍的拉力冲到他的身前，左手闪电般地抽出潜水刀，看准唐巍，便刺向了他。

唐巍见潜水刀刺来，右脚一蹬水，就要躲开。可他的右脚脚蹼被绿森蚺咬坏了，躲闪速度有点慢，再加上那个海鲨特种兵也是水下格斗高手，握着潜水刀的左手猛然加速。唐巍没能躲开，被一刀刺中右肩，刀锋撕开潜水衣，透肌入骨。

唐巍死死一咬牙，强忍剧痛，使出奇招——他探出左手，一把抓住海鲨特种兵的输气管，用力一扯，直接把咬嘴从海鲨特种兵口中拉了出来。

海鲨特种兵也不抢夺呼吸管，屏住呼吸，拔出潜水刀，对准唐巍的要害，继续出刀。

唐巍并不和他战斗，紧紧地抓住他的呼吸管，快速绕到他的身后，猛地一开沉浮水袋入水口，同时双腿猛地一蹬水，向水下沉去。

唐巍一下沉，海鲨特种兵整个人都被拉着下沉，他不停回手向后刺。可是唐巍在他身后死角之中，他根本刺不到。

唐巍下潜了七八米深，海鲨特种兵氧气不够，动作慢了下来。唐巍趁着这个机会，猛地抽出了自己的潜水刀，一刀捅在海鲨特种兵的后腰上。

海神用的潜水刀更短，但更锋利，这一刀瞬间洞穿肌肉，刺入内脏。

海鲨特种兵瞬间陷入休克状态，手脚软绵绵地垂下，不动弹了。唐巍担心他不死，又捅了两刀，觉得他死透了，这才松手把他扔下，那个海鲨特种兵漂漂荡荡地沉入水底。

唐巍干掉这个海鲨特种兵后，没有丝毫停留，立刻收起潜水刀上浮，同时取出深雷炸弹，用最快的速度上浮到特战艇下方。

唐巍的心脏在快速跳动，两个海鲨特种兵被干掉，水面上的人很快就会发现异样。

唐巍开启电磁铁，将深雷炸弹贴在特战艇中部的船舷上。根据海神的情报，这里是特战艇的弹药存放点，深雷在这里引爆，能够给特战艇造成最大程度的破坏。

唐巍贴完深雷，按下起爆按钮，倒计时随之启动。唐巍又给另一艘特战艇贴上深雷，立刻游走。他设定的起爆时间是十分钟，如果他在十分钟之内游不出深雷的爆炸范围，也会被炸伤。

唐巍借助水流，全速游动，在游的时候紧张极了，深雷到底能不能顺利爆炸？万一海鲨特种兵发现同伴失踪，下水检查的时候发现深雷，并进行拆除……海鲨突击队是完全可以在短时间内拆掉深雷的，深雷是靠电磁铁贴在船体上的，电磁铁可以关闭，一旦海鲨突击队发现关闭开关，就功亏一篑了。

十分钟之后，唐巍突然听到一个沉闷的爆炸声，紧接着又是一个。他急忙浮出水面（这里是食人鱼基地的下游，不必担心被海鲨突击队发现），向身后看去，只见暗夜之中，两道夺目的火光冲天而起。

有这两团火光，说明深雷成功引爆了特战艇的弹药舱。如果深雷被海鲨特种兵拆下来引爆，绝对不会有如此火光。

唐巍高兴极了，他的行动成功了！

唐巍很快平复了激动的心情，因为在他的面前，还有一件更艰难的事情——欺骗海鲨突击队，与海神会合。

唐巍找了一处宽敞的空地，上了岸，快速脱掉灵鲨潜水衣，换上一套普通衣服。为了减轻重量，这套衣服只是一件背心，一条短裤和一双鞋。

唐巍在换衣服的时候检查右臂伤口，血已经止住了，伤口周围已经被水泡得发白，看起来格外恐怖。这一片雨林潮湿闷热，伤口极易感染，唐巍抓了一大把广谱抗生素吞了下去，又拿出绷带，将伤口草草包扎。

唐巍换好了衣服，拿出了海神为他准备的假护照，装进口袋。在这本假护照上，他的名字叫“伦纳德·唐”，国籍是M，身份是东国移民，十七天前进入哥伦国，目的是进入亚马逊雨林寻找未知生物。

唐巍把灵鲨潜水装具和分水峨嵋刺装进背囊，扔进河水之中，埃尔多安集团会派人把这些装备捡回去。本来按照水藻的意思，这些装备就丢弃不要了，可是唐巍舍不得分水峨嵋刺，这可是祖祖辈辈传下来的东西。

唐巍准备好了一切，拿出卫星电话，联系水藻，通话线路刚刚建立，水藻就惊叫起来：“你竟然还活着？”

唐巍的声音十分平静：“我不仅活着，还完成了任务，请你们尽快核实特战艇的损伤情况，我要执行撤退计划，你们做好接应准备。”

“什么？你竟然完成了任务……”水藻虽然久经战阵，见惯了大场面，听说唐巍完成了任务也压抑不住心中的惊讶。不过唐巍没心情陪他惊讶，这片雨林十分危险，他不想久留。唐巍再次打断水藻，说道：“我去食人鱼基地了，你们做好接应工作。”

唐巍关闭卫星电话，随手扔进河中，快步地走向食人鱼基地。此时食人鱼基地已经全部戒严，两枚深雷炸弹将两艘特战艇彻底摧毁，这让所有人都进入了战斗岗位。

唐巍刚走到一半就被海鲨突击队派出的侦察兵拦住，他们见到唐巍都很紧张，所有枪口都对准了唐巍，用英语高声叫喊：“把手举起来！”

恐怖寄生鲶

唐巍乖乖地举起了双手，同时用英语高声喊道：“不要开枪，我是M国公民，急需你们的帮助。”唐巍的英语并不算好，不过这些话都很简单，他说得很流利。

“身份证明，拿出来！”一个海鲨特种兵放下了冲锋枪，换用手枪指着唐巍，慢慢走到唐巍的身前。

“我有护照，护照在我的胸前口袋里。”唐巍高声说着，高举的双手纹丝未动。他不敢伸手去拿护照，以海鲨特种兵的警觉性，他的手只要一动他们就会开枪。

那个海鲨特种兵走到唐巍的面前，把手伸进唐巍的口袋，拿出了那本假护照。他看了一遍，面上阴晴不定，一指唐巍，高声说道：“把他带回去。”

几个海鲨特种兵冲上来，把一个黑布袋套在唐巍的脑袋上，然后押着他走。唐巍被这些海鲨特种兵带着走了十几分钟，感觉自己进了一间屋子。随后眼前一亮，黑布袋已经被摘掉，在强光的刺激下，唐巍抬手挡住了眼睛。

唐巍被推坐在一张椅子上，眼睛适应了亮光，这才缓缓放下手。只见面前坐着一个军官，少校军衔，金发碧眼，高鼻阔口，眼睛细长，微微眯着，一副没睡醒的样子。相比于满脸杀气的海鲨特种兵，这样的一个家伙更让唐巍担心。

少校军官把唐巍的假护照翻来覆去地看了几遍，问道："护照上说你是M国的人，可是你说的英语根本没有M国的口音，怎么解释？"

"我是从东国移民过去的，没有那种口音。"这些说辞都是水藻和唐巍商量好的。

少校军官点点头，没有怀疑，继续问道："你为什么来这里？你肩膀上的伤是怎么回事？"

"我是来这里探险的，不想我的向导半路上抢走了我的钱，还刺伤了我。对了，我的伤口没有进行专业的包扎，有感染的危险，我请求你们给予我人道救助。"唐巍夸张地咧了一下嘴，一副很痛苦的样子。

少校军官冷冷地扫了唐巍一眼，没有一丝怜悯，他把护照递给身边的一个海鲨特种兵，吩咐道："去向M国大使馆核实一下这个人。"

"遵命，长官。"海鲨特种兵拿着护照走了，少校军官也不说话，冷冷地看着唐巍，不知道在想些什么。唐巍被他盯得心里发虚，脑海中飞快地想着他可能出的招数和应对他招数的计策。

十几分钟过去了，那个海鲨特种兵拿着唐巍的护照和一个文件袋回来，把护照和文件袋放在桌子上，说道："长官，M国大使馆给我们发出了外交函，证实这个人的确是M国公民，他的确是来这里探险的。"

唐巍大概听懂了海鲨特种兵的意思，他不禁在心中冷笑。埃尔多安集团已经把M国大使馆的相关人员收买了，他的护照信息，身份证明一应俱全。

少校军官的眼珠转了转，站起身来，走到唐巍的面前，俯下身子，死死地盯着唐巍的眼睛，突然狞笑道："唐先生，是你给我们基地造成了破坏吧？"特战艇被炸毁一事被基地严格保密，少校军官不能直接说。

"什么基地？什么破坏？你在说什么？我听不懂。"唐巍装糊涂。

"别再演戏了。"少校军官腾起一脸杀气，"我们的基地刚刚遭受到严重破坏，你就出现了，说你和基地被破坏没有关系，谁会相信。"

唐巍哼一声，把头扭到一边，冷声说道：“你这算是审问吗？为什么我没有听到米兰达警告？”

唐巍作为军迷，不仅对军事有所了解，对鹰星国的政治、经济等方面都有涉猎。所谓“米兰达警告”，就是警察在抓捕罪犯之前，必须要告诉罪犯“你有权保持沉默，你所说的一切都将成为呈堂证供”。

“混蛋！”少校军官瞬间气得满脸铁青，“你当我这里是什么地方，警察局吗？这里是特种部队，这里没有任何规矩，只有听话的活人和不听话的死人！”

“我有权保持沉默，您有什么指控，请找我的律师。”唐巍高傲地一扬头，牙关一咬，不再说话。这也是水藻为他定下的策略，多说多错，干脆不说话。

“好，我这就为你请律师，把他带出来。”少校军官气冲冲地走出屋子，几个海鲨特种兵架起唐巍，将他带出屋子。

屋子外面是一处宽敞的院子，院子里有几盏大灯，照得院子亮如白昼。院子很空旷，放着十几只齐胸高的汽油桶。

唐巍看到院子后面是一大排低矮的木房，房子外面还有铁丝网和站岗的海鲨特种兵，顿时明白，这里是关押战俘的地方。这个院子和房间，应该就是审讯处。

少校军官让海鲨特种兵把唐巍押到一只汽油桶前面，他伸手拍了拍桶盖，冷声说道：“知道这里面有什么吗？”

唐巍轻蔑地扫了一眼少校军官，不说话。少校军官厉声说道：“如果你不把你的真实身份说出来，我就让你尝尝它们的厉害。”

“它们？”唐巍心中一动，难道说桶里有什么厉害的生物，被这些人用来刑讯逼供？唐巍这次是真的害怕了，他不怕死，但害怕生不如死，在这片雨林里，能让人生不如死的东西实在是太多了！

比如说刺魂提起过的子弹蚁，这玩意虽然是蚂蚁，可是咬人剧痛无比，就像被子弹击中一样。刺魂曾经被它咬过一口，那么一个钢铁一般的汉子，竟然放声惨叫。

这院子里有十几个汽油桶，如果每一个汽油桶里都有几种恐怖生物，子弹蚁、巨蜈蚣、针尾蝎……唐巍不敢再想下去了。

唐巍全力保持镇定，寻找逃脱的机会，这时少校军官打开了桶盖，冷笑道："来吧，看看这里面有什么？"

两个海鲨特种兵押着唐巍走到桶边，唐巍低头一看，只见里面装满了水，水里满满登登挤了一层鱼。那些鱼通体乌黑，肥肥大大，看起来蔫蔫巴巴的，都懒得动一下。

唐巍不看则已，这一看心中一颤，这些鱼根本不是什么凶狠货色，而是餐桌上的美味和鱼缸里的宠儿。它们叫大盖巨脂鲤，是亚马逊河流域最常见的一种鱼，肉质鲜美，观赏性强，虽然是食人鱼的表亲，可却是性情温顺的食草鱼类。

唐巍疑惑万分，这个少校军官为什么要给我看这个，这有什么可怕的？

少校军官看着一脸茫然的唐巍，得意地笑道："抓出一条来。"

一个海鲨特种兵摘下头盔，伸进水中，舀出一条。大盖巨脂鲤力气极大，生性活泼好动，可是这一条却懒洋洋的，毫不反抗。

少校军官接过头盔，递到唐巍的眼前，笑道："好好看它，有惊喜。"

唐巍定睛细看，骤然色变。只见这条大盖巨脂鲤的身体侧面，竟然密密麻麻地布满了血孔，每一个血孔都是米粒大小。血孔周围的皮肤鳞片尽数腐烂，血孔里面露着暗红色的肌肉，有的甚至能看见雪白的肌间骨和蠕动的内脏。

"这鱼怎么会变成这样？"唐巍忍不住嘀咕了一句。少校军官虽然没听懂，不过他听出了唐巍的惊讶，得意地坏笑道："知道这条鱼是怎么变成这个样子的吗？答案很简单，寄生鲶！我们在水桶里放满了寄生鲶，它们钻进鱼的身体，从里面吃到外面。"

寄生鲶，亚马逊河流域最恐怖的生物之一，它拥有锋利的牙齿，能咬破其他生物的皮肤，然后钻进肌肉，吞噬内脏。在有寄生鲶的水域，不管男人还是女人，都不敢在水中撒尿，因为寄生鲶会狠狠地钻进尿道，后果不堪设想。

唐巍听不懂英语里的“寄生鲶”，不过“钻进鱼的身体”之类的话他都听懂了，他很快想到了寄生鲶，这让他的心跳急剧加速。

少校军官拍了拍唐巍的肩膀，笑道：“如果你不说出真话，我就把你放进这只汽油桶，让寄生鲶们尝尝新鲜。”

唐巍还是保持沉默，心中苦想对策。现在他面临的困境远远超过当初被水上特工抓住的时候。当初他只面对七名水上特工，而此时，他周围的海鲨特种兵有几十个，他不敢贸然出手。

少校军官看到唐巍不说话，笑道：“我先让你尝尝寄生鲶的滋味。你们两个，把他的手放在头盔里。”

一个海鲨特种兵伸手去抓唐巍的左手，唐巍本能地向旁边一闪，却被另一个海鲨特种兵一把抓住手腕。唐巍一边挣扎一边吼叫：“你们这是刑讯逼供，你们在侵犯人权！”

又有两个海鲨特种兵走了过来，帮忙按住了唐巍，将他的右手放进了头盔。不一会儿，只见一个丝线一样的东西从一个血孔里游了出来，它就是寄生鲶。体长不到一厘米，乳白色，嘴边有两条触须，看起来格外恐怖。

寄生鲶在唐巍的手掌侧面游着，不时用触须去碰他的手，突然身子一动，钻进唐巍手掌侧面的肌肉。

生吞血肉

寄生鲶的身上有棘刺，能够钩住宿主的肌肉，钻入时的疼痛极其剧烈。唐巍发出一声凄厉的惨叫，同时缩回手臂，力道之大，身强体壮的海鲨特种兵都没有按住。

在剧痛之下，唐巍抱着手掌跪倒在地，放声惨叫，少校军官看得嘿嘿冷笑，其他海鲨特种兵也是一脸笑意。看来他们没少用这个法子折磨战俘。

唐巍瞥见了少校军官和海鲨特种兵的笑脸，不想让他们得意，狠狠一咬牙，想把惨叫声吞进肚子。可是疼痛太剧烈了，根本忍不住。

少校军官大笑几声，朝身边一个海鲨特种兵一伸手，海鲨特种兵拿出一支针管，递到少校军官手中。

少校军官冲唐巍晃了晃针管，笑道："这是吗啡，特效止痛药，如果你说出我想知道的，我就给你打上一针，让你没有痛苦，怎么样？"

唐巍把牙齿咬得咯咯作响，眼睛都要瞪出血来了，恨不得生吞了这个得意洋洋的少校军官。少校军官看到唐巍如此模样，高兴得哈哈大笑，其他海鲨特种兵也跟着笑了起来。

少校军官和海鲨特种兵正在大笑，可是很快，他们的笑声戛然而止。

只见唐巍突然抬起手，将手放到嘴边，一口咬住了被寄生鲶钻出的伤口，头猛地一甩，一瞬间鲜血横飞，一块肉竟然被唐巍硬生生扯掉。粉红色的肌肉里，那条乳白色的寄生鲶呈现一道白线，清晰可见。

唐巍嘴巴用力，将那块肉送入口中，牙齿一合，连着嚼了几下，将寄生鲶和自己的肉生生咽下肚子。

唐巍为了干掉寄生鲶，竟然不惜咬掉自己的肉，还把寄生鲶和肉全部吃掉，这一幕震惊了所有人。少校军官举着针管，海鲨特种兵握着冲锋枪，目瞪口呆。

唐巍抬起手背，擦了擦嘴角的鲜血，挤出一个微笑，淡然说道："这个寄生鲶不是很好吃，加点盐味道可能更好。"

少校军官半晌才缓过劲儿来，他用手一指唐巍，冷声说道："你很硬，那我们就看看，谁更硬，过去几个人，把他的两只胳膊都泡在水里。"

四个海鲨特种兵冲唐巍走了过来，他们各个神色凌厉。冷硬的唐巍勾起了他们的征服欲，他们都想看看，到底是唐巍厉害，还是他们的酷刑厉害！

“请等一等。”唐巍一边说着一边站起身来。四个海鲨特种兵停住了脚步，少校军官走到唐巍近前，问道：“你要做什么？”

唐巍耸了耸肩膀，苦笑道：“我不想再受那样的痛苦了，你把那支吗啡给我吧，我会告诉你一切的。”

少校军官见到唐巍突然服软，十分得意，高傲地笑了笑，向唐巍走了几步，把手中的针管递给唐巍。

唐巍见到针管送到身前，猛地一扬右手，抓住了少校军官的手腕，随即全力一拧。少校军官并不是特种兵，对格斗并不精通，完全挡不住唐巍的偷袭，他惨叫一声，手中的针管向下落去。

唐巍左手一扫，抓住针管，右手将少校军官拉进怀中，左手随之抬起，针管已经压上了少校军官的颈动脉。

唐巍的动作一气呵成，等到海鲨特种兵反应过来的时候，少校军官已经被唐巍控制住了，针头对准了他的颈动脉。针管里有二十毫升吗啡，如果直接打入颈动脉，就会进入大脑，足以让人瞬间毙命。

海鲨特种兵举起枪对准唐巍，唐巍用尽全力怒吼：“你们用酷刑折磨我，我要指控你们，我要找律师，律师！”

少校军官也慌了手脚，他小心翼翼地劝唐巍：“唐先生，请您保持冷静。”

“我要见你们的长官，我要见律师！”唐巍大声吼叫着，他其实也不知道接下来怎么办，只能走一步看一步。

正在这时，突然听到远处传来了急促的脚步声，唐巍用眼角余光看去，只见一队军人走了过来。他们的军装装备和海鲨特种兵不同，他们带的是制式 M16 自动步枪，穿的是灰白相间的城市迷彩服，臂章上写着大大的“MP”。这是宪兵部队的臂章，他们是宪兵部队。

那队宪兵进入院子，左右一分，一个头发花白的军官走了出来，他穿着笔挺的呢子制服，上校军衔，身材微胖，面相庄严，不怒自威。

海鲨特种兵见到这名上校全都立正敬礼，上校走到唐巍的面前，肃然问道：“怎么回事？”

唐巍不给少校军官说话的机会，直接说道：“你的部下对我进行非法刑讯逼供，侵犯了我的人权，我要求你们做出解释。”

上校的态度不卑不亢，道：“我为我部下的行为感到抱歉，请您先放开他好吗？”

“不！”唐巍拒绝得毫不犹豫，“我不敢信任你们。”

上校说：“请您一定要相信我，贵国外交专员正在赶到这里，我们会把您移交过去的。”

唐巍想了想这个上校的话，觉得他不是在欺骗自己，他是刚刚来的，不知道自己挟持了少校军官。

唐巍决定顺水推舟，让这件事情收场。他朗声说道：“那好，我这就释放这名少校军官，希望你们信守承诺。”

唐巍在少校军官的背上一推，把他推到上校军官的面前，随手把针管扔在地上，没想到少校军官伸手就掏枪。

上校一把按住少校军官的手，怒道：“够了！M国大使馆已经为我们开出了证明这个人身份的外交函，我们再押着他不放，会引起大麻烦的。我们在这里用酷刑审问囚犯，国内人权组织那边已经闹翻天了，如果再对外国人用刑，后果不堪设想。”

“可是这个人身手很好，不像探险家。”少校军官还在争辩，上校却懒得再听，朝远处一指，喊了一声“滚开”，少校军官只能悻悻而走。

上校先带着唐巍来到军医院，一名军医给唐巍包扎了手和肩膀的伤口，之后唐巍就在军医院休息。等到天光大亮，一名M国大使馆官员来到食人鱼基地，这名大使馆官员早已被埃尔多安集团收买，什么都没问就将唐巍接走了。

大使馆官员将唐巍送到最近的城市，水藻和埃尔多安集团高层的人已经等在了那里，在一座豪华酒店里，水藻最先见了唐巍。

“没想到你竟然成功了！”水藻冲上来给了唐巍一个热情的拥抱，激动之情溢于言表。唐巍见到水藻为他如此高兴，心里暖暖的，觉得水藻是个可以信任的人。不过唐巍是个内敛的人，只是微微笑了笑。

两人对面而坐，唐巍问出了最关心的问题：“我行动成功了，酬金怎么算？”

水藻爽快地回答：“一百万美元酬金，二十万美元出场费，全部划归到你的账户上，你母亲的病，应该有希望治愈了。”

“治愈？”唐巍苦笑摇头，“治愈我母亲的唯一方法是换肾，可是肾源不好找。”

水藻说：“也许海神能帮你找到肾源。”

“真的吗？”唐巍的眼睛瞬间亮了起来，直勾勾地盯着水藻的眼睛。

水藻说：“只要你成为海神的正式成员，为你的母亲寻找肾源，就是海神的义务。”

唐巍眉头一紧，问道：“我现在还不算海神的正式成员吗？”

水藻说：“你现在只是海神的预备成员，只有通过训练和考核，你才能成为正式成员。”

“我知道了。”唐巍淡淡地答应了一句，暗中下定决心，一定要成为海神的正式成员。

水藻面色一变，肃然说道：“行动泄密的事情，你千万不要对别人说。”

唐巍一愣，可是稍加思索也就明白了。这次行动泄密，死的全是狂蟒的人，如果让狂蟒的人知道泄密的事情，一定会找海神的麻烦。

水藻随后带着唐巍去见了埃尔多安集团高层的人，埃尔多安集团高层十分感谢唐巍，邀请他参加当晚的狂欢派对。常年潜水让唐巍喜欢安静，不喜欢人多吵闹的地方，可是架不住埃尔多安集团的盛情邀请，只能参加。

到了晚上，唐巍才知道什么是挥金如土。这个派对在一座巨大的庄园里举行，庄园里有十几座别墅，每一座都价值数千万，派对上随随便便一瓶酒，售价都高达数千美元！

这种狂欢派对自然少不了美女，整个会场美女竟然有上千人，各种肤色各种种族都有。水藻告诉唐巍，这些美女很多都是模特和明星，其中有几个还是知名度很高的明星。

唐巍不喜欢喝酒，也懒得和这些女人调情。于是他默默地躲在角落里的躺椅上，看着星空，想着通过训练和考核的事情。

不一会儿，微醉的水藻一左一右搂着两个美女走了过来，坐在唐巍的身边，在美女身上上拍了两下，让她们离开，两个美女走了。

水藻笑嘻嘻地对唐巍说道："这么多美女，你怎么不找几个玩玩？"

"没兴趣。"唐巍随口应付着，没想到水藻来了兴致，激动地说道："你是见识过太多的女人了，所以对她们不感兴趣了吗？"

唐巍的脸不由得一红，说起女人，唐巍不仅是个标准的处男，甚至连恋爱都没谈过。在水藻这种花丛老手面前，唐巍还真有些不好意思。

水藻一眼看破了唐巍的窘迫，他大笑起来，过来拉唐巍的手，大笑道："走，我带你走进一个全新的世界。"

唐巍急忙甩开了水藻的手，摇头笑道："不了不了，我要去找医生换药了。"唐巍飞速地逃进别墅。

其实唐巍也像正常男人一样喜欢美女，只不过他对一夜风流这种事情不感兴趣，他更愿意找一个心爱的人，守护她一辈子。这个派对上的美女，没有一个值得他这样做，他不想为她们浪费精力。

唐巍本想立刻离开哥伦国。可是潜水之后不能立刻坐飞机，所以水藻和唐巍在埃尔多安集团的庄园住了三天，这才离开哥伦国，返回海神基地。

军舰鸟之战

在飞机上，唐巍和水藻聊天。唐巍忧声地问水藻："这次海神炸毁了鹰星国两艘特战艇，鹰星国一定会知道消息的，他们难道不会报复海神吗？"

水藻满不在乎地说道："他们是不会报复的，因为他们需要我们，有很多事情，他们不好亲自出面，就只好找我们。我们曾经帮助他们做过很多不可告人的事情，这些事情随便找一件捅出去，都足以让鹰星国的总统下台。除了鹰星国，我们海神和世界上各个大国都有千丝万缕的联系。我们曾经帮助这些国家做过许多事情，这让我们海神游走在各个大国之间，无人敢动。"

唐巍微微点头，海神有如此背景他并不觉得意外，他话题一转，问道："那这次泄密事件呢？消息到底是从哪里泄露出去的？"

水藻脸色一变，沉声说道："恐怕是从我们海神这里泄露出去的。"

"什么？"唐巍骤然色变，如此强大神秘的海神，竟然会出现泄密事件，唐巍不敢相信水藻的话，问道："你就能确定消息是从海神这里泄露的？难道不能是埃尔多安集团泄露的？"

"这个嘛……"水藻盯着唐巍，一副欲言又止的样子。他突然哈哈一笑，说道："这种事情不是我们应该考虑的，算了算了，不说了。"

唐巍看出水藻有事情瞒着自己，他也没有追问，他毕竟只是海神的预备成员，水藻瞒着他一些事情也很正常。

两人一路闲聊，经过十几个小时的飞行，来到了非洲东海岸。海面上出现了一座小岛，小岛周围碧海如洗，秀丽至极，岛上到处都是人工建筑，船舶设计专业出身的唐巍还在其中发现了两座浮船坞。

这座小岛就是海神基地，岛上有一条笔直宽敞的跑道，足够重型运输机降落，唐巍和水藻的飞机就在跑道上降落。

唐巍和水藻下了飞机，只见停机坪上站着一个大腹便便的老头。他是白人，脸上布满了褐色的老年斑，头顶已经全秃了，光亮亮的。老人穿着一身休闲海滩衫，带着一副颇为时尚的墨镜。

老头见到水藻和唐巍下飞机，立刻走了过来，握住唐巍的手笑道："你就是那个新人吧？你好，波塞冬团长让我来接你，自我介绍一下，我代号林奈。"

"代号林奈？你也是海神的人？"唐巍惊讶地看向水藻，眼神里满是困惑，"你们海神需要的不是我这种水下能力极强的人才吗？这个老头肚子都快耷拉到膝盖了，他也是你们的人才？"

林奈大笑道："我当然是海神的人，我是海神的生物学专家，专门研究淡水生物和海洋生物，对于陆上生物也有所涉猎，这一点从我的代号上就能看出来。林奈是瑞典博物学家，双名分类法的发明人……"

水藻过来拍了拍唐巍的肩膀，笑道："在海神，前线作战的人员，也就是我们，只占很少的一部分，大部分是后方支援人员，例如生物学家，以后你还会遇到各种各样的专家。"

唐巍嗯嗯啊啊地答应着，跟着林奈上了一辆全地形车，海神基地很大，都是靠车辆机动的。全地形车一路疾驰，穿过一座座形状各异的建筑，在海边一栋两层楼的建筑外面停下。

一路上林奈详细地问了唐巍地下河生物的情况，唐巍把所见所闻一一讲给他听，林奈听得兴奋极了，中途还停下车吃了两粒速效救心丸。

三个人下了车，水藻指着那栋楼，疑道："林奈，这不是你的研究室吗？团长难道在这里见我们？"

"不，团长在一号训练场等你们，不过我要立刻回去研究地下河生物了，你们自己去吧。"林奈甩手把车钥匙扔在水藻怀里，转头又对唐巍说道："一会儿你要参加军舰鸟之战了，这是考核你的第一关，希望你能顺利通过。军舰鸟之战有一个禁忌，千万不要碰，这个禁忌就是……”

“请等一等。”水藻过来打断了林奈的话，“我还没有把军舰鸟之战的内容告诉他，你先告诉他内容吧。”

“好吧，我来告诉他军舰鸟之战的内容。”林奈看向唐巍，“军舰鸟之战，是海神内部的一个传统，用来抢夺水下居住舱。由于海神需要进行大量水下训练，所以水下居住舱是必需的，每一座水下居住舱都归属于一名海神成员，新人想要使用，必须把原成员赶走。这和军舰鸟的习性很像，军舰鸟是一种大型海鸟，专门抢夺别的海鸟捉到的猎物，故此称为‘军舰鸟之战’。”

唐巍的面色紧了紧，问道：“赶走原成员的方式是什么？”

林奈说：“一对一无装备陆上格斗。”

唐巍的心放下了，要说一对一格斗，他有信心不输任何人，不过他还是问道：“如果打输了会怎样？不被允许进入海神吗？”

“这……”林奈犹豫了一会儿，“这不一定，不过绝大多数失败的新人，最终都没能进入海神。”

“我知道了。”唐巍一脸平静，轻轻攥了攥拳，我肯定不会输的。

“军舰鸟之战有一个禁忌，你千万要记住……”林奈再次提起了禁忌。不想水藻猛冲过来，一把抓住唐巍的手腕，说道：“老大最讨厌等人了，我们赶紧走。”说完不顾林奈，直接上车，一路疾驰，来到一号训练场，唐巍问禁忌是什么，水藻也不回答。

一号训练场是一片沙滩，在海边高崖上，距离海面至少二十米。海面平静如镜，海水呈深蓝色，显然深度极大，海面上有几艘大船，正在忙碌。

波塞冬站在高崖之上，眺望远处大海。唐巍和水藻走到他的面前，波塞冬直接说道：“军舰鸟之战，可以开始了。”

唐巍再一次领教了波塞冬的极简风格，他在行动之时经历的种种危险，波塞冬连问都没问。在他看来，唐巍的这些事情根本不值一提。

水藻拿出一部平板电脑，递到唐巍面前，上面有五十个号码，从一到五十。水藻说："每个号码代表一座水下居住舱，选一个号码吧，用手点就可以了。"

唐巍伸出手去，没等碰到屏幕，水藻就猛地收回平板电脑，冲波塞冬喊道："三十六号，他选了三十六号。"

唐巍一愣，不过什么都没说，在他看来，选择哪个都是一样的。不过唐巍发现，波塞冬在听到"三十六号"之后，面色微微变了变，这让他很诧异，有什么事情能让波塞冬变色？

水藻冲唐巍说道："三十六号很快就到，做好战斗准备吧。"

唐巍"嗯"了一声。几分钟后，只见一辆全地形车呼啸而来，在唐巍身边停住，一个阴冷清脆的少女声音传了出来："肉虾，没人告诉过你军舰鸟之战的禁忌吗？"

伴随着说话声音，只见一个高挑苗条的少女从车里跳了出来，她戴着巨大的墨镜，将半张脸遮住，长相完全看不清楚，乌黑发亮的头发挽在脑后。她穿着一件黑色紧身衣，全身曲线纤毫毕现。

少女那一声充满轻蔑的"肉虾"让唐巍很不悦，他听水藻说起过，"肉虾"是海神对非潜水员的蔑称，意思是"只能被人吃肉的小虾"。

唐巍看她是个姑娘，不想和她一般见识，冷冷问道："什么禁忌？"

少女靠近唐巍，杀气腾腾地说："禁忌就是——绝对不能选三十六号。"

"三十六号？"唐巍瞪了女子一眼，不屑说道："三十六号有什么大不了的……"

"选了三十六号，就是死路一条。"少女傲然冷笑，一字一顿地说道，"因为——我就是三十六号。"

唐巍抱起肩膀，冷漠地瞥了少女一眼，道："你有那么厉害吗？"

少女哼了一声，摆出一副"我懒得和你一般见识"的表情，转头看向水藻，幽幽说道："他是你带来的人，听你的话，你让他重选一个号码吧。"

少女说完竟然转身上车，油门一踩，发动机一阵轰鸣，就要离开。唐巍哪里受过如此蔑视，他伸手抓住车门，朗声说道："你们的禁忌，今天我是破定了，三十六号，你给我下来。"

"还真有不怕死的肉虾！"少女瞟了唐巍一眼，熄灭了发动机，打开车门，缓缓走了下来，再次走到唐巍的面前，摘下了墨镜。

当她的墨镜离开面颊，真容全部袒露的时候，唐巍只感觉心头一震，像被狠狠打了一拳，怦然心动。

她太漂亮了，二十岁上下，东国人面孔，皮肤细腻，眉眼精致，容颜娇媚，一股杀气笼罩在脸上，平添别样风韵。唐巍从未见过如此美丽动人的姑娘，一时间看呆了。

"如果你真要和我打，就没命看美丽姑娘了。"少女见到唐巍直勾勾地盯着自己，没有半点羞怯，狠狠嘲弄他，把唐巍拉回了现实。

"没见过你这么狂的人，开打吧。"唐巍面色一凛，亮出了起手式。

"你还真要和我打啊？"少女压根没看得起唐巍，一抱肩膀，"那我就把我的身份告诉你，看你还敢不敢和我打。"

05 蓝珊海蛇

深海一搏

少女悠然说道："自我介绍一下，我代号蓝珊，不要以为这个名字很美很浪漫，这可不是'蓝色珊瑚'的意思，这是一种海蛇，剧毒无比的海蛇。我原来是职业杀手，堕落天使杀手集团精英中的精英。"

唐巍一心要灭一灭蓝珊的嚣张气焰，嘲笑道："你要是不敢打就乖乖认输，什么杀手集团，连听都没听过。"

蓝珊无奈地耸耸肩膀，走到远处的空地上，一指唐巍，道："来吧。"

唐巍走了过去，激战一触即发。正在这时，波塞冬扫了水藻一眼，冷声说道："别以为我没看出你的把戏。"

水藻嬉笑道："我哪有什么把戏？"

波塞冬目光如刀，狠狠盯着水藻，道："蓝珊太狠，不和她格斗，是我们的规矩，你却不告诉唐巍。而且唐巍选的号码根本不是三十六号，你却故意说三十六号，你到底想干什么？"

水藻的神色凝重起来，沉声说道："唐巍能完成食人鱼行动，能力超乎我的想象，我想让他和蓝珊格斗，看看他到底有多强的能力。"

波塞冬没有说话，静静地看着唐巍和蓝珊。此时唐巍已经出招，他一个跳步跃到蓝珊身前，挥拳打向蓝珊左肩。

唐巍这一招是虚招，他认为蓝珊一定会躲闪或格挡，心中早已盘算好了所有后招，不管蓝珊如何应对，他都有信心将她击败。

可让唐巍惊讶的是，蓝珊竟然不躲不闪，任由唐巍的拳头打来，同时左手闪电般地击出，朝唐巍打去。

唐巍暗暗冷笑，蓝珊不躲不闪。唐巍心想：和我拼谁更抗打，那好，我们就拼吧。老子可是经过十几年苦练的，你又是个小丫头片子，论抗打，不可能比老子更强。

唐巍挥拳，使出全力，一拳砸在蓝珊左肩上，与此同时，蓝珊的左手也打在唐巍的身上。

两人同时击中对方，只见蓝珊被唐巍的拳头砸得后退了好几步，这才勉强站住。再看唐巍，竟然跪倒在地，捂着右肩，疼得脸色剧变，五官扭曲。

原来刚刚两人交手的一瞬，蓝珊打的地方竟然是唐巍的伤口。更狠毒的是，蓝珊没有用拳，也没有用掌，而是把五指收拢在一起，垂腕竖立，成鹤嘴之势，全部力道都集中在指尖一点上。这样的一击，杀伤力有多大可想而知。

唐巍的伤口很深，本来就没有完全愈合，在蓝珊的重击之下，伤口迸裂，鲜血喷涌，剧痛透骨。他站立不稳，双膝一软，跪坐在地。

唐巍是真没想到蓝珊会打他的伤口。他习武的第一天，爷爷就告诉他“未曾学艺先识礼，未曾习武先明德”，这是东国传统武学最注重的“武德”，打别人的伤口，是最让武者不齿的行径。唐巍自己绝不会这样做，自然想不到蓝珊会这样做。

唐巍强忍剧痛，颤声说道：“蓝珊，你太卑鄙了！”

蓝珊淡淡地笑了笑，悠然说道：“我是杀手，不是武者，我只懂杀人，不懂武德。”

“你……”唐巍无法反驳蓝珊，气得说不出话来。蓝珊微微一笑，冲水藻和波塞冬说道：“他右臂伤口迸裂，几乎无法发力，胜负已分，这一战不用再打了吧？”

波塞冬面无表情，水藻面露紧张，小声冲波塞冬说道：“要不先到这里？”波塞冬仍旧没有说话，只是平静地看着唐巍。

“谁……谁说……胜负已分。”唐巍缓缓站起身来，肩膀仍旧鲜血直流，他扬起左手，一指蓝珊，“对付你，我一只手足够了。”

蓝珊一惊，心中暗想：没想到他还挺硬的，那好，我就看看他到底有多硬。蓝珊快步冲向唐巍，抬起右脚，一脚踢向唐巍的下身。蓝珊果然狠毒，每一招都是致命杀招。

唐巍虽然右臂不敢发力，可是步法丝毫不慢，闪开这一杀招，与蓝珊战在一处。

唐巍的右臂伤口复发，蓝珊就专门攻击唐巍的右侧，逼唐巍用右臂格挡。而且一有机会，蓝珊就会打击唐巍的伤口，让唐巍痛苦不堪。

唐巍的攻击策略是，与蓝珊近身战斗。蓝珊虽然是个姑娘，可是她的格斗技能却是外家拳的路子，每一招都要靠长距离蓄力，不会在方寸之间发力，近身战斗施展不开。

唐巍选对了策略，尽管只有左臂敢发力，可还和蓝珊打了个旗鼓相当，可是这种均势很快就被打破了。

蓝珊突然探出双臂，抓住了唐巍的左手，然后一口咬上了左手的伤口，狠狠一撕，整条绷带都被撕掉，伤口瞬间被扯开。又是一阵剧痛席卷唐巍的全身，左臂的力量也损失大半。

蓝珊跳出圈外，冷笑道：“你左手也不行了，还要打吗？”

唐巍一语不发，死死瞪着蓝珊，双眼喷火，心中暗骂：这个小姑娘看上去娇娇柔柔，心肠怎么如此狠毒？

水藻小声对波塞冬说道：“老大，要不这一战先结束？”

波塞冬的嘴角露出一丝诡笑，指了指唐巍，道：“你相信他会这样认输吗？”

水藻说：“您……您什么意思？”

波塞冬说：“这个唐巍，绝不会这样认输的。”

水藻惊疑道：“他都这副模样了，难道有反败为胜的办法吗？”

波塞冬没有回答，重新抱起了肩膀，继续面无表情。

正在这时，只见唐巍伸出了左手，扯掉了上衣，露出一身健壮的肌肉，蓝珊的脸微微一红，道：“你要干什么？”

唐巍得意地笑了起来，道：“蓝珊，我要出最后一招了。”

“最后一招？”蓝珊眼中露出了疑色，“你都已经这副模样了，还能有什么招数？”

“你给我等着吧。”唐巍缓缓走近蓝珊，蓝珊冷眼打量着他，没有躲闪的意思。突然，只见唐巍猛地加速，眨眼之间冲到蓝珊身前，身子一矮，双臂一伸，紧紧环住蓝珊纤细的腰身。

唐巍这一招使出来，蓝珊和水藻，甚至包括波塞冬都面色一变。唐巍这一招太反常了，对于势均力敌的对手，抱腰根本就是找死。一旦抱住对手的腰，就把整个前胸暴露在对手的膝盖之上，整个后背暴露在对手的手肘之下。手肘和膝盖，恰恰是人体杀伤力最强的部位。

“唐巍在干什么？”水藻大惊失色，急忙转头看向波塞冬，恳求道：“团长，请下令终止格斗吧。”波塞冬却还是不说话，水藻心急如焚。

蓝珊见到唐巍将自己拦腰抱住，眼神一凛，杀气更盛，说了声“找死”，抬起膝盖撞向唐巍的前胸。

没想到唐巍竟然虎吼一声，用尽全力将蓝珊向后推去。蓝珊身材纤细，体重不大，被唐巍全力一推，顿时向后退去。蓝珊又羞又怒，怒吼着“放手”，抬起手肘，向唐巍的背上狠狠砸去。

“砰”的一声，蓝珊的手肘重重砸在唐巍背上，可唐巍的动作一点都没停，继续推着蓝珊向后退。

蓝珊用尽全力，“砰砰砰”连砸了三下，仍旧没有阻止唐巍的脚步。

蓝珊一回头，只见身后就是悬崖，悬崖下面就是深不见底的大海。蓝珊惊得花容失色，这个唐巍是不是疯了，难道要推着我摔下悬崖吗？

水藻也看出端倪，一个箭步冲了过去，吼道："唐巍，快点停下。"拔腿去追唐巍。

可是水藻已经晚了，唐巍推着蓝珊，纵身跳下了悬崖。

唐巍和蓝珊一起下坠，风声呼啸过耳，唐巍仍然没有松开抱住蓝珊的手臂，反而锁得更紧。蓝珊嘶吼，用尽全力去砸唐巍的背，可是仍然没能让唐巍放手。

悬崖只有二十米高，一秒钟之后两人便摔在水面上。蓝珊是背部入水的，整个人拍在水面上，受到的冲击力远远超过唐巍，一时间撞了个七荤八素。没等她反应过来，就感觉唐巍带着她入水了。

蓝珊也是海神精英，水下能力不弱，口鼻一入水立刻闭气，同时清醒过来，唐巍带着她入水，看来是要和她在水下一决高下。这个唐巍自幼潜水，对自己的水下能力很有信心，也好，我就在水下击败他，让他输得心服口服。

蓝珊如意算盘刚刚打好，唐巍就让她的计划全都落了空。唐巍在入水之后，根本没有松开她和她打斗的意思，而是抱着她的腰，双腿快速打水，极速向水下潜去。

蓝珊惊得面无血色，这个唐巍到底要干什么？

蓝珊根本不知道，唐巍是要和她拼命。

唐巍的计划很简单，也很疯狂，那就是把蓝珊活生生拖到水下一百米！

唐巍憋上一口气，能够下潜到水下一百米，这是一种常人难以企及的天赋，他不相信蓝珊也有这样的天赋。

唐巍使出这一招，完全是在搏命，此时的唐巍受了重伤，强行进行大深度潜水，很容易命丧深海。可是唐巍已经彻底被蓝珊的卑鄙手段激怒了，完全顾不上危险。

唐巍死死锁紧蓝珊，一路下潜，惊得蓝珊面无血色，看唐巍这架势，就是要拼谁的储氧能力更强。这一点蓝珊肯定不如唐巍，不管怎么说，蓝珊是女性，唐巍是男性，在经受同等级的训练下，男性储氧能力比女性更强。

蓝珊海蛇

蓝珊扬起手肘，狠狠砸向唐巍的后背。可是在水下，水产生了巨大阻力，蓝珊又不懂内家拳，不能方寸发力，手肘打在唐巍的背上，力道大减。

蓝珊立刻改换招数，伸手去抓唐巍的手臂，想要把唐巍的手臂掰开。可是唐巍环抱得太紧了，根本掰不开。

蓝珊急中生智，想要去抓唐巍的眼睛，可是唐巍的头在她后腰的位置，手根本抓不到眼睛。于是她一把抓住了唐巍的耳朵，狠狠一扭。

唐巍感觉耳朵剧痛难忍，也使出奇招，张开嘴，一口朝蓝珊的后腰咬了过去，疼得蓝珊差点呛水。

蓝珊穿着紧身衣，唐巍咬不开，于是他换着地方，一口接一口地咬下去。

两人一边厮打一边下潜，周围光线越来越暗，已经下潜将近五十米了。蓝珊明显感觉气息不够了，她是被唐巍推下来的，一点准备都没有。不像唐巍，早早做好了准备，通过几次深呼吸储存了氧气。

唐巍其实也觉得气息不太够了，拖着一个人全速下潜，实在太消耗氧气，可是他仍然在锁着蓝珊下潜。唐巍就是这样一个人，平时冷静沉稳，可真要被彻底激怒，那可是连命都敢豁出去的。今天阴毒凶狠的蓝珊，便彻底激怒了唐巍。

两人在水下无法说话，没有任何交流的渠道，这样拼下去，必然两败俱伤。可就在这时，突然一张巨大的网沉了下来，将唐巍和蓝珊罩在其中，网很快收紧，并快速上升。

唐巍意识到是波塞冬下令干预了，松开了蓝珊，蓝珊氧气不够用，也没有还击。很快大网带着两个人露出水面，把两人像两条鱼一样扔在甲板上，船上的人什么都没说，直接用快艇把两人送上了岸。

唐巍和蓝珊都打不动了，一路上相安无事，很快来到了水藻和波塞冬的面前。

波塞冬微笑一下，冲两人点点头，道："蓝珊，两次攻击弱点，很睿智。唐巍，舍命一搏，很精彩。至于谁赢谁输，你们自己说吧。"

唐巍看看蓝珊，没有说话。他很清楚，要是继续拼下去，其实会两败俱伤，不好说谁赢谁输。

蓝珊把头一扬，硬声说道："我没有输。"

唐巍不甘示弱，朗声说道："那就再来！"

"再来就再来，走，我们下水。"蓝珊转身就往岸边走，唐巍迈步跟上。

"好了。"波塞冬的话让唐巍和蓝珊全都站住，两人同时看着波塞冬。

"这场格斗，获胜者是唐巍，唐巍以后在蓝珊的水下居住舱训练。"波塞冬的语气平淡极了，完全不在意蓝珊的感受。

"我才没有输！"蓝珊倔强地争辩着，"为什么说我输了？我怎么可能输给一只肉虾！"蓝珊恶狠狠地盯着唐巍，唐巍只是轻蔑地瞥了她一眼。

波塞冬用手一指唐巍，道："蓝珊，你以后就是唐巍的主教官，系统训练他三个月，最终考核的项目是盗火者行动。"

"您说什么？"唐巍和蓝珊异口同声惊呼，这两个人已然势同水火，波塞冬竟然要蓝珊负责训练唐巍。

波塞冬一句解释的话都没有，转身走了，迫于波塞冬的威严，唐巍和蓝珊谁都不敢追过去问，波塞冬于是消失在了两人的视线里。

在一片茫然之中，水藻走了过来，笑嘻嘻地说道："蓝珊妹妹，既然是团长的命令，请服从吧，训练计划我已经做好了，一会儿发到你的个人电脑上，各个分系统的教官我都已经协调好了。”

蓝珊瞪着水藻，满眼喷火，牙咬得咯咯作响，过了好一阵，她才哼一声，说道：“既然是团长的命令，我只能服从。”随后转头瞪向唐巍，“肉虾，你给我小心点，让我不爽的人，都被我杀掉了。”

蓝珊甩下这么两句话，跳上全地形车，快速开走了。

水藻拍拍唐巍的肩膀，笑道：“你干得不错，我没有看错你，走吧，我带你去包扎伤口，再带你去熟悉一下基地。”

水藻带着唐巍上了一辆车，前往医院，路上唐巍问水藻：“团长说我的最终考核项目是盗火者行动，那是什么？”

水藻摇摇头，“我也不知道。”

唐巍继续问道：“为什么团长让蓝珊当我的主教官？”

水藻耸耸肩膀，笑道：“这个我也不明白，不过既然是老大的命令，那就一定是对的。以后你就记住吧，在海神，团长的命令，只有你理解不了的，没有错的。”

“那蓝珊不会像她说的那样杀掉我吧？”唐巍对蓝珊还真有些担心，以她表现出的凶狠卑鄙，恐怕什么阴招都用的出来。

“这个嘛……”水藻沉默了。水藻的心中生出了一股不祥的预感，“蓝珊以前也对别人说过我要杀掉你，可是她从来没杀过那些人，至于你嘛，就不一定了。蓝珊从来没输过，你拿走了她的第一次，很难想象她会对你做出什么。”

唐巍在心里狠狠地骂了一句脏话，海神基地有一个职业杀手，时时刻刻惦记着取他的性命。这个职业杀手还是他的主教官，以后的日子可不好过了，得时时刻刻提防那个恐怖的蓝珊。

唐巍虽然这样想，可是没说一句抱怨的话。唐巍是个从不示弱的人，无论有什么困难，都会想办法战胜，开口抱怨，绝无可能。

水藻随后带着唐巍去了水下医学中心，包扎了伤口，之后又在海神基地转了一圈，去的只是训练场、俱乐部这样的地方。很多地方，比如像情报部、科技支援部都去不了。

水藻把唐巍带到住宿楼，住宿楼简直就是高级酒店，每个人住一间房，房间又大又宽敞，陈设豪华。唐巍的宿舍在水藻的隔壁，这让唐巍稍微放心。

当天晚上，水藻把唐巍的分水峨嵋刺送了回来，埃尔多安集团已经把它找到了。水藻还告诉唐巍，一百二十万美元的酬金已经开始拨给唐巍的家人了，为了不引起旁人的注意，这笔钱以爱心捐赠的名义，分批次小数额拨发。

之后的七天，唐巍都在养伤，他每天都提防着要来杀他的蓝珊，可是蓝珊始终没有出现。

第八天，唐巍的伤恢复了一些，训练也正式开始。

这天早上九点，蓝珊开着车来到唐巍的住宿楼下，唐巍上了车，见到蓝珊，再次被她的美丽震撼。只见她穿着一条齐臀小短裤，两条长腿完全露在外面，肌肤白皙，娇嫩如水……唐巍看着两条玉腿，只感觉全身热血沸腾。

蓝珊面对唐巍，仍旧冷漠如冰，一句话都不和他多说，能用手势解决的事情绝不用语言。蓝珊带着唐巍在一处大楼外面停下，这里是水下医疗中心，唐巍这几天常来这里。

蓝珊率先下车，冲唐巍做了一个“跟我来”的手势，走进大楼，唐巍默默地跟在后面。两人来到顶楼，进了一间大屋子，屋子里还有一间小屋子，小屋子外面布满了各种各样的设备。

蓝珊回手关上了房间门，唐巍警觉地看着她，手放在分水峨嵋刺旁边，随时准备战斗。

蓝珊看出唐巍的敌意，毫不在意，她干净利落地冲唐巍说道：“把衣服脱了。”

“你说什么？”唐巍觉得自己听错了，两人同处一室，孤男寡女，她为什么要让自己脱衣服？

“我让你脱衣服。”蓝珊提高了声音。

“你……你要干什么？”唐巍推后两步，双手抬起，摆了一个退龙拳起手式。

“这是训练，你不要耽误时间。”蓝珊冷冷说道。

唐巍心想：我就把衣服脱光，看看你有什么花招？他伸手解开衣扣，脱掉衬衫，随后把裤子和内裤一起往下脱。

蓝珊脸蓦地一红，斥道：“谁让你脱内裤了，穿上！”

唐巍看到蓝珊这个女魔头露出羞涩，很是得意，穿上了内裤。蓝珊用手一指中间那间小屋子，说道：“把武器留下，进去。”

“不行！”唐巍直接拒绝，“我必须带着武器，你要是想杀我怎么办？”

“我真要杀你，你带着什么武器都没用，这是训练，赶紧进去！”蓝珊一副很不耐烦的样子。

唐巍说：“这到底是什么训练？为什么要进那间小屋子？”

蓝珊说：“你别废话了，赶紧进去。”

唐巍暗暗心想：蓝珊并没有杀我的意思，如果因为我的多疑而耽误训练，那就让人笑掉大牙了。也罢，进那间小屋子试试，看看蓝珊到底有什么阴谋诡计。

唐巍放下分水峨嵋刺，打开小屋子的门，走了进去。一进小屋，第一个感觉是小屋好软，它的地面、墙壁和天花板都是橡胶做的。橡胶是乳白色的，就像软软的棉花糖，灯隐藏在橡胶后面，白光透过橡胶照射出来，更显温柔。

唐巍往前走了两步，突然听到背后房门传来上锁的声音。唐巍觉得不妙，急忙冲到门口，伸手推门，可是门纹丝不动，他已经被蓝珊锁在了小屋子里。

唐巍握起拳头，狠狠砸门，怒吼道：“蓝珊，你把我关在这里做什么，赶紧放我出去。”

杀机重重

唐巍被蓝珊锁在橡胶小屋里，立刻冲到门口，攥起拳头狠狠地砸门，可是外面的蓝珊没有一点回应。

唐巍的拳头砸在门上，就像打在棉花上，力道完全被橡胶吸收，对门造不成一点破坏。唐巍收起拳头，开始寻找橡胶小屋的出口。

小屋不大，唐巍仔仔细细找了一圈，没有发现任何其他出口，只有一扇门，没有窗子。天花板上有一排针眼大小的孔，应该是排气孔。

唐巍正在想该如何出去，突然听到地上传来“嘶嘶”的声音，他本能地向后退了一步。低头一看，只见地面上出现了几排小孔，清澈透明的液体从小孔里冒出来，在地面上积了一摊，看起来和水很像。

唐巍吃了一惊，暗暗心想：这些液体是什么玩意？该不会是腐蚀性药剂吧？比如说氢氟酸，那东西就和水差不多，腐蚀性极强，连玻璃都能腐蚀，是名副其实的“化尸水”。

唐巍急忙后退几步，后背靠在了橡胶墙壁上。他突然想到，氢氟酸是不能溶解橡胶的，这间小屋恰恰就是用橡胶制成的。

液体漫延的速度很快，眨眼之间已经把唐巍逼到了无路可退的角落，很快碰到了他的脚底。想象中的腐蚀剧痛并没有出现，除了感觉液体很凉，没有任何不适。

唐巍胆子大了些，伸手在液体里微微沾了沾，把手抬到鼻子下面，轻轻嗅了嗅，没有任何气味。唐巍哭笑不得：这些液体原来就是水。

唐巍气得破口大骂：“蓝珊，你放水想干什么？”外面毫无回应。

小屋里的水更多了，已经没过了唐巍的脚踝，他感觉这水凉极了。多年潜水经验告诉他，这水的温度只有零度左右，几乎就是冰水。

水面快速上升，转眼间已经没过了唐巍的膝盖。他眉头一紧，该死的蓝珊，不会要把他淹死吧？

唐巍想堵住进水孔，可是很快放弃了这个想法。进水孔在地上排了几排，他只有一条内裤，不可能堵得住。

唐巍想把墙壁上的橡胶撕开，可橡胶太硬了，用指甲去抠，只留下几个指痕，用牙齿去咬，根本咬不到。

唐巍蹚着水，在小屋墙壁上寻找着缝隙。如果有缝隙，或许可以借助缝隙撕开橡胶，可是结果再次让他失望，墙壁上完全没有缝隙。换句话说，这间小屋完全不存在逃出去的可能。

在唐巍寻找的过程中，水已经没过了唐巍的脖子，刺骨的寒冷让唐巍的皮肤一阵阵发痛。没过脖子的水继续上升，直奔唐巍的口鼻而去，唐巍急忙漂浮起来，把头露出水面。

没想到水继续上升，一路逼近小屋的天花板，很快距离天花板就只剩下了一条窄窄的缝隙。唐巍只有平躺身体，面朝天花板，才能勉强把口鼻露出水面。

唐巍全都明白了，蓝珊就是想把他淹死，这是对他的无情讽刺，你唐巍不是极具潜水天赋吗？还用潜水天赋打败了我，那好，我就淹死你，让你死在你最擅长的地方！

唐巍怒火涌起，直冲咽喉，张嘴痛骂蓝珊。可是谁想到嘴巴刚刚张开，一口冰冷的水就灌进了肚子，唐巍只能闭嘴。这下他的火更大了，该死的蓝珊，我想骂都骂不了。

眼看着水要淹没那一道小小的呼吸缝隙，水竟然停住了，水面也不再上升。唐巍一愣，水怎么不上升了，莫非蓝珊不想淹死我？那她想干什么？折磨我？有可能，毕竟弄死我团长那里她也不好交代。

唐巍不担心自己被淹死了，紧绷的神经放松下来。这一放松，只感觉一阵阵寒冷透肌入骨，全身皮肤冷得发痛。

这水只有零度，比唐巍进过的任何一片水域温度都低。出身于采珠世家的他，比别人更懂水温低意味着什么。人泡在这种水里，十几分钟就会被活活冻死，有无数采珠人就是这样死的。

唐巍恍然大悟，蓝珊不是要淹死他，而是要冻死他！

突然，唐巍的身体一阵颤抖，他心头一颤，暗叫“不好”，水下颤抖是极其危险的。采珠人把这叫“水鬼抽魂”，人一旦在水下颤抖，就离丧命不远了。

身体颤抖是在大量产热，在陆地上没有问题。而在水下，颤抖会让血管扩张，血流加快，让身体失去更多热量，颤抖产生的热量得不偿失。

唐巍接连颤抖，同时感觉到了手脚剧痛——这意味着体温已经丧失得很严重了，必须立刻复温，他在水中快速搓动手脚，可是毫无用处。

唐巍手脚变得麻木，感觉不到疼痛了，肘关节和膝关节变得僵硬，他的意识开始渐渐模糊……就在唐巍快要支撑不住的时候，水突然没有那么凉了。紧接着，水开始慢慢回暖，唐巍身上的寒冷僵硬渐渐被温暖舒适所取代。

唐巍感觉到，水温逐渐上升到了四十度左右。这就和人泡澡差不多了，水面也同时下降，唐巍可以把整个头露出水面了。

唐巍舒舒服服地呼吸了几口空气，疑惑更深，蓝珊既不淹死我，也不冻死我，她到底要干什么？哦，我明白了，蓝珊就是想捉弄我，折磨我，她好出气，这个小丫头真是坏透了，我一定要狠狠报复她，怎么报复她才好呢？

唐巍想着报复的法子，不知道为什么，一个奇怪的想法突然冒了出来——我要让蓝珊死心塌地地爱上我，给我生一大堆孩子，然后我再对她始乱终弃，哈哈哈，太好笑了。

唐巍突然大笑起来，笑得前仰后合，差点呛水，好一阵子才停下。

唐巍猛然间感觉到：现在的他很不正常！他并不是一个特别爱笑的人，像这样的狂笑，几乎从来没有过，他今天这是怎么了。

唐巍虽然意识到了自己的不正常，可他好像失去了对自己的控制。

他的大脑不由自主地出现了一幅蓝珊跪在他的脚下，放声痛哭的画面。画面中的蓝珊抱着他的大腿，大声哀叫“不要抛弃我”。

唐巍再次大笑起来，笑声越来越大，精神格外振奋。在大笑声中，唐巍想到：有些化学毒剂就能让人异常兴奋，大脑不受控制地去想高兴的事情，蓝珊应该是给自己“下药”了，这个恶毒的女人。

可是这个清醒的念头很快被狂喜冲散了，唐巍疯狂地笑着。过了不知道多长时间，眼前一黑，昏迷不醒。

唐巍醒来的时候，发现自己躺在一张病床上，手脚和腰都被固定带绑住，成一个“大”字型，全身上下一丝不挂。唐巍转头看向四周，没有发现半个人影，试着动了几下手脚，固定带很结实，完全挣脱不开。

正在这时，唐巍突然听到开门的声音，努力转头一看，只见一个穿着医生装束的美女，走向他的病床。

这个女人是白人，金发碧眼，看样子三十五岁左右，容貌极美，让人眼前一亮。

这个女人来到唐巍的床边，低下头说道：“我的黄色小蛋糕，你终于醒了？”

唐巍听到女人的声音骨头都酥了。女人含情脉脉地伸手把白大褂脱了下去，里面竟然是一件布料少得可怜的泳衣。

“我要品尝我的黄色小蛋糕了。”女人说着，走到唐巍身边。

唐巍哪经历过这种场面，完全不知道该怎么办，想要开口呼叫，又觉得呼救太丢人。于是把牙一咬，等待后面的事情……

正在这时，只听蓝珊那冰冷的声音在门口响起：“海妖，你又来这一套。”原来那个女人代号海妖，是海神的医疗专家，负责海神的医疗保障，尤其是潜水医疗保障。

海妖转头看见蓝珊，嘿嘿一笑，穿上了白大褂，拿起一条布单盖在唐巍的身上。

蓝珊走了过来，问海妖：“肉虾的情况怎么样？”在蓝珊口中，“肉虾”完全成了唐巍的代号，唐巍虽然不情愿，可也没有办法。

海妖耸耸肩膀，道：“我还没有对他进行检查，不过他的状态应该不错。”

超强天赋

蓝珊对海妖很不满，脸一板，道：“训练他是团长的命令，如果因为你拖延了进度，你去和团长解释。”蓝珊特别强调了“团长”，海妖明显变了脸色。

海妖转身给唐巍检查身体。十几分钟之后检查完毕，告诉蓝珊：“黄色小蛋糕的身体情况非常好。”

蓝珊没搭理海妖，走过去解开了唐巍的固定带，把衣服扔给唐巍，命令道：“穿好衣服，这一阶段的训练结束了，我们去下一个训练场。”

唐巍扬起拳头，狠狠砸在病床上，冲蓝珊冷声道：“手下败将，想折磨我出气就堂堂正正地来，拿训练当借口，算什么？”

“我哪有折磨你？”蓝珊满脸不屑，“快穿衣服，我没时间和你废话。”

“你还不承认！”唐巍的火更大了，“你把我锁在橡胶小屋里，然后放冰水，不是折磨我？”

蓝珊哼一声，转头看向海妖，道：“我最讨厌给肉虾讲课了，你去吧。”

海妖走了过来，道：“放冰水不是折磨你，是测试你。”

“测试？”唐巍紧盯着海妖，一头雾水。

“没错，是低温耐受力测试。”海妖集中精神给唐巍讲解，“潜水极其危险，开始专业水下训练之前，必须经受一系列身体测试，低温耐受力测试就是其中之一。”

唐巍说：“那释放化学毒剂呢？也是测试？”

海妖说：“那不是化学毒剂，是高压氮气，我们在对你进行氮麻醉测试。”

“氮麻醉？”唐巍想着这三个字，问道：“什么意思？”

海妖说：“你虽然从小潜水，可你没有装具潜水的经验，进行的都是裸潜，氮麻醉只有进行过装具潜水的人才会知道。水下压力很高，人在水下呼吸的气体压力必须和水压相等，否则就不能呼吸。这就意味着人呼吸的气体压力很高，氮气在高压之下会对人体产生一系列毒害作用，最明显的就是有愉悦感，大脑不受控制，你想想你刚才笑得多开心。当氮气压力超过一定限值，人体就会昏迷，这就是你最后昏迷的原因。”

海妖拿起一部平板电脑，笑道：“我的黄色小蛋糕测试结果非常好，好到超出我们的想象。

“测试数据如下，你在零摄氏度的冰水中，体温下降速度仅为普通人的三分之一，复温速度却是普通人的三倍。

“你第一次出现氮麻醉现象的氮气分压是五百六十千帕，换算成水深压力，大致相当于六十米，是普通人的两倍，受过普通训练的潜水员也赶不上你。

“仅就这两项测试而言，你拥有远超常人的潜水天赋，是海神最需要的那种人。”

唐巍没想到自己天赋这么好，暗暗高兴，不过没表现出来，只是轻轻地点点头。一旁的蓝珊冷笑一声，轻蔑说道：“两项测试而已，后面还有更多呢，说不定哪一项就能把你踢出海神。”

接下来，蓝珊和海妖带着唐巍进行了一项又一项测试，包括氧敏感测试、高压气体饱和度测试、加压测试……林林总总不下几十项，每一项的测试数据，唐巍都远超常人。他很高兴，既然有如此天赋，就算日后训练考核出现一些问题，应该也能成为海神正式成员。不想这时蓝珊狠狠给他浇了一头冷水。

蓝珊抱着厚厚一沓测试数据来到唐巍的面前，盛气凌人，道：“你还是主动退出海神吧。”

“你在胡说什么？”唐巍不屑地抱起肩膀，“我的天赋你也看到了，让我主动退出海神，笑话！”

“不要以为你天赋惊人就一定能进入海神。”蓝珊一副面对小屁孩的样子，“接下来是三个月的训练，我是主教官。你的训练日程由我安排，训练表现由我评估，训练报告由我上交，我会在训练阶段就淘汰你。”

“如果你故意编我的坏话将我淘汰，我也没有办法。”唐巍满不在乎地摊摊手，“你随便吧。”

“对付你，还不需要编坏话。”蓝珊自信地笑着，“我只需要增加训练难度，提高训练强度，就能让你支撑不住，哭着喊着退出海神。”

“是吗？那你就来吧。”唐巍扭头就走，蓝珊，你以为训练强度高、难度大就能让我退出海神吗，做梦！

第二天，训练正式开始。起初的训练全都是理论学习，海神的专业性极强，在水下实践训练之前，必须先学习相关理论。

唐巍坐在教室里，等着蓝珊来上课，对她的威胁满心不屑。心想理论学习有什么难的，就算你不讲课，我自己看书也能看得懂。不过他很快明白，他低估了蓝珊。

教室门一开，蓝珊拎着一大摞书走了进来。那些书有十几本，用绳子绑着，摞起来足有半个人高，这样一摞书是很沉的，不过蓝珊拎着它们毫不费力。她把一大摞书砸在唐巍的面前，笑道：“这里一共有十五本专业教材，在接下来的一个半月时间里，你要把它们全部学完。”

“这不可能！”唐巍腾地站起身来，大声抗议，“四十五天学十五本书，平均三天一本，根本没人能做到这一点。”

“你要是不愿意学，可以现在就退出。”蓝珊掏出一张“退出申请表”，拍在唐巍的面。

“学就学。”唐巍把退出申请表往边上一推，“开始吧。”

接下来，唐巍就开始了地狱般的理论学习之旅。理论学习分为两个部分，基础理论——海洋学、海洋生物学、潜水医学等等，专业理论——

空气潜水、氦氧混合气潜水、饱和潜水等等。

虽然十五本书看起来很多，可是需要学习的只是其中的一小部分。因为蓝珊在理论学习上特别注重实用性，很多在实际潜水中不太容易遇到的情况，她也就不讲了。

唐巍起初觉得蓝珊会故意不好好讲课，好让他听不懂，可他没想到，蓝珊的讲解非常认真、非常细致。唐巍见过的最认真的老师也不过如此了。

只是有一点，蓝珊在讲课的时候，所有东西都只讲一遍。如果唐巍哪里没听懂，把问题提出来，蓝珊通常就会说一句“这么简单的问题都想不明白吗？自己想”，然后再说一句“智商这么低还想加入海神，趁早退出吧”，绝不会给他讲解。

唐巍起初还问问题，等到后来，有不懂的问题也不问了，哪里没听懂，就回去自学。自学并不容易，蓝珊讲授的理论都很专业，利用网络几乎得不到任何解答，唐巍只能去问别人。可惜的是，他的住处周围经常没有人，水藻似乎是执行任务去了，根本找不到他。

每一门课结束之后，蓝珊都会对唐巍进行考试，考试内容都是唐巍在课上弄不懂的地方。更可气的是，蓝珊还直接告诉唐巍：“我就是挑你不会的地方出题，这是在考察你的自学能力。”唐巍无言以对。

蓝珊还喜欢出默写题，潜水理论中有很多图表和数据，蓝珊就让唐巍记背这些数据。那些数据通常毫无规律，而且篇幅经常在十页以上，蓝珊硬是要唐巍在几天之内默记下来，正常人几乎不可能做到。

在蓝珊的地狱模式下，十五门考试唐巍没有一门及格，最高一门考了四十七分。甚至在《饱和潜水》《氦氧潜水配气》和《水下物理》这三门考试上挂了零蛋。

对于蓝珊的刁难，唐巍是一点办法都没有，他想直接向团长波塞冬反应，可惜的是，他根本见不到波塞冬。在海神，不是每个人都能见到波塞冬的，像他这种新人，如果没有老成员带领他，完全没有见到波塞冬的可能。

在理论学习课程结束的时候，蓝珊把一份文件放到唐巍的面前，笑道：“我把你的理论学习情况报告给团长了，团长给你写了评语，你可以看看。”

唐巍翻开文件，只见上面写着：“他的理论学习能力看起来很差，不过理论学习能力并不是最重要的，是否将其踢出海神，视实践训练而定。”

唐巍看着这份文件，脸色难看极了，他狠狠瞪着蓝珊。蓝珊竟然“嘻嘻”一笑，问道：“你是不是不服气啊？”

地狱训练

唐巍瞪了她一眼，没说话。蓝珊接着说道：“我听说你去找团长了，你是不是想打我的小报告。”

唐巍冷冷地回答：“你故意刁难我，我怎么能不向团长反映？”

“我劝你不要这样做。”蓝珊说着打开了身边的公文包，“你的理论学习能力这么差，团长对你的印象已经非常不好了，如果你再去打小报告，他恐怕会直接将你踢出海神。”

蓝珊从公文包里取出一沓文件，随手扔在唐巍的面前，笑道：“这是当初我的考试成绩，我的学习时间可和你一样哦。”

唐巍拿起那些文件，是考试试卷，纸页发黄，墨迹暗淡，有些年头，不是最近伪造的。试卷上的字体娟秀清劲，确是蓝珊亲手所写，看试题，难度和唐巍的相差不多，可是蓝珊几乎每一门都考了满分。

唐巍惊得目瞪口呆，诧异地看着蓝珊，没想到她竟然有如此天赋！

“不要看了。”蓝珊将试卷收回手中，“从明天开始，就是潜水实践训练，我们要下水下居住舱了，你距离被淘汰，又近了一步。”

第二天，潜水实践训练正式开始。海神的训练难度是按照下潜深度区分的：

零米至十二米：初级难度，不需考虑减压。

十二米至六十米：中级难度，需考虑减压。

六十米至二百米：高级难度，需考虑减压，需使用氦氧混合气。

二百米以下：终极难度，需使用特种潜水装备。

对潜水不了解的人，会觉得二百米这样的下潜深度太微不足道了，毕竟大洋深度动辄几千米。可实际情况是，潜水极其危险，难度极大，海神能下潜到这种深度已经算是鹤立鸡群了。

与之相对比：普通人进行的观光游览潜水，深度很少超过十米。普通潜水员通常在三十米以内活动，比较有能力的潜水员能下潜到三十米下，能下潜到一百米的是凤毛麟角。

唐巍完成了食人鱼行动，蓝珊也就跳过了初级难度和中级难度，直接进入高级难度。

蓝珊带着唐巍进入了水下居住舱，这是一个全封闭舱室，室内气体由外界供给，供给气体的压力由外界控制，等于其所在深度的水压。潜水员出舱训练之后，回舱不必进行漫长的减压，大大提高了训练效率。

唐巍和蓝珊在水下居住舱里穿好了潜水服，水下居住舱下潜到了一百米深度，舷窗外面一片漆黑。

舱内加压指示灯亮起，加压开始，气压会一直加到一百米深度压力。在这个过程中，唐巍需要做一些动作，以保证安全。他加倍谨慎，不敢疏漏一点。他很清楚，对面蓝珊就等着抓他的错，任何一丁点儿的小错都会被她抓住，然后毫不留情地写在报告上，作为“唐巍没资格加入海神”的证据，送到团长波塞冬的案头。潜水是最不能容忍犯错的，在水下，任何一个小错误都会导致丧命。

气压达到了三十米水深压力，唐巍开始吞咽唾沫，打哈欠，平衡耳部内外压力。这些动作绝对不能省略，否则就有耳膜穿孔的危险。

气压达到了六十米水深压力，唐巍站起身来，在居住舱里缓缓走动，加强舱内气体流动，避免出现氧气盲区导致人体缺氧的情况。

气压终于达到了一百米水深压力，蓝珊做了个手势，示意可以出舱了。随后打开居住舱的阀门，经过过渡舱，进入水中。

唐巍今天的训练课目是“搜索”，就是找到水下的目标物体。一百米深的水域，基本上已经不见阳光了，眼睛成了摆设，灯光在水下又传播不了多远。所以搜索目标物体主要靠声呐。

蓝珊教授唐巍使用声呐探测器的方法。训练水域有各种各样的声呐信号模拟装置，对应不同的水中物体，从小鱼小虾到大型舰船，应有尽有。唐巍用声呐探测器搜索探测它们，记下每一种物体对应的声呐图像。

训练进行了四个小时，蓝珊带着唐巍返回生活居住舱。休息三个小时之后，蓝珊要对唐巍进行考核。考核内容就是用声呐探测器搜索十个水下目标，及格的标准是一个小时。

唐巍觉得自己的训练表现不错，蓝珊应该会给他一些正面的评价，没想到蓝珊竟然当着他的面毫不留情地写下：“唐巍虽然接受知识的速度比较快，可是在出舱的基本流程上不够严谨，个人意见，唐巍没有资格加入海神。”

蓝珊写完评价，挑衅地看着唐巍：“一会儿的考核，希望你能及格，否则我在报告里一定不会留情。”

唐巍什么都没说，暗中打定主意，用考核成绩狠狠打蓝珊的脸。对于声呐探测，唐巍是很有信心的，他家附近的渔民，就有使用声呐探鱼器的。他们为了增加声呐的使用距离，常常会请求唐巍带着声呐探鱼器潜水，寻找鱼群，唐巍借此积累了不少声呐使用经验。

这时水面支援平台将食物和水送了下来。在水下居住舱的密闭高气压环境里，饮食是很有讲究的，绝不能吃高油高脂一类的食物。因为人体脂肪过多的话，溶解在身体里的高压气体不容易脱出，极大增加减压时间，能吃的基本都是高蛋白的食物。

人在高气压环境下，味觉会变得迟钝，因此食物好不好吃唐巍也没尝出来。吃过饭要睡觉恢复体力，在生活居住舱里睡觉，同样要求很高。唐巍和蓝珊不能同时睡，要分开睡，每隔一段时间，一个人就要叫醒另一个，为了防止局部缺氧造成窒息。

蓝珊很快在唐巍的注视下睡着了，唐巍没想到，睡着的蓝珊竟然那么美。他不觉想起了童话里的睡美人，可是一想到蓝珊对他的种种刁难，那种美也不美了。

吃饱睡足，考核正式开始。唐巍平时积累的声呐探测经验在这时起作用了。比如说，他会把声呐探测器尽量放在身体后面，拉大他与目标的距离，以消除声呐的混响盲区（声呐距离目标太近时，无法接收到回波）。

唐巍还会利用声呐对搜索过的区域进行标注，因为水下搜索身处一片漆黑之中，潜水头灯只能照亮身边四五米的范围，因此可以说完全没有参照物。人在这种环境之中很容易迷失方位，把自己刚刚搜索过的区域再搜索一遍。

唐巍用上了这些经验，十个目标只用了半个小时就全部找到，打破了新人训练营的纪录。透过潜水面罩，唐巍看到了蓝珊那张惊讶的脸，得意极了。

唐巍万万没想到，在他收起声呐装备的时候，蓝珊突然冲了过来，在他的背上轻轻拍了一下。唐巍很奇怪，掏出写字板（在水下用声音交流很不便，所以潜水员经常用写字板），在上面怒问："你干什么？"

蓝珊什么都没说，带着唐巍回了水下居住舱。随后在报告上写道："唐巍只用半个小时，就完成了任务，打破了新人训练营的纪录，不过他在搜索过程中暴露出了严重的问题，那就是不会分心监控周围水域的危险，我模拟鲨鱼对其进行攻击，他完全没有躲开。"

唐巍无话可说，心想以波塞冬的睿智，会看出我实力的。

搜索训练持续了十五天，这期间唐巍见识到了各种各样的搜索方法，绝大多数唐巍都闻所未闻。比如说圆周搜索、鱼尾搜索、团队搜索等等。

唐巍深深地意识到，水下作战的复杂程度远远超过他的想象。

在这些训练之中，尽管唐巍表现优异，可是蓝珊总能找到他的毛病，并添油加醋地写到报告上。

水下搜索训练结束之后，下一项是为期三十天的水下操作训练，这里面的训练课目就更繁杂了。比如说水下打捞、水下切割、水下焊接、水下武器的使用……很多课目唐巍连想都想不到。

蓝珊对唐巍的要求极为严格，训练量极大，唐巍经常要在水中训练七八个小时，完成各种各样的精细操作。唐巍在一百多米深的水下，本来就裹着厚重的加热潜水服，手部散热最快，手套更加厚实，想要完成精细操作，十分艰难，每次唐巍都累得筋疲力尽。

蓝珊为了培养唐巍的警觉性，动用了一大批危险动物模型。训练了一段时间，唐巍累计被海蛇咬死四五次，被水母蜇死十余次，被鲨鱼撕碎几十次，甚至还被电鳗电死了一次。弄得唐巍每次在训练的时候精神都高度紧张。

每次训练结束之后，唐巍都累得全身酸软。回到水下居住舱，立刻像死狗一样瘫软在床上，连吃饭的力气都没有。

蓝珊在这种时候也没有饶过他。她一边用“才这么点训练量你就不行了”之类的话讽刺唐巍，一边挑选唐巍的糟糕表现上报给波塞冬，在“个人建议”一栏写下“唐巍不适合加入海神”。

唐巍恨死了蓝珊，可是他没有一点反制她的手段。如果他敢对蓝珊不敬，就会被立刻踢出海神。他能做的，只有在大脑里狠狠羞辱蓝珊，就像他在氮麻醉测试中做的那样。

在蓝珊的一次次“小报告”之下，波塞冬对唐巍的印象越来越差。海妖给唐巍做身体检查的时候偷偷告诉唐巍：“团长已经有了不接纳你为正式成员的想法了，你必须立刻扭转局面。”

唐巍很是无奈啊，蓝珊在报告里专门突出他不好的地方，他根本没有扭转局面的办法。可就在这时，一个机会出现在了唐巍的面前。

06　极冰之火

紧急行动

这一天，唐巍像往常一样整理潜水装备，准备开始一天的地狱训练。突然，居住舱里的通讯器响了，蓝珊过去接听，放下通讯器秀眉紧锁，满脸焦急，用最快的语速说道："收好装备，我们上岸。"

"发生了什么事？"唐巍从来没见过蓝珊如此紧张，她从来都是不慌不忙的。

"我只给你一分钟时间。"蓝珊像往常一样，没理会唐巍的疑问，冲进操作间，开启上浮程序。水下居住舱升上水面，两人上了一艘快艇，回到陆地上直奔机场。

停机坪上，一架 CH–47"支奴干"直升机的旋翼正快速转动，这是鹰星国最重要的军用运输直升机之一。海神没有，应该是雇主派来的。

蓝珊带着唐巍上了直升机。机舱最里面，码着一排精密装备运输箱，运输箱前面，机舱壁的折叠座椅上，坐着六个人，每个人都紧张严肃。唐巍一个个看过去，只见林奈和海妖都在其中，他们的脸上毫无往日的笑容，一副如临大敌的模样。

后面三个人唐巍没见过，看上去文质彬彬，应该是技术支援专家。他的目光落在了最后一个人身上，大吃一惊，他怎么也来了！

这个人是中年男子，白人，身材颀长，浓眉大眼，络腮胡子，一脸沉稳，气质和波塞冬有些相似。他代号三叉戟，希腊神话中海神波塞冬的武器。他是海神佣兵团副团长，主管前线战斗行动，是水藻、蓝珊这些人的顶头上司。

和海神的所有人一样，三叉戟的背后也有传奇的经历和复杂的背景，唐巍并不知道太多。他只是听海妖提起过："三叉戟可能是飞行员出身。那年我们去非洲一个国家玩，那里正好有非南国的'石茶隼'武装直升机，他上去就飞了一圈，还用机炮打中了无人机移动靶。"

发动机的轰鸣声越来越大，螺旋桨卷起的沙尘越来越浓，支奴干即将起飞。海妖打开一个运输箱，从里面取出两件增压服，让蓝珊和唐巍穿上。他们之前长期潜水，想要飞到气压低的高空，必须穿增压服。

两人穿好增压服，戴好呼吸面罩。直升机很快起飞，升入高空，平稳飞行之后，发动机声音小了不少，彼此能听到说话声了。

三叉戟站起身来，半跪在两排座椅之间，众人都围了过去，唐巍也跟了过去。

三叉戟拿出一个小本，翻开，上面画满了各种各样唐巍看不懂的符号。他大声吼道："我来说行动简报。行动代号：五；行动难度：五十六；行动区域：非洲南部，南大西洋海域。"

海神对不同种类的行动进行了编号，"五"代表"搜索打捞"。对行动难度进行量化描述，从"一"到"一百"，数字越大，难度越高。

唐巍暗暗惊讶：这次行动的难度竟然达到了"五十六"，当初历尽艰险的食人鱼行动，难度也只有四十七。一次搜索打捞行动而已，难度怎么会这么高?

三叉戟继续说道："任务水域海洋生物情况复杂，林奈，特别注意：潜水员可能出现水下生物伤；海妖，特别注意：搜索要使用声呐探测器，一定要保证设备顺利运行……"

三叉戟一个一个地交代注意事项，很快到了唐巍。他的眼睛猛地盯住唐巍，目光凶狠凌厉，唐巍没有防备，不觉打了个激灵。

三叉戟面色一冷，阴森说道：“这次你的表现很重要，团长对你之前的训练表现十分不满，如果这次你无法完成行动，团长将有可能把你踢出海神。”

三叉戟说完一挥手，众人都回到了自己的座位上。唐巍狠狠地瞪着蓝珊，心里别提有多生气了。但凡她在报告里多说一点好话，现在他的处境就不会那么艰难了。

蓝珊对唐巍的怒火浑然不觉，她悠然地仰着头靠在座椅上，闭着眼睛，似乎睡着了。唐巍咬着牙心想：等找到了母亲的肾源之后，看我怎么收拾你！

支奴干一直南飞，视野里完全看不见陆地了，触目所及，全是深蓝色的海洋。很快，一艘大船出现在视野里。那是一艘远洋渔船，船身后部的鱼类预处理平台已经拆除，改成了巨大的停机坪和机库。

支奴干在停机坪降落，船员们进入直升机，把里面的装备全部运输出来。同时大副和水手长把海神众人领进了船舱。

船长是一个长相普通的中年白人，光头，微胖，精气神十足，热情开朗，自称叫“约翰逊”。他与三叉戟握了握手，然后用英语说道：“我们已经将需打捞物体的位置范围缩小到一平方公里了，受限于设备的精度和潜水员的能力，后面的事情就全靠你们了。”

“没有问题，请把需打捞物体的探测参数交给我们，我们进行最后探测。”三叉戟根本没问需打捞物体是什么。这是海神的惯例，在执行打捞行动的时候，从不问雇主没有提供的信息。

大副将一块移动硬盘移交过来，几个技术支援专家立刻开始在设备上忙碌。三叉戟也带着人开始了潜水准备，各种潜水支援装备——通讯台、能源舱、水下医疗救护装备等等在甲板上依次展开。唐巍作为潜水员，林奈作为海洋生物学家，不需要参与这些事情，两人在船舱里休息。

林奈神秘兮兮地对唐巍说道：“你知道这次要打捞的东西是什么吗？”

唐巍对要打捞的东西很好奇。水藻曾经对他说过，海神打捞的东西，绝对非同寻常。曾经打捞过的那些东西，随便拿出一件就足以震惊世人，有的甚至可以改写人类历史。

唐巍虽然很想知道要打捞的东西是什么，可是他担心完不成任务无法留在海神，兴致不高，只是敷衍地摇了摇头。

林奈压低声音说道："接我们来的那架支奴干，是鹰星国海军的。这艘船上的探测设备，很多都是军用品，而且是等级极高的军用品，是鹰星国海军专用的，无论如何都不应该出现在一艘渔船上。这一切的背后，一定有阴谋。"

林奈是个阴谋论者，他觉得世界上的一切事情背后都有阴谋。比如说：他认为人类是高智慧外星人养的试验品，人类历史上的大灾难，比如说海啸、地震、瘟疫，全都是外星人设置的试验参数。等到外星人觉得试验都做完了，就会把人类全部杀光，人类就此终结。

林奈不仅自己相信阴谋论，还到处"传教"，试图让所有人都加入"阴谋论教"。唐巍对他的"传教"行为不怎么感冒，唐巍连连摇头，不屑说道："如果这次行动有鹰星国海军的背景，那怎么还会让我们出手，鹰星国海军的实力难道没有海神强吗？"

林奈嘿嘿一笑，说道："如果你让海神和鹰星国海军比航母、比巡洋舰，那肯定是比不过的。可要是比一些特定的领域，比如说水下搜索打捞，他们不一定有海神强。原因很简单，这些领域投入的钱极多，用的次数极少，鹰星国海军有那么多主战装备，占用大笔军费，不可能把太多钱投入这些特定领域。海神就不一样了，咱们专精这些特定领域，砸进去大笔大笔的钱。"

唐巍点点头，夸赞了林奈几句。本以为他会就此停嘴，没想到他越说越起劲："这片海域我很熟悉，水深不超过二百米，水底状况并不复杂。按理说把鹰星国海军的潜水员调过来应该能够完成任务，可是他们没有这么做，唯一的解释就是——他们在抢时间。"

“抢时间？什么意思？”唐巍起了些兴趣，问道。

林奈说：“如果从附近的鹰星国基地调潜水员，时间需要很长，他们来不及，只能求助于最近的海神。”

“有什么来不及的？”唐巍疑惑顿生，“水下的东西又不会长脚跑了，耗费的时间长一点有什么好怕的。”

“我也不知道。”林奈的脸色凝重起来，“我总觉得这件事情另有阴谋，你一定要小心。”

林奈一边说着一边走到舷窗前面，双臂交叉在胸前，静静地看着远处的海面。唐巍想了想他的话，一点没往心里去。心想我只想完成任务，成为海神的正式成员，这里面就算有天大的阴谋，又和我有什么关系？

正在这时，突然林奈面色剧变，冲一边的船员大声喊道：“望远镜！”

船员一愣，林奈冲到他的面前，把他手中的望远镜抢在手中，举在眼前向远处看去。突然惊叫一声，冲船员吼道：“立刻去把约翰逊船长找来。”

船员被林奈弄得晕头转向，试探着问道：“教授，您这是怎么了？”

“没有时间了，快，快去把约翰逊船长找来，快，就要来不及了！”林奈一向温文尔雅，从没有过如此表现。船员不敢怠慢，急忙去把约翰逊找了过来。三叉戟听说林奈突然“发狂”也跟了过来，唐巍也站起身来，走到林奈的身边。

“教授，到底发生了什么事情？”三叉戟好奇地问道。

冒死下水

林奈抬起手，指向远处的海天线，声音既紧张又激动：“你们快看那边。”

三叉戟和约翰逊一起举起了望远镜，看了一会儿，先后放下望远镜，对视了一会儿，默默摇头，表示什么都没看到。而林奈仍旧紧紧地盯着海天线，兴奋得满脸通红。

三叉戟无奈问道："教授，您发现了什么？我没有发现什么不对劲。"

约翰逊也在旁边搭腔："是啊教授，我也没看到有什么不对劲。"

林奈更加激动了，兴奋得声音发颤："是鱼群，沙丁鱼群，不是一个，是很多个。据我目测推算，至少有五个，这些鱼群要合成一个大鱼群，鱼的数量可能达到一亿条。我的上帝啊！我从来没有见过这么壮观的场面。"

"鱼群？鱼群在哪里？"约翰逊说着举起望远镜。他这时才发现，海天线上，有数个黑点，正在高速移动着。很快，那些黑点汇聚成了一条黑线，向渔船方向推来。

鱼群越来越近，看过去就像海面下的一片黑云，蔓延无际，一眼看不到头，不用望远镜也能看清楚了。所有船员都停下了手中的工作，怔怔地看着壮观的鱼群。唐巍之前在电视上看过这种鱼群，今天身临其境，才发现它是如此壮观。

就在所有人都在为壮观的鱼群感慨时，林奈突然对约翰逊说道："船长先生，在有鱼群的情况下，我们不能让潜水员下水。"

"你说什么？"约翰逊的脸色瞬间沉了下来，"不行，潜水员必须下水，打捞的事情不能耽误。"

"潜水员在这种条件下下水，会丧命的。"林奈毫不退让。

"鱼群里的鱼都是沙丁鱼，沙丁鱼是不会攻击人。据我所知，有很多潜水员都和沙丁鱼群有过近距离接触。"约翰逊直接走到唐巍的面前，做了个"请"的手势，道："请立刻下水。"

"沙丁鱼虽然不会攻击人，可是这么多沙丁鱼会把大型掠食鱼类吸引来，比如说灰鲭鲨、大白鲨，甚至是虎鲸。潜水员在这种水域下水，太危险了。"林奈转头看向三叉戟，希望三叉戟帮他说话。

三叉戟在这种时刻必然要维护海神成员的利益，他对约翰逊说道：

“船长先生，要不等鱼群离开这片水域再下水？”

约翰逊急忙问林奈：“教授，这些沙丁鱼什么时候能离开？”

林奈摇头苦笑道：“这可说不好。这一带是沙丁鱼的产卵地，它们可能会集中产卵，耗费的时间可能在三个小时以上。”

“三个小时？”约翰逊大吼起来，“太长了，我们等不了那么久，现在必须下水。”他竟然吼叫着去抓唐巍的手腕。唐巍常年经受格斗训练，见到有手抓来，自动使出一记旋腕，弹开了约翰逊的手。

唐巍这一招太像格斗了。几个船员神色一变，瞬间围了过来，每个人摆出了格斗的架势，看样子绝非普通船员。

“请大家冷静。”三叉戟大吼一声，张开双臂，拦在唐巍和几个船员之间，“船长先生，我不希望我们之间发生不愉快，我也不希望我们的潜水员冒险下水。”

几个船员收起了格斗架势，看着约翰逊，等待他的命令。海神这边的人也都看着他，没想到约翰逊竟然一伸手，从腰间抽出了一支手枪——鹰星国海军特种部队专用 SIG-P226 式九毫米手枪。掏枪的瞬间开保险上膛这些动作一气呵成，枪口重重顶在三叉戟的额头上，同时喝令道：“给我立刻下水！”

唐巍见到约翰逊掏枪，直接把分水峨嵋刺亮了出来，刺尖稳稳顶在约翰逊的喉咙上。船员们见到唐巍动了手，直接掏出手枪，清一色 SIG-P226，一起对准了唐巍，也包括林奈。林奈是海洋生物学家，在海神里属于支援保障人员，不是一线战斗人员，哪里见过这个阵势，放声尖叫。

尖叫声传到船舱外面，海神的人就在外面。蓝珊是战斗人员，反应最快，风一样地冲进来，闪电般出手，已然把两个船员的手枪夺在手中，指向了两个船员的脑袋。

场面一时间复杂至极。约翰逊的手枪顶着三叉戟，唐巍的分水峨嵋刺顶着约翰逊，约翰逊的船员枪口指着唐巍，而蓝珊的枪口指着船员。

与此同时，所有船员都掏出抢来，枪口指着船舱里的蓝珊、甲板上海妖和三名设备操作员。

约翰逊枪口一顶三叉戟的脑袋，冷笑道："看我们的装备，应该能猜到我们的身份。不下水，对你们绝对没有好处。"

三叉戟处变不惊，淡淡一笑，沉声说道："船长先生，我早猜到你们是鹰星国海军了。我奉劝您一句，我们海神和你们鹰星国有不少不可告人的秘密，闹翻了，对我们双方都没有好处。"

约翰逊没有半点妥协的意思，手指从扳机护圈上拿下来，伸进扳机护圈，压在扳机上。声音既急切又愤怒："我们没有时间了，你们必须赶紧下水。"

三叉戟面对约翰逊的步步紧逼，毫不示弱。他把眼睛一眯，不屑说道："你们要打捞的东西不就是卫星吗？需要那么着急吗？"

"你……你怎么知道是卫星？"约翰逊满脸惊疑。

"我们海神什么东西没见过，你那些参数一拿出来，我就知道你们要打捞的东西是什么了。"三叉戟无奈地摇着头，"卫星都是经过防水抗压设计的，在海底泡上几年都不会坏，你根本不需要着急。"

"你给我闭嘴！"约翰逊放声怒吼，一连喷了几个脏字，"我再强调一遍，你们必须立刻下水，没有时间了，如果你们不下水，那咱们就一起死吧。"伴随着约翰逊的话音，所有船员的脸上都露出了决死之色，没有丝毫不舍。

"真是可笑！"约翰逊话音未落，蓝珊的声音突然响起，让人不寒而栗，"想和堕落天使的杀手同归于尽，做梦！真要开打，死的只有你们。"

"那你就试试。"约翰逊没有一点屈服的意思，场面彻底僵持住了。看这些船员的架势，今天就要同归于尽。不知道水下那颗卫星到底有什么秘密，竟然让他们愿意付出这么高的代价。

就在此时，唐巍的一句话打破了僵局。

"大家都把武器收起来，我愿意下水。"唐巍说着收起了分水峨嵋刺，海神的人和约翰逊的人都是一惊，三叉戟和林奈没有说话。蓝珊沉声说道：“你考虑清楚了，水下生物情况很复杂，下水可能会遇到很大的危险。”

“我考虑清楚了，与其我们在这里僵持，最后同归于尽，不如我下水冒险一搏，换潜水装备吧。”唐巍说着往船舱外面走。蓝珊脸色变了变，没有再劝，三叉戟什么话都没说，点头同意，约翰逊的人纷纷收起武器，走向各自的岗位。

唐巍这样做可不是要给海神解围。海神这些人，三叉戟他第一次见，林奈和海妖只有一面之缘，至于蓝珊，根本就是不共戴天的仇敌，唐巍显然不可能帮这样一群人。他完全是为自己考虑的。

如果他不下水，双方真有可能同归于尽。如果他下水，成功打捞的概率很大，他在波塞冬面前的形象就会有极大改观。至于水下生物，唐巍倒觉得没有那么恐怖，他常年潜水，水下生物见的多了。

唐巍来到甲板上，开始换装备，准备下水。这次行动的环境要比食人鱼行动恶劣得多，首先是深度，食人鱼行动水域大多数时候都不超过三十米。而这次，深度在一百米到一百五十米之间。

其次是水温。雅拉河的水温基本在二十五度左右，唐巍穿着普通潜水衣不会感觉太冷。而这次，作业水域水温只有十度。人在这种水温里，几十分钟就可能被活活冻死。

面对如此恶劣的环境，“灵鲨”潜水装具就不能用了，取而代之的是“巨鲸”潜水装具。相比于灵鲨，巨鲸更适合深水环境。

“巨鲸”潜水装具拥有加热潜水衣——潜水衣内部有热水管道和加热器，将潜水员置身于热水之中，面料隔热性能极佳，令潜水员不惧低温。

由于作业水域太深，所以高压气瓶不能再填充高压空气。因为氮气压力太高，会产生氮麻醉现象，导致潜水员丧命。取而代之的是氦氧混合气，氦气代替压缩空气中的氮气，氦气在高压下不会产生麻醉效应。

唐巍穿戴好巨鲸潜水装具，走上入水舷梯，用迈入式入水。潜水员的入水方式不止一种，包括迈入式、背入式、侧入式等等，每一种对应于不同的情况。

海神的设备操作员已经把“锋涌”水下推进器放入水中。潜水深度较大，人力下潜太费体力，必须使用水下推进器。

水下推进器其实就是一个小型螺旋桨发动机，唐巍双手抓握护手，将它推在身前，它带着他前进。

唐巍吞咽着唾沫，平衡着耳压，缓缓下潜。氦气的呼吸阻力比氮气小得多，唐巍觉得呼吸十分省力。

唐巍下潜了一阵儿，靠近了一群沙丁鱼。那些沙丁鱼听到水下推进器的响声，纷纷躲避唐巍。正在这时，沙丁鱼群左右一分，闪开一条通道，这说明有大型掠食鱼类冲了过来。

旗鱼虎鲸

唐巍不想和大型掠食鱼类起冲突，他甚至都不想知道它们是什么。他加大水下推进器下倾角度，加快下潜速度。

就在这时，几条一米多长的大鱼出现在他的眼前。它们都长着又高又长的背鳍，从鱼头延伸到鱼尾，犹如一面飘扬的大旗，原来这些大鱼是旗鱼。

旗鱼是凶猛的掠食鱼类，每年的沙丁鱼盛宴都少不了它们的身影。它们最显著的特点就是有着大旗一样的背鳍，它们的名字就是这样来的。

旗鱼还有一个鲜明的特点——吻部又细又长，犹如一杆长枪。当旗鱼高速游动的时候，这杆“长枪”穿透力极强，甚至能将坚固的木船洞穿。

经常有生物学家告诉公众：某某动物是不会主动攻击人的，大家不需要担心它们。唐巍通常对这种说法嗤之以鼻。以唐巍的潜水经验来看，人在水下根本没有任何特权，和小鱼小虾一样，都是掠食鱼类的盘中美味。

唐巍打算甩开旗鱼，于是他双脚打水，进一步加快下潜速度。没想到那几条旗鱼竟然朝着唐巍游了过来，长枪一样的吻对着他。旗鱼在攻击的时候，很喜欢高速撞击，用那长枪一般锋利的吻部洞穿猎物的身体。

唐巍的体形比它们大一些，按理说它们不敢攻击唐巍。可是每条鱼的性格都是不同的，就好像每个人的性格都是不同的一样。有的鱼，尤其是旗鱼这种性情凶猛的鱼，很喜欢挑战一下比自己大的家伙。

唐巍虽然有水下推进器，可是在这些旗鱼面前，他是逃不掉的。旗鱼是游泳世界纪录的保持者，最高速度达到一百九十公里每小时。这种速度，是导弹快艇的二倍、航空母舰的三倍、唐巍的几十倍……

比速度唐巍不是对手，比潜深唐巍更不是对手，旗鱼可以一路潜到八百米深海，唐巍的巨鲸潜水装具，潜到二百米就到头了。

唐巍看着虎视眈眈的旗鱼，决定用声爆弹赶走它们。声爆弹是海神生物学家和武器专家共同发明的，爆炸的时候能够产生大量气泡，在水中形成一堵巨大的气泡墙。里面的气泡不断破裂，发出只有水下生物能听见的声音，它们听到这些声音，会认为这里极端危险，随即快速撤退。声爆弹的装药量很小，不会对人体产生伤害。

“锋涌”水下推进器集成了武器作战单元，声爆弹就装在里面，唐巍只要扣动发射钮，弹体就能射入水中爆炸。

唐巍对准那几只旗鱼，快速按下发射钮。一枚声爆弹在水中爆炸，一堵气泡墙顿时出现在水中，那几条旗鱼果然被气泡墙吓住，尾巴一甩，逃得无影无踪。

唐巍见到旗鱼逃走，松了口气，继续下潜。深度表的示数越来越大，水越来越暗，视野越来越小，无穷无尽的黑暗有如泰山压顶，扑面而来。突然，在一片黑暗之中，一个庞然大物冒了出来，那东西粗略估计有二十米长，高高扬起的三角形背鳍比唐巍都大。

借着水下推进器上的探照灯光，唐巍看到了滚圆的身躯、带着大片白色斑块的黑色皮肤、船桨一样的颀长鳍肢，它竟然是一头虎鲸！右侧鳍肢还缺了一大块，不知道是被什么东西咬的。

唐巍虽然潜水次数不少，可是从来没有见过鲸鱼。对于鲸鱼，他只在电视上见过，然而在电视上看，完全体会不到这家伙给人的压迫感。这家伙太大了，唐巍可以毫不费力地游进它的嘴里，它在唐巍的面前，就如同是一座巨大的肉山。

唐巍面对着虎鲸，既感觉到渺小，又感觉到茫然。如果这个大家伙对他发动进攻，他该怎么办？面对灰鲭鲨、凯门鳄，甚至绿森蚺，唐巍都有勇气一战。可是这个大家伙，给唐巍带来的只有绝望。

分水峨嵋刺可能连它的肌肉层都刺不穿，声爆弹激起的气泡墙都没有它吐出的气泡大……逃走？人家鳍肢一摆就追上了……

唐巍硬着头皮下潜，脑袋里一片空白。虎鲸从他身边游过去，看都没看他一眼，其实唐巍担心虎鲸会攻击他，完全是“自作多情”。相比于肉大味美、鲜嫩多汁的沙丁鱼，唐巍这个人类瘦小枯干，骨头还多，洗干净送到虎鲸嘴里人家都懒得嚼……

唐巍的心中满是死里逃生的快意，继续下潜。当深度表指示一百五十米的时候，身边已经是一片漆黑，而海底还是不见踪影。唐巍有些担心了，巨鲸潜水装具的可用深度是二百米，如果海底深度超过二百米，行动可就失败了。

唐巍开启了声呐探测仪，用来确定海底深度。在漆黑的水下，只有探测仪屏幕闪着幽蓝的光，一些奇形怪状的鱼不时出现在光线范围内。声呐显示，水底深度大约一百八十米，没有超过巨鲸潜水装具的工作范围，这让唐巍放下心来。

唐巍潜入到海底，再次开启了声呐探测仪，搜索海底的那颗卫星。可他没有想到，显示屏满是杂乱的回波，声呐探测的办法行不通。

唐巍决定用磁探测器。卫星是金属制成的，拥有一定强度的磁场，这个磁场比较微弱，水面探测的精度不足以精确定位，只能依靠潜水员下水定位。

经过一段时间的搜寻，屏幕上出现了一个微微闪烁的光点，唐巍精神一振，向光点方向移动过去。随着唐巍的游动，屏幕上的光点越来越亮，各项磁探测数据也和约翰逊船长提供的数据重合，说明光点就是唐巍要找的卫星。

光点亮度在唐巍游了一段之后保持不变，这说明磁探测仪的精度已经到达极限了，之后的探测就只能依靠目视了，唐巍打开了水下推进器上的潜水搜索灯。

这种搜索灯与之前的探照灯不同，探照灯只能打出一道光束。而它打出来的是一个光线阵列，照射范围远远超过手持式探照灯。

水下搜索是一项漫长而枯燥的工作，冷静沉稳的唐巍对这样的工作并没有抵触。他耐心地搜索着，二十分钟过去了，他突然在水中看到了八个光点，那些光点一字排开，正在远处缓缓移动。

见识过地下河的变光水母之后，唐巍对水下发光动物已经见怪不怪了，可是这八个光点还是让唐巍心生疑惑。因为他敏锐地意识到，这八个光点不是自然光，而是人造光，它们很亮，绝不是发光生物能发得出来的。

莫非又有人下水了？不可能啊，约翰逊那些人没有下潜到一百八十米的能力，否则他们也不会找海神了。

海神的人有潜水能力的只有蓝珊和三叉戟，其他五个人中，海妖是医生，林奈是生物学家，另外三个是技术支援专家，会一些潜水，但绝对没有潜入一百八十米深水的能力。

唐巍想不明白是怎么回事。如果按照他一贯的躲避危险原则，此时他就结束任务撤退了。可是现在他不敢，仅仅因为八个光点就撤退，肯定会被蓝珊抓住大做文章，到时候肯定会被踢出海神。

唐巍决定不去管那八个光点，继续搜索。半个小时过去了，突然，视野中隐隐约约出现了一个圆球物体，边缘规则，立在海底，似乎是人造物体。

唐巍一阵惊喜，那个圆球物体一定就是约翰逊要找的卫星！

唐巍平稳心神，向着圆球物体游过去，可就在这时，他突然发现，在他下方的海底岩石上，有一块金属板，金属板很大，边缘不规则，应该是从卫星上脱落的。在金属板上，刻着一行数字——54693，它们竟然是东国字！

唐巍全身一振，这颗卫星难道是东国的？

一瞬间，种种疑问在唐巍的脑海中豁然开朗，为什么约翰逊那群鹰星国海军要伪装成渔民？为什么约翰逊那些人那么着急？原因就是——这颗卫星是东国的，东国也在寻找它，约翰逊必须抢在东国之前将它找到！

唐巍的心顿时提了起来，鹰星国为了这颗卫星竟然不惜与海神翻脸，甚至连命都不要。这颗卫星一定非常非常重要，里面不知道隐藏着什么惊天的秘密。如果唐巍将这颗卫星打捞上去，对东国的国家利益一定是一个巨大的损失。

不，不行！绝不能让祖国的秘密落在鹰星国的手中！唐巍想到此处，急忙转开了潜水搜索灯，因为他的肩上有水下摄像机，录下来的一切都会交到蓝珊手中。如果唐巍不想报告发现卫星，就绝不能让摄像机录下卫星。

一旦水下摄像机录下了卫星，而唐巍却报告没有发现卫星，这种事情他怎么都解释不清楚。唐巍绝对不能说“我是东国人，我不希望东国卫星落在鹰星国手中”。加入海神就意味着忘掉国籍，只为雇主做事，为自己国家的利益而伤害雇主利益，是海神的大忌。

唐巍急忙转开了光区，他担心刚刚卫星已经被录下，立刻打开录像查看，重点看刚刚发现卫星那一段。他发现，录像中的卫星十分模糊，很难看出来，至于那块写着汉字的金属板，根本没录进去。

唐巍对录像放心了，刚要转身离开，可猛然想到：不把卫星送给鹰星国，就是完不成任务，海神说不定会把他踢出去。他再次想起了三叉戟在飞机上对他说过的话，波塞冬已经对他相当不满了，如果他把握不住这次机会，母亲的肾源恐怕没指望了。

一边是母亲，一边是祖国，唐巍不知道该怎样取舍，一时间待在水中。

量子卫星

唐巍左右为难，时间一分一秒地过去，水下剩余的时间越来越少。唐巍冷静下来，仔细思索：这次行动并不是最终考核的“盗火者行动”，就算完不成任务，波塞冬也不一定会把我踢出海神。更何况我这次是主动冒险下水，也算是为海神解了围，有功无过。

几分钟过去了，唐巍最终做出决定——不报告这颗卫星，就说自己没有找到它。

唐巍将水下推进器转到别的方向，继续搜索。可就在这时，他看到那八个光点向他的方向移动过来。

唐巍担心这八个光点有危险，决定立刻上浮。为了避免潜水探照灯光引起麻烦，他关闭了潜水探照灯，在一片漆黑中缓缓上浮。

和空气潜水一样，氦氧混合气潜水也需要设置停留站，上升到某个深度的时候需要停一段时间，才能继续上浮。唐巍上升到第一停留站，在停留站深度水平游动。就在这时，他看清了那八个光点的真容——那竟然是八个潜水员！

这八个潜水员在水下一字排开，对海底进行拉网式搜索，很快就能发现那颗卫星，唐巍心中默念：但愿他们是东国潜水员。

唐巍按照减压表的规定，一个停留站一个停留站地上浮，耗费了不少时间，这才浮到水面上。

按照事先约定，如果唐巍发现卫星，会在卫星上绑上浮标，船上的人一眼就能看见。船上的人没有看到浮标，就知道唐巍的搜索失败了。

唐巍回到船上，几个人脱下他的潜水衣，海妖立刻过来给他检查，检查体表有没有外伤。

这时约翰逊皱着眉头走了过来，急着问道："发现什么了吗？"

"没有。"唐巍的声音很奇怪，又尖又细，好像古装片里的太监。因为他吸入了大量氦气，氦气能够改变人的声音。

"我什么都没发现，水下危险生物比较多，我遭遇了旗鱼和虎鲸，通过战斗，我赶走了旗鱼，至于虎鲸……幸好它没有攻击我，我还看到了几条黑鲨，不过它们去捕食沙丁鱼了。"

唐巍有意夸大了水下生物的危险，好让约翰逊无话可说。果然约翰逊没有多说什么，他看向海妖，问道："他多少时间以后才能下水？"

"按照我们的潜水规程，他至少需要两个小时的休息时间。"海妖的回答没有一点商量的余地。

"两个小时，不行，太长了！"约翰逊转头看向了三叉戟，冷声说道："我请求你们再派别人下水。"

"不行！"三叉戟拒绝得斩钉截铁，"这次我们只有他下水，其他人绝不下水。"

"请您不要逼我。"约翰逊阴沉着脸，再次把手枪掏了出来。这次三叉戟的脸上浮现出怒色，这次他是真的发怒了。堂堂海神副团长，竟然两次被人用枪逼迫，这让他无法忍受。

坐在一边的蓝珊默默地拿起了一卷鱼线，这个阴狠的杀手，坚韧的鱼线已经足够她杀人了。四个设备操作员也变了脸色，海神卧虎藏龙，这四个设备操作员说不定有什么特别的背景。

唐巍见此情形暗暗叫苦，双方再次进入同归于尽之势，他刚刚的努力白费了……

就在双方再次剑拔弩张之际，约翰逊的对讲机突然响了，里面的声音十分慌张："船长，不好了，声呐显示，有一个大型目标正在迅速向我们接近。"

甲板上的人都听到了对讲机里的话，他们纷纷看向海面。海面上还是老样子，旗鱼、鲨鱼、鲸鱼在捕食沙丁鱼，天空中不时有海鸥、信天翁等海鸟俯冲入水，抓起一条条沙丁鱼，半空中还有一群军舰鸟，在从海鸟嘴里抢食。

所有人都不知道那个大型目标是什么。唯有唐巍，想起了水下那些潜水员，似乎预感到了什么。

突然，在远处空旷的海面上，腾起了一团巨浪。翻飞的雪白浪花之中，一个巨大的黑色水滴状物体破浪而出，随即砸落在海面上，溅起一片水幕。水幕溅落之时，只见一艘巨大的潜艇浮现在海面上，高耸挺拔的指挥塔台在海风中巍峨而立。

"潜艇，是潜艇！"甲板上的人惊呼着跑到船舷一侧，极目眺望。约翰逊看着水面上的潜艇，绝望地喊了一声"不要"，双膝一软，瘫跪在甲板上。

与此同时，潜艇上传来了清晰的声音："远洋渔船 AD90876，我是东国海军潜艇 1103 号，我艇正在进行军事行动，请你船立刻驶离此处海域，收起所有渔具及水下设置物，召回所有潜水员。重复：远洋渔船 AD90876，我是……"

东国海军 1103 号潜艇，东国最新一代核动力攻击潜艇，东国绝密中的绝密，据说性能直逼世界上最强大的核动力攻击潜艇——鹰星国亚托级。

按照国际海事惯例，民船必须避让军舰。当军舰进行军事行动时，民船必须无条件避让。约翰逊重重地叹了口气，无奈说道："还是晚了一步，上帝没有站在我们这边。"他站起身来，冲三叉戟笑了笑："我为我刚刚的行为道歉。”

三叉戟轻轻摆了摆手，道：“不用说这些了，这次行动结束了，安排我们离开吧。”

约翰逊点点头，安排海神众人去休息，随后安排直升机送他们返回了基地。至于那颗卫星究竟藏着什么秘密，约翰逊没有说，海神这边也不问。

回到了海神基地，所有人解散，各自休息。三叉戟拍了拍唐巍的肩膀，笑道：“你今天的表现非常好，我相信团长对你的印象一定会改观不少的。”

唐巍只是笑了笑，没有说什么，“感谢领导栽培”之类的套话他是说不出口的。而说“我其实表现很好，团长对我印象不好完全是蓝珊在捣鬼”又显得太小家子气。

唐巍偷偷看了看蓝珊，只见她默默地拿出了录像带，放进了背包里。唐巍暗暗冷笑，你这个女魔头，休想从录像带里看出任何问题。

唐巍回到了宿舍，打开电脑看东国新闻。自从远离祖国，进入海神，看东国新闻成了他和祖国的唯一联系。

突然，一条屏幕角落里的消息映入唐巍的眼帘——我国第四颗量子通讯卫星返回舱近日在非洲某海域打捞成功。

唐巍急忙点开那条消息，内容很简短：我国第四颗量子通讯卫星返回舱降落在非洲南部海域，我国相关部门已经将其打捞成功。这颗返回舱，将进一步提升我国量子通讯水平，保持我国在量子通讯上的领先地位。

这条消息几乎没有人关注，评论数是“零”。可唐巍却全身一振，原来那颗卫星，竟然是量子通讯卫星！东国在量子通讯方面领先世界，量子通讯卫星藏着无数秘密，难怪约翰逊那群鹰星国海军的人拼死也要抢到它。

唐巍激动极了，他没想到，自己做出的一个艰难决定，竟然为祖国保住了这么大的秘密!

唐巍在激动之余，突然感到一丝寒意，为什么那颗卫星返回舱会降落在非洲南部海域？东国对这片海域控制力并不强。为什么鹰星国人会抢先赶到那片水域？看来这背后隐藏着无数秘密。而他和海神，只是秘密中的一小部分。

正在这时，唐巍的通讯器响了，给他发来消息的人是三叉戟。三叉戟让他来波塞冬的办公室，波塞冬要当面对他进行嘉奖。

真是双喜临门！唐巍高兴地换好衣服，来到波塞冬的办公室。办公室里只有波塞冬和三叉戟，三叉戟笑眯眯的，波塞冬仍然是那副“一切尽在掌握”的样子。

波塞冬见到唐巍进来，竟然破天荒地笑了笑，用赞许的声音说道：“我听三叉戟说了你的表现，很好。”

波塞冬只说了一句，便不再说了，他很少称赞别人。

三叉戟站起身来补充：“在那么关键的时刻，你能够不顾自己的危险，下水执行行动，这种舍己为人的行为，我是很欣赏的。”

“有什么值得欣赏的！”门口传来阴冷的女声，唐巍不用看就知道，蓝珊来了。

蓝珊板着脸走进办公室，冲波塞冬和三叉戟问了好，冷声说道：“这次行动，恰恰证明了唐巍水下能力的不足。团长，请您把他踢出海神。”

“你为什么这么说？我看唐巍的表现很好。”三叉戟皱着眉头发问。

“您看录像就明白了。”蓝珊将移动硬盘插入电脑，将画面投影到墙壁上，“这是唐巍在水下搜索的录像。”

三叉戟和波塞冬凝神看向录像，唐巍的心提了起来，蓝珊一直按着快进，然后按下了暂停键。唐巍的心猛地一颤，蓝珊停下的位置，正是他发现卫星的地方。

蓝珊用激光笔在屏幕上画了一个圈，说道：“这就是水下那颗卫星，它已经出现在了唐巍的摄像头里，可是唐巍却没有发现，说明他的水下搜索能力严重不足。之前我对他的训练，重点就是水下搜索，可他的能力却没有提高，海神不能收下这样的人！”

三叉戟和波塞冬仔细看了一会儿，三叉戟首先说道：“团长，这的确是那颗卫星，它应该很容易被发现，我想象不出唐巍有没有发现它的理由。”三叉戟的眼神变得冰冷，狠狠瞪着唐巍。

极冰之火

蓝珊和三叉戟的态度都对唐巍不利，波塞冬的态度十分关键。唐巍紧紧地盯着波塞冬，只见波塞冬抬起头，注视着他，“我想知道你没有发现它的原因，说吧。”

听波塞冬话里的意思，他也觉得唐巍不应该发现不了那颗卫星，唐巍的神经瞬间绷紧，他不知道该如何回答这个问题。如果回答“我是东国人，我不能让东国卫星落在鹰星国手里”，波塞冬会毫不犹豫地把他踢出海神。

如果回答“我没有看到那颗卫星”，那就证明了自己水下搜索能力严重不足，波塞冬还是可能将他踢出海神。

唐巍急中生智，沉声说道：“我本来能够发现这颗卫星的，可是我猛然发现，几个光点在我的前方闪动过去。于是我的注意力被那几个光点吸引，没能发现卫星。”

蓝珊不等波塞冬说话，嘿嘿冷笑，讥笑道：“在执行搜索任务的时候竟然会被不明光点吸引，这说明你的水下搜索能力弱到不可想象。”

三叉戟也在一边无奈地笑了，他还一边叹气一边摇头，一副“你已经无可救药”的样子。

唐巍这才明白，他的说辞并没有力挽狂澜，他还不如说“我就是没看到呢”。

唐巍追悔莫及，刚要说些什么为自己辩解，蓝珊抢着对波塞冬说道：“团长，请您立刻下令，将唐巍踢出海神。”

“蓝珊，你说的很对。”波塞冬竟然对蓝珊的话表示赞同。唐巍的心突然一凉，急忙说道：“团长，因为这样一次行动就不准我加入海神，显然是不合适的。我请求执行盗火者行动，如果我在盗火者行动中失败，我就离开海神，绝无怨言。”

“你不要着急，我没说不让你加入。”波塞冬站起身来，走到唐巍的面前，“我一直觉得你很有潜力。可是从蓝珊交给我的训练报告来看，你完全没有兑现你的潜力，我就给你最后一次机会，如果你无法完成盗火者行动，你就离开海神。”

波塞冬说完就让三人离开办公室。来到外面，三叉戟先行离开，蓝珊冷声对唐巍说道：“你真要去执行盗火者行动吗？”

“当然。”唐巍随口答应一声，同时加快脚步，想要尽快摆脱这个女魔头。没想到蓝珊竟然也加快了脚步，紧跟在唐巍的身边，“我劝你仔细考虑考虑，盗火者行动难度极大，不是你能完成的。”

唐巍说：“食人鱼行动那么艰难，我不是一样完成了。”

蓝珊说：“食人鱼行动的难度只有四十七，盗火者行动的难度保守估计超过六十，你根本无法完成，所以我劝你主动退出，不要拿命冒险。”

“用不着你管。”唐巍轻蔑地瞪了蓝珊一眼，快步走开。

唐巍休息了一天，第二天，训练继续进行。这次蓝珊没有带唐巍去水下居住舱，而是来到了技术支援中心。

技术支援中心的建筑很有超现实主义风格，中间是一个圆柱形的高楼，两边各有一栋圆球形的矮楼，唐巍实在无法理解设计师为什么这样设计。后来他才知道，原来中间高楼象征“鱼雷”，两边矮楼象征“水雷”。

蓝珊带着唐巍来到一间会议室。蓝珊打开了电脑和投影仪，面无表情地说道："既然你执意送死，去执行盗火者行动，那我也就不再劝你了，我现在就来告诉你盗火者行动的内容。"

唐巍集中全部精神，只听蓝珊说道："盗火者行动，这个名字来源于古希腊普罗米修斯神话，普罗米修斯为人类盗取了火种，惹怒了宙斯……我相信这个故事你非常熟悉了，我就不多说了。与普罗米修斯神话相似的是，你的行动也和偷盗有关……"

唐巍听得眉头微皱，盗火者行动竟然是要去偷东西，海神还做这种事情吗？

"不过你盗取的东西不是火种，而是一样特别的东西……"蓝珊停顿了一下，沉默片刻，这才吐出两个字："水雷。"

"水雷？"唐巍忍不住惊呼出来，"水雷怎么偷啊？我是要进入放水雷的武器库吗？"

"不是的，你要偷的水雷是布设好的，在水里，你游过去把它带回来就行了。"蓝珊竟然平静地回答了唐巍的问题，没有训斥他。

唐巍想了一下印象中的水雷——圆球形，和地雷很像，在水里漂浮着，一旦有船撞上去，它就"轰"的一声把船炸沉。

唐巍试探着说道："偷盗一枚水雷而已，看起来并不难。"

"不难？"蓝珊哼一声，"这次行动的难度达到了六十五，食人鱼行动难度四十七，上次临时打捞行动难度五十六……算了，这样说没有用，我来给你讲一下这次行动的背景资料吧。"

海神承接的行动，有的雇主会提供完整的背景资料，比如说食人鱼行动，埃尔多安集团把整个埃尔多安集团与鹰星国政府、哥伦国政府的争斗历程全部提供；有的雇主什么背景资料都不提供，只让海神按照要求完成行动，比如说上次临时打捞行动。

蓝珊清了清嗓子，说道："这次我们行动的雇主是乌国，行动对象是极北国。这两个国家有着复杂的历史渊源和领土纠纷，如果你感兴趣可以去查一下资料。"

“此时极北国和乌国为了争夺一块领土而处在战争边缘，双方明争暗斗不断。极北国的实力明显强于乌国，在两国之前的数次冲突中，极北国都大占便宜。乌国为了给极北国一些教训，决定盗取极北国的水雷。”

唐巍听到这里眉头狠狠皱了一下，暗暗心想：这个乌国提供的资料八成是假的吧？这两个国家的争端他略有耳闻，两国曾经爆发了一次短暂的战争，乌国被打得七零八落，一个地区在极北国的操纵下独立。乌国吃了这么大亏，结果想出的报复方式是偷一颗水雷，这就是在搞笑吧？

蓝珊看出了唐巍的怀疑，说道：“给你看一段视频，你就明白这种水雷的厉害了。”她在电脑上操作一阵儿。屏幕上出现了一艘军舰，挂着乌国国旗，军舰是一艘扫雷艇，排水量看上去在三千吨左右。

视频是航拍视角。只见那艘扫雷艇正在缓缓前行，突然，艇尾爆起了一团巨浪，浪花将整艘扫雷艇吞噬。紧接着镜头一转，聚焦在了艇尾，只见扫雷艇整个艇尾都被炸断，断面上高强度钢制成的龙骨已经在爆炸之下扭曲成了麻花……

视频戛然而止。唐巍没看出这段视频有什么特别之处，他犹豫着问道：“这不就是水雷炸伤舰船的视频吗？有什么好奇怪的？”

蓝珊肃然答道：“这是乌国最新一级扫雷艇，上面配备的扫雷装备全是从鹰星国进口的，都是最先进的，代表着当今世界扫雷装备的最高水平。被炸的时候扫雷装备全部启动，即便是这样，也没能逃脱被炸的命运。”

“这……这并不能说明什么吧？”唐巍的语气很小心，质疑蓝珊可是会让她暴怒的，“再先进的武器装备也可能出现漏洞，扫雷装备也是一样，即便是最先进的扫雷装备，也存在漏扫的可能。”

“如果是在战区，漏扫还有可能。可是这艘扫雷艇，被炸水域是自家的训练基地，被炸时间是在一次扫雷演习中。这场演习投放的水雷全都是不会爆炸的模拟雷，即便是这样，它还是被炸了，你应该明白了吧。”蓝珊解释道。

“这……”唐巍满心茫然，搭载最强装备的扫雷艇在自家水域被水雷炸伤，这件事情疑点极多。别的不说，单说一点，那枚水雷是怎么进入这片水域的？

“乌国方面也觉得这件事情十分蹊跷，他们动用了几乎所有的情报网，终于找了一些线索。导致扫雷艇受伤的是极北国的一种全新水雷，这种水雷尚在研发阶段，没有正式列装部队，代号极冰之火。它最强大的地方在于，可以远距离自主航行。换句话说，它可以偷偷溜进敌人的后方隐藏起来，随时起爆，在战时发挥巨大威力。”

蓝珊的解释让唐巍一阵惊讶，他以前听说过这种水雷，叫“自航式水雷”，又叫“鱼水雷”，这种水雷隐蔽性超强，极大地改变了战争样式。公开报道中，这种水雷一直处于概念预研阶段，没想到已经有现实应用了。

唐巍的惊讶只局限在内心，他的表情十分平静，道：“我的任务应该就是盗取这种水雷吧？请告诉我具体的行动内容吧。”

蓝珊答道：“据乌国提供给我们的行动资料，极北国在巴伦海的某个小岛建有这种水雷的试验基地。盗火者行动的具体内容，就是进入这片水域，捕捉这种水雷。”

唐巍面露难色，疑道：“这个行动似乎是不可能的，水雷那么小，海那么大，想要找到一枚那样的水雷，简直就是大海捞针。”

07　盗火者行动

盗火者行动

蓝珊迟疑片刻，说道：“至于怎么找到那种水雷，会有专家告诉你的，今天我带你来到这里，就是来见那位专家。”

话音未落，只听会议室的门开了。唐巍回过头去，只见一个白人中年男子走了进来，此人穿着休闲，身材适中，面色平和，皮肤白净。不像林奈，长着一脸雀斑。

蓝珊给唐巍介绍：“他就是负责这次行动的专家，代号毒鲉，是某个著名大学的博士，专攻水雷引信设计，是享誉世界的水雷专家。”

“毒鲉”就是鲉鱼，这是一种浑身长满尖刺的鱼，尖刺上带有剧毒，捕猎者一旦被尖刺刺中，就会产生剧痛，严重者甚至可能死亡。鲉鱼这种特性和水雷比较相似，这个水雷专家叫这个代号真是“名副其实”。

蓝珊又给毒鲉介绍唐巍：“这是行动队的预备成员，代号肉虾，资质有限，表现糟糕，执行盗火者行动。”

蓝珊经常在各种场合羞辱唐巍，唐巍已经懒得和她计较了。听到她对毒鲉如此介绍自己，没有丝毫抵触，过去和毒鲉握手打招呼。

毒鲉表现得彬彬有礼，与那个对生物极其痴迷，认为一切都是阴谋的林奈形成鲜明对比。唐巍觉得毒鲉是他在海神里见过的为数不多的正常人。

毒鲉请唐巍坐下，笑眯眯地问道：“你对水雷了解多少？”

唐巍很坦诚：“我除了知道水雷能把船炸沉，对水雷几乎一窍不通。”

“那好吧，我们今天就先讲一讲水雷的基础知识。”毒鲉拿出一本薄薄的小册子，递到唐巍的面前，“这是有关水雷的基础知识读本，算是我们的教材。”

毒鲉随后开始给唐巍讲解水雷知识，包括水雷的起源发展、战例、种类、结构等等。教材是全英文的，有一些词唐巍不懂，毒鲉就让唐巍查词典。就这样讲了一天，唐巍总算对水雷有了一个大概的了解。

在毒鲉给唐巍讲解知识的过程中，蓝珊一直坐在对面，拿着手机，专注地盯着屏幕，不时用手指在屏幕上点击几下。她神情极其严肃，似乎在处理极其重要的事情，有的时候还会露出得意的笑容。

唐巍很好奇她在干什么，于是找借口上厕所，借着这个机会走过她的身边，偷看她的屏幕，结果发现——她竟然在玩斗地主！一瞬间唐巍觉得三观都崩溃了，这么个冷血杀手竟然会抱着手机玩斗地主，简直和普通少女没什么两样。

第二天毒鲉的讲解开始深入，讲解水雷的每一个部件。讲解的重点是引信，因为引信是水雷上技术含量最高的部件。毒鲉从最简单的触发引信开始讲，逐步讲到声引信、磁引信、水压引信，最后讲到智能复合引信。

毒鲉特别强调：对潜水员来说，最需要注意的是触发引信，因为只有这种引信才可能被潜水员触发，引发水雷爆炸。而其他引信，都是针对舰船设计的，几乎不可能被潜水员触发。

第三天的讲解终于切入了正题，毒鲉开始讲如何发现并捕捉水雷。由于极北国在极冰之火的试验水域部署了相当强大的侦察力量，船只是无论如何都进不去的。进去的唯一方法，就是潜水员。

行动过程是这样的：乌国先用船将唐巍送到侦察范围之外的水域，

唐巍随后下水，在水下利用“逆流”水下推进器，躲开极北国的水面侦察力量，进入试验水域。

根据乌国提供的情报，这片水域有十枚正在进行试验的极冰之火。“逆流”水下推进器上集成了主动声呐探测装置，唐巍利用声呐寻找极冰之火。找到之后，利用水下推进器强大的推力，将它带出试验水域，与乌国船只会合。

唐巍听完行动过程概述，心里“咯噔”一下，这次行动可比食人鱼行动和临时打捞行动难多了，难怪难度悉数那么高。

第一个难题就是避开极冰之火基地的侦察力量。这座基地的防御力量肯定比食人鱼基地强得多，食人鱼基地面对的是一群武装分子，极冰之火基地面对的是觊觎先进技术的各国精英。

第二个难题就是声呐探测过程。水雷尺寸不大，被声呐发现的概率也偏低，声呐探测的时候还会有各种杂波，干扰探测。

第三个难题、第四个难题……一个个难题涌现在唐巍的脑海中，让他倒吸了一口凉气，这次行动，仍然是一次艰难的搏命行动！

接下来的十几天，唐巍在蓝珊和毒鲉的带领下，练习整个搜索、发现、拖带过程。毒鲉考虑到行动水域的极冰之火可能处于运动状态，特别增加了“运动物体捕捉”训练。唐巍携带一种高强度柔性网，用网去缠绕运动物体的螺旋桨，将其逼停。

经过周密的准备，盗火者行动正式开始。参与这次行动的人有蓝珊、唐巍、毒鲉以及十名技术支援专家，其中蓝珊担任行动总指挥。

一行人从海神基地起飞，赶到巴伦海沿岸的捷里港，一艘乌国远洋货船停靠在那里，等待海神众人。

这艘远洋货船名叫骑士号，经过了特殊改装，便于海神布置装备，潜水员下水。蓝珊带人上船，布置装备，安排舱室，一直忙碌到晚上，才完成各项工作。她决定休息一夜，第二天出海。

当天晚上，远洋货船船长邀请海神众人参加篝火晚会。船长叫乌东诺夫，金发碧眼，典型的欧洲人面孔，体毛极重，满脸络腮胡子，手臂上铺着一层金色的毛，敞开的胸口里也能看到浓密的金毛。

乌东诺夫身材高大，面相庄重，举止沉稳，脾气火爆，经常因为一点小事大声训斥船员。船员们在挨训的时候，一个个都不敢喘气，就像士兵挨军官的训斥一样。

唐巍和蓝珊看到这一幕幕，心下了然。乌东诺夫和他的船员，和当初约翰逊船长那些人一样，都是军人改扮的。

面对篝火晚会的邀请，生性冷漠的蓝珊和心事重重的唐巍都不想去。不过乌东诺夫十分热情，毒鲉和十名技术支援专家也喜欢热闹，于是蓝珊同意出席篝火晚会。

乌东诺夫带着人在甲板上点起篝火，不知道从哪弄来了一条比人都长的大鱼，放在火上烤，香气扑鼻。

乌国人性情豪爽，好饮酒，乌东诺夫和这些船员也不例外。他们人手一大瓶伏特加，几口就见底了，之后在甲板上手舞足蹈，放声高歌。

唐巍和蓝珊是滴酒不沾的，因为他们是潜水员。酒精对潜水员的耐寒能力、耐高压气体麻醉能力损伤极大。毒鲉和一众专家也不善饮，海神这边的人都还是很清醒的。

正在这时，一个肉山般的船员站了起来。此人身高足有二米，膀大腰圆，一身肌肉，长相十分白净，脸上没有一点胡子，故此有个绰号大白熊。此人性格豪爽鲁莽，唐巍一上船就注意他了。

此前乌东诺夫和船员一直都说英语，大白熊却说起了乌国语，嗓门极大，震得人耳朵嗡嗡直响。

乌东诺夫这些人听到大白熊的话，一起大笑起来。唐巍转头看向代号电子的技术支援专家——海神，这些人里面只有他会乌国语，只见他脸上满是惊恐，唐巍轻声问道："他在说什么啊？"

电子没有回答他，眼中恐惧更甚。唐巍在心里一顿骂啊，电子啊电子，你小子可是海神的技术专家，人家说几句话就把你吓成这样，把海神人的脸都丢尽了。

正在这时，只见大白熊醉醺醺地走向蓝珊，左手拎着半空的酒瓶，面露淫光。唐巍瞬间明白了，大白熊肯定是说了蓝珊的下流话，她是整艘船上的唯一女性，还是个万里挑一的大美女。乌国人性情开放，又喝醉了酒，肯定要在美女身上找些乐子。

再看乌东诺夫和其他船员，都在笑吟吟地看着，没有半点阻止的意思。这些人天生轻视女人，见到蓝珊是一个二十岁上下的年轻女子，竟然是海神方面的行动总指挥，肯定不服气，想借助这件事情试试蓝珊的脾气。

唐巍的心情突然复杂起来。一方面他看到蓝珊遭难，暗暗高兴；另一方面，他又不想看到一个美丽姑娘被人调戏。

唐巍正在想着，大白熊已经走到了蓝珊身前。海神这边的人看大白熊神色不对，都站了起来，一个个神色凝重。唯独蓝珊还淡定地坐在椅子上，拿着一块烤鱼，悠闲地吃着。

大白熊笑嘻嘻地走到蓝珊面前，伸手去摸她的肩膀，蓝珊没有动，任由那只长满老茧的大手摸上肩膀。

大白熊摸了蓝珊的肩膀还不满足，手顺着肩膀往下溜，眼看就要摸到蓝珊的胸。只见蓝珊身子往起一站，躲开了袭胸手，冲乌东诺夫说道：“谢谢你的烤鱼，我们要回去了。”

蓝珊说完一转身，冲海神众人一摆手，就要回去。而大白熊，竟然伸出手去，一把抓住了蓝珊的肩膀。

寸杀拳

唐巍的心颤了一下。大白熊这个混蛋是不是疯了，那蓝珊是什么人，杀人不眨眼的主儿，你调戏人家一次人家没说什么，你还要来第二次，活腻了是吗？

谁知道大白熊右手抓住蓝珊的肩膀还不算完，左手竟然拿着酒瓶，淫笑着去捅蓝珊的屁股。唐巍的脑海里只剩下了一个念头——我必须出手了。

蓝珊对唐巍百般欺辱，唐巍竟然还要出手帮她。这绝不是贱，更不是“斯德哥尔摩综合征”。唐巍是一个冷静沉稳，善于思考的人，做事十分理性，决意出手自然是理性思考之后的结果。

大白熊摸了蓝珊的肩膀，又要用酒瓶去捅蓝珊的屁股，以蓝珊的性格，绝不会容忍，她必然出手。蓝珊的阴狠毒辣唐巍是领教过的，军舰鸟之战连续两次撕开他的伤口，她真要反击，大白熊最轻也要丢一只手！

乌东诺夫那群人都是满腔热血的莽汉，又喝了不少酒，肯定不能容忍兄弟受难，必然反击。双方一旦冲突，后果根本控制不住，说不定全得死在这儿。

唐巍决定由他出手，把事态控制在可控范围内。

唐巍垫步拧腰，欺身而上，冲到大白熊体侧，对着他肋下就是一记重拳。大白熊没有防备，被唐巍一拳打飞，摔出去三四米远，把桌椅撞倒了一片，酒瓶子也摔碎了，玻璃碎片划了他一脸血。

这一下大白熊可怒了，吼叫一声，站起身来，摆出一副要决战的架势。乌东诺夫与一众船员“呼”地站起身来，“稀里哗啦”地把酒瓶摔在甲板上，“嗷嗷嗷”地怪叫，给大白熊加油助威。

大白熊被同伴的怪叫声一激，血气上涌，快步冲向唐巍。唐巍一看他的脚步就笑了，这个家伙根本没有受过系统的格斗训练，打架全凭蛮力。对付这么个家伙，他还不是想怎么玩就怎么玩。

唐巍眼看大白熊冲到身前，飞身闪到他的身后，顺着他前冲的力道，飞起一脚蹬在他的后背上。大白熊“嗖”地一下飞了出去，撞在甲板护栏上也没收住力道，直接从甲板护栏上翻了出去，“扑通”一声掉进了海里。

乌东诺夫和一众船员没想到唐巍如此厉害，一招就把大白熊打到了海里，惊得目瞪口呆。

唐巍心想给大白熊一个教训，今天这件事情就算完了。他看向乌东诺夫，刚想说“今天就到这里吧”，没想到甲板下面传来了大白熊的吼叫声：“有本事你给老子下来。”说的是英语，唐巍全听懂了。

唐巍听到大白熊的辱骂，心头火起，走到护栏前面。只见大白熊上半身露出水面，指着他高声叫骂。他冷笑一声，暗暗想道：好一个不知死活的东西，竟然和我在水下约战，老子敢和灰鲭鲨死斗，你和灰鲭鲨能比吗？

唐巍也不说话，蹬掉防寒靴，甩掉羽绒防寒衣，一下子扎进水里。入水之后根本不露头换气，直接潜泳冲向大白熊。

那大白熊在水中也是一把好手，迎着唐巍游过来，伸手抓住唐巍的肩膀，带着他就往水底沉。唐巍这一看更笑了，你小子是要和我比谁的储氧力强啊，这是我当初打败蓝珊的套路，那就比吧。

唐巍不仅不反抗，反而拉着大白熊往水底走，两人眨眼之间就沉底了。唐巍一到水底就后悔了，因为这水底太脏了，塑料袋、啤酒瓶、罐头盒……简直是一片垃圾场。唐巍强忍着，心想我可不陪你在垃圾堆里玩了，趁早打服你。

唐巍心念及此，右手攥拳，抵在了大白熊的肚子上，使出一招“寸杀拳”。这是“退龙拳”的精粹，强调方寸发力，方寸杀人，故称“寸杀”。

唐巍十几年东国传统武术可不是白练的，拳劲儿透过肌理，直抵内脏。

大白熊腹内剧痛，本能地张口惨叫，可是嘴一张，海水直接灌进了肚子。大白熊忍着痛想打唐巍，可惜他根本不会方寸发力。提起拳头去打唐巍，水的阻力将力道削减大半，打在唐巍的身上就像挠痒痒。

唐巍一下接一下地打过去，连打了四五下，大白熊在剧痛之下，感觉气息不够，向水面游去，打算换气。唐巍本来能把他拉回海底，可他却想在乌东诺夫众人面前毒打他，于是放他游向水面，在后面跟着。

大白熊的脑袋刚露出水面，唐巍就一把将他拽了下来，一顿狠揍。揍的时候他的头露出水面，让船上的人看清楚谁在揍谁。

可怜的大白熊又喝了几大口水，拼命游出水面，刚露头换口气，唐巍就拉他下来，再揍……如此反复几次，大白熊终于撑不住了，在一次露出水面的时候大叫“投降”。唐巍这才停手，游到岸边，回到甲板上。

乌东诺夫那些人看唐巍的眼神和之前完全不一样了，一副惊为天人的样子。

过了好一会儿，大白熊才爬上甲板，他垂头丧气，狼狈不堪。尤其是他的肚子，被唐巍灌了太多海水，已经胀成了一个圆球。

大白熊筋疲力尽，瘫软在甲板上，几个船员把他抬进了船舱，乌东诺夫大笑几声，走到蓝珊面前，说道：“今天大家玩得非常开心，回去休息吧，我们明天再见。”

蓝珊根本没在意，微笑了一下，带着海神的人回去了。

唐巍暗暗担心：这些乌国军人素质堪忧啊。想想上次临时打捞行动中沉着冷静的鹰星国军人，简直是天差地别，这次盗火者行动，恐怕不会顺利。

唐巍正在想着，只见蓝珊悠然来到面前，责备道：“你竟然和雇主打架，这件事情我一定会向团长报告！”

唐巍哼一声，转身回了自己的舱室。心中只有一个念头：等成为海神的正式成员，无论如何都不跟这个蓝珊一起行动，以后再也不要见到她了。

第二天，远洋货船离开港口，向目标海域进发。巴伦海在北极圈内，气候寒冷，海风中带着刺骨的寒意。唐巍从小到大，都是在温暖海域潜水的，寒冷海域潜水还是第一次，这让他心里没底，尽管他的低温耐受力远远超过常人。

唐巍在甲板上来回走动，希望适应这里的寒冷。正在这时，他突然看到，海天线上出现了一艘船，主桅很高，似乎是军舰。

唐巍急忙拿出望远镜，向那艘船看去。只见船艏尖瘦，明显是军舰船型。再细看，只见主桅上满是密密麻麻的雷达天线，船艏布设着舰炮和对空导弹发射架，必然是军舰。

唐巍的专业是船舶设计，对各型军舰都比较了解。他很快认出，眼前这艘军舰，正是极北国的克里瓦克级护卫舰，装备二座一百毫米舰炮、二座四联装 SS-N-25“天王星”反舰导弹发射装置，骑士号在它面前不堪一击。

极北国和乌国此时正在剑拔弩张，在这里遭遇极北国军舰，显然不是一件令人愉快的事情。唐巍立刻转身找船员，他一眼看到了大白熊，高声喊道：“快去叫船长，有情况。”

大白熊被唐巍痛揍一顿，对唐巍有些害怕，他壮着胆子走到唐巍的身边，问道：“什么情况？”

“有极北国军舰。”唐巍用手一指海天线上的那艘护卫舰。

“不用担心它，这里是公海，它不敢动我们。”大白熊并没有害怕，相比于护卫舰，他更害怕唐巍。

“这件事情很重要，请立刻通知船长。”唐巍提高了声音。

“您不要着急，不要生气。”大白熊胆战心惊，“请您跟我来吧，我们去见船长。”

唐巍跟着大白熊往指挥舱走。进了指挥舱，乌东诺夫正看着正前方，完全没有在意那艘军舰。唐巍对乌东诺夫说道：“船长，一艘极北国护卫舰正在靠近我们。”

“我们船上有民用雷达，已经发现它了，不用担心，这里是公海，它不敢把我们怎么样。”乌东诺夫声音沉稳，一点都不怕那艘护卫舰。

唐巍说：“可它要是一直跟着我们，我们就没法进入目标水域了啊。”

“放心吧，我们和它肯定只是偶遇，它不会跟着我们的。”乌东诺夫一脸无所谓，唐巍见到他如此态度，虽然对那艘护卫舰不太放心，可也不好多说什么。

唐巍刚要退出指挥舱，突然听到电台里传来清晰的声音："骑士号货船，我是极北国海军护卫舰，请你船立刻减速，接受我舰检查。"

"可笑。"乌东诺夫嘀咕一声，拿起话筒，朗声说道："这里是公海，我船为瑞思国国籍，你舰无权对我进行检查。"

电台里又传来了声音："我舰已经查明，你船虽然为瑞思国国籍，可是船员都是乌国人。按照极北国最新公布的法令，我们有权对你这样的船只进行检查。"

乌东诺夫眉头一皱，关闭话筒，转头对大副说道："极北国人这是什么狗屁规定，去查查看。"

大副在航海电脑上敲击一阵，无奈答道："这条法令是极北国在两天前颁布的，已经向国际海事组织通报了。"

"开什么玩笑，以船员国籍为区分对船进行检查，世界上都没有这样的先例，极北国真是太霸道了。"乌东诺夫狠狠地抱怨，转头对唐巍说道："请把你们的总指挥小姐请来。"

唐巍给蓝珊发出了消息，不一会儿蓝珊就赶到了指挥舱。乌东诺夫问道："如果我们让极北国海军登船，你们的装备能不能瞒过他们的检查。"

"绝无可能。"蓝珊想都没想，干净利落地否定，"我们的潜水装备和水下探测装备都是世界顶尖的，一艘货船上绝对不可能有这些东西，一旦这些东西被他们发现，我们就死定了。"

对抗护卫舰

乌东诺夫顺势问道："也就是说，我们绝对不能让极北国的人登船，对吗？"

"没错。"蓝珊点点头。

"我明白了。"乌东诺夫转头看向大副，吩咐道："你到甲板上指挥，不要让极北国人登船。”

“明白。”大副答应一声，快步走了出去。唐巍很奇怪，你们不过是一艘民用船舶，船上没有武器，有什么办法阻止军舰呢？唐巍跟着大副走了出去，想看个究竟。

这个大副外号“灯塔”，因为他很高。尽管船上的乌国人没有矮个子，可他还是显得鹤立鸡群，是整艘船上最高的人，比大白熊还高一块。他不仅高，而且瘦，让人不由自主地想到灯塔。再加上他的眼睛很大，就好像灯塔里的信号灯，这个外号就更形象了。

灯塔走到外面，狠狠吹了三声口哨。船员们立刻行动起来，从船舱里面搬出来一个个大木头箱子，堆在甲板护栏后面。然后蹲在箱子后面，像躲在掩体后面的士兵。

唐巍看着他们一阵阵发蒙，对面可有舰炮，你们拿一大堆箱子当掩体能有什么用？一炮就给你炸没了。难道说箱子里有武器？别闹了，你一个破箱子能装什么武器，对面可是有反舰导弹的，给你来一枚你整艘船都沉了。

唐巍正在想着，那艘克里瓦克级护卫舰已经靠近了远洋货船，一艘小艇从船上下来，劈开浪花，飞速驶来。小艇上坐着十个荷枪实弹的海军陆战队士兵，人人胸前挂着一支加挂着榴弹发射器的 AN-94 突击步枪，船头还架着一挺 12.7 毫米重机枪。

小艇的后面，立着一部巨大的扬声器。扬声器正在用乌国语和英语反复播放：“我们是极北国海军陆战队，现在登上你的船进行调查，请你船配合。”

骑士号远洋货轮上也是有扬声器的，扬声器用英语和极北国语反复播放：“这里是公海，你舰无权对我船进行调查，请你舰速速离去。”

双方一边打着嘴仗，一边准备动手。骑士号的干舷有六米多高，下面的极北国士兵准备了钩索，只等靠近便用钩索登船。

眼看着快艇越来越近，灯塔还是一副“你随便来”的样子，唐巍不觉心焦。正在这时，灯塔猛地一吹口哨，凄厉的口哨声带着水音，在船上回荡。只见船员们猛地打开箱子，箱子里面满是玻璃酒瓶，船员们抄起玻璃酒瓶，朝小艇扔了过去。

唐巍暗自摇头，这酒瓶子也能当武器，搞笑呢？敌人穿着防弹衣，带着钢盔，破酒瓶子能把他们怎么样啊？

船员们扔的酒瓶子很精准，都砸在极北国士兵身上。他们各个缩颈藏头，用钢盔和防弹衣去挡，“哗啦哗啦”酒瓶碎了一片。紧接着，奇怪的事情发生了，只见酒瓶里腾起了一片片红色烟雾，笼罩在快艇上，烟雾里的极北国士兵都剧烈地咳嗽，有几个还弯下腰，捧水洗眼睛。

唐巍这下明白了，船员们扔的酒瓶里装的是辣椒粉，那玩意一旦吸入口腔鼻腔，那份刺激就别提了。

极北国士兵受不了辣椒粉，驾驶快艇回去了。骑士号上一片欢呼，唐巍有些担心，问灯塔：“你们这么对付他们，不怕他们开炮报复吗？”

“开炮？”灯塔轻蔑地笑了笑，“他们不敢开炮，甚至连开枪都不敢。现在极北国和乌国正处在战争边缘，他们绝对不敢这么做。”

唐巍微微点头。可是猛然间，他意识到了一件事情，这件事情让他的心再次悬了起来！

盗火者行动，会不会也泄密了？

食人鱼行动就出现了泄密情况。后来水藻对唐巍说“泄密可能出现在海神内部”，盗火者行动就也有泄密的可能。一旦泄密，极北国军舰说不定会采取极端手段对付他们？

唐巍虽然有这个顾虑，可是没法说，只能把它藏在心里。

正在这时，只见那艘克里瓦克级护卫舰高速驶来，距离骑士号百余米的时候转向，与骑士号并排行驶。紧接着，扬声器里传来了震耳的声音：“骑士号，如果你船再不接受检查，我舰将对你船采取强制措施。”

灯塔仍然毫无惧色，冲船员们大喊：“不要害怕，他们没有办法。”

船员们高高扬起手臂，一起发出震耳的欢呼。就在这时，四条白亮的水柱激射而来，护卫舰竟然用高压水枪发动了攻击。

船员们猝不及防，被水柱打了个正着，高压水柱冲力极大，大白熊那么个壮汉，竟然被水柱瞬间冲翻，其他船员也被射得东倒西歪。

甲板上响起了一片叫骂声，灯塔冷笑一声，大声喊道："把咱们的高压水枪也拿来，轰过去。"

大白熊和几个船员立刻跑去拿高压水枪。灯塔看向唐巍，用手往前面一指，笑道："帮忙把水压阀门打开。"灯塔的神色很轻松，因为要打水战的话，对面的护卫舰不是对手。骑士号排水量大，消防装备也多，高压水枪有八支，大功率水泵十几台，比护卫舰强多了。

唐巍快步走到水压阀门前。水压阀门是一个巨大的手轮，上面只有一个把手，唐巍刚走到手轮前面，突然看到手轮上火星四溅，随后听到"铮"的一声，尖厉刺耳。

唐巍一愣，突然听到蓝珊的声音在后面响起："离那里远点。"

唐巍本能地一闪身，退到蓝珊身边。蓝珊沉声说道："对面有狙击手，别过去。"话音未落，手轮上又传来"铮"的一声，火星四溅，唐巍知道有流弹，本能地一蹲身。再看蓝珊，眨眼间做了一个标准的卧倒。

唐巍诧异地看着卧倒在地的蓝珊，蓝珊慢悠悠站起身来，冲唐巍一皱眉，鄙夷道："你怎么连卧倒都不会，陆上战斗技能你是一点都没学过吗？"

唐巍说："没有……"

"你不会自学？"蓝珊鄙夷之情更甚，"自学能力这么差，加入海神也是炮灰。"

"你……"唐巍被气得说不出话来。在海神训练这段时间，每天的日程被安排得满满的，前半程理论学习，逼得唐巍几次熬通宵；后半程实践训练，累得唐巍像条死狗，哪有时间自学陆上战斗技能。

唐巍"含冤莫白"，刚要说话，只听甲板上的船员扯着嗓子叫喊："阀门怎么还不开！"

唐巍探头向下一看。只见甲板上的船员被护卫舰的水柱打得东倒西歪，手中还抱着高压水枪，水枪口一滴水都没有。

唐巍急忙冲到手轮前面，把手已经被打断，再想拧动手轮已经不可能了。唐巍扯着嗓子大叫：“他们有狙击手，把手轮打坏了。”

又是一片叫骂声响起，两个湿淋淋的机械师拎着工具箱跑了过来，见到被打断把手的手轮，道：“这可麻烦了，要想修好至少两个小时。”

唐巍气得狠狠一跺脚，怒道：“这船是哪家设计院设计的，全船消防供水都被一个阀门控制，设计师脑子被驴踢了。”

机械师没听懂唐巍的抱怨，手忙脚乱地修手轮，下面的船员纷纷躲进了船舱。对面的护卫舰发觉机械师在修船舱，集中“水力”打了过来，打得两个机械师连扳手都拿不稳，狼狈逃回了船舱。

接下来骑士号毫无还手之力，就剩下被护卫舰“屠杀”了。水柱疯狂地冲刷着甲板、船楼，水量实在太大，已然超过骑士号的设计防雨量了。甲板开始积水，甲板下第一层舱室开始进水，骑士号只能开启水泵，拼命排水。

指挥舱里，乌东诺夫把蓝珊和灯塔叫到一起，忧心忡忡地说道：“这样下去不是办法，我们必须想个办法，让他们停手。”

灯塔没说话，神情黯然，二副等人也都一筹莫展。这时蓝珊开了口：“护卫舰的航速远远超过我们，我们无论如何也甩不开它，为今之计，只有返航回港，才能躲开他们。”

“返航回港绝无可能！”乌东诺夫郑重地摇了摇头，“如果返航回港，任务就完不成了。”

“不可以换个时间再来吗？”

“不行，绝对不行，一旦改换时间，极北国就可能将极冰之火收回，我们就什么都找不到了。”乌东诺夫连说了几个“不行”，彻底断绝撤退的念头。

指挥室里又是一阵沉默，灯塔突然看向蓝珊，肃然问道：“如果把你们的装备全部扔掉，可以吗？”

“扔掉装备行动就失败了。”蓝珊看了看乌东诺夫，“他刚刚已经说过了，行动不能放弃。”

灯塔说：“我的意思是，把装备扔到水里，等他们走了再打捞起来。”

蓝珊说：“不可能，这一带水深在一千米以上，没人能下潜到那种深度。”

灯塔说：“加浮力装备控制深度呢？”

蓝珊说：“不可能，我们没有那样的装备，即便有，也来不及装备。”

灯塔没话说了。乌东诺夫轻咳一声，道：“我再强调一遍，任务是第一位的，我们必须完成任务，一切不以完成任务为前提的话就不要再说了。”

众人面面相觑，一语不发。这时唐巍试探着说道：“我有一个办法，也许管用。”

渔网缠螺旋桨

众人的目光瞬间聚集在唐巍的身上，乌东诺夫瞪大了眼睛，急着问道：“你有什么办法，说说看。”

唐巍整理了一下思路，说道：“我们现在最重要的目标是完成任务，所以逃跑已经不可选了，唯一的办法就是战胜那艘护卫舰。”

众人神色愕然，显然对唐巍所说的“战胜那艘护卫舰”不敢相信。护卫舰上有舰炮有导弹，远洋货船上只有装了辣椒粉的酒瓶，怎么可能战胜护卫舰？

唐巍迎着众人惊愕的目光，继续说道：“战胜护卫舰并不一定要将它击沉，或者将它占领，我们只需要将它甩开就行了。换句话说，将它远远甩在身后，这一片海域的船不只有我们一艘，它们不会只盯着我们不放的。如果我们逃远了，它们一定不会追来。”

乌东诺夫众人轻轻点头，认同唐巍的说法。唐巍心中却有所担忧，万一护卫舰已经知道了海神的这次行动，势必穷追不舍。

乌东诺夫接着唐巍的话问道：“你说我们要把它甩在身后，可是我们用什么办法才能把它甩在身后呢？护卫舰可是军舰，速度比我们快多了。”

唐巍眼睛一亮，提高了声音：“我们要想办法让护卫舰的速度变慢。”

“不可能的！”乌东诺夫连连摇头，“我们又不会魔法，怎么能让护卫舰的速度变慢呢？”

唐巍说：“我发现货船上有不少渔网。如果我们用渔网缠住护卫舰的螺旋桨，它们的速度一定会变慢，到时候我们开足马力，一定可以甩开它们。”

乌东诺夫神色一变，转头和身边的人小声议论，蓝珊抱着肩膀，一副漠不关心的样子。乌东诺夫商量完了，说道：“用渔网缠住螺旋桨，这个办法从理论上来说是可行的，可是我们怎么把渔网送到它的螺旋桨上呢？”

“我去。”唐巍用手一拍胸脯，“我可以潜泳过去，把渔网缠在螺旋桨上。”

“你在耍我玩吗？”乌东诺夫面露怒色，拳头紧紧攥了起来，“螺旋桨的吸力非常大，人只要靠近就会被吸进去，变成一堆碎肉，你怎么去缠渔网？”

“我们可以让它慢下来。”唐巍从容不迫，指了指舷窗外边破浪前行的战舰，“只要它的速度降低到合适的范围，我就能过去缠网。”

乌东诺夫火气顿消，点头表示赞同，然后问道：“你说护卫舰的速度需要降低到多少，你才能安全靠近？”

“这个嘛……”唐巍一时语塞。他学的是船舶设计专业，知道螺旋桨吸力不单单取决于速度，还取决于水文状况、工作状况等多种条件，这些条件他都不清楚，根本没法推算速度。

“对于克里瓦克级护卫舰，必须完全停下，潜水员才能靠近。”一直沉默的蓝珊突然说了话，她的语气仿佛是最权威的专家，不容半点质疑。

“完全停下？”唐巍的脸上露出了难色，“怎么能让一艘护卫舰完全停下呢？”

“很简单。”乌东诺夫把话接了过去，“我们先抛锚停船，如果他们执意要搜查我们，一定会跟着停船的。”

唐巍点点头，看看天空，只见红日西沉，说道：“我们再坚持几个小时，等到天黑我再动手，天亮的时候潜泳过去，太容易被发现了。”

“可以，我们这就去做准备。”乌东诺夫开始给船员下命令，唐巍去拿渔网。

这艘货船之前运了一大批渔网。盗火者行动开始得比较急，这些渔网来不及运下去，就留在了货船上，船上的人打算用这些网拖水雷。

唐巍来到货舱，面对着各种各样的渔网，有些发蒙，他不知道应该挑选什么样的网。如果挑选的网不够结实，很有可能被螺旋桨割断，唐巍对渔网是比较陌生的，采珠人转行成渔民之后，干的都是水下采集、捕捞之类的活，很少用渔网。

唐巍打开一个又一个渔网箱，不知道该挑选哪一个。正在一筹莫展之时，货舱门口出现了脚步声。唐巍一回头，只见蓝珊抱着肩膀，悠闲地走了进来，站在唐巍身后，语气里带着嘲讽：“是不是不知道该挑什么网？”

唐巍不想在她面前示弱，没回答，可是一大排被翻开的箱子和空空如也的双手出卖了他。蓝珊淡淡一笑，随手一指，说道：“用这个，网孔大小三厘米的高强度聚乙烯拖网。”

唐巍将信将疑，走到箱子前面，抓起箱子里的网，往上一拎，想把一箱子网都提出来。没想到网竟然纹丝不动，手反而被网线勒得生疼。

蓝珊笑声响起：“你不是渔民出身吗？怎么连大型拖网都没见过？这种拖网有几千米长，重量达到半吨，你怎么可能拎得动？”

“那你干吗让我用这种网！”唐巍没好气地说着，“既然它有半吨重，我带着它下水会被活活拖死。”

"谁让你全都用了？"蓝珊乐不可支，"你剪出来二百米就够了。"

唐巍立刻把渔网往外拉，差不多二百米的时候，掏出潜水刀割网。网线坚韧极了，唐巍费了不少力气才把网割断。

唐巍把渔网压成一个大球，用绳子绑紧，这样网在水中才不会散开。唐巍绑完网，就要往货舱外面走，蓝珊在一旁幽幽说道："你知道该怎么缠吗？"

唐巍全身一振。他突然意识到，用渔网缠住螺旋桨，可不是想象中那么容易的，缠的方式很有讲究。如果缠的方式不对，螺旋桨开动之后推出的水流就会把渔网硬生生冲开。

渔网仅仅不被冲开是不够的。按照骑士号和护卫舰的速度比，渔网至少要缠住护卫舰半个小时，才能确保骑士号安全逃脱。渔网的缠绕方式，必须保证拖住护卫舰半个小时。

这些问题唐巍都没想过，现在蓝珊突然提出来，唐巍心里也没数，而他只有一次缠死螺旋桨的机会。渔网缠螺旋桨之所以能成功，全仗着出其不意攻其不备，等对方生了警觉，毫无成功的可能。

"笨虾。"蓝珊肆无忌惮地嘲弄着唐巍，走到他的面前，"克里瓦克级护卫舰有两部三叶螺旋桨，你在缠的时候，记住把每一枚叶片都缠上，传动杆也要缠上……"

蓝珊耐心地给唐巍讲解起来。让他意外的是，这次的蓝珊十分耐心，每一个重点的地方几乎要说三遍，说完了还问唐巍记没记住。有一次唐巍略微摇头，蓝珊也没有骂他"笨虾"，而是详细地又讲了一遍。

一切准备就绪，夜幕降临了，骑士号挂出了"我船出现机械故障"的信号旗，抛锚停船。护卫舰竟然也跟着停了下来，喷水也停止了，不知道他们在琢磨什么新的招数。

唐巍借着夜幕的掩护下水，他没有穿巨鲸潜水装具，因为深度小，距离短，用不着那么高端的装备。他只穿了一件加热潜水衣，背上两个普通民用高压气瓶，游向护卫舰。

今夜风平浪静，平静的海面上，几团明亮的灯光缓缓移动，这是护卫舰上的探照灯。唐巍并不担心它们，因为他在水下十米，探照灯光根本照不到他。

唐巍小心翼翼地拖着渔网前进，渔网上的铅坠让它沉在水中，不会露出海面被人发现。护卫舰的探照灯光为他指明了方位，他快速游过去。突然，眼前出现了一片细小的网格，唐巍仔细一看，竟然有一张大网横亘在面前，这张大网将护卫舰的整个水下部分罩住了。

唐巍对这种网并不陌生，这是反蛙人网，用来防止蛙人靠近舰船。在世界战争史上，有过数次蛙人靠近舰船布设炸弹，给舰船造成巨大破坏的战例，所以一些舰船配备了反蛙人网。

唐巍下意识地摸了摸大腿上的潜水刀。这次下水，他没有带分水峨嵋刺，因为那东西没有刃，只有尖，割不断东西。

唐巍抽出潜水刀，打算割开反蛙人网。可是转念一想，极北国海军不会单单只放一张网，网上一定有传感器，有东西触网就会报警。

唐巍将潜水刀收回携行袋，打算绕开反蛙人网，他绕着护卫舰游了一圈，结果发现这张反蛙人网将护卫舰四周全部围住。要想绕开这张网，只有从最下面绕进去。

唐巍调转身体，开始下潜。他觉得反蛙人网放个十五米深就到头了，因为这种东西只有在舰船停下来的时候才会布设。舰船一般都在港口停泊，港口水深一般不大，能达到十五米的已经很少了。

唐巍下潜到十五米深度，却发现网仍然没有停，他暗暗发笑：极北国还真谨慎啊，竟然把反蛙人网放得这么深。

唐巍继续下潜，深度很快超过了三十米，网竟然还在，而且不像就要结束的样子。唐巍惊讶极了：蛙人的潜深很少超过三十米，极北国海军是不是疯了？

唐巍忍着惊讶，继续下潜到四十米，五十米，结果发现网还在。唐巍有些担心了，如果再下潜的话，可能会达到氮麻醉深度。

08 蛙人夜袭

蛙人夜袭

唐巍继续下潜到六十米，这是他出现氮麻醉的深度，他不敢再往下潜了。在水下出现氮麻醉是一件致命的事情，他用头灯向下照了照，反蛙人网还是看不到头，不知道布设到多深。

唐巍犯难了，想要继续下潜，就必须回到骑士号上，用氦氧混合气替换压缩空气。可那样做的话，将会增大被发现的概率。

唐巍想出了一个办法——关闭高压气瓶，闭气下潜。这样体内空气压力不会随着水深增大而增大，氮麻醉不会发生。

唐巍关闭了高压气瓶供气阀门，快速下潜。由于水压大于肺内气压，海水向大山一样压向唐巍的胸腔，他忍着这种压迫感下降到了八十米，网终于停了。

唐巍哑然失笑，极北国海军也真是够谨慎，竟然把反蛙人网一路布设到八十米，蛙人哪能下潜到这样的深度啊。不要说蛙人了，即便是专业潜水员，没有特殊装备也潜不到这种深度，本来你们能高枕无忧。可惜啊，你们碰上了我——能裸潜一百米的人。

唐巍进入网中的空隙，开始上浮，到达六十米深度时重新呼吸高压空气。上浮的时候他万分小心，尽量不碰到反蛙人网。一旦碰上，就会被护卫舰察觉，到时候火箭深弹、深水炸弹一下来，他的小命就保不住了。

眼看着唐巍距离螺旋桨只有十几米了。可就在这时，海面上突然起了一股大风，吹起一道大浪，打在唐巍身上。他猝不及防，被海浪一推，身体顺着海浪的方向冲了出去，重重地撞在反蛙人网上。

唐巍瞬间出了一身冷汗。本来按照常理，此时他应该立刻割断反蛙人网，逃出去。可是在那一瞬间他又不想逃，一旦逃了，行动可就失败了，加入海神就没戏了。

就在唐巍迟疑的工夫，只见一片耀眼的白光在船底腾起，唐巍只感觉脸、手裸露在外的皮肤麻了一下，像被电打了一样。原来是极北国海军施放了电流，这电流强度极大，幸好唐巍离着船底十几米远，否则就一命呜呼了。

在水下用电流对付蛙人是个性价比极高的办法，电流比火箭深弹、深水炸弹便宜多了。可是极北国海军漏算了一点——没想到有人能下潜到那么深，于是他们只在船体周围释放了电流，让唐巍逃过一劫。

电光消失，水下重归平静，唐巍心有余悸，稳了稳心神，继续上浮。很快两部螺旋桨，六片斑斑驳驳的桨叶出现在他的面前。

唐巍在脑海里将蓝珊交给他的缠绕方法过了一遍，这才用潜水刀割断绑渔网的绳子。将渔网拽出来，刚要往螺旋桨上缠，可就在这时，眼前的螺旋桨突然转了一下！

螺旋桨要启动吗？

唐巍心惊肉跳，螺旋桨一旦启动，他就会被卷进去，粉身碎骨。

只见螺旋桨缓缓转动起来，转速很慢，还不足以将唐巍吸进去，可是谁也不敢保证它会不会突然加快转速！

唐巍急得满身是汗，这种时候他必须走，可是一走行动就失败了！

正在唐巍左右为难之际，他的目光突然落在了身边的反蛙人网上。他猛然发现，反蛙人网没有动，所有战舰开动之前，都会把反蛙人网收起来，这艘护卫舰怎么不收？

难道它不是要开走，而是另有图谋？唐巍决定先不走，等等再说。此后螺旋桨一直没有加速，十来分钟之后，螺旋桨竟然停了下来。

开十分钟螺旋桨是什么意思？唐巍一头雾水，不管它，先把渔网缠上再说！

唐巍浮到螺旋桨跟前，扯着渔网，一点点向螺旋桨上缠。克里瓦克级护卫舰的螺旋桨直径将近四米，缠起来相当麻烦，十几分钟过去了，他只缠了四分之一。

唐巍默默告诉自己不要着急，时间足够，不要出错……他按照蓝珊的办法，一点点缠网，过了差不多半个小时，终于把网缠完了。

唐巍不想去碰反蛙人网，按照原路返回。正要下潜，突然看到水中多了几个黑影，长条形状，正向骑士号的方向移动。

那些黑影是什么东西？唐巍心生惊疑，如果这些东西四处游开，唐巍也就不理会它们了。可是它们竟然在向骑士号方向游动，这让唐巍顿生警惕。

唐巍停止下潜，看着它们。从它们的大小和形状判断，可能是海豚，也可能是小型鲨鱼，可是这些东西是什么时候出现在水下的？

唐巍从小潜水，又经过了蓝珊的地狱特训，水下警觉性极高，竟然没发现这些东西是什么时候出现的，这让他很惊讶。他集中精神，看那些黑影，可黑影越来越远，很快消失了。

正在这时，只见水面上波纹一动，一个什么东西从护卫舰上落入水中。那个东西落水之后，立刻向骑士号移动，样子就和之前那些水中黑影一模一样。紧接着，一个又一个黑影接连落入水中，向骑士号移动。

一声惊雷在唐巍脑海中炸响——这些黑影，就是护卫舰上的蛙人，蛙人准备夜袭骑士号，夺取控制权！

护卫舰开启螺旋桨的原因也找到了——迷惑骑士号，让骑士号误以为它即将开走，从而放松警觉。

这可坏了！唐巍的心瞬间收紧。骑士号被护卫舰迷惑，放松警觉，暗夜之中，蛙人行动极其隐蔽，很难察觉。

一旦蛙人登船，以骑士号的战斗力，几乎挡不住他们。海神这边，除了蓝珊都是技术支援专家，几乎没什么战斗力。蓝珊倒是能以一当十，可她一个人能挡多少？

乌东诺夫那边，虽然都是军人，可是都没受过专业系统的格斗训练。动起手来，绝对不是极北国特战蛙人的对手。

我必须立刻回去！唐巍看看眼前的反蛙人网，要是他再潜到八十米深水，绕开这道屏障，骑士号说不定已经易主了。唐巍抽出了潜水刀，指向了反蛙人网。上次触网引来了电击，这次再触网，引来的东西可未必是电击那么简单了！

唐巍咬了咬牙，这个险，必须冒！他一刀捅进反蛙人网的网孔里，狠狠向下一拉，一道豁口顿时出现在网上。与此同时，一道电光在船底位置亮起，距离唐巍比较远，对他毫无威胁。除了这道电光，再无他物，唐巍赌赢了。

唐巍双手扒开缺口，游出反蛙人网，冲着极北国的蛙人追了过去。

蛙人的潜水装备毕竟比较简单，下潜的深度全都在五米以内。唐巍为了不被他们发现，直接下潜到十五米。他们都开着潜水探灯，唐巍能看到他们，可他们看不到唐巍。

尽管唐巍用尽全力在追，可还是晚了一步。最前面的蛙人已经靠近了骑士号，他们都装备了锚钩枪。这种枪专门发射锚钩，锚钩能卡在护栏上，锚钩后面有绳索，人抓着绳索就能爬上船。

最前面那几个极北国蛙人扣动了扳机，锚钩紧紧卡在护栏上。蛙人抓着绳索，飞身而上，眨眼间就上了甲板。

这一切，唐巍在后面眼睁睁地看着，他心急如焚。这时第二波蛙人发射了锚钩，开始攀爬，这波蛙人就在唐巍的头顶。他刚想过去阻止他们登船，突然想到：这样不行，后面还有蛙人，我要是出击，就会被两面夹攻。

唐巍攥紧拳头，咬紧牙关，强忍着出手的冲动。很快第三波和第四波蛙人登上骑士号，第五波开始登船，这是最后一波，唐巍是时候出手了。

唐巍看准离他最近的一个蛙人，冲了过去。眼看着那个蛙人发射了锚钩，抓着绳索往上爬，唐巍游到他的脚下。于是双脚用力踩水，身体如同一条灵鲨，高高跃出水面，手臂探出，五指如钢钩，狠狠抓住了蛙人的脚踝。

唐巍身体在离开水面之后自然下落，带着那个蛙人一起下落。蛙人根本想不到水下能有人拉他，毫无防备，“扑通”一声摔在水里。

唐巍在落水的瞬间抽出潜水刀。左手抓住蛙人的潜水衣，将他拉到身前，右手拿着潜水刀刚要割断他的脖子，突然想到：如果杀掉极北国蛙人，护卫舰就会开炮报复！于是手腕一转，刀锋下移了几寸。刀锋划过了蛙人的呼吸管，呼吸管应声而断，气泡喷涌而出，构筑了一道气泡墙。

不搞定这个蛙人唐巍是没法登船的，可是他又不能杀他，一时间唐巍急中生智，伸手解开了高压气瓶固定带。

海神的装备特别强调“快速穿脱性”，因此固定带一解就开。唐巍拎着两个高压气瓶，在气泡墙的掩护下，把它们挂在了蛙人的高压气瓶上。那个蛙人突然多了两个沉重的高压气瓶，顿时向海底沉去。

两个高压气瓶挂在蛙人气瓶后面，蛙人想弄掉它要废不少力气。唐巍趁着这个时机，振臂划水，来到绳索下面。伸手抓住了绳子，腰上一用劲儿，蹿起来很高，顺着绳索往上爬。

甲板上静悄悄的，不知道船上的人是没察觉蛙人登船还是已经被蛙人制服了，唐巍扯着嗓子大喊：“快来人啊，有蛙人登船啦。”

指挥舱争夺战

唐巍叫了两声，甲板上一点声音都没有。唐巍暗叫“不好”，船上的人可能全被蛙人收拾了！他心急如焚，恨不得一下飞到甲板上，手抓脚蹬，用最快的速度往上爬。

这一爬起来，唐巍才觉得向上爬其实很难，刚才唐巍在水下，看极北国潜水员几下就上了甲板，以为他也能和他们一样，没想到真爬起来，却发现自己比蜗牛还慢。

原来唐巍那一身装备都是专用于潜水的，沉浮水袋、高效率脚蹼、加热潜水衣……一个比一个重，这些东西到了水下，有浮力帮忙，唐巍不觉得累赘，一离开水，还要抓着绳索向上爬，那些装备就像铅块一样拖着他，每往上爬一寸都困难。

最坑唐巍的是那一对巨大的脚蹼。这东西在水下蹬水效率极高，可是穿着它攀爬，就很“惨烈”了。

本来手抓绳索，用前脚掌蹬船舷攀爬是很快的。可是脚蹼前端是软的，没法承力，唐巍只能竖起脚尖，用全脚掌蹬船舷。可是这样身子就会向后摆，唐巍还要耗费极大体力稳定身体，一时间狼狈不堪。

反观那些蛙人，装备就利落多了。单筒高压气瓶、轻薄潜水衣、没穿脚蹼，蹬船舷简直轻而易举。

就在唐巍爬到一半的时候，被他拉下水的那个蛙人卸掉了高压气瓶，摆脱了下沉的窘境，立刻游向唐巍，发动反击。

唐巍听到背后水声响动，扭头一看。只见那个蛙人朝自己游来，手中举着一支射网枪，这种武器十分厉害：它能射出一张大网，将人整个缠住，网线极其坚韧，用刀根本割不断。

那蛙人瞄准唐巍，扣动扳机就是一枪。一张大网在半空中无声展开，冲唐巍罩去。唐巍只见半空中一张大网罩来，再想躲已然来不及。

“哗啦”一声，那张大网将唐巍罩在其中。网后面有绳索，连在射网枪内，蛙人猛地一拉网后绳索，唐巍只觉得一股怪力袭来，几乎要被拉下绳索。急忙手指加劲，握紧绳索，与那怪力抗衡。

唐巍的手上戴着加热潜水衣专用手套。这种手套为了保护在水下最容易冻伤的手，做得特别厚。唐巍戴着它抓绳索，根本用不上力，渐渐抓不住绳索，开始下滑。

唐巍回头瞟了一眼那个蛙人，突然起了杀意。与其被你拉进水里，不如跳下水和你一战，解决你再说。

唐巍正要松手跳水，只听甲板上传来一个阴冷清脆的女声："别松手，我拉你上来。"是蓝珊的声音。

蓝珊紧接着拉动了绳子。可她向上拉绳子，蛙人向下拉唐巍，唐巍更抓不住绳子了，无形中帮了蛙人的忙。他扯着嗓子大叫："下面有人拽我，你别拉了。"

蓝珊一探身子，看到了用网拉唐巍的蛙人。她随手在腰上一摸，掏出什么东西，猛地朝蛙人一扔，同时用英语大声吼道："手雷，小心。"

唐巍心里这个骂啊，蓝珊你个女魔头，逗我呢，这么近的距离你扔手雷，是炸我还是炸他？唐巍再骂也没用，不能把扔下来的手雷骂回去。他身子在绳子上一蜷，张开嘴，迎接手雷爆炸的冲击。

唐巍很快听到手雷落水的声音，同时感到那个蛙人松开手中绳索，一翻身子，沉入水中。他把眼睛一闭，把嘴巴张到最大……就在他做好一切应对爆炸的准备时，身后却没有传来一丝爆炸声。

唐巍这才明白，原来蓝珊说什么扔手雷，都是假的。是在骗那个蛙人，这个女魔头，真是太鬼了。

在这个时候，蓝珊把唐巍拉了上来，她把一套衣服扔给唐巍，命令道："用最快的速度穿。"

唐巍蹬掉脚蹼，脱掉加热潜水衣，换衣服。在这段时间里，蓝珊快速说道："登船的蛙人只有十几个，比船员人数少得多，不足以控制全船。所以他们采取的是'斩首战法'，快速攻占指挥室，控制船长和指挥系统。骑士号上的人完全没想到会被蛙人偷袭，猝不及防。甲板上的防御一触即溃，蛙人现在正在围攻指挥舱，我们要用最快的速度赶去支援，绝不能让蛙人攻进指挥舱。"

唐巍一边穿衣服一边问："他们装备了什么武器?"

蓝珊说："目前来看，只有电击枪和射网枪。"

唐巍换好了衣服，蓝珊带着他就往指挥舱冲。一路上到处是被打昏在地的船员，唐巍还看到了那个大白熊。这家伙经常吹嘘自己是格斗高手，结果遇上极北国蛙人，让人家一招给撂倒了。

指挥舱位于船楼中部，外面有一个开阔的平台，唐巍和蓝珊冲上平台舷梯。只见上面站着八个蛙人，灯塔大副、航海长这些人全都躺在一边，人事不省。再看指挥舱，舱门大开，显然已被攻占。

两个蛙人端着射网枪堵到舷梯口，对准两人射出了大网。唐巍在后面，向后猛退了两步，躲开大网。

蓝珊在前面，没法后退。她抓着护栏，跃出舷梯，挂在舷梯外面，很快大网落地，唐巍抢步上前，一脚踩住大网，两个蛙人猛地发力，向后拉拽。

就在这时，蓝珊突然跳回舷梯，抽出潜水刀割断拉网索，两个蛙人收不住力，向后摔倒，其他蛙人急忙过来支援。

蓝珊和唐巍趁着这个时机冲上平台，蛙人的电击枪和射网枪已经都用完了，于是他们人手一支鲨鱼警棍，围向两人。

唐巍看着他们，心里一点底儿都没有。要是放在平时，以他那东国传统武术练就的格斗能力，打赢他们不成问题。可是现在，他太累了，下潜、上浮、缠绕渔网……消耗了他太多的体力。

蛙人见到蓝珊是个姑娘，不想打她，绕开她直扑唐巍。蓝珊拦在了他们面前，一记飞腿踢在一个蛙人下巴上，那蛙人腾空飞起，重重摔落，不省人事。

蛙人们见到蓝珊如此厉害，也不管那么多，四个蛙人过来围攻。抡起鲨鱼警棍就砸，同时发出凶狠的怪叫，面目狰狞。与之形成鲜明对比的是蓝珊的一脸淡然，完全没把他们当回事。

四个蛙人围攻蓝珊，剩下三个围攻唐巍。唐巍深吸了一口气，摆出退龙拳的起手式迎战。三个蛙人见到唐巍的起手式很是陌生，一时间没有抢攻，双方僵持了两三分钟。

突然，唐巍眼角余光看到蓝珊冲了过来，他吃了一惊。蓝珊怎么这么快就撑不住了，那群蛙人有这么厉害吗？

等他再细看，大吃一惊。只见那四个蛙人已经躺倒在地，昏迷不醒，蓝珊竟然在两三分钟内打败了他们。

蓝珊冲了过来，三个蛙人急忙回身迎战。他们又高又壮，都比蓝珊高出两个头，蓝珊在他们面前就像瓷娃娃。于是她没有用攻击距离稍短的拳，而是用了攻击范围更大的腿，而且打的都是太阳穴这样的关键部位，挨上一下便倒地不起。

蓝珊的腿法，很像东国武术里的“戳脚”，代表招数“玉环步”“鸳鸯脚”，就是《水浒传》里武松用的那种，唐巍以前见过这种腿法。他暗暗心惊：蓝珊会这些招数，莫非她也是东国人？她和我打的时候，怎么没用过这些招数？

唐巍还在想着，蓝珊已经冲进了指挥室，唐巍急忙跟上。指挥室里还有四个蛙人，一个在指挥台上忙活，两个把乌东诺夫按在地上，一个把匕首架在他的脖子上。乌东诺夫被打得满脸是血，正用乌国语大声吼着什么。

蛙人见到有人冲进来，二话不说扑了上来，蓝珊右腿一抬，直取蛙人右脑太阳穴。如果还是在外面平台上，这一招过去蛙人就躺下了。可这里是狭小的指挥舱，蓝珊这一腿猛地撞在海图盘上，疼得她惨叫一声。

在这个狭小空间里，拿着鲨鱼警棍的蛙人也施展不开，唐巍那方寸发力的寸杀拳就有用武之地了。他也不躲闪鲨鱼警棍，在对手打中他的时候他也打中对手了，鲨鱼警棍打在他身上就是疼一下。他的退龙拳却能力透肌理，只伤内脏，疼得蛙人直不起身子。

很快四个蛙人就都被打倒了，唐巍冲过去扶起乌东诺夫，扯着嗓子吼道："赶紧开船，我弄完了。"

乌东诺夫左手强撑着指挥台，右手扯过通讯器，高声喊道："动力舱，全功率运转，双车前进四。"

"双车前进四"是一个航海用语，就是最高速前进的意思，这个指令是操舵员完成的，可是指挥舱里没有操舵员了。唐巍虽然学的是船舶设计，可是设计和操纵是两码事，他不懂船舶驾驶。

这个时候，竟然是蓝珊冲到了舵轮面前，熟练地操起舵来，很快，货船传来了一阵轰鸣声，缓缓开动起来。

一个蛙人挣扎着支撑起上半身，怒道："你们逃不掉的，我们是军舰，速度比你们快多了。"

唐巍扫了那个蛙人一眼，冲乌东诺夫说道："我们把这些蛙人扔下水吧，留他们在船上，既要耗费人力看管，又要耗费补给。"

悬念重重

唐巍所言不假，这些蛙人都没死，只是昏迷了。如果留他们在船上，不仅不能杀，还要防备他们反击。最好的办法就是扔下水，他们身上有浮力背心，扔下去也死不了，很快就会被护卫舰救起。

乌东诺夫思索片刻，沉声说道："你说的很对，留着他们的确很麻烦，把他们扔下去吧。"

唐巍抓起两个蛙人的脚踝，拖着他们离开指挥舱。在这个时候，底层船舱的船员和海神成员冲了上来，帮着唐巍一起把蛙人扔进水里，然后救治那些被打昏的船员。

等到唐巍和众人把蛙人都扔进水里，把灯塔大副、大白熊等船员救醒之后，骑士号也高速开动起来。劈波斩浪，逃向远方。

再说那艘暗裔级护卫舰。见骑士号开足马力逃走，蛙人不断被扔下来，知道偷袭行动失败，一边派出两艘小艇营救蛙人，一边开足马力追击货船。

可是燃气轮机一开，护卫舰惊讶地发现：它们的螺旋桨转速很慢，和主机转速相差悬殊。知道设备出现了故障，立刻减慢主机转速，排除故障。

护卫舰上的极北国海军完全想不到螺旋桨被缠住了，他们还以为是主机或者传动系统出了问题，立刻开始检查。在他们检查的时候，骑士号已经加快到了最高航速，破浪前行，消失在远方。

等到主机和传统系统检查完毕，时间已经过去好几分钟了。极北国海军终于意识到了问题可能出在螺旋桨上，急忙派出潜水员检查螺旋桨，

潜水员下了水，发现螺旋桨上缠满了渔网，急忙向护卫舰高层领导汇报。高层领导都傻眼了，渔网怎么跑到螺旋桨上来了，难道是骑士号派人来缠的？这不可能！我们有反蛙人网啊，骑士号上竟然有那么厉害的人？

高层领导急忙下令解开渔网。可蓝珊早已料到——护卫舰上的人发现螺旋桨被缠住，第一件事情就是派潜水员解开渔网。于是她把缠网方式弄得复杂无比，潜水员没有几个小时别想解开。

果不其然，那个潜水员解了十几分钟，连十分之一都没解开。无奈之下，只好用刀去割，结果发现网线强度极高，潜水刀要费好大劲才能割断。

潜水员无奈之下，只能收起潜水刀，回到舰上，拿起了水下焊枪，用焊枪的高温火焰去烧渔网……护卫舰手忙脚乱地拆除渔网。这段时间骑士号已经开足马力冲出去二十多海里了，再想追上要花很多时间，只

能无奈地放弃了追击。

骑士号上，众人紧张地看着雷达显示屏，祈祷着护卫舰不要追上来。一个小时之后，他们看到护卫舰向着另一个方向驶去，这才放下心来。

此时的骑士号上，船员们都清醒过来，进入各个舱室，各司其职，不需要唐巍和蓝珊再帮忙了。两人正要退出指挥舱，唐巍突然想起了什么，全身打了个激灵，对乌东诺夫说道："虽然我们把那艘护卫舰甩开了，可要是它让别的军舰来拦截我们怎么办？"

"没错。"蓝珊竟然破天荒地赞同了唐巍一次，"我们把他们的蛙人收拾得很惨，他们一定会认为我们是很大的威胁，肯定会再派战舰拦截我们。"

"这个嘛……"乌东诺夫的脸色一沉，"这的确是个问题，你们有什么办法？"

"我认为，现在应该立刻返航，终止此次行动。"蓝珊想都没想，脱口而出。

"不行！"乌东诺夫的脸刷地一下撂了下来，怒火满面地咆哮，"指挥官女士，请您不要再提终止行动的事情了，行动不可能终止！"

蓝珊见到乌东诺夫发火，也把脸阴沉起来。唐巍知道蓝珊的性子，谁要是敢对她发火，那就准备迎接她千百倍的怒火回击吧！乌东诺夫也是暴脾气，两人一旦针锋相对，肯定会把矛盾激化。在这种时候，唐巍决定挺身而出，骂一顿乌东诺夫，把矛盾压在可控范围内。

唐巍抢到蓝珊面前，冲乌东诺夫冷声呵斥："你发什么火？要不是我们，你们早就成了极北国人的俘虏了，现在我们仍然面临危险，应该一起想办法才行。"

乌东诺夫耿直豪爽，火气来得快去得也快。他面露愧色，冲蓝珊一低头，歉然说道："盗火者行动对我们非常重要，所以我太着急了，请您原谅。"

“算了。”蓝珊不屑地挥了挥手，“我们赶紧想解决办法吧，这个问题不解决，我们再要面对的就不是蛙人了，而是舰炮、导弹和鱼雷。”

乌东诺夫沉思半晌，说道：“现在唯一的办法就是请求盟友支援了。”

“盟友支援？我们的盟友是谁？在哪里？”唐巍问道。

“北欧的诺卫国、埃兰D国都是北大洋公约组织成员国，我们乌国是北大洋组织和平合作伙伴，他们会帮我们的。如果他们的军舰进入巴伦海，肯定会对极北国军舰形成一定的牵制，他们就顾不上我们了。”乌东诺夫说得信心十足。

蓝珊点点头：“那就按您的意思办吧。”

唐巍和蓝珊说着离开指挥室。唐巍刚刚和蓝珊并肩作战，觉得关系亲近了些，他小声问道：“你是东国人吗？”

蓝珊神色一冷，停下了脚步，淡淡地扫了唐巍一眼，随口说了句“不是”。

唐巍问：“那你是哪国人？看你东国语说得那么好……”

蓝珊说：“不问别人的过去，这是海神的规矩！”

唐巍说：“那你怎么会东国武术？你刚刚踢倒蛙人的腿法分明就是东国武术里的‘戳脚’。”

“哼。”蓝珊瞪了唐巍一眼，“我就是凭着感觉随意踢得，你凭什么说我的踢法是东国武术。”

唐巍刚要再问，蓝珊突然提高了声音：“你怎么不站在我这边？”

唐巍一愣，问：“我什么时候不站在你这边了？”

蓝珊说：“我说应该终止行动的时候，你为什么不赞成我？”

“我……”唐巍看着一脸严肃的蓝珊，头脑有些发晕。从行动开始到现在，她几次提出终止行动，否则也不会惹得乌东诺夫大发雷霆，她到底想要干什么啊？

蓝珊看唐巍不说话，重重地叹了口气，语气里透着无奈与悲哀：“你真的以为盗火者行动是要盗取极北国的水雷技术吗？”

唐巍更晕了，诧然说道：“这些话不都是你告诉我的吗？现在你又这样说，到底是什么意思？”

“从行动一开始我就觉得不对，为了一个水雷技术，乌国竟然费了那么大周折，现在又要通过北大洋组织调动诺卫国和埃兰D国的军舰。要知道这种军舰调动，是要经过很高级别的人批准的！这次行动的真实目的，到底是什么？”蓝珊秀眉紧锁，脸色阴沉。

唐巍微微笑了笑，他觉得蓝珊会这样想完全是因为她不懂水雷技术，要知道自航水雷这种技术可是能改变战争形态的，极北国弄出来了，其他国家谁不想要？

唐巍刚要从技术上解释，可是想到蓝珊最讨厌被人说教了，一旦被人说教，轻则甩个白眼，重则一记飞腿。他急忙改口：“你就不要多想了，这次行动肯定很普通，没有你想象的那么神秘。如果这次行动真有别的背景，神秘莫测，团长会让我这个新人去执行吗？”

“当然会！”蓝珊说得斩钉截铁，“很多行动，是可以多次执行的。换句话说，死掉多少执行人都没关系，死掉一个再派一个，盗火者行动，就是这种行动。”

唐巍全身一震，想要细问，蓝珊已经转身走了。她的右腿刚才在海图台上撞了一下，走路的时候一瘸一拐的，纤细的背影看上去竟然有些可怜。

唐巍自嘲地摇摇头，真是可笑，我竟然会可怜那个女魔头。

唐巍深深地打了个哈欠，一股疲惫感蔓延全身。今天晚上的战斗实在是太累了，先是花费了一个多小时缠绕渔网，又耗费大量体力与蛙人缠斗。他打算回舱室睡觉，至于蓝珊说的那些话，他不想多想。

唐巍正在往休息舱走，突然看到前边的护栏上，挂着一只锚钩，就是之前蛙人用来登船的那种。他默默地叹了口气，这群乌国人，也太不重视细节了，这个锚钩怎么不收拾下去。

唐巍一转头，正好看见大白熊走了过来，他用手一指锚钩，责备道：

“这个东西怎么不收拾好？”

大白熊愣了一下，挠了挠头，疑道：“奇怪了，我明明已经把所有锚钩都收拾好了，怎么这里留下一个？”他说着走到锚钩前面，抬手解开了锚钩，缠好绳索离开了。

唐巍没有多说什么，回到舱室休息。

转过天来，乌东诺夫与诺卫国海军取得联系，两艘军舰正在驶来。极北国那艘克里瓦克级护卫舰果然去应付它们了，之后的三天，骑士号都没有碰到极北国军舰。

经过十余天的航行，下水地点终于到了，唐巍即将去执行那个悬念重重的盗火者行动。

诡异之海

唐巍穿戴好装备，进入水中。这次行动水域的水温很低，甚至比临时打捞行动的水域的水温还低。唐巍除了加热潜水衣，还多了一样特殊装备——自带除冰装置的呼吸面罩。

普通人可能很难想象，潜水员的呼吸面罩会结冰。没错，在冰冷海域，呼吸面罩是会结冰的，潜水员呼出的水蒸气弥散到呼吸面罩玻璃上，会冻结成一层薄冰，严重干扰潜水员的视线。曾经有潜水员因为这个原因命丧大海。

这次行动，水下推进器用的是比“锋涌”更高端的型号——“逆流”。这型推进器，速度更快，载重量更大，算得上是一部单兵水下战斗单元。这种装备只有海神拥有，因为对于各国军队来说，它的造价太高，使用频率又不高，大规模装备的话费效比实在太低。

巴伦海靠近北冰洋，水温只有四摄氏度到十五摄氏度。现在这个季节，水温只有五摄氏度左右，对人体来说，这个温度相当低。唐巍穿着加热潜水衣，热水在循环管里不断流动，对他而言，低水温不过是潜水电脑上的一个数字。

唐巍启动“逆流”推进器，在潜水电脑的导航下驶向目标海域。巴伦海水质清澈，地处高纬，阳光充足，水下能见度竟然达到了三十米。这让唐巍感觉水下世界别样“宽敞”，相比之下，以前的水域“憋屈”极了。

按照乌国提供的情报，这一片海域没有极北国的侦察力量，唐巍也就没有下潜太深，只是把潜深维持在十米左右。如果没有必要，潜水员一般不会下潜得太深，因为下潜深度越大，上浮之时减压耗费的时间就越多，十分麻烦。

唐巍在出发之前，海神的生物学家林奈告诉他：“巴伦海虽然温度低，可却是海洋生物的乐园。因为北大西洋暖流和北冰洋冷流在这里交汇，带来了大批养料，哺育了大量海洋生物，你在水下一定要多加小心。”

唐巍一下水便发觉，这里虽然没法和雅拉河、南大西洋相比，但也算得上海洋生物丰富。身边不时有微小的浮游生物和小鱼游过，大一些的鱼也偶尔可见。

唐巍前行了十几分钟，眼前出现了一个鱼群。鱼群规模很小，看样子鱼的数量只有几百条，每一条鱼都只有手掌大小，和他在南大西洋遇到的超大型沙丁鱼群完全不可同日而语。

唐巍仔细看了看那个鱼群，发现里面都是鲽鱼，这种鱼唐巍经常吃，对人完全没有威胁。唐巍放下心来，继续前行，可就在这时，奇怪的事情发生了。

那群鲽鱼在和唐巍相错的瞬间，竟然有十几条脱离了鱼群，跟在唐巍的身后游动起来。

唐巍一愣，这些鲽鱼跟着我做什么？他以前见过好几次鲽鱼，也听别人说起过鲽鱼，从没听说过这种鱼有跟着人的习惯啊。

难道这些鲽鱼，是极北国训练的间谍鱼？这可不是唐巍胡思乱想，世界各个大国，都曾有训练海洋生物完成军事行动的例子。比如说鹰星国，就曾训练海豚来发现极北国潜藏在大洋深处的核潜艇。

这个念头一冒出来，唐巍自己都笑了，能被训练的海洋生物智商肯定不能低，比如说海豚、海狮之类的，再看这些鲽鱼，脑袋只有不起眼的一小块，身子倒是又大又扁，一副很好吃的样子。怎么看都和聪明不沾边，这种家伙怎么能被训练成间谍。

唐巍正在想着，无意间注意到了身子周围的水波，一下子明白了这些小鱼跟着自己的原因。由于推进器速度比较快，他的身体就像一艘潜艇那样劈开海水，在身后形成了一个低阻力区。那些鲽鱼为了游得省力，就跟在唐巍的身后。

这种奇事唐巍闻所未闻，如果告诉林奈，他恐怕又要兴奋地吃速效救心丸了，唐巍笑了起来，继续前行。很快一些其他小鱼也跟了过来，那些小鱼形状各异，唐巍都没见过，似乎是巴伦海的特有物种。唐巍被一群鱼簇拥着，俨然就是这群鱼的“鱼王”。

半个小时之后，身后那些鱼突然“呼啦”一下子，游得无影无踪。注意，它们不是缓缓游走的，而是“嗖”地一下，用最快的速度游走的。

唐巍的神经猛然绷紧。这些小鱼对掠食鱼类是相当敏感的，它们猛然逃走，说明附近有掠食鱼类。不过唐巍并没有太担心，因为这些鱼很小，能吓跑它们的鱼不一定太大，可能只是大一些的鲑鱼，对他没什么威胁。

唐巍继续前行，海中依旧很平静，没有出现什么掠食鱼类，唐巍的心稍微放松了一下。正在这时，唐巍的眼前突然涌现出一大团气泡。气泡之中，一个庞大的鱼群快速朝他冲来，速度奇快无比，鱼群里的鱼每一条都有小臂长短，比方才那些鲽鱼大多了。

唐巍的心一颤，定睛细看，放下心来。原来冲过来的鱼并不是什么凶猛的掠食者，而是性情温顺的鳕鱼。

唐巍见到鳕鱼群冲过来，并没有躲闪，他以前潜水的时候见过它们不少次，它们生性厌生，见到不熟悉的东西，比如说人，扭头就跑。不像一些胆子大的鱼，比如鳢鱼和鲳鱼，经常和人在水下嬉戏。

按照唐巍的经验，这些鳕鱼应该见到他就跑，所以他根本没改方向，等着它们转向。可是没想到这些鳕鱼竟然慌不择路，直接撞在了唐巍的身上。

这些鳕鱼又大又肥，撞在唐巍的身上还真有些疼。唐巍还不敢下潜躲避鱼群，因为下潜的时候推进器的螺旋桨可能被鱼撞到，唐巍只能默默地忍受撞击。

很快鱼群从唐巍的身边游过，头也不回地消失在唐巍的身后。唐巍的心猛地提了起来，能把这些鳕鱼吓得如此狼狈，会是什么东西？看来应该是鲨鱼，而且很可能是鲨鱼家族里最恐怖的大白鲨。

如果在这里遭遇鲨鱼，可是一件很麻烦的事情！唐巍的眉头紧锁起来。这次行动，他完全不想和危险海洋生物交手，因为他的装备太多了。

这次潜渡的距离非常长，是食人鱼行动的二十倍，尽管唐巍有水下推进器，可是仍然要在水下停留相当长的时间。为此他不得不携带四个高压气瓶，每一个都是增容气瓶，体积庞大。为了减少流体阻力，外面还有流线型整流罩，更增加了唐巍的负担。

这些负担给唐巍增添了巨大的行动阻力，很多本来轻而易举的水下动作，现在都做不了了。如果这个时候遇上几只鲨鱼，不用说大白鲨和灰鲭鲨，就算小型黑鲨，后果也不堪设想。

唐巍稳了稳心神，暗想道：担心那么多也没有用，反正我也回不去了。更何况我的装备多，体型看起来很大，即便是最凶猛的大白鲨，见到我也不一定会下口。

唐巍全神戒备，同时开启了“逆流”水下推进器上的战斗系统。相比于“锋涌”水下推进器上的声爆弹，“逆流”上多了一种强力武器——高压注射枪。

高压注射枪是专门对付鲨鱼等凶猛海兽的。这种枪能够发射一种特殊的箭形弹，弹体内部装的是高压氢气，只要射入凶猛海兽体内，氢气就会释放。

氢气密度极小，进入海兽体内之后，会迫使海兽上浮，海兽感觉极其难受，就会放弃对目标的进攻。这种武器不会给海兽造成太大疼痛，不会激发它们的血性。

唐巍想着“逆流”上的武器装备，放下心来，继续前行。前方的海水，纯净深蓝，犹如一块无瑕的蓝宝石，一片祥和安宁。可在这安宁之中，却不知道隐藏着怎样的杀机。

唐巍一直前进，不一会儿，他突然发现身边安静了许多。

水下世界绝不是寂静无声的，风声、海浪声、水流撞击声、海洋生物声交织在一起，构成了奇特的水下声音世界。常年潜水的唐巍对水下声音非常敏感，能将这些声音清晰地分辨出来。在这里，海洋动物的声音都消失了。

那些海洋动物都到哪里去了？是不是被什么东西吓跑了？这里到底有什么强悍生物，能把所有动物都吓跑？唐巍搜遍了脑海中的知识，也没有发现有如此能力的生物。

突然之间，唐巍想起了采珠人世家代代相传的传说——在不为人知的海域，有真正的海龙。它们是真正的海洋霸主，龙威所及，万物避让，无一兽敢逆其锋芒。

即便是海洋中最凶悍的鲛鲨，也要向海龙俯首称臣。它们甚至要冒着丧命的危险，下潜到极深的海域，捕捉大王乌贼和抹香鲸，给海龙上贡，以求苟且偷生。

这些传说神乎其神，荒诞至极，唐巍本来嗤之以鼻，可是这个时候，不知道为什么，竟然把这个传说想了起来。这个传说，该不会是真的吧？

海神的所见所闻，让唐巍对之前自己一切深信不疑的事物都起了怀疑，也让他相信，世间一切皆有可能。

现代级驱逐舰

“不要自己吓唬自己！”唐巍默默念叨着，平稳心神，反正已经到这里了，前面不管是龙潭虎穴，也要闯上一闯。

唐巍原路向前。不一会儿，他发现海底变浅了，刚刚游的时候，只能隐隐约约看到海底岩石的轮廓，而现在能够清晰地看到海底的岩石和岩石上的海草。

唐巍大概估测了一下深度，海底差不多只有四十米深。这让他有些担心，水太浅实在没有安全感。

此时阳光变得更足，水质更加清澈，水下越来越透亮。唐巍担心在十米深度潜游会被人发现，于是缓缓下潜到二十五米深度。

这一下潜，距离海底更近了，海底景色也更清晰了，巴伦海主要以岩底和沙底为主，看上去干净极了，岩石中间生长着各种各样的海草，顺着水流摇曳生姿。可奇怪的是，在海草中间，一条鱼也看不到，这可是咄咄怪事，鱼可是最喜欢海草的。

在海草中间，经常能看到成堆成堆的鱼骨。有些已经被水流冲碎，有些鱼骨很完整，好像是在餐桌上被吃光的。这就更奇怪了，要知道大鱼吃小鱼经常是一口吞下的，什么鱼会专门挑肉吃呢?

唐巍硬着头皮前行，突然在海底发现了一个奇怪的东西，它通体漆黑，竖立在水中。最下面是固定在海底的基座，中间是两米多长的细杆，最上面是一个方形盒子，盒子差不多有饭桌大小。

奇怪东西竖立在水中，一动不动，看样子不是自然界的东西，而是人造之物。

这个奇怪的东西唐巍从没见过，他仔细回忆了一下蓝珊教授过的“水下装备课程”，里面没有这种东西。

唐巍决定离它远远的，于是他转动推进器方向，拉开和那个奇怪物体的距离。可是前行了十几米，眼前又出现了这样一个奇怪物体。

唐巍再转换方向，又一个奇怪东西出现了，再转方向，前面仍然有那种奇怪物体。它们按照一定规律排布着，组成了一个巨大的方阵。

唐巍开始担心了，这些东西该不会是声呐探测器吧？如果是的话，它们就组成了一个声呐探测阵列，完全可以识别单个潜水员。

唐巍有被发现的危险！他在心中狠骂了乌国人一通，你们可在情报里说这里没有极北国的侦察设备，这些东西怎么解释？

唐巍决定开启声呐接收器，确定这些奇怪物体是不是声呐探测器，如果是的话，它一定会发出声波。

声呐接收器一开，屏幕上立刻出现了复杂的声波图形，越靠近奇怪物体，声波图形振动幅度越大。说明这些奇怪物体的确在发射声波，可是声波的频率有些奇怪，不是声呐经常使用的那种。

唐巍看着屏幕上的声波频率，觉得十分熟悉，似乎在哪里见过。突然之间，一道灵光闪电般划过脑海，这个频率是专门用来驱杀海洋生物的！

唐巍认识不少渔民，有的渔民会用声呐捕鱼机。这种东西发出声波，与鱼的器官共振，可以将鱼震死或震昏，声呐捕鱼机用的就是这种频率。

一瞬间，方才的异象全都有了合理解释。鲽鱼和鳕鱼之所以狼狈逃窜，完全是因为声波的驱赶。而那些来不及逃走的鱼，就被声波震死，落在水下，腐烂到只剩鱼骨。

唐巍关闭了声呐接收器，不禁为自己刚刚的胡思乱想发笑，可是他很快就笑不出来了。前面有什么东西，需要在这里用声呐驱杀海洋生物？

唐巍看了看潜水电脑，距离搜索极冰之火的海域还有一个小时的行程，这些声呐捕鱼机应该和极冰之火毫无关系。

事情越来越奇怪了，唐巍满腹惊疑，可开弓没有回头箭，唐巍只能继续前进。几分钟之后，唐巍看不到声呐捕鱼机了，水中仍然没有动物活动的迹象。

十几分钟之后，海水中再次出现了让唐巍惊讶的一幕。只见远处的水中，漂浮着三个圆球形状的物体，它们位于不同的深度，彼此之间大约相差十米。

又碰上奇怪的东西了！唐巍再次把乌国人骂了一通，向右转向，避开那些圆球物体。可是没想到游出去五六十米，那圆球物体再次出现了。

唐巍避不开它们，干脆直接游过去，渐渐地，圆球物体的真身显现在唐巍的眼中。它的直径超过一米，下面有一根长长的钢索，拖到海底，表面上满是圆柱形的凸起物，好像昆虫的触角。

在水雷专家毒鲉的课上，唐巍见过这种东西的图片，它就是水雷。下面那根钢索是锚链，用来将水雷固定在某个深度，因此这种水雷被称为“锚雷”。表面上圆柱形的凸起物是它的引信，被称为“触角引信”。这是一种触发引信，只有当目标撞破触角，水雷才会爆炸。

唐巍发现，这里的水雷并不是只有几枚，而是有很多枚，在水平方向上，多枚水雷排成水雷线；在竖直方向上，多枚水雷排成水雷幕，多条水雷线和水雷幕共同组成了水雷群。

既然这里有水雷群，那声呐捕鱼机的存在就很好解释了。这些水雷应该装备了声音引信，海洋生物活动的噪音会对声音引信造成一定的干扰，于是水雷布设者就布设声呐捕鱼机，赶走海洋生物。

乌国的情报对水雷群只字未提，唐巍已经骂腻了。平静地穿过水雷群，他并不担心引爆水雷，因为水雷是设计出来打舰船潜艇的。它们都是几千吨的东西，撞在水雷上才可能引爆水雷，人那点撞击力不可能引爆水雷。

水雷群规模很大，唐巍游了十几分钟才从中穿过。在游的时候，他还在海底发现了多枚“沉底雷”，这也是水雷的一种，它与锚雷不同。锚雷是漂浮在一定深度上的，沉底雷是直接布设在海底的，相比于锚雷，沉底雷的装药量更大，杀伤力更强。

唐巍又潜行了半个小时，终于进入了目标水域，这一路上到处都是怪事，但愿搜索过程别再出意外了。

进入目标水域之后，一个高压气瓶已经空了，唐巍按动快脱按钮，将高压气瓶甩入水中，身上的负重减轻了一些。

唐巍按照预定的计划，开启主动声呐，搜索极冰之火水雷。这个过程是相当危险的，因为主动声呐的信号很有可能被极北国海军侦察到。他们在侦察到信号之后，便会“顺藤摸瓜”，锁定唐巍的位置，那时唐巍必死无疑。

唐巍打开主动声呐，潜游搜索，搜索过程是极其困难的，因为唐巍根本不知道极冰之火是处在静止状态还是运动状态，这就要求他在发现目标之后，既要探查静止目标，也要探查运动目标。

为了减小被极北国海军发现的概率，唐巍采用了间隔开机搜索的方式。每次打开发射机，搜索十分钟，然后关闭发射机五分钟。只保留接收机，用接收机保持警戒，侦听是否有敌舰的声波。

在第一波搜索之后，唐巍发现了七个目标。其中六个回声极小，不可能是极冰之火，只有一个回声足够大，可能是极冰之火。而且这个目标就在唐巍的不远处，唐巍决定去探查一番。

这个目标始终在运动，发出了不小的声音，唐巍的接收机始终能受到它的声音信号。唐巍加大水下推进器功率，快速靠近，声呐显示屏上的回波信号越来越强。唐巍很快在水中看到了一艘正在运动的小艇，一直反射声波信号的家伙就是它。

唐巍细看那艘船，发现它船体不大，与食人鱼行动中见过的特战快艇比起来都小得多，这应该是一艘大型船舶的小艇。

唐巍见到它不是极冰之火，一阵失望，想要回去继续搜索。可就在这时，猛然间发现声呐显示屏上，一个庞大的亮点快速闪动，闪动频率极快，闪动幅度极大——唐巍大吃一惊，这种声波信号，只有排水量六千吨以上的大船才可能发的出来。

这片水域怎么会有排水量如此巨大的船？唐巍向着声波信号传来的方向游去。只见远处出现了一个巨大的船体，船艏有一个巨大的球形罩，船身瘦削狭长，这竟然是一艘军舰！

唐巍凭借自己的专业知识辨析军舰型号，不由得惊出了一身冷汗，这竟然是一艘现代级驱逐舰！竟然在这里被唐巍遇上。他区区一个潜水员，怎么去和一艘战舰抗衡？

唐巍的脑海中自动冒出一大串信息——现代级驱逐舰，极北国海军水面主力装备之一。标准排水量六千吨，满载排水量七千五百吨，装备两座四联装 3M–80“白蛉”超音速反舰导弹——北约代号 SS–N–22“日炙”发射架，装备两座 SA–N–7“针”导弹发射架……

这些武器威力虽然大，可对唐巍没有用，真正对唐巍有威胁的是——“龙卷风 –3”型火箭深弹发射系统。

09　海底岩洞

豹形海豹

“龙卷风 -3”型火箭深弹发射系统，包括 RBU-1000 型火箭深弹发射架和 RGB-10 型火箭深弹。其中的 RGB-10 型火箭深弹，装药量 100 千克，下潜深度四百五十米，下潜速度每秒十四米，水下杀伤半径一百米，下潜深度和下潜速度都远远超过唐巍。换句话说，只要这艘现代级驱逐舰发射了火箭深弹，唐巍就难避其锋。

“龙卷风 -3”型火箭深弹系统在设计之初是用来打潜艇的。后来随着潜艇装备了高性能反潜导弹和鱼雷，攻击范围越来越大，射程远远赶不上反潜导弹和鱼雷的火箭深弹就显得落伍了。于是装备这型武器的军舰就想出了一个好办法——用火箭深弹打蛙人和潜水员，以人体在水下的脆弱程度，火箭深弹一下来人就完了。

唐巍看着那威风凛凛的舰体，想着那些杀气腾腾的武器，默默地下潜了十米，远远游开。他是无论如何都不敢和战舰——尤其是现代级驱逐舰抗衡的。他甚至不敢靠近航行的战舰，一旦靠近，就可能被吸到螺旋桨或船舷上，撞成碎肉。

唐巍保命的唯一手段是隐蔽，只有不被现代级驱逐舰发现，他才是安全的。

唐巍有些不敢开启声呐了。因为声呐发出的声波会被现代级驱逐舰接收，接收之后被发现的概率几乎是百分之百。他使用的声呐发出的声波经过特殊调制，与自然界存在的声波截然不同，没受过太多训练的声呐兵都能轻易听出来。

可是不开启声呐，想找到极冰之火就是不可能的，唐巍陷入了左右为难的境地。如果唐巍终止行动，掉头回去，雇主也说不出什么来，毕竟行动失败的原因不出在唐巍这里。一艘现代级驱逐舰出现在目标搜索海域，任何潜水员都会选择撤离。

可一旦唐巍终止行动，那就意味着行动失败，海神那边可不会深究行动失败的原因。行动失败唐巍就无法成为海神的正式成员。

唐巍冷静下来仔细思考。那艘现代级驱逐舰上的舰员绝对不会想到有人携带声呐来到了这里，他们的声呐很可能没有开机，毕竟声呐——尤其是大型战舰上使用的声呐，每使用一分钟都会花掉大笔大笔的钱。

唐巍决定赌一把。他返回搜索位置，开启了声呐发射机，一分钟之后迅速关闭，同时开启接收机。如果现代级驱逐舰发现了他发射的声波，一定会主动开启声呐，发射声波锁定他的位置，他就能接收到声波。

几分钟过去了，接收机上没有回声显示，说明现代级驱逐舰没有发现他。他缓了一下，开启声呐，继续搜索。为了减小在现代级驱逐舰开声呐后被发现的概率，他将开机时间缩短到了五分钟，将关机时间延长到了八分钟。

唐巍的眼睛紧紧地盯着声呐屏幕，等待着目标出现。可是屏幕上一片空白，什么都没有。

五分钟之后，唐巍无奈地关闭了发射机，只保持接收机开启，让他感到欣慰的是，接收机并没有发现声呐信号，也就是说，那艘现代级驱逐舰并没有开启声呐搜索他。

唐巍又搜索了十余次，结果一无所获。第二个高压气瓶也空了，唐巍扔掉了第二个高压气瓶，身上的负担又轻了些。在搜索这段时间里，那艘现代级驱逐舰并没有离开，而是在距离他不远不近的地方游弋着，不知道在做什么。

唐巍连续搜索多次，都没有被现代级驱逐舰察觉。他的胆子更大了，将搜索的开机时间与关机时间恢复正常。

恢复正常后的第一次搜索，唐巍就有了发现，一个运动目标出现在他的右前方，距离他不远，速度和情报上说的极冰之火的速度相差不多。

唐巍向着运动目标追了过去，同时移动声呐发射机指向，跟踪目标。不一会儿，目标的轮廓出现在了唐巍的视野里。可惜的是，目标在唐巍的视野里一闪而逝，向水下沉去，唐巍没看清它的样子。

唐巍急忙向下转动声呐发射机，瞬间屏幕上出现了一大片回波。原来是声波打在海底岩石上反射回来形成了干扰。唐巍的声呐探测器有自动滤波功能，很快干扰杂波就消失了，不过目标也跟着消失了。

唐巍下潜了一段，看了看海底的情况。发现这里到处都是岩石，岩石上长着密集的海草，每一株都有一人多高。唐巍听林奈介绍过，这种海草叫“北海巨藻”，在寒冷海域很常见。

水雷是不可能钻进海藻的，刚刚发现的目标，一定不是极冰之火。唐巍感到一阵失望，调转方向继续探测。

唐巍又探测了几次，结果每次都会发现那个移动目标。奇怪的是，每当唐巍接近它的时候，它就会“嗖”的一下钻进水藻里，踪迹不见。唐巍觉得它可能是某种海洋生物，没有太在意。

唐巍越来越着急，因为第三个高压气瓶也快用完了，第三个一旦用完，他就必须返航。他看了看剩余时间，只剩下二十五分钟了。这段时间，他必须完成搜索、发现、拦截和拖曳等一系列任务，留给搜索的时间可能只有十几分钟。

唐巍看声呐的电量还算充足，于是决定不再关机，一直开机搜索。能不能找到极冰之火，就看这最后的十几分钟了。

唐巍继续向前搜索。正在这时，他突然感到身下水流波动，低头一看，一只海豹出现在他的身下。

唐巍看到这只海豹，不禁吃了一惊。在出发之前，林奈曾经给他介绍过附近海域的危险生物，海豹、海狮之类的生物也在其中。

世界上已知的海豹一共有十一种，林奈全都给唐巍讲授了，还给唐巍看了图片，唐巍把每一种海豹都牢记在心。眼前这种海豹，名叫豹形海豹，又叫豹海豹，是海豹家族里体型最大、捕食能力最强的一种。可是豹形海豹只分布在南极，这里是靠近北极的巴伦海，怎么会有豹形海豹出现？

那只豹形海豹身长足有三米，前肢强壮，后尾健硕，与一般海豹圆圆滚滚、活泼可爱的形象不同。豹形海豹的身材修长，牙尖齿利，是天生的杀手。

不过唐巍并不怕豹形海豹，因为林奈信誓旦旦地告诉他，所有海豹，包括豹形海豹都不会主动攻击人类，有史以来，人类潜水员在水下和豹形海豹接触过几万次，豹形海豹从来没有攻击过人类。如果你遭遇了一只主动攻击你的豹形海豹，那么恭喜你，你可以去买彩票了。

唐巍当时问林奈："既然海豹不会攻击人类，你为什么还要给我讲它？"

林奈苦笑道："根据潜水员们的报告，海豹虽然不会攻击人类，可是它们很讨厌。它们会不停地和潜水员嬉戏，把潜水员当成它们最好的玩伴，根本不管潜水员的心情。有的时候，那些海豹赶都赶不走。"

唐巍想着林奈的话，看着那只豹形海豹，心中默念：海豹兄弟，我没有时间了，你可千万离我远一点啊。

真是怕什么来什么，那只豹形海豹竟然猛地一甩尾巴，推动一股水流打向唐巍。水流很急，唐巍被冲得身子一晃，差点失去平衡。

唐巍瞬间想起了刚才不断发现目标可是又找不到目标的事情，看样子那就是这只豹形海豹在和他玩捉迷藏。唐巍很气，你个该死的家伙，找谁玩不好，非要找我玩，那边有一艘现代级驱逐舰，你找它玩去！

唐巍决定打出一枚声爆弹，把这只豹形海豹吓跑。他打开了声爆弹投掷开关，按下发射钮，将一枚声爆弹打了出去，水中顿时爆出一大团气泡。

谁知道这只豹形海豹并不像当初那些旗鱼一样，被声音和气泡吓跑。它反而游到了唐巍的身边，在唐巍的肋骨上狠狠一撞。

这只豹形海豹虽然看上去很瘦，可是力量却不小，这一撞痛入骨髓，唐巍差点昏死过去。

唐巍一阵恼怒，有你这么和人玩的吗？没轻没重，疼死了！唐巍右手松开水下推进器，抽出分水峨嵋刺。

唐巍没想杀掉它，只想打它几下，把它吓跑。可是分水峨嵋刺抬起的时候，目光落在了豹形海豹的背上，只见背上有一个奇怪的东西。

这奇怪的东西是一个黑色斑点。豹形海豹的身上长满黑色斑点，形如猎豹，每一个差不多有硬币大小，而这个黑色斑点，竟然有杯口大小。其他斑点颜色昏暗，而这个斑点竟然泛着光泽。

它长了个什么东西？唐巍一分心，分水峨嵋刺没有落下，就在这个时候，那只豹形海豹竟然张开大嘴，冲唐巍的大腿咬了过去。唐巍猝不及防，被一口咬中。

豹形海豹狠狠一甩头，加热潜水服被撕开一个大口子，里面的循环加热液顺着豹形海豹的嘴巴喷射出去，喷了豹形海豹满头满脸。循环加热液的温度高达四十五摄氏度，豹形海豹从来没遇到过如此高温，瞬间后退了好几米。

海兽袭杀队

加热潜水衣一被撕破，立刻启动了损伤管制程序。破口周围的阀门立刻关闭，防止循环加热液全部流出。

唐巍感觉到大腿被咬，急忙伸手去摸伤口，发现循环加热液已经停止流出，这才放心。可就在这时，那只豹形海豹竟然再次冲了过来，亮出利齿，对准唐巍的脖子就咬。

这豹形海豹的架势，哪里是和唐巍玩闹啊，根本就是要致唐巍于死地！唐巍时间紧迫，不想浪费时间和它纠缠，打算用高压注射枪干掉它。

高压注射枪发射口在推进器正前方，豹形海豹从唐巍的侧面攻来，速度极快。唐巍如果转动水下推进器，时间来不及，只能用分水峨嵋刺了。

唐巍右手拿着分水峨嵋刺，左手操控水下推进器，很不方便。于是他关闭了水下推进器，解开了腰间的固定带，让它沉入水下。

没了水下推进器的约束，唐巍的身法灵活了许多。他挺起分水峨嵋刺，刺尖正对着豹形海豹，猛冲过去。

这一招是唐巍自创的绝技，在对付体型不算太大的水下猛兽——比如说鲑鱼、鳝鱼，百试百灵。

这一招的凶狠之处在于，动物不懂什么是分水峨嵋刺，不知道它的厉害。它会把分水峨嵋刺当成猎物的一部分，像它平常捕猎那样冲过来，正好撞在刺尖上。它们的体型比较小，一撞即遭重创。

当然了，这一招要是对付鲨鱼之类体型巨大的猛兽就不好使了。因为它们体型巨大，一刺之下不仅无法重创，反而会激发血性。

豹形海豹按照它的捕食习惯扑向唐巍，结果正好撞在刺尖上。分水峨嵋刺从它的胸口位置刺进去，划开皮肤，刺透肌肉，直入内脏。瞬间整只分水峨嵋刺都没入身体，就连唐巍的手几乎都要撞进豹形海豹的身体了。

唐巍一击而中，收腰提腿，双脚狠狠蹬在豹形海豹身上。借着一蹬之力，身体向后弹开，与豹形海豹拉开一段距离。按照唐巍的经验，水中猛兽在被分水峨嵋刺刺中之后，一般都会剧烈挣扎。这个过程如果人不闪开，就可能被它们伤到。

果然，那只豹形海豹剧烈挣扎起来，搅起大团大团的水花，殷红的鲜血跟随着水花弥散开来。豹形海豹毕竟不是灰鲭鲨、凯门鳄之类的凶兽，在受伤之后没有激发血性，它一扭身子，向着远处逃去。

唐巍的分水峨嵋刺外表光滑，很难被卡住，在豹形海豹逃走的时候退了出来。唐巍将它收好，潜入水下去拿水下推进器，继续搜索。被豹形海豹这么一折腾，他剩下的时间可就更少了。

唐巍刚刚把水下推进器拿起来，突然远处出现了两个黑点。它们的速度很快，眨眼间已经到了唐巍的身边，竟然又是两只豹形海豹。与刚才那只相比，身长短了一截，不过身材更加粗壮。

它们绕着唐巍转圈，速度极快，不断用尾巴搅动水流试探唐巍，寻找攻击的机会。它们的背部露在唐巍面前，唐巍一眼看见——它们背上，也有一个杯口大小的黑色斑点，和之前那一只一模一样。

怎么它们都有这东西，这东西到底是什么玩意？唐巍满脑子疑惑。正在这时，突然一只豹形海豹猛冲到唐巍的侧身，张口就咬。

唐巍举起分水峨嵋刺就打，不偏不倚，正好打在那个黑色斑点上。耳轮中只听见“铮”的一声脆响，响亮的金属碰撞声传了出来。那个黑色斑点，竟然是金属制品。

动物身上不可能长金属，那黑色斑点一定是人工植入的。这些豹形海豹，是有人饲养的！

难怪只有南极才出现的豹形海豹会出现在靠近北极的巴伦海，难怪一向不攻击人的豹形海豹会攻击唐巍。原来它们都是人工饲养训练的。

一股寒意沿着唐巍的脊背升起。传说极北国拥有一支“海兽袭杀队”，组成成员都是海洋动物，它们最重要的任务之一就是杀戮敌方潜水员。它们经受过特殊训练，遇到潜水员就会拼命攻击，不死不休。

唐巍的心里有些发慌，虽然单只海豹的战斗力不怎么样，他并不害怕，可是好虎难斗群狼，真要是一大群豹形海豹冲杀过来，还是经受过特殊训练的那种，唐巍就麻烦了。

就算唐巍能把它们杀光，也不能保证加热潜水服不被它们咬坏，在如此低温的环境里，失去了加热潜水服就意味着冻死。即便唐巍能在加热潜水服完好无损的条件下干掉它们，也会消耗大量时间，盗火者行动必然失败。

唐巍的大脑急速运转，希望找到一条万全之策。可惜的是，万全之策就是虚无缥缈的空中楼阁，不存在！

那两只豹形海豹根本不给唐巍思考的机会。它们一前一后，冲他猛攻过来，堵在侧面，高压注射枪用不了。

时间紧迫，必须创造条件用高压注射枪了，唐巍对准前面那只豹形海豹，振臂扔出分水峨嵋刺，两只豹形海豹左右躲闪，给了唐巍调转高压注射枪发射口的时间。

很快发射口对准了一只豹形海豹，唐巍迅速按下了发射钮。只见一团巨大的气泡从发射口喷射而出，箭形弹在水中划过一道水线，正中那只豹形海豹的前胸。豹形海豹全身震颤，一股股鲜血喷涌而出。

箭形弹一射入豹形海豹的身体，就将高压氢气注入，很快豹形海豹就开始向水面浮去。有相当多的高压氢气进入了豹形海豹的血管，由于气体数量太大，豹形海豹的身体一时间无法吸收。这些氢气直接流入心脏，在心脏腔室中和血液结合，形成大量泡沫，直接堵塞了肺动脉。

人和豹形海豹的心脏构造相差不多，肺动脉一旦被堵塞，心脏骤然衰竭。那只豹形海豹的心脏很快停止了跳动，尸体漂浮在了水面上。

豹形海豹在水中的速度很快，唐巍刚刚击毙一只，另一只就冲到了面前。唐巍转动水下推进器，打在了它的鼻子上，豹形海豹被打得惨嚎一声，顺着打击力道游开。唐巍不想给它再攻击自己的机会，按下发射钮，一枚箭形弹射入豹形海豹的身体。

这枚箭形弹正好射进豹形海豹的肺部。大量高压空气瞬间在肺里释放，整个肺几乎都被高压氢气撕裂了，鲜血顺着豹形海豹的口鼻喷涌出来。这只豹形海豹瞬间死亡，尸体浮出水面。

唐巍看着水面上的两具浮尸，很担心它们被极北国海军发现。这些海豹既然是人工饲养和训练的，附近就一定有训练师。尸体一旦被训练师发现，极北国海军就会知道有人入侵，到时候就会布下天罗地网，对他进行搜索。

搜索一旦开始，唐巍就凶多吉少了。极北国海军比唐巍强大无数倍，单是那一艘现代级驱逐舰，再来一万个唐巍也对付不了，所以唐巍打算把两只豹形海豹的尸体拖下来，藏在水底，无论如何都不能让敌人发现。

唐巍向着两具尸体快速游去，眼看两具尸体就在眼前，猛然感觉身后传来一股怪力，将他狠狠向水下拖去，拖带的力量大极了，那部大功率水下推进器在它面前都不是对手。

唐巍吃了一惊，是什么鬼东西在拖我？力量这么大，绝对不是那些看上去纤细瘦弱的豹形海豹！

唐巍带着呼吸面罩，转头不便，他也不回头。直接转动分水峨嵋刺，朝身后猛地一刺，只感觉分水峨嵋刺碰到了什么东西，透体而入。

那东西怒吼一声，猛地一甩，唐巍顺着力道冲出去好一段，这才恢复平衡。定睛一看，攻击他的东西头颅细小，满口尖牙，嘴边长满长须，身躯肥大，满身褶皱。竟然是一头北海狮。

北海狮是所有海狮中体型最大的一种。最大的雄性海狮，体长可以达到五米，体重可以达到一吨，它们经常被训练用于军事行动中。有公开报道称，鹰星国曾经训练海狮下潜到深海打捞卫星。

唐巍眼前这头北海狮，身长大约有四米，体重超过五百千克。与苗条瘦长的豹形海豹相比，肉大身沉，敦实得好像一座肉山，难怪力量那么大。

唐巍见到咬他的东西是北海狮，立刻低头去看潜水电脑上的剩余气体量，他担心这个一身蛮力的家伙会把高压气瓶咬坏。幸运的是，剩余气体量没有大幅度减少，北海狮并没有咬坏高压气瓶。

唐巍看着那只北海狮，感到无比棘手，竟然有束手无策之感，以他的水下战斗经验，海洋生物有两种最恶心。

一种是有剧毒的，以蓝珊海蛇、箱水母为代表。这些家伙太狠，一点都不能碰，碰一下就没命，面对它们，你不能犯一丁点错。

另一种就是块头巨大无比的，眼前这只巨大的北海狮就是代表。动物一旦体型巨大，就意味着抗打击能力极强，你捅它一记分水峨嵋刺它浑不当事。它要是给你咬上一口，你就完蛋了。

火箭深弹

北海狮皮糙肉厚，唐巍那一记分水峨嵋刺也没有捅到要害上，故此没受什么大伤。伤口流了阵血，但很快止住了。不过唐巍那一击让北海狮觉得他不容易对付，没有立刻发动攻击。

唐巍转动发射口，准备射击。他突然想起了林奈的话：北海狮是一种群体性动物，习惯于群体活动，见到一只通常会见到一大群。

唐巍不禁全身一激灵，立刻向远处看去。只见远处隐隐约约有三个巨大的黑影，黑影很快靠近，都是北海狮，身形比之前那只小一些，看上去像是雌性。尽管它们比之前那只小，可是身长都超过了三米，体重在三千千克上下。

四只北海狮虎视眈眈。不一会儿，两只雌北海狮开始向唐巍的身后游动，那只雄性和另一只雌性游向唐巍的正面，前后夹攻。

北海狮的捕猎绝招就是前后夹攻，它们经常用这一招捕食海中的金枪鱼、大乌贼。在自然界中，北海狮处于食物链的顶层，除了凶猛的虎鲸，几乎没有动物捕食它们。它们在千百万年的进化中，已经将这一招演练得炉火纯青。

方才一瞬间的交手，唐巍领教到了北海狮强大的偷袭能力，他可不想把后背露给这群庞然大物。他快速环视战场，想找一个能掩护后背的地方，刚刚的激烈打斗让海水有些浑浊，遮住了视线。不过唐巍还是发现，在他的左前方，海底有一个陡峭的斜坡，如果躲在斜坡下面，后背就有掩护了。

唐巍立刻调转推进器方向，驶向陡坡。他一转方向，身体侧面正对那只雄北海狮，它壮尾一摆，朝唐巍猛冲过来。

北海狮的体型比刚才的豹形海豹大得多，唐巍不敢像刚才那样用分水峨嵋刺去打它。他全力转动水下推进器，将高压注射枪发射口对准那只北海狮，一按发射钮，一枚箭形弹激射而出。

没想到这只北海狮十分机警，见到有东西射来，竟然灵巧地转了个身，就躲了过去。那枚箭形弹划出一条水痕，从北海狮的身下飞过。

北海狮的速度很快，一击不中就没有时间发射第二弹了。眨眼间北海狮已经冲到了唐巍的眼前，唐巍立刻扣动声爆弹发射钮，一枚声爆弹激射而出，轰然炸响。爆炸位置距离北海狮很近，北海狮受到了惊吓，向远处游开。

唐巍急忙调转水下推进器，冲向陡坡。与此同时只听身后水声响动，唐巍不用回头看也知道是那两只“迂回”的雌北海狮过来了。

唐巍再调转水下推进器攻击已经来不及了，他只能和那两只北海狮拼速度。唐巍双脚用尽全力打水，加快速度，眼看着就要冲进陡坡，没想到身后一紧，一股怪力已经拖住了唐巍。唐巍终究慢了一步，被身后那只雌北海狮咬住了高压气瓶。

唐巍一甩头，只见那只雌北海狮咬住的恰好是第三个高压气瓶。这个高压气瓶快要空了，扔了也不心疼，唐巍随手按下了快脱按钮，第三个高压气瓶瞬间脱落。雌北海狮叼着高压气瓶退了回去，唐巍借着这一松的冲力，向前冲了一大段。

那四只北海狮毕竟是野兽，智商不高，以为高压气瓶也是敌人，冲着它一通撕咬，也顾不上追唐巍。唐巍趁机躲到了陡坡下面，背靠岩石。

四只北海狮扔下高压气瓶，追了过来。将唐巍围在核心，它们似乎是在忌惮唐巍的声爆弹和高压注射枪，只在远处看着唐巍，没有发动攻击。

唐巍眉头紧锁，心情沉重。现在高压气瓶只剩下了一个，搜索是没法做了，必须立刻返回，盗火者行动看来只能以失败收场了……唉，先不想那些，先冲出四只北海狮的包围再说。

想要杀出重围极其困难。唐巍手中威力最强的武器是声爆弹和高压注射枪，声爆弹杀伤力不足，只能驱逐，不能杀伤。这些北海狮偏偏是受过特殊训练的，声爆弹只能吓跑它们一小会儿，很快它们就又会冲上来。

高压注射枪倒是能对北海狮做到一击必杀。可是刚刚的情况表明，北海狮能够躲开箭形弹，这东西对它根本不起作用。

唐巍一筹莫展，时间一分一秒流逝。对面的北海狮可没有耐心等待唐巍思考，它们不断向唐巍逼近，发起一次次佯攻。林奈讲过，这是它们捕杀大型动物的习惯——用佯攻来迷惑对手，消耗对手精力，等感觉对手的精力被消耗得差不多了，就一击必杀。

水面上的驯兽师也不会给唐巍时间，他们随时有可能发现死去的豹形海豹，进而意识到有人侵入，迅速展开对唐巍的搜索和打击。唐巍一想到那艘装满火箭深弹的现代级驱逐舰就不寒而栗。

在这个生死时刻，唐巍想出了搏命一招——在一瞬间，把所有声爆弹打出去。

此时唐巍的水下推进器上还剩下十三枚声爆弹，如果在短时间将它们打出去，它们就会集中爆炸。产生的声音远远超过单独一枚，北海狮一定会被如此巨大的声音吓住，远远逃开。

即便它们不逃开，也会被强大的冲击波震得反应迟钝，那时唐巍再用高压注射枪，一定能将它们干掉。

可是这一招却有一个致命的缺陷——声响实在太大了，即便是不使用声呐，单凭人的裸耳也足以听到。也就是说，唐巍一旦使用这招，就是告诉水面上的极北国海军：有人入侵了。

唐巍还在犹豫要不要用这一招，四只北海狮又发动了一次佯攻，这次佯攻几乎逼到唐巍眼前，下一次它们就要来真的了。

无论如何都难逃一死，不如拼上一把，唐巍伸出右手拇指，压上了发射钮。

就在这时，那只最大最强壮的雄北海狮猛然冲向唐巍，这次的速度比之前几次都快上许多，显然是来真的了。

唐巍快速按动发射钮，将声爆弹一枚接一枚打了出去，雄北海狮被突如其来的声爆弹吓住了，停止了攻击，掉头游开。

与此同时，声爆弹在水中连续爆炸，发出巨大的声响和水泡，有的还撞上了北海狮，炸出一团气泡将北海狮包裹其中。

冲击波——也就是声波，在水中震荡着，很快冲到了唐巍的身边。幸好唐巍的巨鲸潜水装具对冲击波采取了防护设计，冲击波这才没有伤到唐巍。

唐巍面对声波和气泡岿然不动。可四只北海狮就不行了，它们从来没见过这么强大的声波和气泡，被吓得不轻。它们疯狂地向四面八方冲去，很快逃出了唐巍的视线。

唐巍看着消失不见的北海狮，稍微松了口气，总算摆脱它们了。现在氦氧混合气余量不够了，必须立刻返回。

唐巍重新开启水下推进器，向来时的方向行进。他感到非常难过，盗火者行动这就算正式失败了，尽管这次行动失败有许多客观原因。可有蓝珊那个女魔头在，这些客观原因最终都会变成他唐巍的问题。再加上他在团长波塞冬那里已经声名扫地，他几乎已经不可能成为海神的正式成员。

唐巍正在想着，突然一阵低沉的轰鸣声从身后传来，唐巍下意识地扫了一眼声呐接收器。只见上面是一个巨大的亮点，正在快速闪烁，那场面，就和他第一次探测到现代级驱逐舰是一样的。

一时间，唐巍的大脑一片空白，他最害怕的事情发生了。那艘现代级驱逐舰，已经意识到了有人入侵，正在搜索入侵者。

一艘军舰搜索一个潜水员，看起来是一件大海捞针的事情，可是这件事情并不难。因为军舰不需要把“针”的确切位置找到，只要知道

"针"的大概方位，然后把一串火箭深弹打下去，"针"就粉身碎骨了。

这个时候的唐巍还心存侥幸，这艘现代级驱逐舰可能只是常规航行，并不是在搜索入侵者……很快，现代级驱逐舰用实际行动打破了唐巍的幻想。

一道巨大的水流从唐巍的右边冲来，现代级驱逐舰发射了RGB-10型火箭深弹，这道水流就是爆炸产生的。爆炸位置距离唐巍比较远，冲击波并没有对他造成什么伤害。

唐巍立刻关闭了水下推进器，同时停止游动。在声呐面前，游动就相当于举着牌子告诉人家"我在这里"。他缓缓向海底下潜，希望隐藏在海底反射的杂波之中，不被现代级驱逐舰发现。

数秒之后，现代级驱逐舰再次发射一枚火箭深弹，爆炸位置距离唐巍更近。导致唐巍被冲击波震得头脑发昏，耳朵嗡嗡直响。

唐巍的心一片冰凉，现代级驱逐舰连续发射火箭深弹，说明已经发现他的大致方位了，他隐藏起来不被发现的希望已经破灭了。

接下来，现代级驱逐舰会发射多枚火箭深弹，将唐巍可能在的位置完全覆盖。发射位置经过周密的计算，确保唐巍在火箭深弹面前必死无疑。

海底岩洞

已经有两枚火箭深弹爆炸了，第三枚、第四枚即将爆炸。第二枚的威力已经震得唐巍头晕耳鸣了，第三枚、第四枚会怎样，不用多想也知道。

唐巍不可能靠游泳躲开火箭深弹。因为RGB-10型火箭深弹的杀伤半径是一百米，每两枚的发射间隔不超过五秒钟，唐巍不可能在五秒钟内游出去一百米。无论怎么游，都会在火箭深弹的杀伤范围内。

唐巍的视线扫到了海底坚固的岩石和巨大的海藻，他决定潜入海底，让岩石和海藻为他分担一些冲击波。

唐巍用最快速度下潜。就在快要接近海底之时，又一股冲击波袭来，第三枚火箭深弹爆炸了。

这股冲击波明显比之前两股强得多，唐巍只感到海水疯狂涌来，像一座巍峨的大山狠狠压在他的身上。一瞬间胸腔一阵剧痛，强大的压力对他的肺造成了损伤，鲜血涌进气管。唐巍剧烈咳嗽，把血咳出气管，喷得呼吸面罩上到处是斑斑点点的血迹。

冲击波在震伤唐巍的同时，也把他重重推向海底，狠狠撞在一片岩石上。幸好有海草做缓冲，唐巍没被撞伤。

唐巍强忍着胸内火烧一般的疼痛，手脚并用，在海底岩石上移动，希望找到一处可以抵抗冲击波的岩石。可老天爷好像在故意捉弄唐巍，这一片海底，岩石异常平整，连一块凸起的石头都没有。

唐巍正在焦急地找着，眼角的余光突然发现，远处斜上方的水面，有一个什么东西落了下来。它的身后拖着一道耀眼的尾焰，在海水中搅起大团大团的气泡。在尾焰的推动下，它的下潜速度极快，眨眼间就下潜了十几米。

突然，那个东西发出炫目的光，在水下爆炸，周围的海水膨胀成一个巨大的圆球，瞬间向四面八方扩散。原来它就是RGB-10型火箭深弹，它竟然在唐巍的目视范围内爆炸。

冲击波推着海水，铺天盖地压向唐巍。唐巍就像狂风中的一片落叶，被疯狂地冲出去，在急流中挣扎，一时间唐巍的大脑一片空白。嗓子眼儿感觉到很咸，一口鲜血涌入口腔。

唐巍拼了命把血咽下去，他可不敢让一大口液体状态的血喷进呼吸面罩。那样血液可能会被吸入气管，把人活活呛死！

在之前的训练中，蓝珊几次警告他："绝对不能把血液之类的液体弄到呼吸面罩里，否则你会被活活呛死！曾经有一个潜水员，遭遇了水下漩涡，转晕了呕吐，呕吐物吐进呼吸面罩，直接呛进肺里，一命呜呼。"

唐巍被冲出去不知道多远，这才停下，肚子里像刀割一样疼。他趴在岩石上，心中一片绝望，这枚火箭深弹距离他不算太近，但也对他产生了巨大伤害。如果再来一枚，他肯定抵挡不住。

就在这时，唐巍突然发现，不远处的岩石面上出现了一个黑黢黢的大洞。之前大洞被海草盖住，火箭深弹的冲击波一来，海草都被冲散了，大洞露了出来。

如果躲进大洞，石壁肯定能抵挡冲击波！唐巍又惊又喜，手脚并用，时爬时游，用最快的速度冲到洞口。低头一看，里面黑乎乎一片，什么都看不到。

如果是在平时，唐巍是绝对不敢进入这样一个海底岩洞的。因为这种岩洞充满了危险，很多危险的海洋动物都喜欢栖息在这种岩洞里。

现在唐巍被火箭深弹逼急了，顾不上那么多，抓着洞壁上的岩石爬了进去，洞里面空间不小，唐巍快速爬向洞内，远离洞口，爬出去好远才停下。

正在这时，又一股冲击波到了，洞内的海水也被冲击波搅动，激荡起来。不过石壁抵抗了冲击波，唐巍没再受伤。

唐巍见到这个石洞足以抵挡冲击波，稍微松了口气，他瘫坐在岩洞里，开始担心身体的伤势。水下爆炸最容易受伤的器官就是肺和肠胃了，现在这两个部位肯定都受伤了，伤情有多重还不清楚。他用退龙拳的呼吸功法缓缓呼吸，平复体内伤痛。

胸部和腹部的伤痛随着唐巍的呼吸渐渐平息，这并没有让他感到心安。因为身体的真实情况可能会被大脑“屏蔽”。就像现在，唐巍的精神高度紧张，大脑于是就“屏蔽”痛觉信号，让身体完成避险动作。

这种事情唐巍以前听说过。据说采珠世家有一位前辈，遭遇了一条小型鲛鲨，他和鲛鲨搏斗了一阵，赶走了鲨鱼。搏斗的时候，他全神贯注，精神高度集中，没感觉自己受了伤。结果出水一看，后背和大腿有几道大口子，血都要流干了。

大脑虽然能“屏蔽”痛觉，可是不能治愈身体损伤，就像那位采珠人前辈，出水之后不久就因为失血过多殒命了。

唐巍无法知道身体到底受了多严重的伤，他索性拿出一副听天由命的架势，不再去想。就在这时，他突然感觉左脚涌起一股刺痛。低头一看，只见一只巨螯蟹，正在用它那巨大的螯钳，狠狠夹住他了的脚，显然是把唐巍当成了入侵者。

那只巨螯蟹个头之大，竟有排球大小，力量奇大无比，虽然唐巍的脚上有厚厚的保温层，可还是感觉到了疼痛。唐巍又好气又好笑，我今天被豹形海豹、北海狮和火箭深弹轮流欺负也就罢了，你个小东西也来欺负我。我不就是到你家串个门吗，你至于拿大钳子夹我吗?

对于螃蟹这种东西，个头再大唐巍也是不怕的。唐巍连分水峨眉刺都没拔，随手捡了块石头，对准巨螯蟹的头砸了过去。“啪”的一声脆响，巨螯蟹被砸得不轻，松开了螯钳，向洞里退了几步。

巨螯蟹并没有被唐巍的“淫威”吓住，它摆出一副“宁死不屈”的架势，高高举起螯钳，向唐巍宣战。

巨螯蟹显然低估了唐巍的臂展，根本没有退出唐巍的攻击范围，唐巍举起石头砸过去，再次砸在巨螯蟹的头上。巨螯蟹这回被打服了，逃进了洞穴的阴影之中，再也不肯露面。

在唐巍痛殴巨螯蟹，“大发淫威”的时候，洞穴外面已经没有了声音，那艘现代级驱逐舰不再发射火箭深弹了。

唐巍稍微松了口气，正要出去。猛然听到一阵“轰轰”声响从石洞外面传来，这赫然是水下推进器的声音，有潜水员过来了。

现代级驱逐舰打完火箭深弹还不算完，竟然还要派出潜水员进行水下搜索。唐巍真是又好气又好笑，我不过是个小小的潜水员，你一艘主力战舰，至于这么和我过不去吗？

水下推进器的声音越来越近，越来越响，而且不是一个。现代级驱逐舰，派出了不止一个潜水员。

水下推进器的声音在洞口停下，极北国潜水员也发现了洞口。唐巍的手本能地去摸分水峨嵋刺，可是很快停在半路。他突然想到：现在不能打，以他此时的身体状态，根本不可能是多个潜水员的对手。

即便是唐巍战力超群，把这些潜水员全都收拾掉，他也难逃一死。如果现代级驱逐舰发现他还活着，一定会再次发射火箭深弹，这次他们发现了唐巍的准确位置，一定会进行“密集射击”，在短时间内发射大量火箭深弹，各枚之间爆炸间隔极短，冲击波产生叠加效应，一百个唐巍也死透了。

唐巍只能竭尽全力躲避，他收回了手，向洞里面爬去。前面有个转弯，他躲在转弯后面，这才停下。

可就在这时，洞口传来了划水声，极北国潜水员进了洞。

唐巍连气都不敢喘，祈祷着那个潜水员别发现他。可是他万没想到，那只巨螯蟹再次出现了，它扬起大钳子，狠狠夹在唐巍的脚上。

唐巍一咬牙，把惨叫声咽下了肚子，伸手拔出分水峨嵋刺，刚要敲碎它的背壳，转念一想，和这东西打斗肯定会引起外面的注意，忍忍吧。

唐巍忍着疼痛，没搭理它。只见一道白光从外面照射进来，在转弯处的洞壁上不停移动，外面的潜水员发现了洞穴内部有转弯，开始靠近。

唐巍把耳朵贴在石壁上，听潜水员的声音。只听见震动声从岩壁上传来，潜水员正在洞壁上爬，离唐巍越来越近。

唐巍抽出分水峨嵋刺，等着那个潜水员露头。心想能下潜到这种深度的潜水员，受过的战斗训练应该不多，按照海神的话说，是一只肉虾，收拾他应该并不困难。

突然，猛听一声巨响从洞壁上传来，震得耳朵一阵嗡鸣。转眼间，只见一道水花激射进来，“砰”的一声闷响，一枚水下箭形弹深深插入转弯处的岩壁。

潜水员竟然带着水下枪！唐巍的汗毛瞬间立了起来，本以为进来的潜水员是只肉虾，谁承想是一条虎鲨！

这个潜水员可不仅仅是装备精良，他的人也剽悍——他竟然敢在这里开枪。要知道这里可是狭窄的岩洞，水下枪发射会喷出大量高压气体，它们在岩壁上反弹，可能会对射手造成极大的伤害！如果给唐巍一支水下枪，他是绝对不敢在这里开枪的。

洞内死尸

如果那个潜水员是因为发现了唐巍才开的枪也就罢了，可他根本没有发现唐巍。他开枪只是敲山震虎，投石问路，看看洞里有没有什么危险生物。为了这么个原因冒险开枪，实在是彪悍到极点了。

唐巍全神戒备，准备发出致命一击。眼看那个潜水员越来越近，可在这时，变故突然发生。

唐巍突然听到一阵“哒哒”的声音从身后传来，他偷眼一看。黑暗之中，岩壁之上，一个黑影隐约出现——一对硕大的螯钳，一副胖大的身躯，竟然又是一只巨螯蟹。

这只巨螯蟹沿着洞壁爬向唐巍，正好冲着唐巍的颈部。唐巍的心一颤，万一这家伙一螯钳夹住呼吸管，我可怎么办？呼吸管材质柔软，巨螯蟹力量极大，完全可以把气体通道完全堵死。

唐巍想要用分水峨嵋刺赶走那只巨螯蟹，又担心弄出水声，引起潜水员警觉。正左右为难之际，只见又一只巨螯蟹沿着洞壁爬了过来。这只速度更快，爬到唐巍身边，螯钳开开合合，试探着去夹唐巍的呼吸管。

唐巍这下不能再忍着了，要是再忍着，呼吸通道就被人家切断了。他扬起分水峨嵋刺，从下向上打那只巨螯蟹，想把它打下岩壁。哪怕它落在身上，钳住他的身体也行，但千万别咬到呼吸管。

可是他无论如何都没想到，手臂刚刚抬起一半，竟然被什么东西挡了一下。那东西硬邦邦的，顺着唐巍的力道弹了一下，又落回到唐巍的手臂上。

唐巍一愣，这是什么玩意挡了我一下？看这感觉不像水草……要是搁在平时，唐巍遇见奇怪的东西，必然溜之大吉。可现在无处可溜，必须弄清楚那东西是什么，对他有没有威胁。

唐巍松开分水峨嵋刺，一把抓住那东西。只感觉它是个圆柱，表面很软，里面很硬，上下一摸，像根棍子。唐巍顺着那东西向下摸，很快摸到一块像板子一样的东西，板子顶端有分岔，一共有五个，前面四个，边上一个。

唐巍再细摸分岔，很细，弯曲着，很硬。刹那间，唐巍意识到了这是什么东西，这是人手，一只僵硬的死人的手！

唐巍的心"嗖"的一下提到了嗓子眼儿，手本能向后一收，无意中拉了那只手一下。一具僵硬的尸体从黑暗之中倒下，砸在唐巍的怀里。唐巍本能地推开尸体，惊骇至极，这个海底洞穴里怎么会有死人？

尸体一倒，"呼啦"一声，好几只巨螯蟹冒了出来，个头都不大，还没有成年。它们成群结队往洞里面跑，搅起一大片水花。三只大块头巨螯蟹也愤怒起来，钳着尸体往回扯，搅动起一阵气泡。

唐巍一看这些水花气泡就感觉事情要坏，外面的潜水员可不是瞎子，这么多水花气泡他哪能看不见！

果然，只见一支枪管从拐角后面伸了进来，枪口正对着唐巍。

唐巍扫了一眼细长的枪管和枪管上面粗大的导气筒。好家伙，这竟然是极北国 APS 水下突击步枪，发射 MP3 水下箭形弹，杀伤力极强。

那个潜水员要是扣下扳机，唐巍就会被箭形弹射穿。洞内狭窄，唐巍无处可躲，他灵光一闪，抓住那具尸体，堵在枪口上。

外面那个潜水员剽悍成性，感觉枪口碰到了东西，直接扣动了扳机。箭形弹瞬间洞穿了尸体，喷涌的高压气体震得唐巍的耳朵发麻。

尸体被水流一冲，上身后倒，双腿前冲，唐巍顺势把尸体往外一推，让双腿露在转弯口处。潜水员一眼看到了尸体，一把抓住了尸体脚踝，把它往外拖。

潜水员戴着头灯，头灯的光照在尸体身上，唐巍这才看清尸体的模样。他也穿着潜水装备，身上的潜水衣破了好几处。他的身体残缺不全，血肉散乱，显然是被巨螯蟹啃食的。

潜水员拖着尸体离开了洞穴。唐巍长出了一口气，那具尸体替他死了，他现在稍微安全了。可是他并不能高枕无忧，因为尸体上有被巨螯蟹啃食的痕迹，刚死的尸体肯定不会那样，他们一定会发现破绽，再次搜索。潜水员只要一走，唐巍就必须马上离开洞穴，逃得远远的。

唐巍在洞穴里听着外面的水下推进器声音，等待他们离开。他对那具尸体起了兴趣，为什么会有一具尸体出现在这个洞穴里？里面会不会还有别的尸体？

唐巍握着分水峨嵋刺，一点点向洞穴里面探索，很快刺尖碰到了一个硬实的东西，像是一个包。唐巍把那东西拖到跟前，果然是一个水下携行袋，袋子上没有密封，不防水。

唐巍听着水下推进器的声音离得远了，打开了头灯，只见携行袋里装着几个黑色方块。唐巍拿起一个细看，上面没有任何文字，底面有打磨过的痕迹，应该是有人把上面的文字全都磨掉了。

唐巍想了想蓝珊教授的水下装备课程，回忆各种设备，没有发现类似的东西。

唐巍把这个方块放回携行袋，又摸出了一个方块。这个方块上面有英文文字——水声定位信号接收仪，利用它可以确定水下位置，堪称是水下全球导航系统。不过这种东西定位精度不高，可靠性也差，海神从来是不屑于使用的。

携行袋里还有一个盒子，看起来就是装东西的盒子。由于在水下，物体比陆上轻，唐巍无法通过重量判断盒子里有没有东西。唐巍看这个盒子携带并不困难，决定把它带回去，弄清楚里面装着什么。

正好此时水下推进器的声音已经消失，唐巍把盒子放在携行袋里，爬出洞穴，开启水下推进器，沿着来时的路线快速返回。行进的时候唐巍检查了一下装备，没有发现损坏。唐巍看声呐探测器电量依旧充足，于是开启了声呐接收器，防备那艘现代级驱逐舰。

唐巍担心那艘现代级驱逐舰开启声呐会发现他，于是尽量贴近海底，用海底的反射波掩护自己。速度时快时慢，还不时转一个弯，让声呐操作员以为他是一条鱼。

那艘现代级驱逐舰并没有追上来，它的声呐信号在接收器上越来越远，唐巍终于松了口气，他应该没有生命危险了。至于身体的伤，虽然胸腹在隐隐作痛，可是应该能坚持到他和骑士号会合。

尽管如此，唐巍没有丝毫高兴，他沮丧极了。盗火者行动没有拿到极冰之火，不管出于什么原因，都是失败了，蓝珊一心想把唐巍踢出海神，这个机会她一定不会放过。

一时间，蓝珊对他的种种刁难都浮现在眼前。唐巍冷笑一声，恶狠狠想道：如果我真被踢出海神，临走之前，就算拼上这条命，也要把蓝珊弄死！

唐巍快速前行，在高压气瓶中的氦氧混合气快要耗尽的时候，到达了接应水域。骑士号派出的快艇将他接上，快速返回骑士号。

回到骑士号上，唐巍第一件事情就是报告受伤情况，这也是海神的惯例。代号清道夫的医生快速给唐巍检查了身体，确定唐巍的肺、胃和小肠都有内出血。不过出血量不大，体内没有凝血块，不需要手术，只需要保守治疗即可。

检查完了身体，就要汇报行动情况了。除了蓝珊和乌东诺夫，所有人员都离开了医务舱，两人看唐巍没有带回鱼雷，就知道行动失败了。乌东诺夫满脸不悦，语气里满是责备，问道："这次行动怎么失败了？"

唐巍听出乌东诺夫在拿他出气，心里很不痛快。这次行动之所以失败，根本原因是你们情报不准，现在反倒怪我！他勉强保持平静，说道："我在目标水域耗尽了两个高压气瓶的时间，没有一点发现，那片海域，根本没有极冰之火……”

“住口！”乌东诺夫大声咆哮，怒火彻底压不住了，“你说这些话，意思是——行动失败是因为我们的情报不准，你这是在推卸责任，掩盖你的无能……”

“你给老子闭嘴！”唐巍从病床上站了起来，指着乌东诺夫的鼻子，厉声怒斥，“既然你提到了，那我就明白地告诉你，没错，失败的原因就是你们的情报不准。”

“我们出重金雇用你们，你们无能，反倒把责任推到我们头上。懦夫，混蛋……”脾气暴躁的乌东诺夫竟然破口大骂，什么脏话都往外吐。

唐巍本来就因为无法加入海神难受，现在乌东诺夫对他破口大骂，正好给了他一个出气的机会。他一拳砸向乌东诺夫的脸，乌东诺夫反应挺快，抬手护住了脸，唐巍一拳砸在他的手臂上。唐巍用了全力，震得乌东诺夫一路后退，撞上舱壁才停下。

唐巍也不停手，追到他身前，双拳齐挥，没头没脑乱打。一边打一边怒吼：“老子好不容易才捡回一条命！你知道那片海域有什么吗？豹形海豹、北海狮，全是经过特殊训练的！一艘军舰，驱逐舰，还是现代级的，火箭深弹一片片往下打……”

再闯水雷群

尽管唐巍受了伤，格斗能力仍然比乌东诺夫强很多。打得他只有招架之功，毫无还手之力，抱着脑袋，任凭唐巍的拳头雨点一样落在肩膀、胸前、肋下，发出“砰砰”的闷响。

医务舱的声音引起了外面船员的注意，他们急忙推门进来，见到船长被暴打，赶紧冲了上去。

唐巍眼角的余光看到了冲上来的船员，他没有丝毫惧意。心想你们要是敢帮忙，我就连你们一块儿打。

唐巍想错了，这些船员过来没有打他，只是把他劝开。这些船员都见识过唐巍是怎么胖揍大白熊、打败极北国特战蛙人的，没有一个敢和他动手。

唐巍毕竟身上有伤，此时已经打累了，退到一边。乌东诺夫狠狠瞪了唐巍一眼，哼一声，大步走出医务舱，船员们急忙跟了出去，医务舱里只剩下了蓝珊和唐巍。

唐巍扫了一眼蓝珊，只见她抱着肩膀，面无表情，仿佛刚才什么都没有发生。唐巍余怒未消，想找蓝珊出气，他用挑衅的眼神看着蓝珊，冷声问道："我打了雇主，你是不是又要打小报告了？"

蓝珊一点都没生气，她平静地从口袋里掏出纸和笔，放在唐巍的病床上，低声说道："把行动经过写下来吧，我好向团长报告。"她的声音很平和，竟然没有半点嘲弄和轻蔑，以前唐巍只要一出错，她肯定会第一时间送上嘲讽。

唐巍呆呆地看着蓝珊，眼神好像在看怪兽。蓝珊装没看见，说道："我给你两个小时时间，尽快写好吧。"说完转身离开。

唐巍拿过纸笔，开始写行动报告。从下水开始写，一直写到返回，包括海底洞穴和尸体，以及在尸体身边发现的东西，全都写到了报告上。写了将近四个小时，这才写好，然后去蓝珊的舱室。

唐巍敲敲舱门，蓝珊说了声"请进"，唐巍推开舱门走了进去，只见蓝珊正在平板电脑上写着什么。唐巍的视力极好，一眼扫到了"盗火者行动失败，唐巍的考核结果完全不合格"。

唐巍随手把报告扔在桌子上，一句话都没说。转身走了，没有回自己的舱室，而是去了技术支援舱室。

唐巍带回来的所有东西都会在这个舱室进行分析，那个神秘盒子也在其中。唐巍正好看到技术支援专家电子坐在笔记本前面，手边放着那个盒子，他快步走了过去。

电子听到脚步声，回头看到唐巍，乐呵呵地和唐巍打招呼。唐巍待人宽厚，在技术专家里很有人缘。

唐巍问道："这个盒子里有什么东西？"

"盒子？"电子摇了摇头，拿起那个盒子，"你说的是它吗？它可不是盒子。"

唐巍说："不是盒子？那是什么？"

电子说："这是一个信息收集器，说得通俗点，就是移动硬盘，不过能在水下使用。"

唐巍说："那它里面有什么信息？"

"这个嘛……"电子在笔记本键盘上敲击一阵，屏幕上出现了一片奇怪的代码，"这就是里面的信息。"

"我怎么什么都不看懂？"唐巍注视着那咒语一样的代码，一头雾水。

"这是经过加密的代码，不过加密方式比较简单，经过我两个小时的暴力破解，已经破译了。"电子在键盘上敲了一下，代码立刻变换成了文字和数字，"里面全都是水文信息，包括水温、流速、流向等等，对了，用的是乌国语。"

"乌国语？"唐巍的心稍微颤了一下，"那么也就是说，携带这个硬盘的人是乌国人。"

电子说："虽然有别的可能，不过是乌国人的可能性最大。"

"我知道了。"唐巍没有多说什么，很明显乌国之前向目标水域派出过潜水员。而这名潜水员的目标肯定不是极冰之火，因为捕捉极冰之火不需要那么多水文信息。

正在这时，唐巍的通讯器响了，蓝珊发来一条信息：乌东诺夫要见你，在一号会议室。

唐巍觉得乌东诺夫要报复，他暗暗冷笑。心想不管你乌东诺夫有什么招数，尽管使出来，老子等着。

唐巍很快来到了会议室，里面只有蓝珊和乌东诺夫两个人。乌东诺夫和颜悦色，用手一指椅子，笑着说了声“请坐”。

唐巍毫不客气，冷冷地说了声“不用”，然后双臂交叉在胸前，不怀好意地说道：“有什么事情，直接说吧。”

乌东诺夫竟然笑着站起身来，走到唐巍的面前，歉然说道：“刚才的事情是我不对，请您不要生气了。”说完还伸手要和唐巍相握，一脸真诚。

唐巍都晕了。不过乌东诺夫都道歉了，他也不好再板着脸了，和他握了握手，坐在了他的对面。

乌东诺夫笑道：“我刚刚接到上级的指示，盗火者行动失败没关系，我们还有其他行动。这些行动同样雇用你们海神完成。”

乌东诺夫看了看蓝珊，继续说道：“关于后续行动，我已经请总指挥小姐请示过团长了，团长同意了。”

唐巍看蓝珊没有说话的意思，自己问道：“什么行动？”

乌东诺夫说：“您在报告中提到了水雷群，对吗？”

唐巍说：“是的，我是提到了水雷群，在目标水域前面，有一大片水雷群。”

“我们的下一次行动，就是进入水雷群，带回水雷。蓝珊小姐表示，这次行动依然要您去执行，不知道您是否愿意？”乌东诺夫看着唐巍的眼睛，态度真诚。

唐巍看看蓝珊，她既然不说话，那这件事情就是波塞冬应允了。如果是这样的话，他完成这次行动，说不定可以留在海神。

唐巍决定完成这次行动，他看向乌东诺夫，说道：“我同意执行这次行动，不过具体要怎样执行，我希望知晓行动细节。”

“您在报告中提到了两种水雷，一种是锚雷，一种是沉底雷。我们希望把这两种水雷都带回来，至于如何完成行动。”乌东诺夫冲外面喊了一句什么，唐巍没听懂。舱门一开，水雷专家毒鲉走了进来。

毒鲉来到唐巍的面前落座，打开笔记本电脑，说道："对于锚雷，我们要将雷索切断；对于沉底雷，我们要使用浮箱，利用浮箱的浮力将它漂浮起来。之后用特殊装置屏蔽它的引信，使用水下推进器拖带就可以了。"

唐巍想了一下行动过程，说道："这些行动我能够完成，没有问题。只是我一个人肯定不够用。切断雷索要用到水下切割机，那东西很大很沉，还有巨大的电池组，我如果带上它，就没法带别的东西。"

唐巍偷偷看了看蓝珊，对她说："骑士号上除了我，能下水的人就只有你了，你是不是要和我一起下水？"

不想乌东诺夫轻咳一声，说道："关于人手问题，您不必担心，我们的人会全力配合您的。"

唐巍苦笑连连："你们怎么配合我啊？我在水下，你们在水上。"

乌东诺夫神秘地笑了笑，"现在我们可以公开我们的身份了。我们的真实身份是乌国海军剑鱼两栖侦搜精锐部队，水下作战，是我们的本行。"

唐巍的眉头皱了皱，剑鱼两栖侦搜队？这个名字听起来威武霸气，可是你们在面对极北国蛙人的时候，一触即溃，㞞包、软蛋都不足以形容你们。

唐巍不是一个刻薄的人，如果是在平时，他肯定会给乌东诺夫这些人留面子。可是现在要执行水下行动，事关生死，唐巍直接把话挑明："你们的能力到底行不行？你们在面对极北国蛙人的时候，被人家收拾得很惨。"

乌东诺夫好一阵尴尬，赔笑道："我们对于陆上格斗并不精通，不过水下能力一流，你完全可以信任我们。"

"好吧。"唐巍勉强答应，心想但愿你们能力别太差，别到时候下了水把我坑死。不怕神一样的敌人，就怕猪一样的队友。

乌东诺夫又说了几句场面话，这才散会。唐巍看身边没有别人，小声对蓝珊说道：“乌国之前就派人去过那片海域。你之前说过的话不错，盗火者行动的确有问题，现在乌东诺夫又弄了这么一个行动，他们背后的目的到底是什么？”

蓝珊摇了摇头，黯然说道：“我也不清楚，现在局面根本不是我们能掌握的。我甚至觉得，团长那边对乌国人想干什么也不清楚。”

两天之后，这次行动需要的装备全部由直升机运来，包括一台 Nd：YAG 激光器。专门用于水下切割；四具大型浮箱；多部水下推进器以及潜水装具；甚至有一台水声通讯器。水下通讯无法用电磁波，只能用声波，故此水声通讯器体积庞大，光是这件装备，就要占用一个人。乌国为了这次行动，真是不惜成本。

乌东诺夫给唐巍配备了四个人，其中一个就是被唐巍痛打过的大白熊。另外三个，代号是乌贼、巨蚌、金枪鱼，都是膀大腰圆的欧洲大汉。唐巍听代号就觉得他们这些人不靠谱……

唐巍翻看那些装备，很快看到了高压气瓶。瓶子是军用的，没有国际通行的气体成分编号，唐巍拍了拍瓶身，问大白熊：“里面装的是什么？”

“压缩空气。”大白熊话音刚落，唐巍的脸“唰”地一下沉了下来，说道：“我们可能要下潜到四十米到六十米深度，你们用压缩空气，出现氮麻醉死在水下怎么算？”

“我们的下潜深度不会超过三十米的。”大白熊脖子一扬，语气之中竟然充满自豪，“我们的训练下潜深度通常不超过三十米。我们毕竟是蛙人，不是潜水员，不需要在那么大的深度上作战。”

“算了，别说这些了，我们做下水准备吧。”唐巍摆了摆手，不想和他们过多争论，心想你们别坑我就好。

经过两天的磨合，唐巍带着大白熊等四个人下水。他们四个人主要负责给唐巍背装备，并且携带水下步枪，保护唐巍。而唐巍为了灵活操纵设备，没有带水下枪。

在下水前一天的晚上，电子偷偷来到唐巍的舱室，压低声音对他说道："你在水下一定要小心那些乌国人。"

"他们还敢杀我吗？"唐巍想起与他们的恩怨，瞬间警觉起来。

"不不不，他们不敢杀你，他们肯定会拖你的后腿！"电子说得信誓旦旦。

唐巍说："不至于吧？他们这两天和我磨合得不错，我看他们的水下能力也还可以。"

"你一定要相信我。"电子着急了，"我曾经在剑鱼两栖侦搜队待过。乌国经济持续低迷，军费削减得厉害，军队没有军费，训练肯定跟不上，特种部队也不例外……所以他们不一定靠得住，你要小心。"

唐巍想着电子的话，心里七上八下，尽量平稳心情，下了水。

下水之后，大白熊和乌贼在前，巨蚌和金枪鱼在两翼，唐巍在中间。今天的水下能见度更好，唐巍粗略估测在三十五米左右，这让他心下稍安，水下能见度高能减少很多意外。

在水下推进器的帮助下，唐巍带着众人赶到了水雷群所在水域，一路上没有遇到危险海洋动物，也没有出现什么意外。

正在这时，唐巍正前方的乌贼突然减速，回头看唐巍，好像是在等他。唐巍来到乌贼身边，乌贼携带了声呐探测器，他指着屏幕，用战术手语告诉唐巍："发现声呐目标，右侧。"

唐巍看了看屏幕上，一个声呐目标正在分队右方缓缓移动。从声波强度粗略分析，这应该是一艘排水量在二千吨上下的船，具体是什么船，唐巍看不出来。

唐巍担心这艘船是极北国军舰，于是开启水下电台，通知小组成员："右侧，发现声呐目标，由金枪鱼负责警戒，行动计划不变，继续前进。"水下电台只能在近距离使用，唐巍并不担心电磁波被敌方监听到。

很快，水雷群出现在了唐巍小组的面前，唐巍担心拆除深度较浅的水雷会引起那艘船的注意，于是决定拆一枚四十米深度的水雷。

这种深度，大白熊那些人是不敢下去的，唐巍冲大白熊打了个手势，大白熊靠近唐巍，将水下激光切割机交给唐巍。唐巍为了灵活行动，将水下推进器交给大白熊，游泳下潜。

唐巍很快来到了水雷跟前，锚雷的结构主要分两个部分，一个是雷车，一个是雷体。雷车沉在水底，雷车和雷体之间用雷索相连，唐巍要做的事情，就是用激光切割机切断雷索。雷体浮箱提供的浮力超过雷体的重力，雷索一断，雷体就会浮起到水面上，再用大功率水下推进器就可以拖曳。

唐巍曾经在蓝珊的手下训练过激光切割机的用法，对它并不陌生。他按照操作程序开启激光切割机，正要切割，突然发现这水雷的雷索有些不寻常。

如果是普通雷索，就是一根细细的金属锁链，外面包裹着橡胶防腐蚀层。而这枚水雷的雷索，竟然比大拇指都粗，从外观上看，没有橡胶防腐蚀层。

唐巍不敢开切割机了，因为他担心这枚水雷的雷索不单单是雷索，而且还是触线引信。触线引信一般是用来炸潜艇的，潜艇一旦碰上触线，就会和水雷里的电路形成一个原电池，进而引爆水雷。故此触线引信外面没有绝缘的橡胶防腐蚀层。

如果雷索同时也是触线引信，那激光一旦打上去，就可能引爆水雷。水雷的爆炸威力之强，舰船都扛不住，唐巍这五个人瞬间就会没命。

唐巍想了一会儿，开启了通讯器，说道：“我要潜入水底，从雷车上切割雷索，你们做好警戒。”

四个人纷纷回答“明白”，唐巍这才下潜到水底。水底深度五十米，一片幽暗，由于声呐驱鱼器的存在，很冷清。唐巍打开头灯，戴好激光护目镜，来到雷车附近。

雷车在灯光照射下暴露无遗，它的结构没有什么特别之处，是最常规的那种，雷索就固连在雷车转轮上。唐巍只需要把固连装置切断，雷索——或者说触线引信就没有威胁了。

唐巍将激光切割机的发射窗口对准固连装置，心里非常紧张。激光在射出之后首先接触海水，高温会把海水气化，产生大量气泡。这些气泡打在唐巍的手上，可能会让他的手产生微弱的抖动，导致激光照射位置出现偏差。一旦误将触线引信触发，水雷就爆了。

这种情况在唐巍之前操作激光切割机的时候出现过几次，都被蓝珊当成“唐巍训练态度不端正”的论据写在了报告里。

唐巍稳了稳心神，按下了发射钮，一道明亮的绿色激光射出，发射窗口瞬间涌出大量气泡，几乎完全遮蔽了唐巍的护目镜。唐巍尽量控制着手臂的稳定，一秒钟之后关闭发射钮，再看雷车，固连装置已经被切断，雷体正在缓缓上升。

唐巍急忙开启通讯器，命令道：“我已完成切断任务，请立刻捕捉。”

“明白！”“明白！”“明白！”只传来了三个声音，唐巍眉头一皱，怎么只有三个声音？他看了看通讯频道，发现是金枪鱼没有回答。

他怎么不回答？唐巍有些奇怪，切换到金枪鱼的通讯频道，单独呼叫：“金枪鱼，收到请回答。”

通讯器里没有回应。唐巍关闭头灯，快速上浮，环顾四周，寻找金枪鱼。

唐巍的上浮速度很快，不像之前几次行动，上浮的时候还设置了停留站。因为这次他在深水区域停留的时间不长。

唐巍很快看到——三个人正在捕捉那枚被割断雷索的水雷，而另一个人，正在不远处看着，没有过去帮忙的意思。

唐巍回忆了一下之前各个人的方位，发现不过去帮忙的这个家伙就是金枪鱼，他打开通讯器，不悦道：“金枪鱼，快去帮忙。”

通讯器里没有回应。唐巍正要过去，突然发现，在金枪鱼的后下方，有一个黑影正在缓缓下潜。看轮廓，赫然是一个人，一个潜水员。

唐巍的汗毛瞬间竖了起来，怎么又来了一个潜水员？这片水域都是极北国的人，出现别的潜水员，一定是敌人。

尽管有敌人出现了，可是金枪鱼却毫无反应，看着三个同伴，唐巍很生气。心想电子说得不错，这个剑鱼两栖侦搜队的确很坑，都有敌人到身边了，你竟然没反应。

唐巍刚要发出警报，转念一想，捕捉水雷也是一件麻烦事。需要给水雷罩上拖曳网，再把拖曳网固连在水下推进器上，我还是不要打扰他们了。至于新出现的那个人，我看他对水雷捕捉并没有威胁，我一个人过去把他搞定就算了。

唐巍快速游向新出现的那个潜水员，他是从金枪鱼的侧下方游过去的，金枪鱼根本看不见他。

唐巍距离那个潜水员越来越近，渐渐地，他发现那个潜水员有些不对劲儿。他似乎不是在下潜，而是在向水下沉，如果是下潜，肯定是头朝下脚朝上，双臂和双腿都要打水。而这个家伙，背部朝上，手脚在水里乱漂。

唐巍再想细看，潜水员已经下潜到了幽暗区，唐巍看不见了，他只能加快打水速度，靠近那个潜水员。很快唐巍距离他只剩下几米了，他竟然完全没反应，还在下沉。这就更奇怪了，不管什么潜水员，警觉性总该有的，有东西游到身边，不该浑然不觉。

唐巍游到他的身边，伸手去抓他，他没有抵抗，被唐巍一把抓在手中。唐巍将他拉到近前，水流激荡之下，他的脸猛然转了过来，和唐巍来了个对脸。唐巍看到那张面孔，瞬间出了一身冷汗，因为——那根本不是人脸！

呼吸面罩的玻璃已经完全碎了，碎玻璃一片片扎进脸上的肉里，脸的正中间露着一个骇人的血洞。血已经流干了，肉已经泡烂了，骨头也碎了，碎骨扎进肉里，两只眼球全都爆出眼眶，在外面耷拉着，有皮肉连着，还没有掉。水流一冲，顺着水流摆来摆去，像两颗圆圆的玻璃球。

10　激光杀人

激光杀人

那伤口恐怖至极，即便唐巍见多识广，也觉得很害怕。

这伤口是箭形弹近距离贯穿留下的。箭形弹直接洞穿面部，骨骼被瞬间击碎，眼球被挤出身体。

这次大白熊等四个人都携带了水下步枪，这个家伙应该是被金枪鱼击毙的。看来金枪鱼不过去帮忙，是发现了敌人，正在警戒。看来唐巍是误会金枪鱼了，这些家伙还是有一定战斗力的。

唐巍欣慰地想着，目光无意间扫过了死尸的身体。这具尸体的潜水装具，和金枪鱼他们的一模一样，去看胸口的姓名标识牌，用英语写着“金枪鱼”，这具尸体，竟然就是金枪鱼。

一阵寒意在唐巍的背后升起，如果死的人是金枪鱼，那开枪的人是谁?

唐巍猛然回头，之前他发现的那个潜水员正快速向他游过来，手中端着一支水下步枪。紧接着，唐巍看到一大团气泡从枪口喷涌而出，那个潜水员开了枪。唐巍来不及多想，抓住金枪鱼的尸体挡在身前，同时双腿蹬水，全力后退。

箭形弹射进金枪鱼的前胸，贯穿胸膛，在射出后背的时候，打在了高压气瓶上。金枪鱼这些人的高压气瓶都是铝合金的，十分坚硬，强弩之末的箭形弹根本射不穿，结结实实卡在了气瓶上，没能伤到唐巍分毫。

唐巍躲过了致命一击，更大的困难接踵而至——他没有水下枪！

这次行动，唐巍为了方便操作设备，没有带任何远程武器，不管是两栖步枪、水下步枪还是水下手枪都没带，他只带了两样武器。左腿上的潜水刀，右腿上的分水峨嵋刺。可要想用这两件近程武器去对付水下步枪，简直是开玩笑。

按照扬长避短的军事原则，唐巍应该发挥潜水刀和分水峨嵋刺的近距离格斗优势，冲到潜水员的面前。可是唐巍不敢，因为 APS 水下突击步枪是连发的，没等唐巍冲到跟前就会被射成筛子。

眼看着那个潜水员追了回来，唐巍一边拖着尸体后退，一边打开通讯器，快速说道：“我在你们后面，被敌人袭击，快来支援。”

通讯器里只有“咔嚓”“沙沙”的杂音，没有一个回答的声音。唐巍很生气，该死的通讯器，关键时刻掉链子！

潜水员看到唐巍没死，又开了一枪。这枚箭形弹洞穿了金枪鱼的小腹，擦着唐巍的肋下划了过去，唐巍甚至能感觉到了肋下凉了一下。

唐巍焦急万分，这么躲下去可不是办法，箭形弹的贯穿力越来越强了，说不定下一枚就直接把我给射穿了。

唐巍急中生智，装死吧，看看能不能逃过去。唐巍抓住尸体，不再划水，尸体带着他向水下沉去。

潜水员并没有放过唐巍，依旧在端着枪靠近，大有“不见尸体不罢休”的劲头。唐巍看潜水员距离他越来越近，知道没能骗过他，想逃过一死，只有干掉他！

可唐巍没有武器，想干掉那个潜水员，必须出奇招！

唐巍伸出手去，摸到了金枪鱼背上的高压气瓶，摸到自动气压调节阀，把它关上。然后打开手动气压调节阀，猛地一用劲，把阀门开到最大。瓶子里的高压空气，以最大流量冲进呼吸管，冲进呼吸面罩。

尽管金枪鱼的呼吸面罩已经被打碎了，可是高压空气仍旧流不出去。

因为呼吸面罩里面有单向流通阀，人在不呼吸的时候，高压空气一点都冒不出去，所以高压空气全都堵在呼吸管里，如同堤坝中的洪水。

唐巍缓缓地转动尸体，将呼吸管指向潜水员，他的动作很慢很慢，让潜水员感觉尸体是在水流下自然运动。

呼吸管悄然对准了潜水员，唐巍左手伸到大腿上，悄悄拔出潜水刀，刀刃慢慢对准呼吸管。

眼看着潜水员距离唐巍就只剩下四五米了，唐巍左手一用力，猛地割断了呼吸管。蓄力已久的压缩空气如同破堤的洪水，倾泻而出。在水中形成一团巨大的气泡，将那个潜水员整个裹在其中。

潜水员都傻了，眼前到处是气泡，什么都看不见。那些气泡还打在潜水镜上，“噼里啪啦”地炸开，声音顺着潜水镜、面颊骨、头骨传进大脑，如同在耳朵里点燃了无数炸雷，什么都听不见。

唐巍趁此良机，闪电般冲到潜水员的身前，也不拔分水峨嵋刺，一举潜水刀，狠狠刺进潜水员的上腹，直到整个刀身全都没进去才收力。

海水可是盐水，渗进伤口奇痛无比，再加上高压空气的轰击，疼痛更甚。潜水员放声惨叫，可嘴一张海水就灌进喉咙，一点声音都发不出来。

唐巍担心他不死，转到他的背后，在心脏位置连捅了两刀。潜水员这回算是死透了，和金枪鱼的尸体一同沉向海底。

唐巍看着金枪鱼下沉的尸体，用最快的速度打开通讯器：“立刻来我这里，金枪鱼沉下去了，浮箱在他身上，快点过来拿浮箱。”

通讯器里仍然没有声音。唐巍无奈地关闭了通讯器，今天这水下通讯信道真是见了鬼了，两次线路都联不通。

唐巍自己是拿不了浮箱的，因为他带着激光切割机，还没有水下推进器，他只能回去找大白熊他们。

唐巍收回激光切割机，快速游向大白熊的位置。刚刚和潜水员一阵缠斗，已经离开大白熊很远了。

唐巍游了一会儿，这才看到大白熊三个人，只见他们三个还围在水雷旁边。唐巍不由得心中暗骂：你们三个笨蛋，这么长时间了，还搞不定那枚水雷。

唐巍快速游到大白熊三人身后，用手在激光切割机的后盖上拍，发出声响让三人转头，他好打手势让他们加快速度。

声音很快传到了大白熊三个人耳朵里。他们转过头来，唐巍一看他们，脑袋里“轰”的一下，几乎全身的血液都凝固了——这三个人哪里是大白熊、乌贼和巨蚌啊，他们是极北国潜水员啊，潜水装具和刚刚唐巍弄死那个一模一样！

唐巍急忙看向四周，只见不远处三个黑影正在缓缓下沉，那应该就是大白熊他们，他们已经被这些潜水员弄死了！

唐巍猜得不错，大白熊、乌贼还有巨蚌三个人，全都被这三个极北国潜水员弄死了。唐巍刚才没想到这三个人是极北国的潜水员，而三个潜水员也没想到唐巍是敌人。他们还以为他是那个被唐巍弄死的同伴呢。

双方一打照面，彼此都是一惊。可是三个潜水员很快反应过来，三只 SPP-1 水下手枪已经指向了唐巍，眼看就要开枪。PPS-1 水下手枪和 APS 水下突击步枪一样，都发射 MP3 箭形弹，洞穿唐巍轻而易举。

唐巍命悬一线，躲避已经来不及了，他脑海中灵光一闪，按下了激光切割机的发射钮。

一道激光射出，在三个潜水员看来就是一条耀眼的亮线。可是他们三个人都没有戴激光护目镜，如果是在陆地上，这么近的距离，没有护目镜，已经足够三个人的眼睛永久失明了。不过在水下，激光经过海水的吸收，弱了一些，只让三个潜水员的眼睛一阵剧痛。

唐巍也来不及拔潜水刀和分水峨嵋刺了，直接把激光切割机对准一个潜水员的前胸，按下了发射钮。激光的能量足以切断钢铁，区区肉体哪能挡得住，激光瞬间在他的身体上切出一道口子。

剧痛让那个潜水员本能地伸手捂住伤口。可是他的手上还有水下手枪呢，慌乱之中扣动了扳机，箭形弹直接将他对面那个潜水员的脖子洞穿。飞箭一样的鲜血一股股喷射出来，在水中弥散。

三个潜水员死了两个，还剩最后一个，就是距离唐巍最远的那个。激光切割机发射的激光只在近距离有高能量，距离一远能量就耗散了。唐巍觉得距离有些远，担心弄不死他，双腿打水冲了过去，将发射窗口抵在他的胸前。

那个潜水员紧闭着剧痛的双眼，却仍然扣动了扳机。一枚箭形弹擦着唐巍的头顶飞了过去，与此同时，唐巍按下了发射钮。

一道激光直接射入潜水员的前胸，激光穿出身体，威力有所减弱，没能贯穿高压气瓶。不过激光给高压气瓶增加了大量热量，里面的空气压力本来就高，再一加热，瞬间爆炸。“砰”的一声，高压气瓶被炸裂，碎片贯穿了潜水员的身体，向唐巍扑去。

动力系统爆炸

唐巍也没想到潜水员的高压气瓶会爆炸。眼见一片气泡、耳听一阵巨响就觉得情况不妙，拼了命一低头，全身都缩在激光切割机后面。耳轮中只听见几声脆响，碎片打在了激光切割机上，在激光切割机上留下了深深的裂痕。

等到爆炸声音完全消失，唐巍才重新抬起头。看到三个潜水员都已经死了，转头去看大白熊他们三个，尸体完全看不见了。

唐巍心头一黯，这次行动看来又完不成了。他没有浮箱，无法把沉底雷带出来，即便是他潜入水下，把金枪鱼身上的浮箱拿下来也没有用。因为他只有一个人，拖带那枚锚雷尚且困难，再想拖带沉底雷，几乎是不可能的。

唐巍有心立刻撤离，转念一想不行，这次额外行动，本来就是他加入海神的最后机会，如果这次行动再不成功，肯定会被踢出海神。尽管这次行动失败的原因是大白熊、乌贼、巨蚌和金枪鱼这四个家伙实力太差，轻轻松松被极北国潜水员秒杀。可是蓝珊是不会管这些的。

唐巍想到此处，看了看那枚锚雷。大白熊他们三个人已经将拖曳索和拖曳网都安装好了，而且也对水雷的浮力进行了平衡，让水雷漂浮在水中，不会漂浮在水面上，在拖曳的时候不会被别人发现。

唐巍决定找回一部水下推进器，然后把这枚锚雷带回去，也算是考核的加分项目。他向大白熊三人沉没的地方游去。

唐巍必须用最快的速度找到水下推进器。因为这四个潜水员没有水下推进器，他们的水面支援平台一定就在附近。之前侦察到的那艘排水量二千吨的船，应该就是他们的支援平台，上面的人一旦发现他们已经死了，就会采取大范围搜索，对唐巍极为不利。

唐巍打开头灯，快速潜入水下，水中的血还没有完全散开。唐巍顺着血迹找到了一具尸体，那具尸体趴在海底。头灯的光照过去，一群奇怪的食尸虫“嗖”地一下离开尸体，钻进海底泥沙。

唐巍下沉到尸体身边，把尸体翻转过来，看尸体的姓名牌，发现他就是大白熊。

唐巍简单检查了一下死因。背部一个小血孔，胸前一个大血洞，箭形弹从背后射入的，在体内发生翻转，破胸而出，说明大白熊是被人从背后偷袭杀掉的。他竟然没有察觉到有人靠近，这战斗素质，真是不敢恭维。

唐巍无奈地叹了口气，伸手摸索尸体的腰间，摸到了连接水下推进器的固定带。唐巍抓着固定带游过去，很快摸到了一部水下推进器，它已经自动关闭了。唐巍启动发动机，螺旋桨转了起来，它还能用。

唐巍开启水下推进器，回到水雷那里，将拖曳索固定在水下推进器上，向着骑士号快速前进。与此同时，他听到身后远处传来大船前进的水声，之前发现的那艘船已经发现四名潜水员失去联系，正在积极搜索。

经过四十分钟的快速前进，唐巍与骑士号派出的小艇会合，回到骑士号。

唐巍带回来的锚雷，由于骑士号上没有大型起重机，无法将它放入船舱，于是就在骑士号身后，用渔网拖带着。

唐巍刚上甲板，乌东诺夫就冲了过来。大副灯塔带着十几个船员跟在后面，乌东诺夫看了一圈，没有发现大白熊那四个人，脸色顿时变了，急吼吼地问道：“人呢？”

唐巍神色一黯，哀声说道：“他们都被敌人杀死了。”

“被敌人杀死了？”乌东诺夫瞬间目瞪口呆，大副灯塔和一众船员也都惊愕万分。

乌东诺夫踉跄着后退了两步，仰天怒吼，半跪在甲板上，放声痛哭。其他船员也都大声哀嚎，蓝珊等海神的人默默地看着，低头不语。

突然，乌东诺夫狂叫一声，扑到唐巍的跟前，狠狠扯住他的衣襟，把他拎到面前，张开大口冲他吼道：“他们怎么会死？你是怎么指挥的？”

“巨鲸”潜水装具的潜水衣是紧身的，乌东诺夫这一抓，直接抓到了唐巍胸口的肉，唐巍觉得很疼。乌东诺夫的声音还很大，唾沫星子喷了唐巍满头满脸，这下唐巍的火气可上来了。之前没找到极冰之火，你就拿我出气，现在你的人死了，你又拿我出气，你当老子是什么？

唐巍抬起膝盖，狠狠撞在乌东诺夫小腹上，他痛叫一声，手不由自主松开。唐巍左手伸向他的头顶，一把攥住他的头发，把整个脑袋拉进怀里。右手抽出分水峨嵋刺，刺尖直接顶在他的脖子上，怒声咆哮：“你还怪上老子了。你手下那四个人差点害死老子，你知不知道？人家的潜水员摸过来，他们连一点声都没听见，一声警报都没发，眨眼间让人家给毙了！就因为这个，老子差点被箭形弹射个对穿，两次！被水下枪指着，三支！你的人差点害死老子，老子没找你算账就不错了，你还骂起老子来啦！”

唐巍越骂越激动，虽然他平时沉稳冷静，可真要是把他惹急了，他真敢豁出去。当初被蓝珊惹急了，就不惜与她同归于尽。

乌东诺夫竟然扯着嗓子和唐巍叫板："你有种就杀了我，你杀啊！"而在此时，灯塔大副和一众船员不仅不过来解劝，反而拿起各种工具当武器，将甲板上的海神众人围在中央。蓝珊也被围在其中，不过她只是淡淡地笑了笑，根本没把这些人当回事。

唐巍见到乌东诺夫死不认错已经火大了，见到大副这些人竟然火上浇油，一时间怒不可遏。他一转分水峨嵋刺，用刺尖在乌东诺夫的胳膊上划了一道口子，鲜血冒了出来。分水峨嵋刺上带着不少盐，渗进伤口，格外疼痛，乌东诺夫惨叫起来，撕心裂肺。

灯塔大副和一众船员没想到唐巍真敢下手，惊讶得有些发蒙。唐巍扬起分水峨嵋刺，指向众人，大声吼道："你们能不能长点脑子，好好想想这次行动是怎么回事，真的是要弄一枚极冰之火吗？如果是的话，为什么后来又要弄锚雷和沉底雷？

"我还告诉你们，我在目标水域发现了一具死尸，他身上有信息收集器，里面全都是水文信息。搜索极冰之火完全不需要水文信息，那个人就是你们乌国人，为什么他会出现在那片水域？

"你们高层到底要干什么，你们知道吗？我看你们没一个知道，现在你们已经死了四个人了，如果还不清楚高层到底要干什么，死的人只会更多！说不定全都得死！"

唐巍一口气把心中疑惑倒了出来，听得众人面面相觑，杀气顿减。唐巍见到众人不想再打，随手扔下了乌东诺夫，朗声说道："我把锚雷带回来了，至于沉底雷，你们的人被极北国潜水员杀掉了，没有人配合，我带不回来。而且那片海域有极北国的军用船只，再想过去基本上不可能，下面怎么办，你们自己决定吧。"

乌东诺夫捂着伤口站起身来，他被唐巍收拾了一通，不敢再朝他发火，忍着痛说道："我会向上级请示的。"

唐巍哼一声，快步走进舱室，换掉潜水装备，把所有人晾在了甲板上。

正在这时，突然一声巨响从船体内部传来，随之而来的是强烈的震动，船身剧烈摇晃了几下。甲板上的人除了蓝珊和唐巍踉跄了几下稳住身子，其他人全都摔倒，狼狈不堪。

乌东诺夫放声怒吼：“怎么回事？”

几个船员飞奔着冲进船舱，查看情况，蓝珊在一旁幽幽说道：“应该是动力舱的蒸汽锅炉炸了，不过不用担心，没有全炸。听声音也就炸了两三个，你的船沉不了，不过速度能剩下四五节就不错了。”

乌东诺夫轻蔑地扫了一眼蓝珊，满脸鄙夷，心想她一个女人，怎么可能知道这些。

这时一个船员跑了回来，报告道：“船长，蒸汽锅炉炸了三个，不过没有引起火灾，船体也没有破损。”

乌东诺夫看着蓝珊，惊出一头冷汗。蓝珊毫不在意，抱着肩膀轻哼了一声，一副“这算什么”的样子。

乌东诺夫看向船员，问道：“爆炸的原因查清楚了吗？”

“还没有，正在查。”船员快速回答，没想到蓝珊又在一边说话了：“不用查设备了，把你的人集中起来，有什么武器全都带上，查人吧。”

“你这话什么意思？”乌东诺夫看蓝珊的眼神明显不同，全是敬畏，好像蓝珊是一尊女神。

“按照你们这艘船的动力结构，如果是设备自身故障，绝对炸不成这个样子，要炸的话，就是整艘船全炸。现在只有三个蒸汽锅炉被炸，只可能是有人蓄意破坏。”蓝珊依旧是一副云淡风轻的样子。

乌东诺夫急了，他拧眉瞪眼，大声吼道：“你的意思是说，我们之中有敌人的奸细？”

陷入死局

蓝珊摊了摊手，用神态告诉乌东诺夫：你们船员的事情，我怎么知道，随后便不说话了。

乌东诺夫还想再问，可是转念一想，这个女人一定在胡说八道，她怎么可能对这艘船的动力系统了解得那么清楚。即便是经验丰富的工程师，都很难从爆炸声中分析出爆炸原因，还是先看看事故原因再说。

乌东诺夫不相信蓝珊的话，他转身冲灯塔大副说道："立刻带人把事故原因弄清楚。"

灯塔大副答应一声，带着机械师进了舱室。正在这时，一直在给唐巍检查身体的医疗专家清道夫突然走到乌东诺夫面前，沉声说道："船长先生，请相信她的话，她不会错的。"

清道夫年纪在六十上下，是整艘船上年纪最大的人。他鼻梁高挺、目光深邃，一直沉默寡言，遇到任何事情都不说话，比如说当初大白熊调戏蓝珊、遭到护卫舰袭击等等。他虽然什么话都不说，脸上却经常带着洞察一切的笑容，让人感觉深不可测。

乌东诺夫见到清道夫对蓝珊奉若神明，对她的话相信了一些，他想了片刻，问蓝珊："如果我们里面真有奸细，怎么知道他是谁？"

蓝珊不屑地一笑，一副"这么简单的事情你干吗问我"的样子，说道："查出奸细很容易，只有刚才在舱室里的人才有可能破坏蒸汽锅炉，把他们集中起来一问就知道了。顺便说一句，让你的人赶紧把枪拿出来吧，这个人不会只破坏你们动力系统的，后面一定有更厉害的杀招。"

乌东诺夫后悔万分，这么简单的事情的确是不应该问的。他为了挽回面子，沉稳说道："现在我们并不能确定蒸汽锅炉是人为破坏的，先等等再说。"

清道夫的嘴角不自然地抽动了一下，眉头微微有些皱起，嘴唇动了动，似乎想说什么。可还是没说，蓝珊却是一脸淡然，静静地看着远处的海面。

这段时间唐巍在舱室里面换衣服，他换好衣服出来，刚好听到了蓝珊和乌东诺夫的对话。他更觉得蓝珊神秘莫测，站在她的身后，静看事态发展。

很快灯塔大副跑了出来，神色凝重，冲到乌东诺夫身边低声说道：

“船长，蒸汽锅炉果然是人为破坏的，有人把安全调压阀门关了，导致锅炉气压急剧升高，引发了爆炸。”

“我们里面果然有奸细。”乌东诺夫怒容满面，“兄弟们，把武器都拿出来，让所有人上到甲板上，一个个检查。”

几个船员很快搬来了几只大箱子，打开，里面满是乌黑锃亮，散发着浓浓枪油味的AK-74突击步枪。这种枪是“AK”枪族的一员，继承了“AK”枪族火力强悍的基因，最远杀伤距离达到了一千三百五十米。

灯塔大副带着人把AK-74挂在身上，又在口袋里塞满了弹匣。至于乌东诺夫，亲自将一支RPK轻机枪抱在手上，在供弹口插上了一支一百发弹鼓。他们拿起枪之后开保险、上膛，动作熟练至极。

如果在船上作战，使用冲锋枪和手枪就足够了，乌东诺夫这些人竟然使用步枪、机枪这种级别的武器，当真剽悍。相比之下，海神这边没有任何武器，当初乌国在雇用海神的时候，明确要求不准海神携带武器。此前骑士号上也是没有武器的，这些武器是后来才运来的。

清道夫和两个技术支援人员也想拿武器，却被一个船员胳膊一拦，恶狠狠地推开。乌东诺夫一边往身上装弹鼓一边说道：“你们暂时不能拿武器，你们的人刚刚也在船舱里。”

清道夫三人面露不悦，一起看向蓝珊，蓝珊轻轻摇头，示意他们不要在意。旁边的唐巍心里很忐忑，动力系统该不会是海神的人破坏的吧？

放在以前，他无论如何也不相信那些文质彬彬的技术支援人员会去破坏动力系统，可是当电子告诉他“我有过在剑鱼两栖侦搜队的经历”之后，他再也不敢轻视他们了。还是那句话，在海神，每个人背后都有复杂的经历。

如果动力系统真是海神的人破坏的，那海神高层到底有什么目的？唐巍怎么想也想不明白，现在只能走一步看一步。

灯塔大副带着部下进入船舱，把所有人都带到了甲板上。海神众人也是一样，包括毒鲉和电子，他们的脸上没有惊慌，只有一脸平静。

灯塔快步走到乌东诺夫的面前，先是看了看蓝珊，然后对乌东诺夫说道：“少校，我们已经问过了，我们的人刚刚都聚在一起，互相作证，没有人有可能混入动力舱搞破坏。唯独海神的人，他们刚才分散在各个舱室，谁都可能进行破坏。”

这话像枪口一样直接顶在了海神众人的脑袋上，除去刚刚在甲板给唐巍检查身体的清道夫和整理装备的两个专家，其他人有七个。他们此时都被乌东诺夫的部下用枪指着，包括毒鲉这样的水雷技术专家，他们并没有害怕，都看着蓝珊。

乌东诺夫转头看向蓝珊，气势汹汹地说：“指挥官小姐，请您解释一下这里面的事情吧。”

蓝珊一时间没有回答，唐巍的心一下子提到了嗓子眼儿，他在蓝珊身后，看不到她的脸，只能看到她的背面。此时蓝珊正抱着胳膊站立，唐巍明显看到她的手指正在用劲儿。凭这三个月来和她相处的经验，唐巍知道她生气了，而且生了很大的气。

唐巍真怕蓝珊会骤然出手，把乌东诺夫杀掉，以这些剽悍的乌国人，发生这样的事情，双方肯定会同归于尽，唐巍默默地做好了扑过去抱住蓝珊的准备。

只听蓝珊冷笑一声，阴森说道：“如果动力系统是我们的人破坏的，你们打算怎么办？”蓝珊真是不同寻常，她根本不去和乌东诺夫争辩“是不是”，直接问他“如果是”要怎么办。

这下反倒把乌东诺夫问愣了，他能怎么办？杀掉海神的人？他绝对不敢，且不说海神会动用一切资源报复。就是凭借“雇主杀掉佣兵”这一条，就足以让乌国在雇佣兵市场名声扫地，出多高的价都找不到人。

乌东诺夫想了好一阵子，这才说道：“你们要赔偿我们的损失！”

“赔偿你们的损失，也就是赔钱。”蓝珊得意地笑了，“我们来这里本来就是赚钱的，为什么要干赔钱的事情，很显然，动力系统不可能是我们破坏的。”

蓝珊的论述无懈可击，乌东诺夫无言以对。灯塔大副站了出来，阴森说道：“你们一定别有阴谋！”

“我们有什么阴谋？”蓝珊反唇相讥。灯塔大副不甘示弱：“如果我们知道你们的阴谋，那阴谋还是阴谋吗？”

场面瞬间僵持住了，乌国方面无法证明海神有阴谋，想要调查，海神又不会允许。双方陷入了死局。

这个时候是清道夫站了出来，他走到蓝珊和乌东诺夫之间，轻咳一声：“我说几句。”

所有人的目光都聚集到了清道夫的身上，他清了清嗓子，朗声说道：“船长先生，我认为我们现在的争执不仅毫无意义，而且非常危险。”

“危险？”乌东诺夫微微色变，“你什么意思？”

清道夫说：“请您好好想一想，船上的奸细为什么要破坏动力系统，就是让我们走不了。这时他再通知友军，友军就会来攻击我们。我们的潜水员报告说在水中遭遇了一艘船，船上有武装潜水员，它可能就是奸细的友军。所以我们的当务之急，是立刻返回最近的母港。”

“这不可能！”乌东诺夫说得斩钉截铁，“整艘船除了指挥舱，没有任何一部通讯器材，奸细即便是破坏了我们的动力系统，也无法把这个消息传递出去，所以破坏动力系统的人，一定别有阴谋。”

乌东诺夫所言非虚，这艘船上除了指挥室，确实没有任何通信系统。就连海神这些人想要与外界联络，也要通过船上的通讯系统。

清道夫无言以对，他提出的方案是一个可行的折中方案。可是乌东诺夫拒绝听从，场面再次陷入了僵局。

就在这时，一阵隐约的轰鸣声传来，打破僵局。众人举目看去，只见一艘大船正从海天线上快速驶来。清道夫神色骤变，伸手一指那艘大船，快速说道：“看，那可能就是来收拾我们的船。”

“这不可能吧……”乌东诺夫将信将疑。清道夫急着说道：“不管是不是，为了以防万一，我们必须尽快撤退。”

“这……”乌东诺夫犹豫起来。灯塔过来相劝：“少校，现在还是尽快撤退吧。”

乌东诺夫终于点了点头，朗声说道：“把可疑的人带到舱室里去，好好看管。其他人回到各自的岗位上，机械师抓紧时间修复动力系统。”

众人各自散去，唐巍和蓝珊留在甲板上，盯着那艘船。在这段时间里，那艘船越靠越近，只见船型狭长，看起来很像军舰，却又没有舰炮。船身上没有任何旗帜和标志物，完全看不出身份。

高射机枪火箭炮

突然，唐巍只听见“嗖”的一声呼啸，随即一个凄厉的惨叫声在身边响起。他转头一看，身边一个船员已然倒地身亡，半个脑袋都被炸飞了，鲜血和脑浆喷涌而出。

唐巍急忙蹲下身子，大吼：“有敌人。”话音未落，只见对面那艘船上闪动起点点火光，一片片子弹发出尖锐的呼啸，疾驰而来。打在骑士号上，火花四溅。

唐巍想找掩体，他看骑士号的护栏后面有不少木头箱子，就是上次打护卫舰用的那些，他一个虎跃，躲在木头箱子后面。没想到刚刚落地，胳膊就被人一把拉住，蓝珊的声音在耳边响起：“没用的，跟我走。”

唐巍被蓝珊扯着衣服，跑进了船舱，顺着舷窗一看，那些木头箱子根本挡不住子弹。所有木头箱子无一例外，都被子弹打得粉碎，被烧得焦黑的木屑纷纷扬扬撒在甲板上。

蓝珊瞪了唐巍一眼，怒斥道：“这是极北国 KPV 高射机枪，口径十四点五毫米，能在两公里外把人打成两截。你竟然要躲到木头箱子后面，找死吗？”

唐巍一阵羞愧，从被水藻“慧眼识珠”到现在，他一直没有过陆上作战经验，对于陆上作战的认识全来自于电影、电视剧。至于听枪声辨枪型，寻找可靠掩体，这都是老兵才有的技能。

羞愧之后，唐巍不禁一阵感动，其实蓝珊完全可以不用救他的，可是她竟然救了他……唐巍看蓝珊的眼神都变了，嘴唇一动，刚要说话。只听“哗啦”一声，舷窗的玻璃被一枚子弹击中，碎片溅射出来，直扑唐巍面颊。碎片又多又快，真打在唐巍的脸上，死不死先不说，至少眼睛是肯定废了。

唐巍想要躲闪，已经来不及了。蓝珊一弯腰，将他撞倒在地，碎片“嗖嗖嗖”地从头顶飞过，蓝珊又一次救了唐巍。

没等唐巍说话，蓝珊已经破口大骂：“你个混蛋，这里是战场，给我把脑子带上，想死吗？”

唐巍急忙收拢心神，快速问道：“我们现在该怎么办？”

“我们没有武器，没办法还击，看乌东诺夫他们吧。”蓝珊说道。

这时，骑士号上也响起了枪声，乌东诺夫和部下开始还击了。

“这是什么人，为什么要攻击我们？”唐巍眉头紧锁。蓝珊的神色也不轻松，道：“八成是极北国的人，为那枚水雷而来。他们卸掉了所有旗帜和标识，可以毫无顾忌地动武。”

对面的枪声越来越近，显然敌方火力远远超过骑士号，整艘船都是响声。在这响声之中，不时传来船员们的惨叫哀嚎声。

“听这声音，骑士号顶不住了。”蓝珊嘀咕了一句，转头冲唐巍喝令道：“你给我留在这里好好待着，哪也不许去。”

蓝珊弯下腰，打开舱门，快步冲了出去。唐巍不知道是怎么想的，也跟了出去。船舱外面是一个开阔平台，码着集装箱，集装箱有高有低，高出来的那一块形成了掩体。几个船员就躲在后面，拿着AK-74，趁着敌方火力间隙还击。

尽管AK-74以火力凶悍闻名，可口径毕竟只有五点四五毫米，只够得上KPV的零头，被KPV完全压制。其中三个船员已经被击毙了，横尸在地，伤口尽是拳头大小的血洞。从前面能看到后面，恐怖至极。

蓝珊灵巧地使出一个前滚翻，来到掩体后面。翻滚的同时捡起一支AK–74，唐巍也捡起一支AK–74，来到她的身边。

蓝珊瞪了唐巍一眼，吼道："你个废物来干什么？"

唐巍不知道该怎么回答，蓝珊也没再理他，猛地抬起身子，据枪瞄准，不过瞬间收回身子，恨恨骂道："没法打，距离太远。"

唐巍若有所思，低声自语："如果有火箭筒就好了……"

"你个军盲给我闭嘴，有火箭筒也打不到他们。"蓝珊大声喝骂，唐巍满心惊疑，心想火箭筒的威力不是很强吗？怎么会打不到他们？

唐巍还不知道，他犯了很多军迷都会犯的错误——盲目迷信火箭筒的威力。在这个战场上，火箭筒一点用都没有，因为那玩意儿射程太近了，只有几百米。而人家KPV，射程几千米，在你的射程之外轻轻松松吊打。

此时战斗紧急，唐巍也来不及细问。可就在这时，突然只听船楼上传来"轰"的一声巨响，一团火光在上面腾起。两个船员的身体被炸得支离破碎，天女散花一般落在了水面上，溅起了一片片带血的水花。

唐巍扯着嗓子吼道："他们的火箭筒怎么能打过来？"

"那根本不是火箭筒，是火箭炮！63式一百零七毫米火箭炮，东国货！"63式107毫米火箭炮，和AK–47自动步枪、RPG–7火箭筒并称"世界三大常规武器"，几乎在每一场局部战争中，都有它的身影。这种武器结构简单、操作简便、威力巨大，堪称"小型战场里的核武器"。

"赶紧撤，这里不能待了。"蓝珊拉起唐巍就往船舱里跑，跑的时候还冲其他船员吼了一声"撤退"。

蓝珊看得清楚，这里是骑士号上反击最强的地方，对手火箭炮的打击目标其实是这里。。刚刚打在船楼上的那一枚是试射，等校准了方位，下一枚火箭弹就打过来了。

可是那些船员竟然没有一个后撤，顽强作战。蓝珊和唐巍刚刚进入船舱，一枚火箭弹就在外面爆炸。两人就感觉身后冲过来一团凶猛的气浪，身子一轻，腾空飞起，狠狠摔在甲板上。

外面那些船员可就惨了，全身都被炸烂了，平台上全是尸体。

唐巍毕竟没有经历过陆上爆炸，耳朵被震得嗡嗡直响，脑袋晕晕沉沉。蓝珊却安之如素，翻身站起，拉起唐巍，“啪”“啪”，甩手两记耳光，唐巍被这么一打，清醒了不少。

“准备抗登船作战，他们要登船了。”蓝珊死盯着唐巍的眼睛，放声大喊，唐巍明白他和蓝珊是主力，支撑着站起身来。

可就在这时，只听舱室外面“轰隆”一声巨响，所有舷窗被瞬间震碎，唐巍和蓝珊一同摔倒在地。紧接着，对面的火箭弹就如同下饺子一样砸了过来，舱室外面到处都是爆炸声。武装船竟然没有登船，而是选择了火箭弹轰击，势要将骑士号上所有抵抗击碎！

唐巍是第一次经历如此密集的爆炸，在水里遭遇火箭深弹那次和现在完全没法相提并论。他被震得心脏狂跳，全身发麻，他完全蒙了，不知道该怎么办。

蓝珊一拉唐巍的胳膊，大吼了一声“走”，带着唐巍往船舱里面跑。一边跑一边喊：“水线上船体不能待了，到水线下船体去。”

很快两人跑到了动力舱，这是骑士号最内部的位置，不用穿甲弹，根本打不到这里。毒鲉、电子等海神的人也被关押在这里。

唐巍和蓝珊一进动力舱，就听到里面一片吵闹，里面好像有很多人在吵架，至于吵得什么，听不清楚。

蓝珊带着唐巍顺着声音跑了过去。只见四个船员正举着 AK-74，对面毒鲉昂首而立，其他六个人冲四个船员怒目而视。

蓝珊急忙问道：“发生了什么事情？”

毒鲉抢着说道：“我有办法解决掉敌人，可是他们不让我出去。”用手一指为首那个船员。

蓝珊立刻瞪向那个船员，怒问道：“为什么不让他出去？”

船员既无奈又委屈，辩解道：“我可没有不让他出去，我让他把办法先告诉我，如果可行我就让他出去，可是他就是不说。”

毒鲉大声吼道：“我不能说，这艘船上明显有奸细，如果我现在说出这个办法，到时候就不灵了。”

蓝珊扫了一眼那个船员，手突然一动，不知道从哪来弄出来一柄闪着寒光的潜水刀。眨眼间递到了船员的脖子上，动作太快，周围的人都没反应过来。

蓝珊说：“现在请让我带毒鲉去见船长，如果你的船长怪罪下来，你就说是我逼你的。”

“好吧，你可以带他走。”船员也知道现在情况危急，蓝珊既然拿出了刀子逼迫，他也就顺水推舟了。

船员收起了枪，蓝珊也把刀收了起来，“船长在哪里？指挥舱吗？”

“没错，就在指挥舱，虽然敌人火力强，可是船长仍然没有撤退！”船员骄傲地说道。

蓝珊微微点点头，拉着毒鲉冲向指挥舱，唐巍也跟在后面。一路上爆炸声还在船舱外面此起彼伏，船舱内部已经出现了几处起火点，火焰正在一点点向指挥舱扩散。船员们伤亡惨重，也没人来救火。

三人赶到指挥舱，只见里面一片狼藉。玻璃全都震碎了，航海长和雷达长已经倒在血泊之中，灯塔大副在掌舵，背面没有见伤，正面受伤不轻。血顺着舵轮往下流淌，跟断了线的珠子似的。乌东诺夫仍然毫无惧色，高声下达着指挥口令。

毒鲉冲到乌东诺夫身边，在一片震耳的爆炸声中高声吼道：“我有办法干掉那艘武装船！”

水雷撞击

“你说什么？”乌东诺夫瞪大了眼睛，“干掉那艘船？疯了吗！你看看那艘武装船的火力，十个骑士号也赶不上，早知道我就应该把舰炮要来！”

“我真的有办法，你一定要相信我！”毒鲉急得满头大汗。

乌东诺夫说：“你说吧，你有什么办法？”

“我们的船现在还有五节航速，传动装置、舵装置也毫无损坏，如果我们用最大舵角转向，会发生什么？”毒鲉在这个关键时刻竟然卖起了关子，气得乌东诺夫放声怒吼：“赶紧说啊！”

毒鲉紧张得满脸通红，呼哧呼哧地喘着粗气，大声说道：“我们的尾部拖带着一枚水雷，当我们用最大舵角转向的时候，这枚水雷会在惯性的作用下，沿着原来航向运动。在我们船体的拉力作用下，会成一定角度偏摆，按照当前的速度和角度，会直接撞上那艘武装船。”

毒鲉说：“水雷的触发引信完好无损，一旦碰上敌船，就会发生爆炸。水雷的装药量大约五百千克，武装船的排水量不超过二千吨，只要爆炸，武装船就会在十分钟内沉没！”

“这能行吗？”乌东诺夫死死盯着远处那艘武装船，“如果速度角度稍有偏差，水雷就不可能撞上它，你敢保证在接下来的航行中没有变故吗？”

“……”毒鲉面色凝重，沉默不言。这个方案中的变数实在太多了，他也不敢保证一定成功。

蓝珊看到乌东诺夫和毒鲉对视无语，大声吼道：“别愣着了，现在没有别的办法了，试一试吧。”

“好！我们就拼一把！”乌东诺夫狠狠咬了咬牙，全力吼出指令：“右满舵！”

正在操舵的灯塔大副猛地一转舵轮，骑士号像一头垂死挣扎的巨兽，缓缓转动身体，激荡起巨大浪花，向右边转去。

乌东诺夫举着望远镜观察那艘武装船，嘴角露出一抹惊喜的笑容，声音中满是压抑不住的喜悦：“太好啦，按照现在的速度和距离，我们的水雷完全可以撞上那艘船！”

唐巍、蓝珊还有毒鲉都是精神一振，看来脱险有望。可就在这时，指挥舱里响起了震耳欲聋的火险警报，方才唐巍和蓝珊看到的火焰，已经蔓延到了指挥舱。

“请立刻撤离指挥舱！”“请立刻撤离指挥舱！”语音警告一声接一声地响起，可是指挥舱的人绝不能撤。因为武装船很可能转向、变速，想要让水雷撞上敌船，就必须根据对方位置转舵。

乌东诺夫拿起通讯器，用尽力气吼道：“能喘气的，全给我到指挥舱相邻舱室救火，快！”

乌东诺夫的通讯器传来了声音：“船长，那海神的人还看押吗？”

乌东诺夫沉思片刻，说道：“看押！没有我的命令，不准放松对它们的看押！”

“都什么时候了，你还把我们当敌人！”唐巍抢上一步，大声怒斥。

“奸细和武装船，同样危险！”乌东诺夫寸步不让，唐巍知道现在不是争执的时候，没再多说。

船员们的悍不畏死让他们付出了巨大的牺牲。幸存下来的船员只有十几个了，他们拼尽全力灭火，也只能勉强控制住火势，不让火势进一步蔓延，想要彻底将火扑灭，毫无可能。

在船员们竭力控制火势之时，对面的武装船停止了攻击。KPV 高射机枪和 107 火箭炮全都偃旗息鼓，所有人都明白，登船作战即将开始。以现在骑士号的实力，连一个波次的攻击都挡不了。

所有人的希望都寄托在船尾的那枚水雷上，水雷也正在像人们希望的那样，撞上武装船。可就在这时，武装船突然减慢了速度，稍微改变了航向。

骑士号必须立刻调整航向，才能让水雷撞上去，于是乌东诺夫高声命令：“左舵十五。”

本来灯塔大副应该听从乌东诺夫的命令，向左转舵。可是没想到他竟然“扑通”一声摔倒在地，人事不省。

唐巍一个箭步冲了过去，把他翻转过来。只见他的腹部用一件海员衫包扎着，鲜血已经把海员衫浸透了。

唐巍伸手解开海员衫，看到灯塔大副整个肚皮都被划开了。唐巍知道灯塔大副救不活了，放下尸体，摇了摇头。

情况危急，乌东诺夫也顾不上难过了，声嘶力竭地大吼："别管尸体，快转舵，舵不能停。"

蓝珊一个箭步冲到舵轮前面，飞起一脚踢开尸体，抓住舵轮就转。她可是懂船舶驾驶的，当初对抗极北国蛙人的时候，所有人都见识到了她娴熟的操舵能力。

蓝珊转着舵，可是骑士号的方向并没有改变，急得乌东诺夫扯着嗓子大叫："赶紧转舵啊，怎么还不转舵？"

"舵轮带不动舵！"蓝珊狠狠吼道，"问题出在传动舱。"

"传动舱怎么可能出问题？那里可在船体水线之下，他们打不到。"乌东诺夫急吼吼地叫着，急得面色惨白，五官扭曲。

蓝珊说："传动舱的破坏是人为的，有人正在传动舱搞破坏！"

"你胡说！"乌东诺夫的嗓子都喊哑了，"船上不可能再有搞破坏的人了。"

"你不信自己看仪表盘！"蓝珊扬起拳头，砸在舵轮仪表盘上，"舵轮传动液压力一直在掉，一定是有人开了传动液压力阀门，赶紧派人去传动舱，干掉那个人，关闭阀门。"

"我派谁去啊！"乌东诺夫绝望地骂着脏话，他的手上也的确是没有人了。

"我去！"唐巍一声虎吼，站了出来，迈步就往传动舱跑。

"你给我站住！"蓝珊狠狠叫住了唐巍，"去传动舱就要和敌人动手，敌人肯定有枪，你是对手吗？"

"我是唯一的选择！"唐巍厉声怒吼，蓝珊没有说话，她也清楚，唐巍的确是唯一的选择。正在控制火势的船员脱不开身，看押海神众人的船员又不敢动，蓝珊要是去了传动舱，就没有人控制舵轮。

“你拿着这个。”蓝珊掏出一支精巧的格洛克17式9毫米手枪，递给唐巍。唐巍把她的手一推，摇头说道：“我不会用，你自己留着吧，我有它就够了。”唐巍拍了拍腰间的分水峨嵋刺，快步赶往传动舱。

唐巍平时就在船上四处转，对各个舱室的位置非常熟悉，很快来到了传动舱外面。这里遍布着传动机械，噪声很大，唐巍几乎无法靠听觉发现破坏者的任何信息，只能靠眼睛去找那个破坏者。

唐巍四处打量，各种传动机械挡住了他的视线，他一时也找不到破坏者，于是去关传动液压阀门。

唐巍用最快的速度奔向传动液压阀门，没想到正在这时，突然“砰”的一声枪响从右边传来。他只感觉右边腰上一阵剧痛，站立不稳，“扑通”一声摔倒在地。

唐巍右腿中弹，摔倒在地，急忙向右边看去。只见一排机器后面，闪出一张冷峻的面孔，他有白皙的皮肤和高挺的鼻梁，头发和胡子是深红色的，眼睛竟然是绿色的。

这张面孔的主人是一个膀大腰圆的壮汉，他穿着一套黑色的紧身衣，手中握着一支小口径手枪。

唐巍见到这个人就吃了一惊，因为他从来没有见过这个人，他既不是海神的人，也不是乌东诺夫的人。

“你是什么人？”唐巍的问题脱口而出。

男人的嘴角闪过一丝高傲的笑，朗声说道：“我是极北国海军蛙人突击队上尉，代号巨齿鲨。”

“你……你什么时候上船的？”唐巍回忆了一下整个战斗经过，巨齿鲨根本没有机会上船。

巨齿鲨大笑道：“我上船的时间，你们绝不会猜到，你还记得我们第一次相遇吗？你把我从绳索上拖了下去，我就是在那之后上船的。”

唐巍猛然想起了那条没有被收起的锚钩。当时大白熊还说“我明明已经把锚钩都收起来了，这里怎么又多出了一条？”那应该就是这个巨齿鲨射在船上的，他就是在那个时候上船的。

当时怎么没有警觉！唐巍后悔不已。其实这不能怪他，没有人能想到一个蛙人竟然敢深入敌船，并在上面潜伏这么多天。

唐巍忍着伤口的疼痛，咬牙问道："蒸汽锅炉也是你破坏的？"

"当然！"巨齿鲨骄傲地笑了起来，"蒸汽锅炉是我破坏的，外面的武装船也是我联络的。唉！你们可真可怜，竟然因为这件事情起了内讧。"

唐巍神色虚弱，没有说话。这时巨齿鲨把手枪顶在了唐巍的额头上，冷声喝问："你们是什么人？为什么要拖带一枚水雷？"

巨齿鲨手里的枪是一支勃朗宁 M1906 微型手枪，这种枪全长只有一百一十四毫米，口径只有六点三五毫米，相比于柯尔特 M1911、沙漠之鹰等大家伙，特别便于携带，只是杀伤力略有不足。

尽管勃朗宁 M1906 杀伤力不足，可是近距离打爆唐巍的脑袋还不成问题。巨齿鲨满以为唐巍会在死亡的威胁之下屈服，没想到唐巍冷笑一声，狠狠说道："我不知道。"

"不说我就一枪打死你。"巨齿鲨用枪狠狠一顶唐巍的额头，"咚"的一声撞在甲板上。唐巍轻吟一声，闭上了眼睛，看样子很虚弱。

"你都这副样子了，还要硬撑？赶紧给我说！"巨齿鲨狠狠摇着唐巍的肩膀，唐巍的眼睛随着巨齿鲨的摇晃睁开，用尽力气瞪着巨齿鲨。

巨齿鲨并不想真的杀死唐巍，他还想从唐巍嘴里问出情报。他见到死亡威胁没有效果，于是转换思路，开始了攻心战："你不要再硬撑着了，我们的人马上就会登船，你们所有人都会成为我们的俘虏。就算你不说，一样会有人说的，你保守的秘密毫无意义。"

巨齿鲨正在说着，突然，只见唐巍的身体一阵抽搐，眼睛不时翻白，一道鲜血从嘴角流下。巨齿鲨大吃一惊，以为唐巍服毒自尽，急忙伸手去掰唐巍的嘴。

巨齿鲨万万没想到，就在他的手碰到唐巍嘴唇之时，只觉小腹上一阵剧痛，下意识一低头，只见唐巍握着分水峨嵋刺，深深刺入他的小腹。

没等他反应过来，身下的唐巍犹如出笼猛虎，狠狠一翻身，将他压在身下。动作又快又猛，完全不像一个垂死之人。

原来唐巍根本没受大伤，那一枪正好打在分水峨嵋刺上。勃朗宁M1906子弹威力不强，被分水峨嵋刺弹开，没能射进身体。如果这是在别的地方，巨齿鲨就会听到子弹撞击在分水峨嵋刺上的声音了，可是在这里，噪声震耳，巨齿鲨什么也没听到。

唐巍之所以装出虚弱垂死的样子，就是为了迷惑巨齿鲨，巨齿鲨对自己的枪法太自信了，竟然被唐巍骗过。唐巍咬破舌头，口淌鲜血，巨齿鲨果然上前查看。唐巍趁他枪口离开自己的脑袋时，抽出分水峨嵋刺，悄无声息地刺进他的小腹。

唐巍将巨齿鲨压在身下，不多费口舌，也不拔出分水峨嵋刺，手腕一翻，刺尖上扬，沿着肚皮挑了上去，直接给巨齿鲨开膛破肚。

巨齿鲨强忍剧痛，抬起右臂，对准唐巍就要扣动扳机，唐巍挥起一掌，狠狠劈在巨齿鲨的手腕上。巨齿鲨身体遭受重创，力气不足，手枪被唐巍一掌打飞。

手枪被打飞的巨齿鲨抡起拳头，还要反击。唐巍深知时间紧迫，不想和他多纠缠，抽出分水峨嵋刺，用尽全力插了下去。巨齿鲨发出一声凄厉的惨嚎，当场昏死过去。

唐巍抽出分水峨嵋刺，拎着它找到液压阀门，将其关闭，急急忙忙离开传动舱。

唐巍离开传动舱，身后的噪音越来越远，突然，他听到密集而凌乱的脚步声从船身中部的甲板上传来。船上已经没有多少船员了，不可能发出这样的脚步声，唯一的解释只能是——敌人登船了。

唐巍急忙拿出通讯器，联络蓝珊，可是通讯器里全无回应，不知道蓝珊那边出了什么事。

唐巍快步赶往动力舱，他要和海神的人会合，集中力量，反击敌人。唐巍一边跑一边呼叫毒鲉等人，却一直没有得到回应。距离动力舱越来越近，动力舱里悄无声息，似乎一个人都没有。

难道要一个人孤军奋战了吗？唐巍默默想着，突然，他感到眼睛剧痛起来，这痛苦太剧烈了，就像有一双手，要把他的眼球活活扯掉一样。唐巍曾经不小心把洗发水弄进过眼睛，也把眼睛弄得很疼，可是那种疼，简直赶不上这种疼痛的万分之一。

眼睛的剧痛还没完，口腔和鼻腔都感到了烧灼般的疼痛，身体不由自主地咳嗽起来，越往前走，烧灼般的疼痛就越剧烈。原来敌人为了避免在搜索舱室的时候出现伤亡，使用了化学毒剂。

唐巍急忙转身向后跑，可惜已经晚了。他的眼睛已经疼得睁不开了，他不能再跑，只能摸索着舱壁，尽量快走。他尝试着睁开眼睛，可是不行，眼睛稍微一睁开，疼痛就会加剧，只能闭上。

失去了视力让唐巍心惊胆战，没有视力，那就没有反抗能力，肯定会被敌人生擒活捉。

想到生擒活捉，唐巍全身就是一哆嗦。如果这次再被抓住，那就是第三次了。前两次被抓都受到了非人的酷刑，第一次，水上特工狠揍了他；第二次，海鲨特种兵用寄生鲶钻他的身体。这次要是再被抓住，不知道又要受什么酷刑。

绝对不能被擒，哪怕同归于尽！

唐巍刚走出去没几步，突然左臂被人一把抓住，随后一股怪力便向前拽他，要把他生生拖走。

唐巍想都没想，右手扬起分水峨嵋刺，大概感觉了一下敌人的方位，直接刺了过去。没想到那人一闪身，分水峨嵋刺从那人胸口刺了过去。

分水峨嵋刺一走空，唐巍也不收臂。松开分水峨嵋刺，握指为拳，以“退龙拳”中的“寸杀掌”狠狠打向敌人前胸，敌人躲闪不及，“砰”的一声，打了个正着。

唐巍突然听见一声惨叫，声嘶力竭。唐巍听这声音，觉得有些耳熟，瞬间想起——这是蓝珊的声音。

唐巍惊道："怎么是你？你怎么不说明身份，我还以为你是敌人呢！"

"我……我……"蓝珊虽然是冷血杀手，可身体和正常女子没什么两样，唐巍那一拳打得她痛入骨髓，话都说不利索了，"我戴着……防毒……面具，不好说话，快走。"

现在显然不是纠结个人恩怨的时候，蓝珊抓着唐巍快步往前跑，很快跑到了电池舱。这里为了防止电池温度过高爆炸，通风功率很强，大风扇"呼呼呼"地转动着。

唐巍问蓝珊："现在情况怎么样了？"

蓝珊说："情况很不妙，敌人已经登船了，数量在五十个左右。他们是秘密行动，没有穿军装，我从他们的战斗风格判断，他们应该是极北国水鬼突击队。这支特种部队擅长两栖作战，战斗力很强。乌东诺夫和剩下的船员已经全都被俘虏了，毒鲉和我们的人也被抓住了，只有我逃了出来。"

"那现在我们怎么办？"唐巍顺势问完，立刻自问自答："虽然他们人数众多，装备精良。可是我们熟悉环境，敌明我暗，应该能把他们全部杀光。"

"没用的！"蓝珊无奈地摇了摇头，"虽然登船的敌人只有这么多，可后面还有武装船呢，还有数量众多的援军呢，我们不可能杀得完。"

"那向海神求援呢？"唐巍说出想法。

蓝珊说："做不到，我们没有通讯器。"

"不，我们可以有通讯器。"唐巍把巨齿鲨的事情快速讲了一遍，"他身上一定有通讯器，我们可以用他的通讯器。"

"还是不行，我们的人来不了那么快，想要他们来增援，至少要五天的时间。"蓝珊深深地叹了口气，秀眉紧锁。

唐巍说："我倒有个办法，不知道可不可以试一试？"

"什么办法？"蓝珊紧紧地盯着唐巍，眼神中充满了期待。

11　水鬼特种兵

水鬼特种兵

唐巍还是第一次被蓝珊用这样的眼神看着，真有点不适应，他说："骑士号的尾后拖曳着一枚水雷，刚才我们想用这枚水雷去炸武装船，结果没有成功。现在我们不能忘了这枚水雷，我的计划是用这枚水雷去炸武装船。"

"用水雷去炸武装船？"蓝珊神色稍微变了变，想了片刻，"如果水雷真能炸掉武装船，那就切断了水鬼特种部队的后援，我们至少不是全无胜算了，这个办法可以一试。"

"不过……"唐巍迟疑了一下，"具体怎么用水雷去炸武装船，我还没有想好。我们肯定不能推着水雷去撞武装船，那样我们也会死的。"

"你说得不错，我需要对水雷的引信进行一些改装，加一个延时装置。"蓝珊想了片刻，"至于怎么加延时装置，我现在还不能确定，需要去看看那枚水雷。走，我们现在就去船尾舱室。"

蓝珊说着带唐巍从电池舱出来，直奔船尾，很快来到了船尾的小艇舱。

小艇舱是收放小艇的地方，舱门直接与海水相连，舱门也很少关闭，海水漫进来，将一半船舱泡在水里。一张大网固连在船舱里，延伸到水下，拖带着那枚水雷。

此时骑士号已经在水鬼特种兵的控制下停了下来，蓝珊可以直接下水，不用担心被螺旋桨打伤。

放置潜水装具的舱室都被水鬼特种兵占领，唐巍和蓝珊都没有潜水装具，只能裸潜入水。

蓝珊伸手拉开拉链，开始脱衣服。她穿的衣服都是厚实羽绒防寒衣，这东西吸水能力极强，一沾水重量就会成倍成倍增加，所以下水之前必须脱掉。

唐巍虽然见过蓝珊穿紧身潜水衣的样子，可是从来没见过潜水衣下面的东西，他很想大饱眼福。可又觉得在这种情况下偷看太过卑劣，于是他转过身去，在舱室门口警戒。

唐巍只听身后“扑通”一声，一回头，只见甲板上只剩下了几件衣服和一双鞋，蓝珊已经下水了。

就在这时，突然一阵脚步声从远处传来，唐巍吃了一惊，急忙躲在舱门旁边，蹲下身子，偷偷把头探出去，看舱室外面的通道。

只见通道之中，一个虎背熊腰的白人壮汉缓步走来。他穿着一身海洋数码迷彩服，没穿防弹衣，迷彩服上没有任何军衔、国籍标志，胸前挂着一支防毒面具。他的手中端着一支 P90 冲锋枪，枪口指向前方，步子很慢，正在进行战斗搜索，一边走一边用对讲机说着什么。说的极北国语，唐巍听不懂。

这个白人壮汉，就是蓝珊所说的水鬼特种兵。他一步步靠近小艇舱，小艇舱的舱门没有关。眼看他就要走进小艇舱，唐巍悄悄拔出分水峨嵋刺，准备发起致命一击。

没想到那个水鬼特种兵走到小艇舱外面，竟然停了下来，没有进去。按照常理来讲，这里是不可能藏人的，因为小艇舱和外界相通，又有一半泡在水里，非常非常冷。那个水鬼特种兵觉得搜索到小艇舱外面也就差不多了，没有进来。

只见白人壮汉关闭了对讲机，从口袋里拿出了一支烟，悠然吸了起来，还不时吐出一个个圆圈。

你可真会忙里偷闲！唐巍在心里一个劲儿地嘀咕：你要么赶紧走，要么进来我把你干掉，怎么还在那里抽上烟了？你们不是什么水鬼特种部队的吗？竟然在执行任务的时候抽烟，你们精锐特种兵难道就这个素质吗？

唐巍正盼着那个水鬼特种兵有所行动。没想到那个水鬼特种兵竟然一屁股坐在了消防箱上，把 P90 冲锋枪往怀里一抱，竟然吹起了口哨。

唐巍的冷汗瞬间就下来了，这个家伙要是留在这里不走，那可麻烦了，蓝珊在水下，完全不知道这里的情况，她会毫无防备地出水，进入舱室，弄出的响动足以把那个水鬼特种兵吸引过来。

更麻烦的是，唐巍还没法通知蓝珊，他不敢大喊大叫，甚至不敢走动。一旦弄出声响，就会被发现。只要水鬼特种兵的枪一响，唐巍和蓝珊就将会被重重包围。

唐巍别无选择，只能在蓝珊上船之前干掉这个水鬼特种兵。

唐巍慢慢抽出分水峨嵋刺，他忌惮水鬼特种兵手中那支 P90 冲锋枪，不敢冲出去。P90 这种枪结构精巧、火力强悍，操作的时候转向速度非常快，唐巍冲得再快也会被击中。

唐巍想弄出声音把水鬼特种兵吸引过来，转念一想不行，他要是起了警惕，召唤同伴就麻烦了。

唐巍皱着眉头想了好一阵子，终于想出了一个办法。他悄声轻步地走到蓝珊的衣服边上，翻拣一阵，把一件束胸衣拿了起来。对于蓝珊这样的女雇佣兵来说，束胸衣非常重要，它能将乳房压紧，在战斗的时候不出现晃动。

唐巍拎着束胸衣走到舱室门口，把束胸衣放在舱门边上，用分水峨嵋刺轻轻往外面推。水鬼特种兵很快意识到尾舱有人，他急忙站起身来，举起了枪。

很快束胸衣完全出现在了水鬼特种兵的眼中。它是淡粉色的，女人味十足，水鬼特种兵的嘴角闪出一丝坏笑，尾舱里面有女人。

水鬼特种兵虽然稍微放松了警惕，却仍然端着枪靠近。唐巍听着脚步声，在心中估算着距离——十米，八米，五米，四米……唐巍猛地转出舱门，手臂扬起，分水峨嵋刺激射而出。同时身体如饿虎扑食，直扑水鬼特种兵的手臂。

分水峨嵋刺正中水鬼特种兵的小腹，透体而入，鲜血喷涌。与此同时，唐巍扑到了他的身前，左手打飞了 P90 冲锋枪，右手使出寸杀拳结结实实砸在喉咙上，只打得他喉结粉碎，颈椎错断。连一声惨叫都没发出来，栽倒在地，一命呜呜。

唐巍担心尸体被人发现，抓住尸体双脚，将尸体拖入小艇舱。又在地上检查一遍，确定没有留下杀人痕迹，这才放心。

唐巍刚把杀人痕迹整理好，紧紧关上舱门，就听见水声响动。蓝珊从水中冒出头来，爬上甲板。

蓝珊的模样再次让唐巍怦然心动，被水打湿的乌黑长发粘在雪白的脸颊和肩膀上。身上只穿着一套内衣，被水浸泡之后紧紧贴在身上，平坦的腹、纤细的腰和修长笔直的腿都露在外面。她的皮肤本来就白皙，被冷水一泡，更显白嫩。

蓝珊身上满是冰冷透骨的海水，被海风一吹，身体立刻颤抖。唐巍太懂低温对身体的伤害了，急忙脱下自己的衣服，扔给她，急着说道："把水擦干。"

蓝珊也不推脱，接过衣服，说了声"谢谢"，几下把身上的水擦干，把衣服扔回给唐巍，穿自己衣服。穿衣服的时候，唐巍告诉了她干掉一个水鬼特种兵的事情。

唐巍把过程讲完，蓝珊也穿好了衣服，她秀眉一挑，忧声说道："你干掉了他，他们很快会发现的，我们的时间不多了。"

蓝珊把手一挥，说道："我们去拿几样工具，路上我告诉你我的计划。”蓝珊拉开舱门就走。

“等等。”唐巍没有跟出去，而是径直走到了那具尸体旁边，抓住尸体的脚，把它扔进水里。尸体在水中缓缓沉没，不见踪迹。

“这样尸体就不会被人发现了。”唐巍说着跟上蓝珊。

两人快速走出舱室，蓝珊一边走一边说道：“我已经想好如何布置延时起爆装置了。我们两个一起下水，我会在水雷上布置延时起爆装置，然后我们一起拖带那枚水雷，靠近武装船，之后我会开启延时起爆装置……”

蓝珊说话之时，两人已经走进了杂物舱。这里是堆放生活用品的地方，蓝珊飞快挑了几样东西，用衣服一包，快速返回小艇舱。

唐巍刚要迈进小艇舱，突然蓝珊伸出手，将他拦住，神色有些不对劲，唐巍急忙问道：“有什么不对劲吗？”

蓝珊用手一指小艇舱甲板，唐巍顺着她指的方向看去，不觉一震。只见甲板上，竟然有一条清晰的水印，从海里一路延伸上来，顺着舱门进入船内，消失在船舱深处。

“那个被你打死的水鬼特种兵又活了。”蓝珊的脸色阴沉下来，忧声说道。

“这……这怎么可能？”唐巍拼命回忆着刚才的一幕，分水峨嵋刺刺中小腹，寸杀拳击中喉结，他怎么还能活？

“别管那么多了，赶紧下水，先炸了武装船再说。”蓝珊用最快的速度脱下衣服，只留下贴身内衣和右边大腿上的携行袋，里面插着潜水刀。唐巍也把衣服脱得只剩下内裤，两人把衣服藏在小艇舱的工具箱里，这才下水。

没有加热潜水衣，甚至没有一件保暖的衣服，更觉海水冰寒刺骨，也就是常年潜水的唐巍和海神精英蓝珊能支撑住，换另一个人恐怕就支撑不住了。两人快速游到水雷近前，蓝珊加装延时起爆装置，唐巍警戒。

水下的子弹

这枚水雷有两种引信，一种是触角引信，一种是触线引信。触角引信蓝珊打不开，无法再上面安装按时起爆装置，她选择在触线引信上做手脚。

蓝珊有条不紊地忙碌着，唐巍不太懂爆炸物，帮不上忙。于是头冲着骑士号方向，注视着小艇舱，负责警戒。

忽然，一阵脚步声从小艇舱里传了出来，透过水面，唐巍隐隐约约看到几个人影出现在舱门口。他们端着枪，在海面上扫视一圈就走了，他们做梦也想不到蓝珊和唐巍的奇招。

唐巍松了口气，听到身后水声响动，转头见到蓝珊游了过来冲他招手。他知道蓝珊已经把延时引爆装置设定好了，快速游了回去。

蓝珊竖起大拇指，向上一指，这是上浮的手势，唐巍跟着她浮到水面上，两人深深地换了一口气，唐巍趁着这个时候说道："刚才几个水鬼特种兵来过了，他们一定已经加强防备了。"

蓝珊神色一黯，沉声说道："要是这样，就不好办了。武装船上有高射机枪和火箭炮，杀潜水员易如反掌，我们绝对不能被他们发现，也就不能浮出水面换气。"

这不可能！四个大字跳出唐巍的脑海，两艘船隔着很远，游过去要花费不少时间。那枚水雷的阻力不小，拖带着它消耗体力极大，这水还极寒透骨……全程不换气，根本不可能。

蓝珊也知道不换气的难度，她勉强说了声"尽力吧"，便潜入水中。唐巍无奈地摇了摇头，现在也没有别的办法，只能舍命一搏，头一低扎进水中。

两人一起潜入水下，将拖带水雷的网绑在腰间，向武装船游过去。

唐巍一游起来才知道拖带水雷有多费劲。那枚水雷就像一个巨大的漩涡，死死吸住他，水雷还在身后不断顺着水流摆动，一会儿向左一会儿向右，唐巍不得不多耗费体力来保持平衡。

唐巍偷看一边的蓝珊，只见她呼出的气泡比自己更多更快，显然她更难受。这也正常，单论储氧能力，唐巍作为男人是在蓝珊之上的。

刚游了四分之一的路程，蓝珊到了极限，她大拇指向上一指，示意上浮换气。唐巍的肺也要憋炸了，于是也跟着上浮。

唐巍离着水面还有三四米，眼角余光猛然发现：一粒蚕豆一样的东西出现在面前，缓缓飘向他的脸。

唐巍下意识地伸出手去抓，把那个东西抓在手中。拿到眼前，展开一看，不由得惊出一身冷汗，那竟然是一颗子弹！

原来唐巍和蓝珊以为不露头呼吸就没事。可他们没想到，水鬼特种兵的侦察能力远远超过他们的预算。他们不需要发现两人的脑袋，只需要观察两人呼出的水泡，就发觉水下有人，随即开了枪。

蓝珊并没有看到子弹，她还在上浮。唐巍急忙一压她的肩膀，把手掌在她面前展开，给她看那枚子弹。蓝珊的神色也是一变，急忙转了个身，面朝水面，只把口鼻露出水面，换了口气。

唐巍也跟着做了，很快听到水面响起了密集的枪声，子弹像雨点一样从水面落下，在水体的巨大阻力下，子弹入水之后很快失去了杀伤力，缓缓落下。

唐巍和蓝珊都不敢放松警惕。现在水鬼特种兵用的枪都是 P90 冲锋枪，子弹初速度低，水下杀伤力不强，如果他们用 KPV 高射机枪、107 火箭炮，唐巍和蓝珊就完了。尤其是 107 火箭炮，不用打在他们身上，只要打在他们十米以内，冲击波就能撕裂他们两个人的肺！

唐巍和蓝珊在水下对视了一下，彼此眼中都是深深地忧虑。可他们没有什么解决的办法，只能硬着头皮往前游。

刚刚游出去几米，只见水中猛然多出了一道白线。那道白线速度极快，瞬间划过唐巍和蓝珊眼前，两人的脸色同时剧变，子弹入水还能有这么高的速度，应该是 PKV 高射机枪。

KPV 来了，107 还会远吗……

情况危急万分，唐巍狠狠一咬牙，拔出左腿上的潜水刀，回身去割腰上的拖曳索。蓝珊停下了划水动作，怔怔地看着他，在水下不能说话，蓝珊也不知道他要做什么。

唐巍三下两下割断了绳索，别有深意地看了蓝珊一眼，然后做了一个“继续行动”的手势。向斜刺里游出去一段，快速脱下内裤，双脚踩水，将上半身露出水面，右手将内裤高高举起，拼命挥舞。

海神的人，内衣几乎都是白色的，方便在情急时刻发出投降信号。海神不像别的陆上佣兵团，能穿白衬衣、带白毛巾，海神的潜水衣，很少有白色的东西。

船上的水鬼特种兵看到唐巍要投降，立刻停止开枪，派出一艘小艇抓他。唐巍见到枪声止息，默默向蓝珊的方向看了一眼，暗暗想道：蓝珊，但愿你别再被发现了。

很快唐巍被抓上小艇，冷风一吹，唐巍全身颤抖，蜷缩成了一团。水鬼特种兵也怕唐巍冻死，把一条自热防寒毯裹在唐巍的身上。唐巍紧紧裹着毯子，哆嗦了好一会儿，这才缓过劲来。

“你是什么人？”一个凶神恶煞的水鬼特种兵举着匕首逼问。唐巍可不想再被酷刑折磨了，他装出㞞包软蛋的样子，大声哀叫：“不要打我，我说，我什么都说。”

“那你赶紧说！”唐巍其实不太会演戏，因此演技浮夸，水鬼特种兵却没有识破他的演技，还在大声逼问。

唐巍说：“我说我说，我是乌国雇佣的雇佣兵。”

水鬼特种兵说：“哪个佣兵团？”

“冰血……”唐巍在海神，听说过不少佣兵团，这个“冰血佣兵团”的确存在，他们特别擅长在高寒地带作战，而此处正是高寒地带，水鬼特种兵相信了唐巍的鬼话。

水鬼特种兵说："你的行动目的是什么？"

唐巍说："偷袭你们的船……"

水鬼特种兵说："混蛋，我问的是你们佣兵团的行动目的。"

唐巍说："我也不清楚，我只是个小人物，行动目的只有队长知道……"

水鬼特种兵说："队长在哪里？"

"队长他……"唐巍刚要说"队长已经死了"，转念一想，要是这么说，难保不被这个水鬼特种兵认为他故意不说，到时候肯定是一顿酷刑。水鬼特种兵还可能恼羞成怒，直接杀掉他。

"队长他还在船上，我出来的时候他还躲在一间舱室里，我可以带你们去抓他。"唐巍说得诚恳极了，水鬼特种兵果然相信，他把手一挥，朗声说道："回去。"

小艇在水中转了个弯，飞快驶向骑士号。唐巍的嘴角露出了一丝不易察觉的阴笑，想把我带回去，做梦。

小艇快速接近骑士号，唐巍看时候差不多了，突然狂吼一声，弄得所有人都是一愣。唐巍趁着他们分神的工夫，一把抱住身边那个水鬼特种兵，狠狠翻进水中，落水之前还拿上了分水峨嵋刺。

"扑通"一声，两人一起落水，水鬼特种兵在水中丝毫不乱，抽出匕首，冲唐巍就捅。唐巍躲开匕首，向下一沉，猛地抱住水鬼特种兵的小腿，用尽全力向上一举。耳中只听见一阵乱响，一大片鲜血在水中弥散开来，如同一团血雾。

原来唐巍把水鬼特种兵向上一举，正好将他推到小艇尾后螺旋桨位置。

唐巍出奇招杀死了那个水鬼特种兵，小艇上的水鬼特种兵立刻向唐巍开枪。船上的水鬼特种兵也跟着开了枪。唐巍早有准备，他狠狠向水下一扎，让厚实的水层当自己的保护伞，用最快速度游向骑士号。

唐巍很快靠近了骑士号的船舷，随即潜入到船底下。这里是死角，没有一颗子弹能击中唐巍。

唐巍正打算好好躲避一阵，没想到“轰”的一声闷响从身边传来，一股巨大的水流直接把他压在了船舷上。船上的水鬼特种兵见到枪打不到唐巍，直接用了手榴弹。唐巍被震得胸腔剧痛，上次被火箭深弹炸出来的旧伤似乎复发了。

如果水鬼特种兵把一枚接一枚的手榴弹扔下来，他必死无疑。情急之下，唐巍脑筋急转，有没有什么办法能让水鬼特种兵不再扔手榴弹？没有，完全没有！他人在水下，不可能做出任何阻止水鬼特种兵扔手榴弹的事情。

突然，唐巍灵光一闪，最危险的地方就是最安全的地方。我现在回小艇舱，从那里上船，在船上躲起来，你们水鬼特种兵肯定想不到我去了那里。

唐巍抓着船舷往小艇舱游，船舷上沾满了藤壶、贻贝之类的吸附生物，手抓上去一阵阵疼痛。他忍着疼痛，游到了小艇舱外面，他担心里面有水鬼特种兵，没敢直接上去。

整船人陪葬

唐巍尽量靠近小艇舱，在水下向舱中看去，没有看到水鬼特种兵，这才爬进小艇舱。

唐巍一进小艇舱就冲到工具箱前面，掀开工具箱，抓起藏好的衣服，用最快的速度把衣服穿好，然后躲在角落里。此时手榴弹的爆炸声还在船身中部响起，水鬼特种兵还没有察觉唐巍进了小艇舱。

唐巍蜷缩在小艇舱里，外面的寒风灌进来，冰冷刺骨，他冷的浑身发颤。十几分钟过去了，他实在受不了了，决定离开小艇舱，到里面暖和暖和。可就在这时，只听船舱外面传来一阵密集的脚步声。

原来这群水鬼特种兵也不傻。见到手榴弹炸了半天，下面连一滴血都没见着，猜到唐巍可能偷偷躲进了小艇舱，立刻杀了过来。

唐巍从脚步声判断，来的水鬼特种兵至少有四个，这让他有些绝望。四个水鬼特种兵，人人手里有 P90 冲锋枪，唐巍想打赢他们，难于登天。

拼了！唐巍抽出分水峨嵋刺，躲在舱门侧面，一旦水鬼特种兵冲进来，能杀几个算几个。

唐巍抱定必死的战意，听着脚步声快步接近。很快脚步声一停，四个水鬼特种兵已经到了舱门口，眼看就要打开舱门。

可就在这时，远处传来“轰”的一声巨响，蓝珊在这个关键时刻引爆了水雷。水雷爆炸威力极强，冲击波带动海水，山呼海啸般扑向骑士号，打得骑士号猛地一晃。唐巍的身子重重撞在舱壁上，发出“砰”的一声巨响。

唐巍担心这声巨响被外面的水鬼特种兵听见，不过很快他就发现，他的担心是多余的。因为外面那四个水鬼特种兵也被晃得撞在舱壁上，压在一起，成了一堆。

四个水鬼特种兵你推我拉站起身来，没有再进小艇舱，而是快步跑了出去，消失在了通道里。唐巍看到他们离开，长长地出了一口气。

一阵惊叫怒吼声从外面传进来，甲板上的水鬼特种兵乱成一团。唐巍打开舱壁上的舷窗，看向武装船，只见船尾燃起了冲天大火，船尾以肉眼可见的速度下倾，海水涌入船体，与烈焰相碰，化作漫天蒸汽，笼罩着整艘武装船。

正在这时，唐巍只听身后水面水声响动，转头一看，只见蓝珊正拼命往船舱上爬。她的动作看起来很吃力，似乎受了伤。

唐巍跑到工具箱跟前，抱起蓝珊的衣服冲了过去，伸手把蓝珊拉了上来。只见蓝珊面色惨白，嘴唇发青，血痕隐约可见。唐巍急忙把衣服披在她的身上，搀着她的肩膀，柔声问道：“你没受伤吧？”

“没事。”蓝珊倔强地推开了唐巍搀扶她的手臂，走到小艇舱里面，一边穿衣服一边说道："我成功布设了水雷，并且引爆。我低估了水雷的爆炸威力，没有留够撤回的时间，被冲击波震伤了。"

蓝珊穿好衣服，精神振奋了不少，她拿起了那支格洛克 17 式手枪，走到舷窗边上。只见那艘武装船正在不断下沉，脸上露出了得意的微笑，冲唐巍一挥手，说道："武装船肯定要沉了，我们去干掉那些水鬼特种兵，夺回骑士号。"

"我们从哪里开始？"唐巍说道。尽管武装船沉没，可是想夺回骑士号仍然不容易，水鬼特种兵分布在很多个舱室里。

蓝珊说："去动力舱！武装船沉没，水鬼特种兵肯定要到骑士号上来。用骑士号离开，那就一定要修好动力舱，我们绝对不能让他们开走骑士号，所以不能让他们修复动力舱。"

两人一起离开小艇舱，在这个时候，武装船上的水鬼特种兵和船员开始向骑士号转移。救生小艇、充气浮筏一起上阵，有些人更是直接下水游泳。

蓝珊和唐巍快步赶往动力舱，在通道转弯的地方，一个水鬼特种兵出现在两人面前。两人急忙闪到舱壁后面，蹲下身子。

蓝珊探出手臂，用格洛克 17 瞄了瞄，冲唐巍比划了一个手势"他交给我"。唐巍点点头，给她做了个"不要开枪"的手势，蓝珊用嘴型说了声"我明白"，将手枪放回腰间。

只见蓝珊把手伸进领口，在胸前摸索一阵，从文胸上抽出了一截钢圈。手指一拉，钢圈上竟然多出了一条闪亮的丝线。

蓝珊闪身出了拐角，快步接近那个水鬼特种兵，她动作极快，形如鬼魅，声息皆无，眨眼间已经来到了那个水鬼特种兵的身后。只见她把丝线向水鬼特种兵的脖子上一套，水鬼特种兵就死了。

蓝珊急忙回到拐角后面，只见唐巍正愣在原地，狠狠瞪了他一眼，冲他做了个"快走"的手势。

唐巍看到蓝珊摆手，如梦方醒，急忙走到蓝珊跟前。

水鬼特种兵的人数太多，唐巍和蓝珊不敢摊开了打，只能暗杀，尽量减少敌人有生力量。所以要把尸体藏起来，不让敌人发现。

两人快速将尸体藏好，之后便走向动力舱。

两人正在走着，突然听到身后传来一声怒吼，是极北国语！被水鬼特种兵发现了！蓝珊回头就是一个长点射，最前面那个水鬼特种兵惨叫着倒在地上，其他水鬼特种兵急忙躲闪。

蓝珊冲唐巍喊了一声“快跑”，两人健步如飞，直奔动力舱。水鬼特种兵跟在屁股后面追了上来，同时发出了警报，整艘船都躁动起来。所有水鬼特种兵都在向发现唐巍和蓝珊的地方靠拢。

动力舱出现在眼前，门口有两个水鬼特种兵，他们发现两人，举枪就要扣下扳机。可是他们还是没有快过蓝珊，因为蓝珊在奔跑的时候收起了 P90，换上了格洛克 17。冲锋枪的瞄准速度可比手枪慢多了。

“啪啪”两枪，两个水鬼特种兵倒地身亡，每个人的眉心都多了一个血洞。唐巍和蓝珊冲进动力舱，只见里面几个机械师模样的人正在维修，见到浑身鲜血的唐巍和蓝珊，扔下手里的工具往外面跑。

蓝珊喊了一声“抓人质”。蓝珊看准一个瘦小枯干的机械师扑了过去，一把抓住他的衣襟，右手分水峨嵋刺抵在他的脖子上，吼道：“不许动！”

没想到那个机械师竟然毫无畏惧，只见他右手一动，手上已经多了一柄手枪，枪口瞬间顶在唐巍的胸口。

唐巍的心一凉，悔恨莫及，太轻敌了。看这个机械师又小又瘦，觉得他好对付，应该把他一拳打昏才对啊。

可是现在后悔也晚了，唐巍本能地一闭眼，只听见身后一声枪响，睁眼一看，机械师已一命呜呼。原来是蓝珊看唐巍身处危急时刻，开了枪。

唐巍推开怀里的死尸，想去抓别的人质，结果却发现，经过刚刚这么个小插曲，所有机械师都跑得无影无踪。唐巍看向蓝珊，一阵惭愧，蓝珊都没有看他，快步走到机械师的尸体前面，抽出了对讲机。

正在这时，只听舱门外传来了震耳的脚步声。很快，舱门被“砰”

的一声撞开，一队端着 P90 的水鬼特种兵冲了进来，左右一分，围在唐巍和蓝珊的两翼。两人急忙后退，很快被逼到了舱壁前面，无路可退，被水鬼特种兵围在核心。

所有 P90 冲锋枪的枪口都对准了两人，有几支枪上还加装了激光指示器，一个个红点照在两人身上。水鬼特种兵首领高声吼道："放下武器投降！"

唐巍下意识地去看蓝珊，等着她下命令。只见蓝珊轻蔑地笑了笑，右手把格洛克 17 一扔，左手缓缓抬起。只见纤白修长的手指上，挂着一枚手雷，保险已经解开，只要那手指拉开拉环，手雷就会爆炸。

"想同归于尽，那就开枪吧。"蓝珊满不在乎地说着，全然没把那么多指着她的枪当回事。

"一枚手雷就想炸死我们这么多人，你是不是疯了？"首领也是一副满不在乎的样子。

"我不光要和你们同归于尽，我还要拉着整艘船的人陪葬……"蓝珊摇了摇手指，手雷拉环跟着晃动，随时有打开的可能，"你们没有听错，我就是要用一枚手雷炸沉整艘船。"

蠕虫型机器人

这话一出，连唐巍都觉得蓝珊疯了。骑士号这种排水量六千吨的大船，几十枚大口径炮弹都炸不沉，一枚手雷怎么可能把骑士号炸沉呢？

唐巍看了看一边的蒸汽锅炉，如果它们还在运行，用手雷引发锅炉爆炸还是有可能炸沉整艘船的。可现在锅炉都停了，根本不可能爆炸。

首领说："我劝你赶紧投降，你根本没法炸掉整艘船……"

"谁说我不能！"蓝珊抬起脚，踢了踢身后的舱壁，"我身后就是燃油舱，手雷一炸，里面几百吨燃油跟着起爆，你说能不能炸毁整艘船？"

“别开玩笑了！”首领连声冷笑，“我很清楚你手上那个家伙的杀伤力，也清楚储油罐的抗爆能力，一枚手雷，绝对无法引爆里面的燃油。”

唐巍心里也犯嘀咕，一枚手雷就想炸穿舱壁，引爆燃油，这是根本不可能的。蓝珊战斗经验极其丰富，怎么会犯这么低级的错误？

突然，只见一道红色激光打在蓝珊眉心上。首领立掌为刀，微微举起，一旦劈落，就会有一群狙击手开枪，洞穿蓝珊的眉心。

“你们真不想活了？”蓝珊怒吼一声，犹如垂死巨兽，双手向下一伸，解开了腿上的战术携行袋。一掀袋底，一大堆肥皂盒大小的方块掉了出来，外面包裹着土黄色的防潮纸，不知道里面是什么。

“如果你们有人识货，就来看看里面装的是什么，然后再决定开不开枪。”蓝珊幽幽说着，同时把手雷举起来，挡在眉心前面。眉心一旦被击中，身体立刻失去控制，无法引爆手雷。

首领冲一个部下一挥手，那个部下快步走到方块前面，拔出匕首，割破了防潮纸。里面露出了白色的东西，看起来很像石膏块。那个水鬼特种兵用匕首挑起一点，放在鼻子下面一闻，面色剧变，冲首领说道：“是炸药，奥克托今。”

奥克托今，威力最强的单质猛炸药之一，爆炸威力远远超过TNT。蓝珊扔出来的炸药，重量超过5千克，一旦被手榴弹引爆，引爆燃油舱的燃油轻而易举。

蓝珊是从哪里弄到这些炸药的？原来这些炸药是之前和激光切割机一起运来的，恰好放在蓝珊和唐巍藏无头尸体的那座舱室。蓝珊进入舱室发现这些炸药，就装进了携行袋。

首领也是一惊，收起了枪，高高举起双手，沉声说道：“请您冷静，我们之间可以好好商量的，您有什么条件可以现在提出来。”

“我提出条件你能做主答应吗？”蓝珊轻蔑地看着首领，“你给我回去，让你们的最高指挥官过来，我只和他谈判。”

“好好好，我这就去找最高指挥官。”首领带着人快速退出动力舱，关闭舱门，守在外面。蓝珊长长地出了一口气，靠着舱壁瘫坐在地。

唐巍走到蓝珊面前坐下，沉声说道："就算他们的指挥官答应放我们离开，恐怕我们也走不了。"

蓝珊默默地点了点头，唐巍说得一点不错，他们想从骑士号上离开，几乎是不可能的。乘坐小艇离开？水鬼特种兵会在背后用107火箭炮攻击，想要防着这一招，就只能在小艇上放上他们的人质。可是他们是不会轻易交出人质的。

双方就会这样对峙下去，对唐巍和蓝珊极为不利。因为水鬼特种兵那边肯定有援军，援军来的速度一定非常快。而海神的援军，赶过来不知道要花费多少时间，援军只要一到，水鬼特种兵就会放弃骑士号，临走之前会将它炸沉，唐巍和蓝珊必死无疑。

两人沉默不语，想着对策。外面的水鬼特种兵也不着急进来，就在外面守着，他们似乎也想拖时间，等待援军。

十几分钟过去了，唐巍重重叹了口气，说道："我们面前，似乎只有一条路，那就是和他们同归于尽。"蓝珊微微皱了皱眉，没有说话。

正在这时，唐巍突然听到一阵轻微的响动从甲板上传来，他急忙趴在甲板上，耳朵紧贴甲板。很快抬起头来，面色惊变，"我听到有船接近的声音，一定是水鬼特种兵的援军到了。"

"真的吗？"蓝珊卧倒在甲板上，耳朵紧贴甲板，只听见一阵船舶螺旋桨那特有的震动声传来，一时间面如死灰，下意识地抓紧手雷，"没想到他们的援兵来得这么快。"

唐巍说："会是别的船吗？"

蓝珊说："不可能的，除了援军的船，没有船会到这里来。"

正说话间，那艘船的声音越来越清晰。与此同时，舱门外面响起了凌乱的脚步声，声音从近到远，水鬼特种兵开始撤退了，这说明来的船就是他们的援军。

"那我们只剩下与敌人同归于尽了？"唐巍默默地看向蓝珊，凄然说道。

“也许吧……”蓝珊的声音中竟然带着深深的遗憾。唐巍勉强一笑，问道：“听你的语气，你是不是有什么心愿未了？”

蓝珊说：“我心愿未了，你不也有吗？”

唐巍说：“我和你不一样，我的心愿你们都知道，你的心愿我不知道。”

“你不要问了。”蓝珊把脸一板，“我的心愿会跟着我进棺材，谁都不可能知道了。”

唐巍说：“我们都要死了，还保守着秘密，有必要吗？”

“不对劲！”蓝珊突然站起身来，神色惊惶，在舱室里来回踱步，四处查看。她这个样子把唐巍吓了一跳，蓝珊哪有这么惊惶的时候？

唐巍赶紧站起身来，快步走到蓝珊身边，问道：“发生了什么事情？”

“风扇，风扇停了！”蓝珊的声音里满是压抑不住的慌乱。唐巍“噗嗤”一笑，疑道：“风扇停了能怎么样？”

“风扇一停，化学武器就能达到杀伤浓度了……”话音未落，只见蓝珊双腿一弯，像根面条一样瘫软下去。唐巍急忙过去扶住她，只感觉她浑身绵软，一点力气都没有。

蓝珊的眼神很快模糊了，她拼尽全力抬起手，支撑着说道：“引爆手雷，同归于……”“尽”字还没有出口，她就眼睛一闭，无力地昏倒在唐巍怀里。

原来水鬼特种兵将动力舱的换气风扇关闭，然后释放了昏迷毒剂。蓝珊被援军的船吸引，没有注意到。

唐巍意识到有化学毒剂，急忙用衣服堵住口鼻。可是为时已晚，他只感觉一阵天旋地转，身上半点力气都没有，脸朝下趴倒在甲板上。

唐巍的四肢完全不能动，不过眼睛能看、耳朵能听、大脑也能思考。他看到舱门开了，四个水鬼特种兵走了进来，一边走还一边狞笑。唐巍无论如何都不想再次被俘了，他咬着牙，用尽全身的力气，想让身体动起来，可是毫无用处，身体一动不动。

突然，唐巍看到一只军靴出现在脸边，紧接着，穿军靴的人蹲下身子，和唐巍打了个照面。这个人竟然就是唐巍在小艇舱“杀掉”的那个水鬼特种兵，当时唐巍觉得他打断了他的颈椎。其实没有，他只是喉结被打碎，受了重伤，并没有死。

唐巍的心一颤，这个家伙一定要报复我了……果不其然，那个水鬼特种兵抬起脚，一脚踩在唐巍脸上，用的力气大极了，唐巍的头都要被踩进甲板里了。

由于昏迷毒剂的作用，唐巍没觉得太疼，只是感觉到了深深的耻辱。他的舌头几乎都麻木了，也发不出声音，连大骂几句都做不到。

水鬼特种兵见到唐巍一声不吭，完全体会不到复仇的快感。于是他伸手解开了腰带，掏对准唐巍的脸，要往他的脸上撒尿！

唐巍恨得咬牙切齿，却无可奈何，正在这时，突然“嗖”的一声轻响，从头顶传来。只见水鬼特种兵仰面朝天摔倒在地，眉心上竟然多了一个血洞。

怎么回事？没听到枪声啊！唐巍一头雾水。这时只见其他三个水鬼特种兵像见了鬼一样尖叫起来，举起 P90，朝他身后的天花板一通扫射。“啪啪啪”的枪声持续了好一阵。只听见“啪嗒”一声脆响，一个奇怪的东西落在甲板上。

那个东西恰好落在唐巍的视线里，唐巍看清了它的真身。只见它小臂长短，手腕粗细，好像一条巨型蠕虫，前面顶着一支巨大的摄像头，摄像头的后面，有一个针管一样的东西。这竟然是一部“蠕虫形机器人”，它可以大角度扭曲，钻进人类无法进入的孔洞，还有一定战斗能力。可以在人的操控下发射毒针，那个水鬼特种兵就死在这毒针之下！

三个水鬼特种兵用脚踢了踢“蠕虫机器人”，面面相觑，都不知道这东西是从哪里来的。就在这时，只听舱门口传来“噗噗噗”三声闷响，三颗子弹射入三个水鬼特种兵的体内，三具尸体全部栽倒在地，把唐巍的脸遮住了。

12 天狼星海啸

天狼星海啸

水鬼特种兵的尸体正好倒在唐巍的脸上，挡住他的视线，一时间唐巍什么都看不到。只能听到一个急促的脚步声由远及近，很快尸体被掀开，只见一个男子站在面前。

这个男子看上去三十岁上下，阿拉伯人面孔，眉毛浓黑，眼睛细长，目光犀利，鼻梁高挺，肌肤呈古铜色。他穿着一套潜水衣，没有带高压气瓶，没有穿脚蹼，手中一支精巧的手枪，举在耳侧，枪口上拧着长长的消音器。

男子看到唐巍一脸血污，伸手就去摸他的颈动脉。唐巍拼命催动声带，想说出“我没死”这三个字，可是嘴里一点声音都发不出来。

男子见到唐巍嘴唇在动，眼神也有灵性。知道他还没死，急忙半跪在他的身边，嘴巴凑近他的耳朵，小声问道：“你怎么了？”随后把耳朵贴在他的嘴唇上。

“毒……毒剂……”唐巍用尽全身的力气，终于说出了两个字。男子急忙扒开唐巍的衣襟，在胸前检查一阵，掏出一支装满淡蓝色药剂的注射针管，对准唐巍的心脏刺了进去。针头正好刺进心脏主静脉，男子推动活塞，将药剂全部注入。

药剂沿着静脉流入心脏，泵射到全身。不一会儿，唐巍就感觉身上有了力气，问道："你是什么人？"

"海神的人，代号天狼星。"男子快速回答。

唐巍说："你们怎么来了？我和蓝珊从始至终就没有发出求援消息。"

"时间紧迫，来不及多说，你能不能站起来自己走路？"天狼星说着伸手搀扶唐巍。唐巍在他的搀扶下站起身来，活动了一下手脚，点头答道："我应该可以自己走路了。"

"那就好，你抱上蓝珊，咱们赶紧走。"天狼星快速说着，转身走向舱门。唐巍急忙问道："她还用我抱吗？你给她打一针不就好了吗？"

"她已经深度昏迷了，需要特殊救治，我的药剂不管用。"天狼星说话时已经打开了舱门，走了出去。唐巍过去抱起蓝珊，跟了出去。

天狼星带着唐巍直奔船尾小艇舱，很快来到了小艇舱外面的通道。眼看小艇舱近在眼前，前面突然出现了四个水鬼特种兵，拦住去路。

四个水鬼特种兵见到天狼星三人先是一愣，随即把枪举了起来，P90正对着三人，大声吼道："把手举起来！"

这里是舱室通道，两边都是舱壁，无处可躲，原路退回是唯一的办法。唐巍灵机一动，转身就跑，可是刚刚跑出去两步，一颗子弹就落在脚前，抬头一看，前面又站着四个水鬼特种兵。两组水鬼特种兵将这处通道完全堵死，根本逃不出去。

唐巍急忙退回到天狼星的身边，天狼星举着手枪与水鬼特种兵对峙。他的手枪是伯莱塔M9式，口径九毫米，弹匣备弹十二发，和P90那三十发弹匣没法比，火力天差地别。

水鬼特种兵厉声呵斥："把枪放下！举起手来！"

唐巍看向天狼星，看他的反应，只听他大叫了一声："我投降。"身子一蹲，将那支伯莱塔M9放在地上，高高举起双手。

唐巍非常生气，本以为天狼星是生力军，结果遇上敌人这么快就尿了！要投降你自己投，老子宁可拼死也不投降。

唐巍做好了拼死一战的准备。这时水鬼特种兵已经端着枪靠近他们了，唐巍抱了抱手中的蓝珊，心想等水鬼特种兵过来我就把她扔出去。她虽然很轻盈，砸不死人，可是也能挡住他们片刻，争取到的时间应该能干掉几个……

可就在这时，不远处突然传来一阵窸窸窣窣的声响。紧接着，几个水鬼特种兵不约而同发出了惨叫声，身体像没了骨架似的瘫痪下去。

其他水鬼特种兵见到同伴惨叫，立刻回转身去。只见几部“蠕虫型机器人”正在靠近，它们不断发射毒针，刺入水鬼特种兵的体内。没有被毒针刺中的水鬼特种兵立刻开枪，子弹打在蠕虫机器人外壳上，火星四溅。

唐巍看得目瞪口呆，心想这些机器人是从哪里冒出来的？他猛然发现天狼星的手套很厚，上面满是密密麻麻的按键，天狼星正在不断按下按键，原来这些蠕虫型机器人就是他控制的。他刚才投降是假，趁机控制机器人攻击才是真。

机器人和水鬼特种兵正在缠斗。天狼星猛地按下了起爆按钮，机器人轰然起爆，金属碎片如飞刀一般四处溅射，没被毒刺击中的水鬼特种兵惨叫着倒下。

“快跑！”天狼星拔腿就跑，至于那支伯莱塔 M9，连看都没看。唐巍抱着蓝珊，跟在后面，很快跑进小艇舱。

天狼星喊了一声“下水”，一下子扎进水里。唐巍立刻放下蓝珊，伸手脱衣服。

天狼星在水中回过头来，冲唐巍大叫：“干什么呢？赶紧下来！”

唐巍说：“我的衣服下水就会吸水，特别沉，必须脱掉。”

天狼星说：“来不及了，赶紧下水！”

唐巍根本不听天狼星的话，还在脱衣服，可这时听到身后传来密集的脚步声，水鬼特种兵的大部队来了！唐巍也顾不上衣服吸水，抱着蓝珊跳进了水中。

这一下水，水就“呼”地一下钻进羽绒防寒服，再也不肯出来。唐巍的负重骤然增加，羽绒防寒服可不止唐巍这一套，蓝珊身上还有一套呢！唐巍就感觉身体像被绑上了一吨重的铅块，不由自主地向下沉去。

唐巍只能拼命靠打水维持浮力，在游的时候还要保证蓝珊的头露出水面，耗费的体力更多，游出去百十米就已经筋疲力尽。

唐巍大声呼叫，让天狼星帮忙。可是谁想到此时起了风，风吹浪涌，声音不小，天狼星在他前面十几米，竟然没有听到。

正在唐巍力气耗尽之时，右侧突然出现一艘小艇，那小艇速度极快，船头冲起的浪花足有两三米高，正对着唐巍冲了过来。

这艘小艇吓得唐巍一激灵，要是被它撞上，他和蓝珊全都得成肉饼。他拼了命憋住一口气，快速向旁边游，躲避小艇。

没想到天狼星这个时候游了过来，高声喊叫：“别走，那是自己人。”

自己人？玩我呢吧！这一撞老子能活得了吗！唐巍没搭理天狼星，开始转向。可他抱着蓝珊，又消耗了大量体力，转向的速度极慢。那艘小艇已经冲到了跟前，唐巍毫无躲避的可能。

唐巍一咬牙，听天由命吧……

只见那艘小艇在快要撞上唐巍的时候猛然转弯，转动的艇身激起一片白浪，淹没了唐巍。在白浪之中，一支粗壮的手臂探了出来，一把抓住唐巍的胳膊。唐巍的胳膊又粗又壮，竟然被那只大手完全攥住，毫不费力。

唐巍只感觉身子一轻，随即重重摔在小艇上。原来他竟然被那只手臂硬生生从水中拎了起来，扔在了小艇上。唐巍和蓝珊的体重加起来将近三百斤，再加上羽绒防寒衣吸的水，其重无比。这只手臂竟然把他们一下拎了上来，手臂的主人到底是什么人？

唐巍抬头看去，只见小艇上只有一个人。他是个黑人大汉，站在那里操纵方向盘，身高足足比唐巍高出三个头，虎背熊腰。在寒冷的海风之中竟然只穿着一条小背心，棱角分明的胳膊粗得都快赶上唐巍的大腿了。

正在这时，天狼星也被这个黑人壮汉拎起来扔在甲板上。天狼星刚刚落地，那黑人壮汉就发出了孩子似的欢呼："天狼星，我这次抓起了两个人，打破了我的纪录，哈哈！"

"万岁！"天狼星跟着欢呼，唐巍一头雾水，看向天狼星，问道："你有什么好欢呼的？"

黑人壮汉不等唐巍说话就大笑起来，说道："我代号海啸，是海神的大力神！从水里拎人是我自创的救援绝技，相比于传统的救援方式，速度大大提高。"

"你这样做太冒险了！"唐巍怒火中烧。海啸这是把他拎上来了，要是拎不上来呢？说不定他就被撞死了！

"不冒险，人生还有什么意思？"海啸放声大笑，声震云霄。唐巍刚想和他争论，冰冷的海风一吹，冻得全身颤抖，也就不想说话了。

小艇飞速前行，很快来到一艘大船上。这艘船正在和骑士号对峙，船型和之前那艘武装船差不多。唐巍听到的声音就是这艘船，原来它不是水鬼特种兵的援军，而是海神的援军。

唐巍在船上换好了衣服，蓝珊也被送去救治，这时他才有空问天狼星："你们怎么来得这么快？蓝珊说过，援军最快赶到也要五天时间。"

"我们其实一直跟在你们后面。"天狼星解释道，"之所以没有通知你们，是雇主的意思。这艘船是乌国海军的巡逻艇，他们不想派出两艘船刺激极北国。于是这艘船秘密靠近，只在你们危急之时支援。"

唐巍心里好一阵不痛快，乌国这样做实际上是把他们坑了。如果他们知道有援兵，可能就不会冒险攻击了。不过现在想这些也没什么用了。

天狼星接着说道："支援的武装船赶到之后，水鬼特种兵大部分兵力被这艘武装船吸引。我和海啸趁机登船救人。我使用蠕虫机器人，悄无声息地解决了守卫，先把乌东诺夫和毒鲉那些人救了出来，之后才救了你。”

唐巍点点头，问道：“既然人都救出来了，我们是不是应该撤退了？”

天狼星说：“这个不归我管，这次行动的指挥官不是我，是水藻。”

“水藻？他也来了？”唐巍惊喜交加。

“没错，他也来了，我带你去见他。”天狼星和海啸带着唐巍往指挥舱走，在指挥舱外面，唐巍见到了水藻。

水藻见到唐巍还活着，很高兴，寒暄了一阵，说道：“这次行动我们也要听乌国方面的指挥，乌国指挥官现在正在向乌东诺夫了解情况，我们等一会儿再进指挥舱。趁着这个时间，我来给你介绍一下天狼星和海啸，他们可都是海神的传奇人物。”

狙击炮

唐巍聚精会神地听着。心想这两个人一个能用机器人作战、一个力大无穷能从水中把人拎起来，想必都不是凡物。

水藻先指向天狼星，微笑着给唐巍介绍：“天狼星，出身于中东酋长国。据他自己说，他是王位继承人，因为他喜欢无人机械技术，尤其是喜欢能杀人的无人机械，普通人的世界满足不了他，所以他加入了雇佣兵集团。可其他雇佣兵集团，又没有施展无人机械的空间，于是他就加入了海神。”

天狼星听完水藻的介绍，笑眯眯地看向唐巍，骄傲地说道：“你看到的蠕虫机器人还有控制手套，都是我研制的，怎么样？我是不是很厉害？”

“很厉害，非常厉害。”唐巍有意捧着说。

水藻介绍完了天狼星，又开始介绍海啸：“他是我们海神的大力神，加入海神之前，曾经在数个雇佣兵集团打工。他是个喜欢冒险、喜欢挑战的人，对陆上作战厌烦之后，开始尝试水下作战，加入了我们。”

海啸用他那扇子一样的大手拍了拍唐巍的肩膀，爽朗笑道：“你就是那只天赋平庸，表现糟糕的肉虾？”

唐巍毫不在乎地笑了笑，不予置评。心想能不能留在海神都不一定，计较这些东西有什么意思呢？

四个人正在说话，突然一片清脆的枪声从外面传来。“哒哒哒”“哒哒哒”，三发一组，此起彼伏，显然是有多挺轻机枪在进行压制射击。乌国方面在水鬼特种兵没有开枪的情况下进行压制射击，显然是要发起登船作战。

水藻面色剧变，说了声“不好”，拉开指挥舱的门，几步冲到一个须发花白的老者面前，唐巍三人也跟了进去。

这个老者是这艘船的船长，乌国方面的总指挥，名叫伊曼维奇，上校军衔，是剑鱼两栖侦搜队的总队长。

“上校先生，所有人都已经救出来了，您为什么不按照原定计划，下达撤退命令？”水藻强压不悦地说道。

“我们必须夺回骑士号！”伊曼维奇抱起了肩膀，一副不容拒绝的样子，“船上有一件非常重要的东西，我们必须拿回来。”

“既然船上有非常重要的东西，为什么您刚才不提出来？如果您提出来，我就把它带回来了。”天狼星说了话。

伊曼维奇说：“在我的人没回来之前，我并不知道那件东西我们已经拿到了，所以现在我要改变计划。”

唐巍以为伊曼维奇说的那样东西是那枚水雷，急忙过来说道：“上校先生，那枚水雷已经爆炸了，拿不回来了。”

“虽然爆炸了，可还是能拿回来的。”伊曼维奇意味深长地看了看唐巍，又看向水藻，冷声说道：“夺船行动由我们自己完成，你们就不要多问了。”

“水鬼特种兵有 KPV 高射机枪和 107 火箭炮，而你们的巡逻船，最重的武器是7.62毫米轻机枪，如果强攻，你们会有很大伤亡的。”唐巍好心提醒，伊曼维奇却并不领情，他瞪了唐巍一眼，“他们的船已经沉没，那些武器不可能带出来，你们回去休息吧，这里没有你们的事情了。”

见到伊曼维奇下达了逐客令，水藻只能带着唐巍三人出来，来到指挥舱外面的平台上，只见从船头到船尾，四挺RPK轻机枪正在向骑士号喷吐着火舌，骑士号上，几具血肉模糊的尸体躺在甲板上。

两艘船之间的海面上，四艘快艇正在接近骑士号。每一艘上都有八名剑鱼特种兵，每人端着AK–74突击步枪，船头还有一挺RPK轻机枪。

乌国船上的四挺RPK几乎将骑士号上的水鬼特种兵死死压住，眼看着四艘快艇即将靠近船舷。突然，集装箱后面闪出了五部KPV高射机枪，随即震耳的“轰轰”声响起，无数子弹猛扑四挺RPK。

RPK只是7.62毫米口径轻机枪，杀伤力和KPV这种十四点五毫米口径高射机枪没法比。眨眼之间，四挺RPK全部哑火，射手和装填手伤亡惨重。

其他剑鱼特种兵立刻转移射击位置。可是对面的KPV如影随形，将乌国武装船上的火力死死摁住。

所有人都惊呆了，KPV那玩意又大又沉，水鬼特种兵是怎么把它从自己的船上搬过来的？

他们此时还不知道，水鬼特种兵用的KPV是改进之后的型号，可以很容易地拆解，拆解之后带到骑士号上就能轻易组装。在他们的武装船沉没之时，一些水鬼特种兵拼死抢下来几部KPV，运到了骑士号上。

骑士号上的火力一响，四艘快艇不敢再靠近，转身就撤，水鬼特种兵在后面用P90扫射。冲锋枪杀伤力虽然不强，可还是打死了几个剑鱼特种兵。

伊曼维奇立刻下令对骑士号进行火力压制，所有剑鱼特种兵都上了甲板。可惜他们威力最强的武器只是RPK轻机枪，在这场火力对射之中完全不是对手，很快几具尸体就躺在了甲板上。

对面的 KPV 一响，水藻、天狼星等人就躲进了船舱。在船舱里，水藻用通讯器联络伊曼维奇，急着说道：“上校，你们的火力不如对方，不能再打了。”

伊曼维奇说：“不行，我们一定要拿到船上的东西！”

水藻说：“可是你们拼不过他们！”

“我们的弹药储备一定比他们多！”伊曼维奇不耐烦地大吼起来，“他们刚刚从一艘沉没的船上过来，弹药不可能比我们多。”

“你们……”水藻还要再说，伊曼维奇却关闭了对讲机。

“这个顽固的老家伙！”水藻一拳砸在对讲机上。唐巍劝道：“你不要生气，我看伊曼维奇说的有一定道理，对面的弹药肯定没有我们多。”

“有个狗屁道理！”水藻狠狠咒骂，“水鬼特种兵那边会一直拼火力打光弹药吗？他们很快就会停火，我们这边不出小艇他们就不开枪，一直坚持到他们的援军赶到，别忘了，他们也是有援军的！”

唐巍恍然大悟，脸色一沉，“这样说来，只能我们出手了。要是等到水鬼特种兵的援军，那可就危险了，都打到这个份上了，他们出舰炮和导弹也不是不可能的。”

“肉虾说得不错！”海啸不等水藻说话，抢着说道，“我们是应该出击了，我这就去拿我的装备。”

“不需要！”水藻狠狠一摆手，“四部 KPV 高射机枪而已，交给我就好，你的武器如果拿出来，实在是大材小用。”

“别开玩笑了，你一个狙击手，根本打不掉那些 KPV。”海啸鄙夷地抱起了肩膀，用下巴往骑士方向一指，“看看人家的 KPV，加装了全向战斗护板，观察口用的是强化防弹玻璃，子弹从外面根本打不进去。”

海啸说：“剑鱼特种兵这边觉得防弹玻璃是弱点，于是专门打防弹玻璃，RPK 轻机枪的子弹一串一串打在上面，根本打不穿，那可是七点六二毫米机枪弹，还是连续命中，都打不穿，你这次用的是 PSG-1

狙击步枪，口径也是七点六二毫米，却是半自动的，想打穿它根本没有可能。”

“谁说我要用 PSG–1？”水藻不屑地瞟了海啸一眼，转身走进里面舱室，很快抱着一件武器回来。唐巍一看那件武器眼睛就亮了，它竟然是 LG–5 型狙击炮。

一般的狙击步枪，发射的是子弹。而 LG–5 型狙击炮，发射的是四十毫米榴弹，而且精度不逊于狙击步枪，杀伤力之强大可想而知。

LG–5 型狙击炮是东国设计制造的，海神竟然也订购东国设计制造的武器，这让唐巍非常高兴。

海啸见到水藻把这玩意搬来，顿时没了话说，乖乖地看着。水藻抱着 LG–5 型狙击炮出了舱室，钻进了舱室外面的掩体——乌国武装船为了方便战斗，在甲板上堆了不少战术沙袋。这处掩体后面的剑鱼特种兵已经被对面打成了两截，尸体已经被拖走，掩体空了出来。

此时水鬼特种兵方面已经不再开枪，他们果然像水藻分析的那样，对手不攻击，他们就不开枪，最大限度节省弹药。

水藻的行动没有受到对手火力的阻击，他将 LG–5 型狙击炮架在掩体上，眼睛凑近它那硕大的瞄准镜——这可不单单是瞄准镜，更是热成像仪、智能弹道计算机的综合体。

水藻瞄准片刻，开始设定榴弹引信。东国生产的狙击炮发射可编程榴弹，射手可以根据距离调整起爆时间，使杀伤力达到最大。

水藻设定好了引信，扣动了扳机。“砰”的一声震响，一枚榴弹呼啸着落向骑士号，只听见“轰隆”一声巨响，那枚榴弹在一部 KPV 头顶爆炸，杀伤碎片四散飞射，射手和副射手瞬间被打成了筛子。

东国研制的可编程榴弹杀伤力极强，这两具尸体的身上，几乎找不到一块好肉。弹片不仅杀伤了射手，更是将支撑枪身的三脚架炸塌、枪管炸断，当场 KPV 被毁，彻底哑了火。被 KPV 压得抬不起头的剑鱼特种兵立刻发出震耳欲聋的欢呼。

美中不足的是，榴弹碎片没能引爆旁边的弹药箱，如果引爆弹药箱，将会对水鬼特种兵造成更大杀伤力。

金属风暴

LG-5 型狙击榴弹发射器虽然火力强大，可是作为一型榴弹发射器，他的枪口火焰和烟迹也是不小的。水鬼特种兵很快发现了水藻的开枪位置，一部 KPV 枪口转动，一串长点射打了过去。

乌国武装船上使用的便携式掩体堆得极厚，即便是高射机枪的子弹也无法击穿。水藻缩颈藏头，躲在掩体后面，子弹“簌簌簌”地打在掩体上，虽然打不到水藻，却让他再无射击空间。水藻只能沿着掩体移动，寻找火力盲区，进行下一波射击。

唐巍、天狼星和海啸三个人正好在水鬼特种兵的斜上方，对水鬼特种兵的移动路线看得非常清楚，天狼星突然冲水藻大吼：“快跑！”

海啸嗓门大极了，把唐巍吓了一跳，他随口问道：“发生了什么事？”

海啸扬手一指，紧张说道：“看，三点钟方向，‘松鸡’。”

唐巍转头看去，只见海啸手指的方向，一个水鬼特种兵正躲在掩体后面，扛着一部 9k38 “针”式便携式防空导弹发射筒，这种导弹称之为 SA-18 “松鸡”。

那枚“针”式导弹，瞄准的目标正好是水藻。这种导弹装药量虽然只有二点二千克，可爆炸的时候，火箭发动机里的发射药也会跟着爆炸，因此杀伤力极强。

再看水藻，根本没有听到天狼星的话，对那枚足以将他炸成碎片的“针”式导弹浑然不觉，天狼星扯着嗓子大叫，海啸伸手掏出通讯器。可是为时已晚，那个水鬼特种兵已经完成了瞄准，即将扣动发射钮。

在千钧一发之际，唐巍摘下分水峨嵋刺，对准水藻扔了过去。分水峨嵋刺的扔法多种多样，如果要刺杀海中恶兽，那就尖端超前，手握锁链，刺身平着飞出。而这次，唐巍没有解开缠在刺身上的锁链，将分水峨嵋刺整个扔了出去，刺身旋转，冲力极大。

就在水鬼特种兵扣动发射钮之时，分水峨嵋刺重重撞在水藻身上。水藻穿着防弹衣，分水峨嵋刺没有伤到他，将冲力全都传了过去。水藻没防备，被直接打倒，恰好他所在的位置是一个平台，一倒立刻落在平台下面。

与此同时，那枚“针”式导弹在平台上爆炸，腾起一团刺眼的烈焰，周围两三个剑鱼特种兵被冲击波推飞，摔进海里。水藻躲开了爆炸，没受什么伤。

强烈的冲击波震得全船一晃，唐巍三人离得近，全被震倒了。唐巍还没有适应炸药在空气中爆炸的威力，脑袋有些晕乎，晕沉之时只听海啸嘿嘿冷笑：“该我出手啦。”说完便消失在唐巍的眼前。

天狼星把唐巍扶了起来，唐巍顺势问道：“他去做什么了？”

“他去准备他的武器了。”天狼星神秘地笑着，“你知道他用什么武器吗？”

唐巍看海啸膀大腰圆，力大无穷，猜测道：“一定是多管加特林炮，我看小说电影里面的大力士都用这个。”

“多管加特林炮？”天狼星摇头笑了笑，“太小儿科了。”

不一会儿，只见海啸驾驶一艘小艇从远离敌军的一侧飞速驶出，小艇还是救起唐巍的那一艘。与上次不同的是，驾驶位置多了防弹装甲板，艇身后面多了一个巨大的箱子，用苫布盖着。

唐巍指着苫布问天狼星那是什么，天狼星笑而不答。

海啸驾驶小艇靠近骑士号，在中间线上猛地一转弯，侧面正对骑士号。骑士号上的水鬼特种兵看海啸没有继续靠近，就没有开枪。

只见海啸将苫布一掀，露出一个巨大的长方形物体。紧接着，长方形物体喷吐出浓密的火焰，密集的枪声响起，震得人心头发颤。

伴随着枪声，骑士号上闪动起一片耀眼的火光。那场面，好像有无数子弹打在骑士号上，撞在钢制船身上火光四溅，在火花四溅之间。四部 KPV 竟然一部接一部地发生了爆炸，海啸的秘密武器竟然引爆了 KPV 的弹药！

水藻发射的榴弹都没有引爆弹药，海啸的秘密武器竟然引爆了！

唐巍疑惑地看向天狼星，天狼星得意地笑了起来，自豪说道："海啸可是个火力狂人，最喜欢追求超级强悍的火力，多管加特林炮根本满足不了他。于是我就把'金属风暴'武器系统改进了一下，送给了他。现在他用的武器，被我称为'天狼星流星雨'，发射四点五毫米超高速穿甲弹，射速每分钟三万六千发！"

"金属风暴"武器系统唐巍是听说过的，这种武器用电击发子弹，射速远远超过传统枪械。不过这种武器造价高昂，也只有天狼星这种皇室土豪能玩得起。

海啸在打爆了四部 KPV 高射机枪之后立刻撤退，在海面上兜了个圈子，回到了乌国武装船上。

伊曼维奇见到四部 KPV 相继爆炸，立刻下令发动第二波攻击。水鬼特种兵的 107 火箭炮和"针"式导弹都没有再响，剑鱼特种兵相继登船。

水鬼特种兵经过唐巍、蓝珊、天狼星和海啸的连番打击，已经是强弩之末，四部 KPV 不过是在勉强续命。此时四部 KPV 全被打爆，水鬼特种兵的后援一时间又到不了，于是选择了投降。

战斗宣告结束，唐巍去找自己的分水峨嵋刺，刚刚爆炸的冲击波不知道把它冲到哪里去了。唐巍找了一阵儿，只见分水峨嵋刺竟然插在一处钢板上，插得极深。几个船员围着它打赌，看谁能把它拔出来，结果谁都拔不出来。

唐巍过去亲自拔，也拔不出来。就在唐巍准备找切割机切开钢板的时候，海啸走了过来，抓起尾后锁链，在胳膊上缠了两圈，大吼一声，猛地一拔，分水峨嵋刺应声而出。

唐巍将分水峨嵋刺收好，刚要道谢，海啸却满不在乎地拍了拍他的肩膀，坏笑道："我们快走，天狼星和水藻正在嘲笑蓝珊，晚了就来不及了。"

蓝珊也能受得了嘲笑？唐巍出了一身冷汗，本来不想去，可是被海啸强拉着去了医务舱。

蓝珊的体重比唐巍少了几十斤，所以对化学武器的耐受力远小于唐巍，同样的剂量，蓝珊昏迷了，唐巍却还有意识。此时蓝珊也没有完全恢复，她躺坐在病床上，眼神迷离。

唐巍和海啸来的时候，天狼星和水藻已经到了，只听水藻大笑道："蓝珊妹妹，我没想到你这么强悍的杀手也会中招昏迷。"

天狼星在一边帮腔："蓝珊小姐，我一直是个大男子主义者，我认为女孩子，尤其是漂亮的女孩子，最好的归宿是家庭。我建议你找一个优秀的丈夫，你考虑一下。"

海啸也加入"战团"，朗声笑道："蓝珊，这次是我救了你，你是不是可以考虑一下。"

三人一边说着一边看唐巍，期待着唐巍有什么"惊世之语"。可惜的是，唐巍只是讪笑，一句话都不说。

蓝珊被嘲笑了一顿，冷笑一声，扬起手，一个一个地指过去，说道："水藻，你还欠我两条命；天狼星，你欠我十条；海啸，你欠我三条。"

当初蓝珊加入海神，很多人对她不服气，于是蓝珊和他们玩了一个"杀人游戏"。蓝珊"刺杀"他们，他们用尽全力保证自己不被杀，结果蓝珊一次又一次"刺杀"成功。大男子主义最严重的天狼星很是不服，被杀的次数最多。后来他们都很佩服蓝珊。

水藻三人被蓝珊揭了短，找借口走了，医务舱里只剩下了唐巍和蓝珊。在之前的战斗中，唐巍与蓝珊并肩作战，他觉得两人关系近了不少，于是亲切问道："你觉得好些了吗？"

"我有几句话警告你！"蓝珊不领情，语气依旧是居高临下，令唐巍的好感荡然无存。

“你想说什么，我洗耳恭听！”唐巍硬声回应。

蓝珊说：“你不要觉得你救了我，就对我有恩，在海神，从来没有救命之恩一说。海神的行动里，每个人的生存，都有其他人的功劳，所以在你能否成为海神正式成员的问题上，我不会改变观点的。”

“你随意。”唐巍懒得和蓝珊生气，随便回了一句，转身离开。

乌国武装船快速返回捷里港。至于乌国从骑士号上拿走了什么东西，从水藻到唐巍一无所知。伊曼维奇命令船员对海神众人进行了严格保密，海神这边也无法多问。

行至中途，一架运输直升机将海神众人提前接回捷里港。波塞冬已经赶到了捷里港，他要求海神的人尽快回去。

波塞冬的亲自莅临让这次行动更增加了神秘色彩。水藻告诉唐巍，团长很少会亲临战斗第一线，仅有的几次，全都是不可言说的大行动，这些行动影响之大，连媒体都不敢提及。

比如说之前水藻遇到唐巍的那次行动，就是一次十分重大的行动。那次行动的内容，直到现在，唐巍也一无所知。

13　特种兵大赛

特种兵大赛

直升机很快到达捷里港，波塞冬在秘密办公室会见水藻、蓝珊、唐巍、天狼星和海啸。

秘密办公室里，唐巍、蓝珊、天狼星和海啸都规规矩矩地站着，谁都不说话。唯有水藻，冲波塞冬大吐苦水："乌国人太不像话了，战斗素质极差，三番五次坑害我们。最后还擅自更改计划，从骑士号上抢出了一件东西，那件东西是什么也不说……"

"不要再说了。"波塞冬眉头微微一皱，水藻急忙闭了嘴，"这次行动，背景很深，详细情况，日后再说。"

几个人听波塞冬这样说，无不大感失望，看来盗火者行动的秘密，要日后再解开了。

波塞冬继续说道："今天我们的议题——唐巍能不能成为海神的正式成员，所有人阐述意见，一分钟准备时间。"

"我不用准备。"水藻抢着说道，"唐巍是我带来的，我一直认为他可以成为海神正式成员。"

天狼星接言道："我同意水藻的意见。我和唐巍在骑士号舱室通道里被水鬼特种兵拦住，唐巍立刻转身逃走，他的反应非常快；在海啸驾驶快艇实施营救时，唐巍在不知道海啸能将其拎出水的情况下，没有听我的话，而是坚持避险，说明他很谨慎。我认为他能成为海神正式成员。”

海啸赞同道：“我也认为唐巍能成为海神正式成员。在上一次战斗中，如果不是唐巍扔出分水峨嵋刺，将水藻从平台上打落，水藻就被‘松鸡’炸死了。”

三人都发表了意见，最后只剩下蓝珊。相比于水藻他们三个人，她作为唐巍的主教官，意见是最重要的，唐巍四人一起看着她。

蓝珊看了看众人，沉声说道：“团长，我的意见已经在报告中提到无数次了，我坚决反对接纳唐巍为正式成员，之前的水下行动已经多次证明了这一点。在后来的船上战斗中，唐巍陆上作战能力的不足更是严重拖了后腿。”

唐巍听到蓝珊这样说，并不意外，他没有辩解，只是盯着波塞冬，等待他的决断。水藻三个人，也都等着波塞冬的裁决，他们不同意蓝珊的意见。可当着波塞冬的面，也不好和蓝珊争执。

波塞冬微笑了一下，说道：“你们的意见我都知道了，现在我做出决定——”

话一停，唐巍的心骤然悬了起来。

波塞冬说：“我同意唐巍成为海神的正式成员！”

唐巍心中狂喜，不过面色丝毫没有改变，只是微微点头。同时偷偷去看蓝珊，只见她的脸上没有愤怒，只有失望。

波塞冬的目光看向蓝珊，问道：“你有什么要说的吗？”

蓝珊把头一扬，朗声说道：“我尊重团长的决定，不过我保留意见，我相信我可以证明我的观点——唐巍没有成为海神正式成员的能力。”

海神的规矩：波塞冬下达命令，其他人只能执行，不准有任何反对意见。蓝珊那么强硬，也不敢提“反对”，只敢说“我保留意见”。

“可以。”波塞冬快速回答，看向唐巍，“你要有一个代号，以后你的名字不再使用，只用代号，代号都是自选的，你选什么？”

“我已经选好了。”唐巍胸脯一挺，“我的代号，就叫潜龙！”

“潜龙？很好！水藻，记住这个代号，后续事务你来完成。”波塞冬接着看向蓝珊，“接下来要继续对唐巍进行训练，陆上作战训练是关键。蓝珊，你还是主教官，不要常规训练，要以战代练，执行吧。”

几个人从办公室出来，蓝珊像往常一样先走了，水藻搂着唐巍的肩膀，要带他去找些乐子，海啸坏笑着赞同。水藻拍着海啸的胸肌告诉唐巍：“跟着这个家伙去找乐子可以不花钱，因为他技术太好，有的时候还能赚些钱回来……”

唐巍笑着推辞，水藻于是又要拉天狼星去，天狼星鄙夷道：“我可是王子！这里低贱的女人配不上我的高贵。”

水藻笑骂了天狼星几句，带着海啸走了。唐巍和天狼星于是去休息，唐巍问天狼星：“团长说的以战代练是什么意思？”

天狼星是个高傲的家伙，自诩高贵，对待乌国剑鱼特种兵，神态语气完全像对待仆人。不过对海神的人，他还是很热情的，他笑道：“就是用战斗来代替训练。”

“这不是开玩笑吗？”唐巍眉头一紧，“我完全没有陆上作战经验，直接扔到战场上，不是去当炮灰吗？”

“那我就不知道啦，团长的命令，不必思考为什么，服从就好了。”天狼星笑着摇摇头，“对啦，你到底哪里惹到蓝珊啦？”

“你……你怎么突然问这个？”唐巍不觉一愣，茫然问道。

“我是觉得奇怪啊，蓝珊为什么这么反对你加入海神，按照你的能力，可以加入海神啊。”天狼星说

“有什么好奇怪的。”唐巍耸耸肩膀，“她报复心强呗。我在军舰鸟之战里打赢了她，她就怀恨在心。”

“不对！”天狼星沉下脸来，郑重地摇了摇头，“据我所知，蓝珊不是这样的人，她不会对人这么坏的，你一定是有什么地方招惹她了。”

唐巍彻底晕了，除了军舰鸟之战，两人再无过节啊……他一头雾水，陷入沉思。天狼星突然大笑起来，说道："不要想了，我回去睡觉啦，再见。"

第二天，水藻把唐巍成为海神正式成员的后续事务全部做好，包括海神成员专用的卫星电话、姓名标志牌等等。唐巍没有提出寻找肾源的事情，他觉得刚刚加入海神就提出寻找肾源太过唐突，打算过一段时间再提。

第三天，蓝珊和唐巍乘坐飞机离开捷里港，不过飞机没有飞回东非海岸的海神基地，而是在非洲中部的中非雨林国降落。

普通人印象中的非洲，可能是大片大片干旱的沙漠，其实不然。非洲只有撒哈拉沙漠是极为干旱的，其他地区气候多样，撒哈拉沙漠位于非洲北部，非洲中部是热带雨林，比亚马逊雨林要小，动植物种类也没有亚马逊雨林多。

非洲南部是热带草原，就是普通人经常在电视上看到的景象——狮子、鬣狗、羚羊……干湿两季……

唐巍和蓝珊降落的地方，是热带草原和热带雨林的结合部。

在机场，一架UH-60"黑鹰"直升机将两人接上，飞入雨林深处，在一处气势磅礴的军事基地停下。基地里都是军人和各种装备，地上走着T-14"阿玛塔"主站坦克，天上飞着AH-64D"长弓阿帕奇"武装直升机。

这两种武器一个来自极北国，一个来自鹰星国，它们两个是天生的对手，竟然出现在同一座基地里。原来中非雨林国盛产石油，在国际社会上与各国交好，因此能购买各国的武器。

几个中非雨林国军官将唐巍和蓝珊接进基地，安排他们住下。他们的住处很像公寓，大房间里包括两个独立的小房间。房间里不仅有柔软的大床，甚至还有空调、热水器和电视、电脑，简直是度假村，而不是军事基地。

等到一切安顿好了，唐巍才问蓝珊："这里是什么地方啊？"

蓝珊说："中非雨林国，地狱特种训练基地。"

唐巍说："我们来这里做什么？"

蓝珊说："按照团长的指示，以战代练，训练你的陆地战斗技能。"

"以战代练？"唐巍笑着指了指巨大的电视和柔软的沙发，"这里哪有战场的样子？我的敌人难道是电视和沙发？"

"你的敌人是各国精锐特种兵。"蓝珊郑重极了。

唐巍说："我完全听不懂了，你到底什么意思啊？"

"这里即将举行'死神之刃'特种兵大赛，你是来参赛的，懂了吗？"蓝珊的语气很平淡，没把这个"特种兵大赛"当回事。可唐巍却是全身一振，经常在电影小说里看到"特种兵大赛"，没想到他竟然能来参加！

蓝珊似乎看出了唐巍的心思，幽幽说道："这次大赛，和你听说过的那些完全不一样。你听过的那些所谓特种兵大赛，很多国家都不派精锐的人来参赛，他们只是象征性地派一些部队，权当练兵。而死神之刃大赛，实战程度最高，甚至可以这样说，是一个真实的战场。各国都会派出部队中的精锐，一方面探查他国特种部队底细，一方面为国家争得荣誉。这种比赛也是各个雇佣兵团侦察特种部队的机会，所以也有不少雇佣兵团参加。"

唐巍微微点头，没太在意这个比赛。如果在以前，与各国特种兵、各个雇佣兵团交手还能让他的心起一些波澜。可是自从与海鲨突击队、水鬼特种部队交过手之后，也就对他们习以为常了。

蓝珊见到唐巍一副毫不在意的样子，有些不悦，冷声说道："给我认真起来！如果你在这次特种兵大赛上的表现不合格，还会被踢出海神。"

唐巍一阵恼怒，心想我现在已经是海神正式成员了，你竟然还把"踢出海神"挂在嘴边上！他冷笑一声，讥讽道："那我怎么才算表现合格？每个项目拿第一，打破大赛纪录？"

F国特种兵的挑衅

蓝珊没有理会唐巍的讥笑，认真说道："打破大赛记录倒不必，样样拿第一也不必，综合成绩拿第一就行了。"

"你是认真的吗？"唐巍无奈地笑了，以他现在的基础，想在这次大赛上击败各国特种兵精锐拿第一，怎么可能！

"我当然是认真的，你就是要在这次大赛上拿综合成绩第一。"蓝珊说得很随意，仿佛"拿综合成绩第一"是一件很容易的事情。

唐巍说："那你说我怎么才能拿第一？你有办法作弊？"

蓝珊说："作弊的办法是肯定没有的，这次大赛采用黑箱赛制，任何人在比赛之前都不知道比赛项目。既然不知道比赛项目，也就没有作弊方法。"

"我现在没有陆上作战基础，你又不知道作弊的办法，拿第一就是不可能的！"唐巍言之凿凿。蓝珊却不以为意，笑道："现在距离大赛正式开始还有几天的时间，我们去学习一下步兵基本武器的使用，然后就能拿第一了。"

蓝珊说着带唐巍从住处出来，驱车前往靶场，途中蓝珊轻车熟路，似乎这个地方她没少来。唐巍就在心里嘀咕：我倒要看看，你有什么办法让我拿第一……

靶场大极了，一眼望不到边，从最普通的五十米胸环靶到二千米狙击靶，应有尽有，甚至还有大量移动靶。靶场里不少人在射击，这些人有的是来参赛的特战精英，有的是接受培训的特种兵和雇佣兵。这座基地也为其他国家或雇佣兵军团提供训练。

所有参赛者都有明显的国籍标志，唐巍希望找到东国特种兵，可是他找了半天也没有找到，他本来想问蓝珊，可是最终没有问出口。在海神，心念祖国是大忌，绝对不能说出口。

蓝珊把唐巍领到一处五十米胸环靶前面，给他选了一支 M16A4——这是鹰星国 M16 小口径突击步枪家族中的最新型号，教授他基本的射击技巧。

在之前的休息时间里，唐巍已经将枪械原理、弹道学、弹药学等基本理论知识自学完毕。蓝珊稍加讲授射击技巧，唐巍就开始了实弹射击。

唐巍据枪、瞄准、击发，打出一枚子弹。陆上射击的感觉和水下射击差不多，不过陆上射击枪口不会出现大量气泡，遮蔽视线，让唐巍有些不适应。

唐巍身边有自动报靶器，打完就能显示环数。他看向显示屏，上面竟然是“零”，也就是说，这一枚子弹根本没有上靶。蓝珊“扑哧”一声笑出声来。

唐巍好一阵尴尬，当初进行水下射击特训的时候，他可是首发命中的！

不要着急，这只是开始而已……唐巍稳了稳心神，再开一枪。枪声响落，转头看靶，仍然是“零”。蓝珊乐不可支。

唐巍收起了枪，仔细回忆一番瞄准技巧，这才举起枪，瞄准了半天，再开一枪，这枪终于上靶了，上面显示出“五”。蓝珊看唐巍费了那么大劲儿才打了个五环，笑着走到一边，坐在了椅子上，掏出手机玩“斗地主”。

唐巍一枪一枪地打着，弹壳在他脚边越堆越高，平均成绩却只有 5 环上下，看来唐巍的陆上射击天赋明显不如水下射击天赋。他并不灰心，既然天赋不够，那就靠努力训练来弥补吧。

唐巍正在一枪枪地练着，正在这时，突然听到身后传来一个盛气凌人的男声，说的是英语：“你是东国特种兵吗？”

唐巍一回头，只见身后站着一个和他差不多高的男人。这个人三十岁上下，穿着一身丛林斑点迷彩服，戴着一副宽大的护目镜——这种护目镜其实是一个通讯终端，能够显示各种通讯信息。

这个男人眼睛细长，目光阴森，脸型瘦长，满是阴郁，好像从地狱里逃出来的恶鬼。别人只要一看到他，就会感到全身不舒服。

唐巍看了看左右两边，没见到别人，知道这个男人是在和自己说话。不过唐巍不想搭理他，他天生就是不甘人下的性格，最讨厌别人用居高临下的态度对待他。蓝珊就经常这么对他，他不得不忍，可是面前这个家伙……哼哼……

唐巍轻蔑地扫了他一眼，转过头去，继续开枪。那个男人继续走近唐巍，呵斥道："喂，我在和你说话，你没有听到吗？"

唐巍心头火起。不过他现在只想练好步枪射击，没有作色，只是回过头，淡淡说道："你在和我说话吗？"

"废话，我不在和你说话，难道是在和子弹壳说话吗？我问你，你是不是东国特种兵？"男人依旧傲慢。

"不是。"唐巍强压怒火，转回身去，继续射击。

"你分明就是东国特种兵，为什么不承认？"男人气势汹汹地问。

唐巍真是哭笑不得。他伸手掏出口袋里的参赛证，举到男人面前，朗声说道："看到了吗？我是中东酋长国皇家护卫队成员，和东国特种兵没有关系！"

唐巍和蓝珊并不是以"海神佣兵团"的名义参赛的，海神向来行事低调，能隐藏身份就一定会隐藏身份。

男人不屑地一笑，说道："我们在出发之前就得到了情报，东国特种兵这次会以特殊身份参赛。我猜这个什么皇家护卫队，就是你们的特殊身份吧？"

这个家伙真是有病！唐巍在心里大骂，他不想和这个家伙起冲突，于是转身继续射击。这时男人声音一凛："自我介绍一下，我代号雷切，来自F国东普连。"

唐巍听到"F国东普连"，心猛地一动。F国曾经在几十年前侵略过东国，烧杀奸淫无恶不作。到了现代，F 国仍不反省侵略历史，雄心勃勃重整军力、霸占东国岛屿、抢夺东国海上油田。

“东普连”是 F 国精锐特种部队之一，隶属于 F 国陆上自卫队，全称“东部方面普通科连队”，担负快速反应任务，是精锐中的精锐。在 F 国自卫队，素有“天上空挺团，陆上东普连”之说。

雷切是 F 国十大名刀之一，为战国时期名将立花道雪所有，相传立花道雪曾以此刀击斩天雷。这个男人能以这个名称为代号，显然能耐不小。

唐巍还在继续练枪，没有回头搭理他。只听雷切提高了声音：“都说东国特种兵战斗力极强，我今天就向你们提出正式挑战，我坚信，你们不过是徒有虚名罢了。”

唐巍任凭雷切挑衅，就是不回头，装作没听见。雷切等了一会儿，见到唐巍不搭理他，冷笑道：“我会让你出手的。”转身走了。

唐巍如释重负，这个烦人精终于滚蛋了。不过想起他说的“东国特种兵会以特殊身份参赛”，又生出一丝激动。

蓝珊目睹了挑衅的全过程，不过她连问都没问。

唐巍练习了一个上午，子弹壳在身边堆成了小山，不过看看环数，却只在五环上下。蓝珊看到唐巍的成绩如此糟糕，高兴极了，带唐巍回去休息。然后在训练报告上写唐巍的坏话，下午继续枪械训练。

唐巍打了一上午 M16，肩膀都震木了，于是蓝珊给他换了重机枪射击训练。重机枪都配备三脚架，人体不需要直接承担后坐力。

蓝珊带着唐巍来到重机枪射击训练靶场，这里位于训练基地的角落，除了一个黑人管理员之外就没有别人了。

蓝珊为唐巍选择了 M2HB 型十二点七毫米重机枪。这种枪堪称机枪界的传奇，它设计定型于 1921 年，后来 1933 年大改过一次，到后来再也没改过。它参加过二战、中东战争、海湾战争等几乎所有大规模战争，至今仍然是鹰星国陆军的制式武器。

蓝珊教授了唐巍射击方法之后就离开了，也没有说离开原因，靶场里只剩下了唐巍和一个黑人管理员。

于是唐巍开始练习，他当射手，那个黑人管理员当弹药手。射击标靶不再是五十米胸环靶，而是远距离密集靶。这种标靶分布在四百米到一千米之间，按照命中率评估成绩。因为重机枪子弹口径高达十二点七毫米，只要命中就能造成重创，射手不必过分追求单发精度。

重机枪射击的气势明显比突击步枪强多了，枪机快速移动，推出一枚枚冒着白烟的滚烫弹壳，令人眼花缭乱。枪口不断喷吐烈焰，发出震耳的响声……唐巍不时去看自动报靶器，他的命中率并不高，仍然是中下游水平。看来在重机枪射击上，他仍然没什么天赋。

唐巍正在开枪，突然听到身边的黑人管理员惨叫一声，仰面朝天向后摔倒，重重砸在地上。

唐巍一阵惊愕，急忙扑到黑人管理员身边，只见他一动不动，似乎已经一命归西。唐巍一眼看到他的胸口，只见上面赫然印着一个弹孔——有人在对面，一枪击中了他的胸膛。

唐巍瞬间惊出一身冷汗，对面都是靶子啊，怎么会有人开枪？他下意识地转头去看靶场远处，靶场尽头有一片树林……正在这时，身下的黑人管理员诈尸般暴起，一把搂住唐巍的肩膀，狠狠向后一扑。唐巍没有防备，顺着他的力道向后倒去。

重机枪对狙击手

后面是一个不大的掩体坑，两人一起倒进坑中，唐巍在身体本能的带动下，抬手就要反击。黑人管理员拼命按住唐巍的手，慌张地用英语说道：“敌人，是敌人！”

在训练场上，唐巍和黑人管理员都穿着全套作战装备，包括钢盔和防弹衣。方才一枪并没有打死黑人管理员，只是让他昏迷了片刻。

“胡扯！”唐巍伸手重重推开黑人管理员，坐了起来，“这里是训练基地，又不是战场，哪里来的敌人？”

黑人管理员见到唐巍一点都不信，真的急了，压低声音说道：“是反对派武装！”

唐巍说：“什么反对派？怎么回事？”

黑人管理员：“这座基地是麦巴桑乔将军建立的，麦巴桑乔将军是我们中非雨林国的国父，当年鹰星国、极北国、英格利国各自扶持军阀代理人，在我们国家争霸，是将军带领我们的人民消灭了所有军阀，建立了独立的国家。”

“那些军阀并没有被彻底消灭，有一些成为了反对派，进入雨林之中，依靠游击战与将军对抗。他们里面有很多狙击手，开枪的那个，应该就是狙击手。这处靶场外面是茂密的雨林，他们完全摸得进来。”

“真的假的？”唐巍满脸怀疑，“你就那么确定子弹是狙击手打出来的，不能是别的靶场飞来的流弹吗？”

“绝无可能。”黑人管理员狠狠摇头，“别的靶场距离这里很远，子弹飞不过来。”

“我们只在这里说是没办法确定的，试一试就知道了。”唐巍看了看掩体坑外面，似乎想要出去。

“不能出去！”黑人管理员急得满头大汗，“那个狙击手枪法极好，出去会被打死的！”

“谁说要出去了！”唐巍狠狠瞪了他一眼，伸手摘下了头盔，用刺刀顶着，缓缓举出战壕。在远处看来，这就是一个人。

突然，“铮”的一声脆响从钢盔上传来。唐巍急忙收回钢盔，只见上面多了一道弹痕，他倒吸了一口凉气，对黑人管理员说道：“还真有敌人的狙击手，我们赶紧呼叫增援吧。”

“好好好……”黑人管理员答应着，伸手到胸前，去掏对讲机。手刚伸进口袋，脸色就是一变。

“你怎么了？”唐巍的心也跟着一紧。

“我们没法呼叫增援了……”黑人管理员颤抖着手，从胸前口袋里掏出那部对讲机。屏幕全都裂了，按键也都碎了，乱七八糟的碎片正在往下掉，“对讲机被子弹打碎了。”

唐巍的心一凉，急中生智，说道：“我们赶紧呼救，你的同伴应该能听到。”

“听不到的，他们的位置距离这里很远很远。”黑人管理员扔掉对讲机，蜷起双腿，靠在坑壁上，不慌不忙，一副任人宰割的样子。

“那我们怎么办？就在这里干等着？”唐巍见他一副窝囊样，很是气恼。

“干等着是最好的办法。”黑人管理员神色郑重。唐巍更恼火了，讥讽道：“难道我们就在这里等着他们来杀我们？”

“不不不……”黑人管理员连连摆手，“他们绝对不敢露面，只敢偷袭。我们不出去，他们就会离开，或者去攻击别人，很可能别人就把他们消灭了。”

“好吧……”唐巍想了想，觉得这的确是最佳的办法，于是他蜷起双腿，坐在了黑人管理员的对面。

正在这时，只听“铮”的一声闷响从不远处传来，两人循声看去。只见弹药箱上溅落下一片木屑，远处那个狙击手，竟然在打弹药箱。

黑人管理员的脸色瞬间变了，颤声说道：“那些弹药箱装着几万发子弹，都是十二点七毫米重机枪弹，一旦爆炸，我们就完了……”

唐巍眉头也是一皱，心想：食人鱼行动、盗火者行动我都挺过来了，海鲨突击队、海兽袭杀队、绿森蚺、北海狮……甚至现代级驱逐舰都没弄死我。要是在这里被小小的反对派狙击手干掉，那可真是让人笑掉大牙！

必须反击！唐巍指了指那挺 M2HB，小声说道：“我们用它干掉那个狙击手，怎么样？”

“不行不行……”黑人管理员都快把头摇掉了，“我只是弹药手和管理员，我不会用那件武器，不会用……”

“你……”唐巍心里很生气，你天天守着这个家伙，就不能练一练射击吗？可现在抱怨他已经没有用了，他既然不会用，那就只能唐巍自己去了。可是他刚刚练习射击不久，能打过这个狙击手吗？

唐巍正在犹豫，又一声闷响传来，又一枚子弹打在了弹药箱上。

不能再犹豫了，再不解决那个狙击手，弹药箱就炸了！

我去就我去，管不了那么多了！唐巍打定主意，看了看那挺 M2HB，枪身带有护板。护板是用凯夫拉装甲做的，狙击步枪的子弹很难击穿。如果他快速冲到护板后面，狙击手应该是打不到他的。

从唐巍跃出掩体坑到冲进护板，大约需要两秒钟时间。对于一个顶尖狙击手来说，两秒钟足够一枪爆头了。

唐巍咬了咬牙，他必须争取到两秒钟时间。

唐巍小声冲黑人管理员说道：“把你的头盔摘下来，用刺刀慢慢举起来，就像我刚才那样，明白吗？”

黑人管理员点点头，用惊疑的眼神看着唐巍。唐巍不想和他解释什么，小声说了声“开始行动”，身体便伏在掩体坑边上，如同一张拉满的弓。

黑人管理员把头盔顶在刺刀上，小心翼翼地举起来，缓缓地移动着。突然，“铮”的一声脆响传来，一团火花闪落，唐巍如同离弦之箭，跃出掩体坑，直扑防护板。对面的狙击手刚刚射击钢盔，绝对没有时间射击唐巍。

唐巍躲进护板，抓起握把，将枪口对准远处树林。掰开握把，打出一串长点射，子弹射进树林。

唐巍并不知道那个狙击手的确切位置。他这一串长点射，完全是凭借感觉打的，他也不知道能不能击中。所以他开完枪立刻缩进防护板，避免被狙击手的子弹从护板缝隙中击中。

唐巍这边枪声刚落，狙击手的枪声就响了。又一枚子弹打在弹药箱上，好像在故意调戏唐巍——你没有打中我。

那个狙击手没死。可是唐巍却不知道该往哪里开枪，对面的树林实在太远了，他手中又没有望远镜。在他看来，那片树林就是一片绿，根本看不到人。

正在唐巍一筹莫展之际，突然一点亮光从树林中射出，那是瞄准镜的反光！

好机会！唐巍急忙转身站起，手掌抓紧握把，调转枪口对准亮光，将握把一掰到底，打出不间断的连续射击。

唐巍为了增加击中狙击手的概率，直接用了最大射速。只见四瓣儿耀眼的火焰不停在枪口喷吐，“嗒嗒嗒”的枪声震耳欲聋，弹壳像雨点一样落在地上，枪管以肉眼可见的速度变红……再看对面的树林，明显可以看到树枝颤动、枝叶飞零。

M2HB 的射速高达每分钟五百发，满满一大箱子弹，几十秒就打完了，枪机“咔哒”一声停住。

唐巍打光了子弹，长出了一口气，狙击手应该被干掉了。可就在这时，一个尖锐的啸叫声由远及近，“铮”的一声脆响从头顶传来，唐巍的头盔被击中了。

唐巍全身冷汗，迅速蹲下身子，摘下头盔，只见一道清晰的划痕印在头盔顶端。子弹是擦着头盔飞过去的，如果再往下一点点，就可能洞穿钢盔，直入大脑。

唐巍感到一种巨大的压迫感，他想起了那艘现代级驱逐舰。在这个战场上，对面的狙击手，就像那艘现代级驱逐舰，完全压制着他。

唐巍毫无还手之力，他下意识看向堆积如山的弹药箱，不知道它还能经受住几颗子弹。奇怪的是，对面的枪声再也没有响起，一直过了十几分钟，始终如此。唐巍猜测那个狙击手离开了，可是他又不敢离开防护板，只能在防护板后面躲着。

唐巍正在思索对策，正在这时，只听远处传来汽车轰鸣声。抬头看去，只见一辆全地形车开了过来，车是敞篷的，没有装载武器。

唐巍急忙冲那辆车摆手，让它不要靠近，对面有狙击手。可是车上的人不为所动，还是开到了掩体坑跟前。掩体坑里的黑人管理员也很紧张，一个劲地用英语大声喊："隐蔽。"

车门一开，一个军人走了下来，唐巍一眼认出，他就是上午那个向他提出挑战的F国特种兵——雷切。

唐巍看他不爽，也就懒得提醒他狙击手的事情，只管自己躲好，一语不发。没想到那个雷切带着不屑的笑容，绕过掩体坑，走到了唐巍的面前，讥笑道："你们东国特种兵原来水平这么差，我算是领教到了。"

"你什么意思？"唐巍冷冷地瞪着他。

"和你交手的狙击手就是我啊，你还不知道吗？哈哈……"雷切狂笑起来，"你不愿意接受我的挑战，我于是就找机会和你较量一次。可是我没想到，我高估你了，为了让你出战壕，我故意没有打你。为了让你发现我，我故意弄出了闪光，结果你还是没有打中我，反而被我一枪爆头。"

豹2A7主战坦克

唐巍怒不可遏，这个代号雷切的家伙，简直是个疯子，为了和他较量，完全不管他的死活。如果打弹药箱的那几枪引爆了弹药，如果打头盔那一枪向下偏了一点，唐巍现在就变成尸体了。

唐巍正强压怒火，那个黑人管理员压不住火了，他气势汹汹地跳出来，大声吼叫："你太过分了，我要向上级反映，剥夺你的参赛资格。"

雷切随手掏出一沓美元，举到黑人管理员面前，冷笑道："贵国经济并不发达，拿着它，不要给自己找麻烦。”

黑人管理员劈手夺下钞票，骂骂咧咧地走了。那一沓美元对他来说已经是巨款了，他也就拿上钱，绝口不提了。

雷切转头看向唐巍，挑衅道：“我已经在射术上远远超越了你，不过这不算什么，我要在每个方面都超越你们，现在就来格斗吧。看看是你们东国武术厉害，还是我们F国格斗术厉害。”

唐巍攥了攥拳，既然枪法比不过你，那就在格斗上好好教训教训你。他伸手摘下了头盔，解开了战术携行袋，要和雷切一决雌雄。

雷切很高兴，也摘下头盔，活动着腿脚，准备格斗。

就在这时，远处传来了一阵汽车轰鸣声，转头一看，只见蓝珊开着全地形车回来了。

蓝珊很快来到两人近前，打量了两人一阵，笑道：“你们两个现在就要格斗吗？”

“当然。”雷切大声说道。唐巍却一语不发。

“你们不用着急，格斗项目必然是大赛的重点项目，你们终究会碰上。”蓝珊看向唐巍，笑道：“时间不早了，我们回去吧。”

唐巍狠狠瞪向雷切，没有要走的意思，雷切也不想走，也想一战。可这时，雷切同车的同伴告诉他：“我们要回去开会了。”雷切只能无奈地回去。

雷切的同伴代号鬼丸，来自“第一空挺团”，这也是F国精锐特种部队。鬼丸这个代号同样来自古代名刀，相传古代政治家北条时政曾以此刀斩鬼。

雷切的全地形车，扬长而去，唐巍狠狠瞪着他的车，攥紧了拳头。

“他怎么招惹你了？”蓝珊问道。

“他……”唐巍刚要把方才的事情和盘托出。可是转念一想，他被雷切虐得很惨，说出来只能被蓝珊嘲笑，于是改了口：“他又来挑战我，说话很难听，我想教训教训他。算了，不说他了，我们走吧。”

到了晚上，蓝珊又带着唐巍练习步兵基本战术动作。由于唐巍的身体素质极佳，又长年练习东国武术，那些基本战术动作很快学会。训练地点是在雨林之中，训练之后就在雨林里搭帐篷休息，顺便练习雨林生存技能。

转过天来，蓝珊继续训练唐巍使用各种武器，包括手枪、冲锋枪、狙击步枪、轻机枪、手榴弹、榴弹发射器、火箭筒、火焰喷射器等等，唐巍的成绩都在中游左右。也就是说，相比于唐巍的水下作战天赋，陆上作战天赋基本上可以忽略不计。

在训练过程中，雷切不时来找唐巍提出挑战，唐巍为了练习武器射击，没有搭理他。

除了 F 国特种兵，唐巍还遇到了鹰星国、极北国、英格利国等国家的特种兵，世界上几大军事强国的特种兵他几乎都遇到了。可是唯独没有遇到东国特种兵，不知道他们以特殊身份参赛是什么意思？

一转眼五天过去了，唐巍把各种各样的轻武器练了一遍，当然，这么短的时间他不可能练习精熟，只是最基本的会用而已。蓝珊的想法，似乎就是让他会用就行，至于精熟的事情，以后再说。

唐巍在心里暗暗嘀咕：我这样要是能拿第一，那可真是见了鬼了。

这些天的训练也让唐巍对蓝珊大感惊讶。她看上去只有二十岁上下，可是各种武器全都会用，她是从哪弄出这么多训练时间的？

第六天，蓝珊正式宣布："轻武器射击训练结束，下面进入重武器操作训练！"

唐巍一愣，犹豫着问道："我还需要会用重武器吗？"

蓝珊说："当然，你敢保证永远不上岸吗？只要上岸，就可能用到重武器。"

唐巍觉得重武器就是迫击炮、无后坐力炮之类的轻便火炮。因为大型重武器，比如说大口径榴弹炮、加农炮，射击程序极其复杂，不是一个人能完成的。

可唐巍来到训练场一看，面前竟然停着一辆坦克！

巨大的长方块炮塔、粗大的主炮炮管、强悍的负重轮……这竟然是一辆 R 国豹 2 主战坦克，身上带着 AMAP-ADS 主动防御系统、FLW-200 型遥控武器站。这竟然还是最新改进型豹 2A7。

唐巍目瞪口呆，指着那辆豹 2 问道："我还要会用这个吗？"唐巍实在无法把水下战斗与主战坦克联系起来，难道他还能在水下开坦克？

"当然，会的东西越多越好！不要说废话了，我带你去见今天的教官。"蓝珊把唐巍带到一个黑人壮汉面前。那个黑人壮汉一脸精明，戴着坦克帽，穿着迷彩服，蓝珊给唐巍介绍："他是你今天的教官，代号洪流，他会教授你操作坦克的。"

唐巍和洪流打了招呼，洪流回身去准备，蓝珊对唐巍简单交代几句，转身离开。唐巍急忙叫住她，说道："优秀坦克手可不是一两天能训练出来的，我在这里才能练习几天，有用吗？"

"让你练你就练，哪有那么多废话！"蓝珊不耐烦地说着，转身就走，留下唐巍在原地，一头雾水。

"兄弟，上坦克了。"唐巍听到声音转头，见到洪流正在炮塔里，探出上半身招呼他，唐巍快跑几步，跳上车身，钻进炮塔。他以前从没进过坦克，动作很不熟练，撞了好几下，胳膊和腿都撞青了。

洪流在一边哈哈直笑："看你这个样子，你应该从来没有用过坦克，你是什么兵种啊？"

这次参赛，唐巍和蓝珊都隐藏身份，所以他们不能说一点潜水员的事情，唐巍敷衍道："我就是普通步兵。"

"哈哈……"洪流一副"我知道你在骗我"的样子，也没有多问，拿出坦克帽让他戴上。R 国坦克帽都很软，不像极北国，坦克帽都很硬。

豹 2 坦克没有自动装弹机，所以有四名成员，车长、炮长、装填手、驾驶员，唐巍戴好坦克帽，坐在炮长的位置上。R 国坦克向来注重人机工程性，座椅很软很舒适，还有大功率空调，将酷热完全挡在装甲外面。

唐巍的面前满是各种各样的显示屏和按钮，看上去眼花缭乱。洪流耐心细致地讲解了如何瞄准开炮，讲了好几遍，唐巍才记住。

洪流随后下达“启动”命令，豹2A7缓缓开动起来。坦克瞄准射击其实是非常复杂的，洪流只是给唐巍讲解了最简单的一种。

豹2A7的速度并不快，和正常人快走差不多，唐巍没感觉太大震动，他把眼睛放在潜望镜上，外面的景象十分清晰。豹2A7装备了稳像式火控系统，尽管车体在一直震动，可是视野一直很稳定。

“炮长，发现目标，攻击；装填手，高爆榴弹。”洪流的声音在了坦克帽里响起。唐巍只见视野中出现了一辆报废的军车，唐巍立刻瞄准射击。

由于豹2A7的火控系统十分先进，唐巍在射击的时候，只需要将瞄准光标对准目标即可。唐巍对准目标，按下发射钮，只感觉车体一震，一片浓烟笼罩在潜望瞄准镜前面。很快风吹散了浓烟，只见一个浓黑的烟团在军车上炸开，整部军车四分五裂。

“首发命中！”洪流发出了孩子一样的欢呼，装填手也跟着欢呼起来……接下来三天，唐巍一直在这辆豹2A7上训练，着重练习炮长技能，也就是如何开炮，如何操纵并列机枪、使用FLW-200遥控武器站。当然，三天时间不可能让唐巍成为一个合格的炮长，他只是会瞄准目标开炮而已，如果射击条件复杂了，他就无法击中目标了。

这三天也让唐巍和洪流几个车组成员熟了起来。唐巍是个好交朋友的人，洪流这些人也性情豪爽，双方几乎成了多年老友。

第四天，唐巍正要开始训练，突然通讯器上出现一条消息：“东国特种兵，我再次向你提出挑战。半个多世纪以前的那场战争，你们没有打赢，现在你们仍然打不赢。”

此时所有参赛者已经到齐，大赛组织方为他们发了通讯器，彼此可以联络。唐巍没有看发消息的人，一想就知道肯定是雷切了。

“半个多世纪前的战争，你们输了。”唐巍冷冷地回了一条消息。

“我们是被鹰星国打败的，不是你们。”文字里的挑衅冲破屏幕，重重撞在唐巍的心上，他狠狠咬了咬牙，这个雷切太狂妄了，不好好收拾他一顿是不行了。

唐巍的指尖飞速点击按键，发出一条消息：“两个小时后，携带交战模拟装置，到十五号训练场，我就在这里。我们进行一场模拟战斗，够胆量你就来。”

“你输定了。”雷切回了一句，关闭了通讯器。唐巍转头对洪流笑道：“现在的训练未免太枯燥了，我找了一个对手，我们来玩对抗训练吧。”

“太好了！”洪流放声欢呼，“我们的对手是什么？”

“是一个狙击手。”唐巍迎着洪流期待的眼神，笑着说道。

非洲战神

洪流和装填手、驾驶员一起大笑起来，不屑说道：“竟然是一个狙击手，太搞笑了，狙击手怎么可能是我们豹 2A7 的对手。”

“这个狙击手很想挑战一下豹 2A7。”唐巍得意地笑了，“我们不要多说了，赶紧准备吧。”

洪流立刻为豹 2A7 加装模拟交战系统。作为一辆“生活”在训练基地里的坦克，交战模拟系统是随时准备好的，只用了一个小时的时间，交战模拟系统就加装完毕。

唐巍和这辆豹 2A7 所在的地方就是十五号训练场。这里的地形是稀疏的丛林和灌木丛，豹 2A7 改装完毕，立刻进入树林潜伏。它的身上涂着丛林迷彩，隐蔽性极强。

一个小时之后，雷切告知唐巍，他进入训练场，双方随即展开实战模拟对抗。

在这种实战模拟对抗中，双方的通讯器都要开启定位模式，双方都知道对方的大概位置，这样才能接近并交战。

唐巍决定以逸待劳，等着雷切过来，豹 2A7 是豹 2 家族的城市战专用版，为了对付城市战中杀伤力极强的狙击手，上面加装了“反狙击手”组件，包括一部加强热成像系统，在丛林里，人体靠近到一定距离，就会被这套系统发现。

唐巍让洪流开启了这套系统，显示屏上很快出现了色彩斑斓红外图像，附近都是树林和灌木。屏幕上显示的都是代表低温的绿色。

十几分钟之后，豹 2A7 三点钟方向出现一道红色亮线，逐渐向豹 2A7 靠近。唐巍立刻向三点钟方向转动潜望镜，放大观察倍数，视野中的景象渐渐清晰起来。只见灌木丛中，一个披着吉列伪装服的狙击手正在小心翼翼地行动，他正是雷切。

雷切可不知道唐巍在豹 2A7 里面，他还以为唐巍也是步兵状态呢。因此动作很慢，尽量不发出声音，不时用望远镜观察前方情况。

唐巍对洪流说道 ：“我发现他了，在三点钟方向。”

“太好了，看我用主炮炸碎他！”洪流大笑几声，手握上炮塔转动手柄。豹 2A7 装备的是五十五倍口径身管的一百二十毫米坦克炮，干掉一个狙击手易如反掌。

唐巍说 ：“不要用主炮，我担心炮塔转动声音被他听到，我用遥控武器站干掉他。”豹 2A7 的遥控武器站上装备一支十二点七毫米口径 MG2 重机枪，车内乘员不需要出舱就可以操作。

唐巍将 MG2 调整到连发模式，瞄准了雷切，轻轻扣动扳机。一连串模拟子弹的激光射出，打在雷切的身上触发了激光感应器，模拟交战系统瞬间做出了“目标已经死亡”的判断。在唐巍和雷切的通讯器上，雷切被打上了一个鲜艳的红叉。

雷切站在原地，呆若木鸡，他不敢相信眼前的一切，他竟然被唐巍击败了。

雷切傻呆呆的样子也被洪流众人看到，他们一片哄笑。唐巍笑道 ：

“我们赢了，把坦克开到他的面前去，看看他惊讶的样子。”

豹 2A7 轰鸣启动，不一会儿，来到了雷切的面前。雷切看着眼前的庞然大物，抱着狙击步枪，目瞪口呆。

正在这时，唐巍打开舱门，跳出炮塔，落在雷切的面前，得意地看着他惊讶的脸：“你输了。”

雷切的脸色渐渐变得青紫，呼吸也变得急促。他咬牙切齿地说道：“你竟然用坦克，你这是作弊，是耍赖……”强烈的愤怒让他的声音颤抖，很快说不出话来。

唐巍看着雷切这副样子，高兴极了，他大笑道：“我说模拟实战对抗，又没有说怎么对抗，你怎么能怪我？再说了，狙击手面对装甲武器也并不是毫无胜算，你打不赢，只能说你自己无能。”

雷切气得都要窒息了，他狠狠地把狙击步枪背在背上，阴森森地说道：“惹怒我的后果很严重，你给我等着！”

“我好害怕啊……”唐巍得意地笑着，雷切悻悻而去。

几天之后，特种兵大赛正式开始。

这天清晨，所有参赛队在训练场集合，这次竞赛的裁判长——麦巴桑乔将军要对所有参赛队进行检阅。

麦巴桑乔将军可是一位传奇人物。他是中非雨林国的缔造者，当年各个大国培养代理人，在中非雨林国争霸，他硬是白手起家，依靠本土力量，将各个大国代理人挑落马下。

他在几十年的戎马生涯中，留下了无数被后人传颂的经典战例，绝大多数都是以少胜多、以弱胜强，被世人尊称为“非洲战神”。

麦巴桑乔将军还是一个品行高尚的人，他正直、无私、公正……几乎没有任何缺点，出于这个原因，世人对他更加尊重。尤其是在非洲，这位将军简直是天一般的存在。

唐巍和蓝珊作为一支参赛队，也站在了所有参赛队末尾。唐巍偷偷看去，只见除了他和蓝珊，每支参赛队都举着旗帜，包括鹰星国、极北国这样的军事大国。还有一些旗帜不是国旗，是雇佣兵军团的旗帜。

除了唐巍和蓝珊，参赛队伍一共十九支，每一支都是四个人。唐巍一个个地看过去，没有发现东国参赛队，想起雷切说的“神秘身份参赛”，不由得暗暗猜测，这些人里面谁会是东国特种兵？

所有特种兵、雇佣兵全都立正站好，各国的立正姿势不一样，看上去千姿百态。唐巍进入海神，从来没受过队列训练。在海神看来，队列这东西一点用都没有，你能在水下站军姿吗？

唐巍想起了大学军训的时候练过的立正，可是在这种场合那样立正有些别扭。转头看蓝珊，只见她抱着肩膀，叉着腿，样子轻松极了。于是唐巍也就松松散散地站着。

站在两人旁边的是R国参赛队，这个国家有两支精锐特种部队，一支是KSK特种突击队，一支是GSG9边防第九大队。参赛队四名队员，三名来自KSK突击队，一名来自GSG9边防第九大队。来自GSG9的那名队员，还是一个女兵。

R国参赛队见到唐巍和蓝珊如此松散，全无军人的样子，纷纷投来鄙视的目光。尤其是那个女兵，鄙视之外又有愤怒——你太给我们女兵丢人了。

蓝珊和那个女兵目光相遇，她毫不在意，嫣然一笑，气得那个女兵嘴唇一动，就要出言训斥。正在这时，只听礼炮声响起，在震耳的声音中，麦巴桑乔将军将军迈步走了过来。

麦巴桑乔将军此时已经六十多岁了，须发皆白，却没有一点老态，从身形和步态来看，完全是一个四十岁上下的中年人。他戴着一副巨大的墨镜，将眼睛完全遮住，可是仍然能感受到他的威严。

麦巴桑乔将军走过一支支参赛队，所有参赛队员都肃然起敬，立正敬礼。有几个黑人甚至激动得热泪盈眶，不顾队列礼仪，抢着去握麦巴桑乔将军的手。

不一会儿，麦巴桑乔将军走到了R国参赛队前面，一眼看到了那个女兵，他的动作迟疑了一下，惊叹道：“竟然有女兵？”

女兵自豪地挺起了胸膛，朗声说道：“将军，男兵也比不过我。”

“很好。”麦巴桑乔将军满意地点点头，继续往后面走。女兵转头看向蓝珊，发现她比之前更休闲了，瞪了她一眼，不再看她。

唐巍眼看着麦巴桑乔将军走到面前，稍微站好了一些。转头看蓝珊，还是刚才那副样子，没有一点变化，甚至还打了个哈欠。

麦巴桑乔将军和随从看到蓝珊，都是一愣。所有参赛队员，哪个不对麦巴桑乔将军敬畏有加，奉若神明。这个蓝珊，竟然如此蔑视将军！

麦巴桑乔将军的嘴角抽动了一下，似乎在强压怒火，随行人员无不对蓝珊怒目而视，几个年轻军官甚至想出言训斥。

这时只见麦巴桑乔将军缓缓抬起手，摘下墨镜，露出一双饱经沧桑的眼睛，他盯着蓝珊一直看，面色阴晴不定。不想却是蓝珊先说话了，她轻启朱唇，柔声笑道：“你好啊，将军。”语气就好像对邻居大爷问好。

麦巴桑乔将军身后几个军官已经勃然作色——竟然用这种语气和将军说话，太不像话了！

让所有人都没想到的是，麦巴桑乔将军竟然笑了起来：“你怎么来了？”

“唉，我也不想来啊……”蓝珊委屈地回答，一副楚楚可怜的样子，凄然说道：“有些人的命令，我是不敢违抗的。”

“一定是波塞冬的命令吧？”麦巴桑乔将军露出会心的笑容，仿佛想起了多年老友，“波塞冬那个家伙，这么多年过去了，做事情还这么让人摸不着头脑……”

蓝珊微微笑了笑，没有说话。麦巴桑乔将军无奈地笑了笑，嘟囔着说道：“波塞冬啊……唉……”他摇了摇头，神色之中满是无奈与悲凉，转过身去，快步走上主席台。

麦巴桑乔将军和蓝珊交谈的这一幕只有旁边的R国参赛队看到了，他们个个惊得面无血色。尤其是那个女兵，瞪大了眼睛，好半天没缓过神来。

全线溃败

唐巍是真没想到，蓝珊这个家伙竟然和麦巴桑乔将军相熟，他们的对话里还提到了波塞冬，似乎波塞冬和麦巴桑乔将军是多年好友。不过看麦巴桑乔将军的神色，有失落、有伤感，他和波塞冬的关系，绝不仅仅是好友那么简单。

麦巴桑乔将军走上主席台，开始讲话。讲话的内容重点是“崇尚荣誉”和“公平竞赛”，其他的就都是套话了。检阅讲话完毕，特种兵大赛就正式开始了。

第一个项目是射击，每支参赛队全员参加，最后取平均成绩，唐巍听到这个项目，下意识地看向蓝珊。以唐巍的射击水平，在这些精锐参赛队员面前完全是不堪一击，只能指望蓝珊了。没想到蓝珊却给他浇了一盆冷水。

“这个项目我就不参加了，你多多加油。”蓝珊满不在乎地说道。

“不参加？”唐巍吃了一惊，“你为什么不参加？”

“不参加比赛，不需要原因。如果非要找一个的话，我讨厌闻到硝烟味。”蓝珊敷衍道。

“这算哪门子原因……”唐巍一脸无奈，“我成绩本来就不好，全指望你呢。你要是不参加，成绩不仅提不起来，还会被记为零，你还是参加吧。”

蓝珊冷笑不语，那表情分明在说：就凭你也想说动我，别做梦了，赶紧去比赛。

唐巍叹了口气，无奈地走到了射击位置上。蓝珊则离开参赛者的队伍，走向了旁边的休息区，迎面碰上了方才 GSG9 的那个女兵。

那个女兵气冲冲地瞪向蓝珊，怒问道：“你怎么不参加比赛？”

女兵的声音很大，唐巍听到了，他的心颤了一下，敢用这种语气和蓝珊说话的人，最后都没什么好下场。唐巍急忙转身看向蓝珊和那个女兵，不过他没有过去，因为在这里，即便蓝珊和别人大打出手也没关系。

唐巍正用看热闹的心情等待蓝珊和那个女兵大打出手，结果大大出乎他的意料。只见蓝珊冲女兵甜甜地一笑，快步走开。女兵也没有再理她，走到射击靶位前面，她的靶位就在唐巍的身边，正好和唐巍目光相对。

唐巍出于礼貌，笑了一下，女兵先是一愣，随即露出了灿烂的笑容，笑道："我代号雪鹰，来自R国GSG9。"

"我代号沙漠雄狮，来自中东酋长国皇家护卫队。"唐巍没用真实代号。

"她怎么不参赛？"雪鹰不屑地向蓝珊撇嘴。

"她……她身体不太舒服。"唐巍随口敷衍了一句，雪鹰"哦"地答应一声。正在这时，唐巍的右手边传来不屑的声音："女人，就是不行。"

唐巍右手边这人也是F国特种兵，代号村正，这个名字同样来自古代名刀。

村正来自F国精锐特种部队——特殊作战群，最擅长狙击。性格和雷切差不多，高傲阴鸷，没少挑衅唐巍，现在又对雪鹰口出恶言。

雪鹰瞪了他一眼，刚要说话，发令枪响了，比赛开始，这次射击是综合射击，参赛者需要在极短时间内完成一百米自动步枪射击、四百米轻机枪射击和一千米狙击步枪射击。

唐巍练习射击的时间比较短，对这个项目毫无信心，拿着步枪的手竟然有些发抖。扣动扳机之后，第一枪竟然脱靶，而其他人几乎都是八环以上。

一边的雪鹰像看怪物一样看了看唐巍，想要问些什么。不过射击时间很短，她没有时间问，村正则冷笑着看唐巍的笑话。

唐巍仔细地瞄准着，一枪一枪地单发点射。而身边的人几乎全都在用三发短点射，因为时间很短，单发根本来不及。

等到周围的特种兵完成四百米轻机枪射击的时候，唐巍刚刚完成一百米自动步枪射击。他急忙抓起轻机枪，他仍然不敢像别人那样打长点射，只敢打短点射，耗费的时间又比别人多了不少。

等到唐巍打完四百米轻机枪射击的时候，雪鹰和村正都已经完成了最后一项一千米狙击步枪射击，裁判长宣布射击时间到，唐巍只能无奈地放下枪。他转头看其他人，目视所及的人全都完成了射击。

雪鹰见到唐巍竟没来得及完成狙击步枪射击，虽然惊讶，可是眼中还保有一丝敬畏，觉得唐巍是追求超高精度，故意放弃狙击步枪射击。可是很快结果出来了，唐巍的平均成绩竟然只有四点五环。而其他参赛队，成绩最高的是“妖王”佣兵团，平均环数九点五环，成绩最低的印迪亚国参赛队，也有七点五环。唐巍的成绩，简直令人发指。

雪鹰眼中那一丝敬畏瞬间无影无踪，取而代之的是迷茫与困惑。她瞪大了眼睛问唐巍：“你的成绩怎么这么差？”

唐巍苦笑了一声，答道：“这个距离有些远，我没打过这么远的。”

“一百米、四百米、一千米还算远吗？在我们GSG9，狙击训练都是一千两百米起步的……”雪鹰道。

“我……我……”唐巍支吾了一阵，“我的射击距离通常只要十几米。”唐巍没有胡说，水下能见度很低，十几米已经算不错了。

“我明白了。”雪鹰肃然起敬，“你一定是SWAT，都是近距离交战，远距离交战的机会不多……”

“哈哈……差不多吧……”唐巍打着哈欠，不再多说。与此同时，所有参赛者都在打听：那个代号沙漠雄狮的家伙是怎么回事，成绩怎么这么差……

接下来的比赛，几乎都是射击比赛的缩影。唐巍的名次无一例外是倒数第一，成绩更是远远逊色于其他参赛队。

比如说二十公里武装越野。尽管唐巍常年练习东国传统武术，身体素质极佳，可是他没有竞赛经验，不懂得如何分配体力，跑了一半就体力耗尽……

比如说巷战模拟对抗项目，唐巍毫无巷战经验，几乎一上场就会被“击毙”。而且经常犯一些新兵才有的低级错误……

比如说爆炸物排除项目，唐巍对如何排除爆炸物毫无经验，每次排爆都会被“炸死”……

必须一提的是，后续比赛蓝珊有选择地参加了。可是她明显不用劲儿，参赛的重点是教授唐巍各种作战技巧，自己的成绩不过是中等偏下。

一连几天的比赛下来，唐巍的综合成绩毫无悬念倒数第一。唐巍忍不住质问蓝珊：“这样下去，我还怎么拿综合成绩第一？”

“没关系，你还有机会的。”蓝珊说的认真极了，唐巍也不反驳，他倒要看看，蓝珊有什么“魔法”能让他拿第一。

让唐巍感觉欣慰的是，那个叫雪鹰的女兵不时来鼓励他，叫他不要放弃信心，努力比赛。雪鹰毕竟是女性，相比于其他硬汉，心思细腻，温柔体贴，见到唐巍和蓝珊成绩不好，生出了怜惜之意。

唐巍在压抑了十几个项目之后，终于迎来了一个能够扬眉吐气的项目——徒手格斗！

这次大赛对格斗项目很看重，因为麦巴桑乔将军白手起家，正是靠着格斗抢到第一批武器的。如果没有格斗技术，就不会有今天的非洲战神。

蓝珊告诉唐巍，如果他能拿到格斗大赛第一，折算一下综合成绩，他差不多能超越倒数第二名的印迪亚国代表队。向取得第一迈出坚实的一步。

唐巍冷冷地扫了她一眼，心想我超过印迪亚国代表队也不过是倒数第二，距离第一还差得远，看你怎么办？

格斗大赛采用分组淘汰赛制。六十四名参赛队员两两分组，一场淘汰，最后获胜者即为冠军。

唐巍的第一个对手，是来自鹰星国参赛队的。他代号怒涛，黑人壮汉，身高超过两米，体重超过一百公斤，站在唐巍的面前，就如同一尊铁塔。他来自三角洲特种部队，据说原来是职业拳击手，后来因为伤病退出了职业拳击，参加了军队。

唐巍与怒涛的较量被基地工作人员视为最有看点的较量，不是因为他们了解唐巍，知道唐巍格斗能力超群，而是因为，他们视怒涛为一号种子。他们之所以想看这场比赛，主要是想看唐巍被怒涛活活打死。怒涛的超强直拳，能把一棵小树直接击断，所有人都想看这种重拳打在人身上的样子。

对战开始！怒涛摆出了职业拳击手的架势，扬起双臂护住头脸，身体左右晃动，脚步快速移动，寻找攻击机会。

怒涛没有戴拳击手套，杀伤力更大。唐巍看到他那壮实的拳峰，知道他出拳打击力极强，一拳挥过来，他不一定能挡得住。唐巍不敢再用站桩式的起手式，而是跟着怒涛移动身体，试图躲避他的重拳。

怒涛突然跃到唐巍的面前，挥出一记直拳。唐巍只感觉拳挂风声，扑面而来，不敢格挡，后退一步，躲开了重拳。

怒涛欺身而进，左右拳双管齐下，直拳、勾拳、刺拳轮番轰炸。唐巍没有格挡，只是后退。

在场外观战的人都是基地内部工作人员，他们并不懂格斗。见到唐巍只敢躲闪，不敢格挡，更不敢还击，纷纷冲他发出嘘声，“懦夫”“娘们”之类的辱骂不绝于耳。

在一片嘲笑之中，突然见到唐巍脚下拌蒜，踉跄了一下。怒涛眼睛一亮，全力挥出一记重拳，直扑唐巍的面门。

众人一片惊呼，等着看唐巍的脑袋被活活打掉——有人为这场格斗开出了赌盘，唐巍被打掉脑袋是赔率最大、下注最多的一项。

14　魔法格斗术

魔法格斗术

正在这时，只见唐巍身形晃动，快如闪电。顺着那条粗壮的手臂切入到怒涛的面前，立掌为刀，狠狠劈在怒涛的脸上。

只听怒涛痛叫一声，单膝跪地，钢铁般的大手死死捂住脸庞，一串殷红的血顺着手掌淌下来。怒涛跪在地上，站不起身，一边的裁判开始读秒："五……四……三……"

这次格斗比赛的参赛者，练的全都是一招毙命的招数。为了避免出现人员死伤，于是赛会规定，只要一个人失去反击能力五秒钟，就被自动判负。

"二……一……沙漠雄狮获胜！"裁判将唐巍的手臂高高举起，场下众人鸦雀无声。一号种子怒涛竟然被排名垫底的唐巍一招击败，所有人都感觉不可思议，如在梦中。

更让众人惊讶的是，怒涛在裁判宣布结果之后仍然没有站起身来。他身子一歪，躺倒在地，昏迷不醒。

众人诧然变色，唐巍到底用了什么招数，竟然把怒涛打成这样。

怒涛的队友急忙上前抢救，纷纷对唐巍怒目而视。唐巍淡淡地笑了笑，说道："你们不用担心他，他死不掉的，我收着力呢，他只是昏迷了，过一段时间就能醒。”

原来唐巍刚刚故意卖了个破绽，吸引怒涛一拳挥出。在他挥拳出击的瞬间，切入他的身前，一掌劈在他鼻梁骨之上，掌力直透入脑。唐巍有意收力，因此怒涛只是被震昏而已，如果唐巍使出全力，怒涛已然一命呜呼。

唐巍说完这一句，快步离开。正在这时，只听身后响起说话声音：“请等一下。”

唐巍回过头来，只见怒涛的一个队友走了过来，他是鹰星国参赛队的队长，代号鹰隼。年纪在三十岁上下，老成持重，天生领袖。但凡涉及团队协作的项目，他都能让鹰星国参赛队获得第一名。

“你有什么事情？”唐巍觉得鹰隼是来寻仇的，神色冷淡。

“我有一个请求，希望您答应。”鹰隼彬彬有礼，唐巍的态度也缓和下来，“您有什么请求？请讲吧。”

“您能把怒涛一招打昏，非常厉害，我第一次见到您这么厉害的武者，我可以看一看您的手吗？”鹰隼非常真诚，唐巍不忍心拒绝，于是缓缓伸出手，说道：“这一招和手没有关系，它的力量来自于全身，手不过是全身力量的集中点罢了。”

“哦，原来是这样。”鹰隼一边答应着一边仔细看唐巍的手，看了足足两分钟。这才冲唐巍一点头，说道：“我看完了，谢谢您。”

唐巍说了两句客气话，转身离开。他没有看到，背后的鹰隼，目露凶光，狠狠盯着他，直到他的背影消失。

唐巍回到住处，之前没去观战的蓝珊走了过来，笑道：“你的表现不错，击败了一号种子怒涛，可惜啊，你的风头被另一个人抢了。”

“另一个人？是谁？”

“是印迪亚国参赛队代表，代号风刃，他被认为格斗项目的倒数第二。可是今天，他将二号种子——血狼佣兵团的影刺击败。”

唐巍对影刺印象很深。这是一个很张扬的家伙，经常能看到他对别人高谈阔论，他是泰拳高手，手肘击法和膝盖击法强悍无比。至于击败他的“风刃”，唐巍没有太多印象。印迪亚国参赛队综合实力比较弱，各项成绩都不突出，综合成绩倒数第二，参赛队里也没有谁有超强的能力。

蓝珊继续说道：“你是倒数第一打败正数第一，风刃是倒数第二打败正数第二，按理说应该是你引起的轰动更大。可是事实正好相反，你知道是为什么吗？”

“我不关心。”唐巍心不在焉地摇摇头，往卧室走。蓝珊笑道：“风刃可是瞬间击败影刺的，而你却耗费了很长时间。”

“瞬间击败？”唐巍大吃一惊，转身回到蓝珊面前，“你快给我说说，风刃是怎么瞬间击败影刺的？”

“这个我也不知道……”蓝珊摇了摇头，“这次格斗大赛，为了防止提前刺探情报，每场格斗比赛的细节都被严格保密。”

唐巍“哦”地答应一声，没再多问。这个规则他也是知道，正想回房休息，没想到蓝珊笑道：“根据观战者的反应，据说这个风刃是个魔鬼，会魔法。”

“真是胡扯。”唐巍很是不屑，这个世界上哪来的什么魔法，他不想再听蓝珊胡扯，回房睡觉了。

转过天来，第二轮比赛开始，唐巍的对手，正是风刃。

唐巍仔细打量风刃，只见他高高瘦瘦，长臂长腿，感觉身上没什么大块肌肉。风刃有着印迪亚人面孔，面相温和，一点都不像精锐特种兵。

唐巍已经见过不少不像特种兵的家伙了，比如说海神的水藻、巨蟒佣兵团的刺魂，因此他全神戒备，不敢有丝毫放松。

让唐巍意外的是，风刃竟然没有出招，反而开始和唐巍说话：“你是东国人，对吗？”

唐巍愣了一下，心想这个风刃难道是想用话语打扰我，然后突然袭击吗？

唐巍不想给风刃这种机会，他转头看向裁判，严肃地说道："我抗议，他不专心比赛。"

"不不不……不要抗议……"风刃抢着说道，"在正式开始之前，我想和你聊几句。"

裁判也是一愣，这种格斗比赛除了"五秒判负"之外，所有规则都从实战出发，在战场上，没有人规定交战双方不能聊天。裁判犹豫了一会儿，看向唐巍，说道："如果你愿意聊，就可以聊。"

唐巍心想聊就聊吧，不怕你出阴谋诡计。他于是说道："我不是东国人。你还想聊什么？"

"真是太遗憾了……"风刃失望地摇了摇头，"我本来希望用印迪亚格斗术击败东国武术……"

"印迪亚格斗术？"唐巍眉头一皱，"印迪亚也有自己的格斗术吗？"

"当然，我们印迪亚格斗术名叫'卡拉利帕里特'，绝对比东国武术强得多，我会在这次大赛上证明这一点。"

唐巍听得一阵恼怒。印迪亚国是南亚大国，和东国毗邻，两国曾经爆发过边境冲突，印迪亚国被东国打得落花流水。后来印迪亚国一心想超越东国，无论什么事情都要和东国较劲。

唐巍连声冷笑，今天就断了你这个念想，让你看看东国武术究竟有多强！

"请出招吧。"唐巍做了个"请"的手势。风刃说了声"好"，突然把身子一蹲，向唐巍蹿了过来。这个风刃个子很高，身子一蹲，头依然在唐巍的胸腹位置。

唐巍心一动，哪有蹲着身子靠近对手的？这印迪亚国格斗术可真是奇怪！

昨日唐巍对战职业拳击手怒涛，采取的是后发制人，而今天，他打算改换策略，先发制人。

唐巍迎着风刃冲了过去，双拳蕴势，准备一击必杀。没想到正在这时，只见风刃突然身子一停，右腿犹如长鞭，横扫而来。

唐巍看这一招和东国武术中的扫堂腿很像，不觉心中暗笑。我还以为印迪亚格斗术有什么过人之处，没想到招数如此普通。

唐巍借着前冲的力道，腾空而起，躲开地面一击。同时右腿摆出，直击风刃侧脸。

唐巍本以为能一击而中，谁承想风刃竟然扬起手臂，在唐巍的大腿上重重一击。这一击诡异至极，如果是正常人的话，在使出扫堂腿的时候，手臂一定会下垂维持身体平衡，绝不会像风刃一样，高高扬起，重重一击。

唐巍还不知道，印迪亚格斗术和印迪亚瑜伽之间有着千丝万缕的联系。练习者的身体柔韧无比，经常能做出常人无法理解和想象的动作。

风刃这一击虽然狠辣，却并没有挡住唐巍的攻势，唐巍的腿也踢到了风刃，两人一起倒地。唐巍向后一滚，站起身来，刚要继续攻击，突然感到右腿一阵酸麻，右腿往前一迈，竟然动弹不得。

这种感觉和被点穴很像，唐巍心中大骇：没想到印迪亚格斗术里也有点穴之术。其实点穴没有电影小说里演的那么神，只要人体某些关键部位被击打，就会产生酸麻酥软、动弹不得的效果。

诡异的身手加上点穴之术，那个泰拳高手影刺，想必就是这样被击败的。这样的格斗术，在那些基地工作人员眼中，难以理解，几乎和魔法无异。难怪他们说风刃会魔法。

真实的点穴不需要“解穴”，只需要过上一段时间，自然就好了。可是风刃是不会给唐巍那些时间的，他再次向唐巍扑来。

而唐巍的右腿完全不听使唤，连站都站不稳，只能把重心全转移到左腿上。无论是攻是防，都难受至极。

眨眼之间，风刃已经到了唐巍身前，双臂抓握唐巍的肩膀抱摔。同时扬起一脚，踢向唐巍的唯一支撑腿，唐巍无处可躲，被重重摔倒在地。围观众人一片喝彩。

对战F国特种兵

唐巍被摔倒在地，看似败局已定。可没想到就在唐巍倒地的一瞬间，只见他一个后滚翻，灵如狡兔，退开很远，再看风刃，竟然惨叫一声，双腿一软，跪倒在地。

所有人都蒙了，明明是风刃摔倒了唐巍啊，怎么风刃跪在了地上？

就连裁判也晕乎了，看到风刃失去战斗能力，竟然忘记了读秒。

正在这时，只见风刃嘴巴一张，吐出一大口污血，双手捂住胸口，“扑通”一声栽倒在地。眼睛一翻白，全身抽搐，血沫不停从口中涌出。

“快读秒啊！”风刃的同伴大吼起来，按照规则，比赛没结束，别人不能进场，就算是救援也不行。

裁判如梦方醒，快速数了五个数，宣布唐巍获胜！

风刃的队友和医生立刻冲到他的身边。两个医生给风刃进行了初步检查，面色慌张，拿着对讲机大叫了一阵儿，一辆救护车赶到现场，将昏迷不醒、吐血不止的风刃抢救出去。

所有人都怯怯地看着唐巍，好像他是魔鬼。风刃的队友火了，将唐巍围在核心，怒斥：“你到底使了什么阴招？”

唐巍毫无惧色，冷笑道：“我没有使阴招，不相信可以查录像。”

由于参赛者出手太快，赛会准备了高速摄像机。裁判拿来摄像机，回放录像，众人这才看清：唐巍在倒下的瞬间，闪电般击出两拳，砸在风刃的胸前，风刃当场就被打成重伤了。

风刃的队友还是不敢相信，唐巍那简单的两拳，怎么能把风刃打成那样！他们哪里知道，唐巍的寸杀拳最擅长给对手造成内伤。唐巍为了反败为胜，又用了全力，打伤风刃也不奇怪。

所有人看唐巍的眼神都变了，那眼神中有疑惑、有崇敬，最多的是恐惧。

录像放完，唐巍的右腿恢复了正常，在众人的目送下返回了住处。

唐巍的威名彻底传开。这两战简直是惊天动地，第一战击败头号种子，第二战将瞬间击败二号种子的风刃打成重伤。

唐巍之前的糟糕表现让他更具有传奇性，不少人都觉得他之前是深藏不露，不屑于和这些人同场竞技……

名声的改变让唐巍毫不在意，这种虚无缥缈的东西他早就看不上了。让他高兴的是，第三战的对手是 F 国参赛队，雷切的挑衅还历历在目。以前一直忍着他们，现在终于不用再忍。

开赛之前，雷切又来到了唐巍的面前，笑道："神秘东国人，你最近声名鹊起啊。"

唐巍瞪了他一眼，没有说话，转身走开，他不想过多理会雷切。没想到雷切紧走几步，凑到唐巍的身边，笑道："你很快就要被我们击败了。"

唐巍随手扬了扬拳头，冷笑一声，说道："现在说这些废话没什么用，我们赛场上见，看到时候我怎么收拾你。"

"这次和你打的人不是我。"雷切对唐巍的威胁毫不在意，转头一撇嘴，"看到那个家伙没有，我的队友，来自中央即应连队，空手道专家，代号虎彻。由他向你证明，东国根本不是我们 F 国的对手。"

中央即应连队，F 国精锐特种部队之一，隶属于防卫省，担负快速反应任务。虎彻，十大名刀之一，全称"长曾弥虎彻"。相传此刀如有妖法附身，轻轻一刀便能对人造成重创。

唐巍转头看去，只见虎彻是个身材修长的家伙，看起来很单薄，和其他国家的壮汉截然不同。面相苍老、举止沉稳，举手投足都带着隐隐杀气。这个对手，可不简单啊！

第三轮，唐巍对战虎彻。

虎彻的眼睛紧紧盯着唐巍，注意着唐巍的一举一动。这种专注程度，唐巍从来没有见过，甚至连蓝珊也没有这样过。

相比于虎彻，唐巍有一定优势。因为雷切说了，虎彻是空手道专家，唐巍知道这一点，就可以根据空手道的特点选择应对策略，而虎彻并不知道唐巍的底细。东国武术博大精深，他不可能知道唐巍的特点。

唐巍缓缓向虎彻靠近，虎彻也慢慢逼近唐巍。唐巍知道空手道在远距离的杀伤力非常强，近距离威力会减弱。于是他决定——突然接近虎彻，使出寸杀拳，方寸之间将其击败。

可让他没想到的是，等到施展策略之时，情况和他事先估计的完全不同。

唐巍估算好双方的距离，腰腿发出全力，用最快的速度冲到虎彻身前，右手攥拳，旋臂击出，只取虎彻前胸。这一招唐巍用了全力，打算毕其功于一役。

虎彻的眼中闪过一片错愕，唐巍的出拳速度太快，远远超出了他的预期。他本能地向后一闪，可是慢了一步，唐巍的拳头还是打在了他的身上。不过由于虎彻闪退一步，这一拳的力道不足，没给他造成太大的伤害。

虎彻的抗击打能力很强，唐巍感觉这一拳像打在钢板上，手臂震得生疼。尽管如此，唐巍还是心头一喜，因为他已经杀入虎彻身前，与其距离很近。在这种距离上虎彻的空手道施展不开，他的退龙拳反而能够大杀四方。

唐巍左拳挥出，想要再发一击。可就在这时，突然感觉喉咙一阵剧痛，随即身体一轻，重重摔在地上。虎彻竟然抓住唐巍两招之间的缝隙，猛出一招，快如闪电，直接击中唐巍的咽喉。

虎彻这一招击喉，实际上和当初蓝珊击打伤口一样。都是唐巍这种崇尚武德的武者不齿的阴招，因此唐巍没有防备，被一招击中。虎彻紧接着使出一记摔法，将唐巍摔倒在地。

唐巍的身体刚刚落地，就感觉左臂被虎彻锁住，剧痛难忍，全身动弹不得。唐巍大吃一惊，这种技术在比赛里都是禁用的！

唐巍在心里狠狠骂雷切，你这个畜生，真是太鬼了！

正在这时，裁判开始读秒，

“五……四……三……”裁判的读秒速度很快，眼看唐巍就要被判负，他突然一拧腰，用胯部撞向虎彻。

虎彻在唐巍的背后，如果被唐巍的胯骨撞上，柔软的小腹将会遭受重创。可是虎彻却没有躲闪，因为他不懂唐巍的方寸发力，不觉得唐巍这一击能对他造成多大伤害。

唐巍的胯骨结结实实撞在虎彻的小腹上。虎彻只觉得一股怪力铺天盖地而来，犹如山呼海啸，小腹一阵剧痛，锁住唐巍手臂的力道瞬间弱了。

唐巍趁着这个机会，左臂突然发力，甩脱了虎彻的缠绕，欺身而上，使出一招“邀龙”，将虎彻狠狠锁在身下。

这一招“邀龙”其实就是“缠锁技”，锁住对手的身体，令其动弹不得，叫“困龙”名副其实，可采珠人不敢冒犯龙王，不敢用“困”之类不敬字眼，只能用“邀”。

唐巍这招“邀龙”，实际上是采珠人在面对海兽之时的最后一招，采珠人将全身贴在海兽之上，海兽的巨口无法回转，自然咬不到采珠人，可这一招却是极其凶险，一旦海兽全力下潜，采珠人就会被带入深海，命丧黄泉。

一旦这招“邀龙”缠死对手，海兽都挣脱不开，更不用说虎彻这个人了，他连着挣扎几下，都被唐巍压在身下，动弹不得。

裁判看到虎彻挣脱不开，立刻开始读秒：“五……四……”

虎彻挣脱的力量极大，唐巍死死咬紧牙关，拼尽了全身的力气，这才不被虎彻挣脱，不过这种感觉极其难受，他只能默默期盼裁判尽快宣布“唐巍获胜”。

“三……二……”眼看唐巍就能获胜，可就在这时，他突然感到眼睛一阵刺痛，本能地闭上了眼睛，两道眼泪瞬间涌了出来。这种痛苦之剧烈，让刚强的唐巍也忍不住惨叫出声，伴随着脱口而出的惨叫，全身的力量像开闸的洪水，一泻千里。

唐巍和虎彻都在全力相搏，哪能受得了这样的松劲，虎彻猛地一甩，将唐巍甩开两三米远，随后一个饿虎扑食，狠狠压在唐巍的身上。

裁判见到局势逆转，立刻重新读秒："五……"

唐巍顾不上眼睛的剧痛，立刻用力挣脱，可是眼睛的剧痛让他无法集中力量，根本挣脱不开。

"三……二……一……虎彻获胜！"

众人爆发出震耳的欢呼，他们很多人都希望看唐巍这个传奇人物出丑。在一片欢呼声中，虎彻起身离开了唐巍，高高举起双臂，迎接着众人的欢呼。

唐巍躺在地上，还是不敢睁开剧痛的眼睛，这时医生快步赶到唐巍的身边，快速询问："你哪里不舒服吗？"

"我的眼睛……我的眼睛突然好痛。"唐巍很紧张。

"我们这就为你检查。"医生说着翻开了唐巍的眼睑，开始检查，伴随着检查，疼痛渐渐消失，医生惊讶地说道："你的眼睛很好啊，没有任何问题。"

"不可能！我的眼睛突然特别特别痛，怎么可能没有问题？"唐巍面色铁青，把医生吓得不轻。

"也许是你的眼睛突然受到了什么刺激。"医生战战兢兢地说着。

唐巍说："什么意思？我的眼睛怎么会突然受刺激？"

医生说："眼睛是很容易受刺激的。比如说，被辣椒水突然喷入，被强光突然照射，都会引起短时间剧痛。等到疼痛消失，基本上不会留下什么痕迹。"

武装泅渡

唐巍听到医生如此说，立刻回忆当时的情景。他闭上眼睛，脑海里面像放电影一样回放着刚刚的格斗过程。在他的对面，正好站着雷切和村正，眼睛的剧痛，会不会和他们有关系？

唐巍正凝眉沉思，医生反问："你的眼睛还有不适吗？如果有，我们可以安排你去大型医院。"

"不用了。"唐巍摇了摇头，带着满腹疑惑，回到了自己的住处。

唐巍一进门就看到了窝在沙发里看电视的蓝珊，转头一看电视，屏幕上放着动画片《海绵宝宝》。唐巍知道蓝珊是个复杂的家伙，绝不能简简单单贴上"冷血杀手"的标签，没有见怪，往自己的房间走。

就在唐巍伸手推门的时候，蓝珊的声音掺杂在"海绵宝宝"夸张的笑声里传了过来："你今天被F国特种兵暗算了。"

"你说什么？"唐巍急忙走到蓝珊面前，"他们怎么暗算我的？"

这时动画片正演到精彩的地方，蓝珊顾不上理唐巍，看着电视傻笑。唐巍劈手夺下遥控器，关上了电视，急着问道："他们到底是怎么暗算我的？"

"讨厌！"蓝珊瞪了唐巍一眼，夺回遥控器，重新打开电视，"他们用小型激光发射器照射你的眼睛，激光功率不强不弱，能让人眼睛剧痛却不受实质伤害。"

"你怎么知道的？"唐巍提高音量，超过电视的声音。

"我怎么知道的，你不需要知道。"蓝珊提高了电视音量，盖过唐巍。唐巍思索片刻，转身走向门口。

"你要去哪里？"蓝珊的声音在背后响起。

"我要去找F国特种兵。"唐巍杀气腾腾。

"你没有证据，他们也不会承认，你去了不过是在白费力气。"蓝珊幽幽说道。

“他们一直挑衅，我都不想和他们计较，现在他们竟然使出这么下作的手段，是时候做个了断了。”唐巍摔门而去。

唐巍很快来到F国特种兵的住处，隔着门就听到住处里面传来阵阵欢呼，唐巍飞起一脚，直接把门踹开。

屋子里面，雷切、虎彻、村正、鬼丸四人正在举杯痛饮，庆祝胜利。见到唐巍出现在门口，纷纷站起身来，走到唐巍面前，雷切笑道：“你是来和我们一起庆祝的吗？”

唐巍狠狠瞪着雷切，冷声问道：“今天你们是不是用激光发射器暗算我？”

“是啊。”雷切竟然毫不避讳地承认了，还笑嘻嘻地回手一指村正，“用激光发射器的就是他。”

村正高高举起手，大笑道：“不错不错，就是我。”

“敢承认，还算男人。”唐巍攥紧拳头，在手掌上重重一砸，发出“啪”的一声脆响，“你们不是一直想较量吗？走吧，我们出去好好打一场，这一场，不分输赢，只决生死。”

“哈哈哈……”雷切、村正、虎彻三人哄堂大笑，鬼丸站在一边，默然不语。虎彻笑道：“我们才不会再和你较量呢，因为你已经输给我了。”

“你们……”唐巍气得脸色铁青，没想到他们竟然来了这么一手，他怒火上涌，“打不打，不是你们说了算的。”

唐巍猛地挥出一拳，重重砸向村正的面门，这一招是虚招。尽管唐巍正在气头上，可是仍然保持着出招的理智。

让唐巍意外的是，村正根本没有躲闪这一虚招。他只是抬手稍微一挡，就顺着唐巍的力道飞了出去，重重摔在地上。

唐巍就是要逼他们动手。没想到雷切三人竟然退后很远，大吼起来：“快来人啊，有人打人啦。”

他们竟然在遇袭之后呼救，哪有半点铁血特种兵的样子？唐巍当场愣住了，周围参赛队员听到声音，纷纷从自己房间里出来。他们不知道怎么回事，围观议论。

鹰星国参赛队队长鹰隼一向有领袖之风，他第一个站了出来，问道："怎么回事？"

村正捂着被打青的脸站起身来，委屈地说道："这个家伙今天输给了我们就要挑衅，还出手偷袭，看看我被打伤的脸。"

众人一片哗然，对唐巍投来鄙视的目光。格斗场上的事情格斗场上解决，出了格斗场还要挑衅，实在是太卑鄙了。一时间指责声四起，矛头全都对准唐巍。

唐巍怒火更炽，想要出言说明真相，不想众人声音太大，他的声音被完全盖住。唐巍胸膛一挺，大声吼道："都给我闭嘴。"

所有人都被唐巍震住了，这些人都是各国特战精锐，从来没有人当着他们的面用这样的语气说话。

众人面现怒色，瞪向唐巍，其中几个还挽起袖子，攥紧拳头，想要教训唐巍。唐巍毫无惧色，冷冷地看着他们——你们想打，可以一起上。

正在这时，那个女兵雪鹰站出来为唐巍说话了："大家先不要发火，听听他怎么说。"

众人这才稍微安静，看向唐巍。唐巍向雪鹰投去些许感谢的目光，随后扬手一指村正，傲然说道："我之所以会输，全是因为他用激光发射器暗算我！"

众人立刻向村正投去了怀疑的眼神。村正耸耸肩膀，不屑道："你有证据吗？"

"证据？"唐巍彻底无语了。他来找F国特种兵，就是想和他们堂堂正正来一场较量，没想到村正竟然一板一眼地要起了证据！

"你没有证据，信口胡说谁不会啊……"雷切摇着头，鄙夷地说道。众人再次对唐巍投去了不齿的目光，指责声音比刚才更大，甚至有人给大赛裁判委员会发消息，要求取消唐巍的参赛资格。

“你们不相信我的话，就等着被这个家伙暗算吧。”唐巍哼一声，分开人群，回到住处，胸中愤恨难平。

接下来的几天，格斗比赛继续进行，虎彻最终获得了第一名。在之后的比赛中，F 国特种兵再也没用过激光发射器，唐巍的话彻底沦为笑柄。

这几天时间里，唐巍一直阴沉着脸，没有一丝笑容，F 国特种兵已经彻底将他激怒了。这种激怒，比当初蓝珊的激怒更甚，可是这次，他却连同归于尽的机会都没有。

唐巍并没有压抑太久，因为下一个项目很快到来。在这个项目上，唐巍有绝对的实力。这个项目就是——武装泅渡。

各个参赛队登上直升机，飞抵武装泅渡训练场，训练场是雨林边上的一条大河，水流平缓，水质不算特别浑浊，看起来和雅拉河很像。

参赛者需要携带全部装备，武装泅渡十五公里，在游泳过程中，除了维持浮力的泳衣之外，不带任何潜水装具。也就是说，高压气瓶、呼吸管之类的东西一律没有。

这种武装泅渡训练，各个特种部队都训练过，所以众人都很轻松，唐巍更是胸有成竹。下了水，可就是海神的本行了。

比赛开始之前，裁判长朗声说道：“有没有谁身体不适，如果有，立刻提出来，不参加这个项目，水下不比陆地，十分凶险。这片水域还是没人探索过的，里面可能有暗流、水草、危险水生物，需要你们用完整的身体状态去应对。”

没有一个人站出来，如果不参加项目，成绩就会记为零，这些人对成绩和荣誉还是十分看重的。裁判长提高了声音：“有没有人不参加？快说！”

可就在这时，蓝珊缓缓举起了手，幽幽说道：“我不舒服，我不参加。”

“又是你！”裁判长几步走到蓝珊面前，狠狠瞪着她。蓝珊已经有好几个项目没有参加了，已然成了所有人眼中的异类。

裁判长面露怒色，瞪着她看了好一阵子，这才狠狠一挥手，说道：“那好，你不必参加这个项目了。”

众人纷纷向蓝珊投去鄙视的目光，蓝珊毫不在乎，闲庭信步走进了休息区。

“其余人，进入出发区域。”随着裁判长的命令，众人开始往河边走。雪鹰轻轻一碰唐巍的胳膊，小声说道：“你要是实力不行，不要硬撑，水下比陆上危险多了。”

唐巍心中暗笑，心想你是不知道我的水下实力，等着瞧吧……他刚要说话，这时村正经过两人身边，他冷笑道：“这个家伙最喜欢偷奸耍滑，他说不定又准备了什么阴谋诡计。”

雪鹰秀眉一皱，就要出言训斥，唐巍却满不在乎地笑了，挑衅道：“你看这场比赛我怎么虐你。”

说话之间，众人已经来到岸边，逐个下水，唐巍信心满满，拖在最后面，很快所有人都下了水，开始在水中游动，裁判长以为唐巍走在最后是不敢下水，冲他大声吆喝：“你到底下不下水？”

唐巍冲裁判长微微一笑，悠闲地下了水。裁判长想起唐巍和蓝珊的表现，不禁满脸怒容。这两个家伙，实在是太不像话了，一个成绩极差，一个态度消极，看来以后不能再让中东酋长国的人来参赛了。

裁判长正在想着，猛然间意识到——唐巍不对劲！

特种部队在进行武装泅渡的时候，一般都会把头露在水面上。可是唐巍，自从下了水，就不见脑袋浮上来，他出现意外了吗？

力战刺鳐

裁判长急忙用对讲机呼叫水面上的救生艇：“寻找 068 号参赛者，

寻找 068 号参赛者，他失踪了！”唐巍的参赛代号就是“068”。

救生艇上的裁判员立刻举起望远镜，在水面上搜索，可是根本看不到唐巍。转眼间三四分钟过去了，水面上还不见唐巍的影子，裁判长立刻下令，救生潜水员下水！

一个穿戴整套装具的潜水员背入式下水。可就在这时，只见唐巍在潜水员身边冒出头来，他笑着拍了拍潜水员的肩膀，对他说道：“兄弟，你竟然带着高压空气下水，不怕水太深潜不下去吗？”

潜水员愣了，救生艇上的人蒙了，裁判长傻了。他们这才明白，原来唐巍从下水到现在的三四分钟里，一直都在潜泳！

潜泳的阻力最小，最快最省力。可是潜泳也有致命的弊端——身体长期处于无氧呼吸状态，体力极容易耗尽，尤其是长距离游泳的时候。因此在长距离武装泅渡中，所有人都是保持头部出水的，哪个敢潜泳！

可是今天，唐巍竟然就用了潜泳，还潜泳了三四分钟。

潜水员愣了一会儿，诧然问唐巍：“你……你很懂潜水？”

唐巍嘿嘿一笑，随口说了句“我应该比你懂”，又一下子扎进了水里，再次潜泳出去。惊得潜水员和救生艇上的人目瞪口呆。

唐巍潜泳了几次，回头一看，离他最近的人在他的五十米之外，这在武装泅渡里已经算很大的优势了，唐巍也知道潜泳很消耗体力，建立了这么大的优势，不再继续潜泳，把头露出了水面。

唐巍估算了一下身后众人的游泳速度，发现他们的速度和自己并不在一个水平线上。他只需要用最省力的速度游，身后的人就追不上他。

唐巍于是把接下来的泅渡当成了娱乐。这里的水温高达二十八摄氏度，与盗火者行动的水域比起来，这里简直是在泡澡。让唐巍觉得格外舒服。

唐巍一边游泳一边回头看，一眼看到四个 F 国特种兵，他觉得这是收拾他们的最好机会，甚至可能是唯一的机会。

唐巍要收拾他们，可不是简单的捉弄羞辱，面对激怒他的人，他没有丝毫怜悯，他要把他们全都杀掉！

可这里毕竟不是战场，在这里杀人，相当于犯下杀人罪。且不说大赛组织者会把唐巍抓住处死，就是其他特种兵，也会被激怒，杀掉唐巍。所以，唐巍要杀掉他们，必须极其隐蔽，不能让任何人知道，一旦阴谋败露，唐巍自身难保。

七十多个特种兵在水中形成一个密集的方阵，四个F国特种兵在最中间的位置。这种位置无论唐巍怎么过去下手，都会被其他人发现。

有什么办法能让他们脱离队伍呢？唐巍想了片刻，没有，完全没有。比赛正在进行，他们没有任何理由脱离队伍，而且水面上有组织方的救生艇，任何脱离队伍的人都会被重新引导回队伍。

既然没有办法让他们脱离队伍，那就只能想办法让队伍散开。

唐巍听林奈说过，在非洲雨林的河流中，有一种鱼，名叫“巨型虎鱼”，是淡水河流的霸主。它体长可达二米，体重可达二百公斤，是南美洲水虎鱼——也就是“威名远扬”的食人鱼的近亲。如果有一条或者几条巨型虎鱼冲过来，应该能把队伍冲散。

唐巍也不担心巨型虎鱼会误伤到他，因为巨型虎鱼和南美洲的食人鱼完全不同。南美洲的食人鱼喜欢成群结队发起攻击，而巨型虎鱼通常喜欢单独行动。单个的巨型虎鱼唐巍是不怕的。

巨型虎鱼对血液比较敏感，血腥味可以把它们引过来，唐巍决定在水中弄出一些血腥味。

唐巍深吸了一口气，一下子扎到水下，这里的水深不超20米，唐巍很快就到了水底。

水底满是泥沙和水草，一条条形状奇特的小鱼在水草之中穿来穿去。他们感觉到有人下来了，“嗖”地一下，全都躲进了水草里。

唐巍伸出分水峨嵋刺，拨开水草，一条巴掌大的鱼受到惊吓，“嗖”地一下钻了出来。唐巍抬手一刺，给它来了个对穿，一丝丝血液在水中散开，在水流的激荡下很快消失不见。

这点血也太少了，不可能把巨型虎鱼吸引过来……唐巍暗暗想着，必须有一两条大家伙，可是大家伙不好找啊……现在正在比赛，唐巍也不可能离开前进路线太远。

唐巍这么一折腾，后面的大部队已经把距离拉近到三十米了。唐巍不敢让大部队追上，万一自己的阴谋被他们发现，可就麻烦了。

唐巍浮出水面，换了口气，再次下潜。为了不被大部队追上，这次唐巍是一边向前游一边在水底搜寻，小鱼见了不少，大鱼一条都没有。

唐巍随手杀掉一些小鱼，希望积少成多。不过希望渺茫，唐巍很失望，这个复仇计划看来要以失败告终了。

就在这时，唐巍突然发现水下有些奇怪——他扔到水下的死鱼尸体，很快就会消失不见，似乎水下有个什么东西在跟着他捡死鱼。

唐巍特别留心。之前他刺死一条小鱼都是随手将小鱼扔下，尸体会落在他的身体后面。这次他把小鱼抓在手里，向前抛出，同时停了下来，等着看小鱼尸体遭遇了什么。

小鱼尸体刚刚落在水下，只见后面水下泥沙轻轻一动，一个巨大的圆盘形状的东西扑了过来，一口吞下小鱼，随后停止不动，它的身体和海底泥沙非常相像，浑然一体，唐巍竟然一直都没看出来。

唐巍很快认出：这是一条鳐鱼。这种鱼的胸鳍极为宽大，从头部蔓延至尾部，看起来就像一个巨大的圆盘。它是底栖鱼类，经常躲藏在泥沙下面。

唐巍一阵惊喜，这条鳐鱼个头不小，不算那根又长又细的尾巴，躯干部分就有一米多长。给这样一个家伙放血，应该能把巨型虎鱼吸引过来。

唐巍右臂一扬，分水峨嵋刺激射而出，稳稳刺中鳐鱼的脊背。鲜血一下涌了出来。鳐鱼剧烈扭动起来，激起一团团泥沙，搅得河水浑浊不堪。

鳐鱼扭动几下，觉得刺入身体的东西还在，尾巴一甩，游向远处。

它要是游走了，唐巍吸引巨型虎鱼的计划就落空了。

唐巍不可能让鳐鱼逃走，他双腿打水，快速下沉，落在鳐鱼的身上。在浮力作用下，唐巍想靠体重压住鳐鱼是不可能的。于是他手臂用力，分水峨嵋刺贯穿鳐鱼的身体，像一根钉子一样锁死了它。

鳐鱼拼命挣扎，胸鳍大幅摆动，打在唐巍的身上隐隐作痛。按照唐巍和水中大鱼搏斗的经验，在它们受伤之后，一定要离他们远一点，因为它们垂死挣扎的力量极大，稍不留神就会受伤。可是现在，唐巍不敢松手，因为海底泥沙太软了，他只要一松手，鳐鱼就会甩开分水峨眉刺。

一人一鱼正在较劲儿，突然，他感觉后背被狠狠打了一下，这股力道之大，直接让唐巍的身体向前冲了一下，要不是在水下，水体阻力大，唐巍就飞出去了。

唐巍一回头，只见浑浊的河水中，一根鞭子似的黑影扑面抽来。唐巍急忙一扭头，那根鞭子狠狠抽在唐巍的肩膀上，打得唐巍身子一歪，便闪电一般收了回去。那根鞭子就是鳐鱼的尾巴，这家伙的尾巴力量极大，是它的防身利器。

唐巍急忙向鳐鱼头的方向退去，它的尾巴没有那么长，打不到太远。他刚刚退到鳐鱼的头部位置，那根长尾再次扫了下来，这次正好打在浮力游泳衣上。只听一声脆响，游泳衣竟然被撕开了一个大口子。

这条鳐鱼，竟然是刺鳐，鳐鱼家族之中最强悍的一种，尾巴上有一根或几根锋利的倒刺，倒刺上还有剧毒。人一旦被击中，轻则伤口剧痛，重则一命呜呼，曾经有过数起潜水员被刺鳐杀死的事件。

唐巍的心瞬间悬了起来，这条鳐鱼的毒刺几乎可以做到无死角攻击，唐巍无论怎么躲，都会被击中。

只能放弃这个家伙了，唐巍当机立断，双脚一蹬水，离开了刺鳐。刺鳐瞬间甩脱了分水峨嵋刺，快速游向远处，带出一条长长的血线。

唐巍收回分水峨嵋刺，惊魂未定。他暗暗后悔，刚才的下击实在太莽撞了，没有想到这条鳐鱼是刺鳐，万一被毒刺击中，可太危险了。

唐巍觉得气息不够，向水面浮去，准备换气。可就在这时，水下又发生了变故！

浑浊的水体之下，河底就像炸了锅一样。一片片泥沙翻腾起来，一条条刺鳐从河底腾空而起，没头没脑地乱游。水中一时间满是刺鳐晃动的尾刺和摇摆的胸鳍。

不顾一切，杀

原来刺鳐正在集中求偶交配，唐巍的突然袭击让它们认为有敌人袭来，于是纷纷逃窜。

唐巍瞬间出了一身冷汗。这水里到处都是乱游的刺鳐，它们还都受到了惊吓，带着倒钩毒刺的壮尾随时能够发出致命一击。

唐巍不敢再往水面游了，他拼命憋气，躲在水下。头顶上，不知道多少刺鳐在水中疯狂乱游。

而在此时，后面的大部队到了，正好和这群刺鳐撞上。

有的刺鳐慌不择路，往水面游，遇到浮在水面上的特种兵，不管不顾，甩尾攻击。一个代号恐象的英格利国特种兵被一尾巴甩在小腿上，毒刺划开衣服，割破皮肉，毒素入体，瞬间产生剧痛。

这个英格利国特种兵连声惨叫，所有人都把头转向了他，他们却不知道发生了什么。这些特种兵在陆上威风八面，到了水里也算骁勇。可是他们没有海神那么丰富的应对危险生物的经验，面对未知的攻击全都慌张无措。

刺鳐虽然也起到了扰乱大部队的作用，可是对唐巍来说并没有什么用。这些刺鳐的攻击覆盖面积极大，唐巍根本无法下手。

唐巍感觉自己的气息快用完了，决定冒险上浮换气。他找了一个刺鳐比较少的位置，向水面浮去，他担心惊吓到刺鳐，不敢上浮得太快。

一条刺鳐从他身边快速游过，所幸刺鳐没有摆动毒刺攻击他。

唐巍终于浮出水面，深深地换了口气，这才觉得舒服了不少，此时又有两个特种兵被刺鳐刺中，场面一片混乱。

唐巍浮出水面的位置，恰好在众人之间，距离雷切四个人不远。唐巍想要发起偷袭，却发现众人并没有散开，他根本没有下手的机会。

刺鳐虽然冲进了武装泅渡队伍，可这些刺鳐毕竟是逃命的，冲击一阵之后就很快散开，队伍一时间恢复了平静。

三名受伤的特种兵被救生艇带走，裁判长下达了继续比赛的命令。其他人也没把这件事情当成大事，于是继续比赛。

唐巍失望极了，经过这样一番折腾，恐怕无法杀掉四个 F 国特种兵了。唐巍默默地叹了口气，放弃了杀人的念头，打算平平淡淡地拿个第一。

可就在这时，突然队伍右前方传来一声惨叫，唐巍转头看去。只见一个极北国特种兵正在水面扑腾，搅动起大片大片的浪花，身边几个同伴已经攥着匕首，潜入水下。

会不会是水虎鱼来了？唐巍心头一动，潜入水中观望，却发现水被刚才一大群刺鳐搅得浑浊不堪，根本看不清那么远的地方。他一下子扎进水中，快速游向那个极北国特种兵。

唐巍从一个个特种兵的脚下游过，突然，前面出现了一个黑影，闪电般冲过来。唐巍本能地感觉危险，闪身躲在了几个特种兵身后。

那个黑影很快冲到一个特种兵身边，唐巍看清了它的真容——粗壮浑圆的身体、巨大的战刀般的尾鳍、一口外露的三角形尖牙，每一枚都长达几厘米。这正是唐巍一直想引来的巨型虎鱼。

巨型虎鱼的口部结构非常特殊，下颌骨关节活动范围很大。这让它可以把嘴张开到不可思议的程度，一口咬下比它的头还大的肉。

巨型虎鱼一口咬在那个特种兵的大腿上，身子一甩，一大块肉带着血从腿上脱落，瞬间见了白骨。那个特种兵惨叫一声，并没有逃走，而是掏出匕首，潜水迎战。

可是巨型虎鱼并没有继续攻击他，而是身形一转，杀入特种兵的队伍里，攻击其他的人。与此同时，数个黑影从四面八方冒出来，开始攻击特种兵。

这些巨型虎鱼都是被唐巍杀伤的那条刺鳐的鲜血吸引过来的。来的时候刺鳐已经逃走了，巨型虎鱼于是对特种兵发动了攻击。

这下特种兵队伍彻底乱了，所有人都掏出匕首，潜水迎战。可他们根本没有在水下与猛兽搏斗的功夫，不少人都被巨型虎鱼咬了，却难伤到巨型虎鱼分毫。

有的特种兵开始往救生艇上游，可是救生艇很小，要是所有人都挤上救生艇，非翻了不可，这时鹰星国参赛队队长鹰隼高声叫喊："大家快点上岸。"

都到这个时候了，众人也顾不上比赛了，快速游向岸边，队形瞬间拉开。唐巍心中一动——现在是偷袭的绝佳时机！

唐巍之前早已记住了F国特种兵的方位，现在也不浮出水面，直接朝他们游了过去。他觉得背上的背囊太过臃肿，直接将它甩脱。唐巍此时也不担心被巨型虎鱼攻击，因为巨型虎鱼最喜欢攻击流血的猎物。此时受伤的特种兵不少，巨型虎鱼全都奔他们去了。

唐巍的游速很快，眨眼之间就来到了四个F国特种兵的身后。只见雷切四个人正在全速向前，他们的附近，没有别人，距离他们最近的特种兵在十几米之外。此时水中满是泥沙、污血和气泡，能见度不超过五米。也就是说，唐巍可以痛下杀手，而不被人发现。

唐巍冷静地抽出分水峨嵋刺，雷切拖在队伍最后面，唐巍的第一个目标，就是他。

唐巍正要扬手扔出分水峨嵋刺，突然身后水声响动。侧目一看，两个特种兵游了过来，一个是被唐巍击败过的怒涛，另一个是鹰星国参赛队队长鹰隼。

唐巍并不担心怒涛，他担心的是鹰隼。这个家伙是天生的领袖，观察能力、指挥能力极强。他现在和雷切靠得很近，下手杀雷切，很难不被他发现。

唐巍灵机一动，伸出手去，一把抓住了雷切的脚踝，同时身体一转，双腿蹬水下沉。在雷切看来，唐巍溺水了，抓住他的脚踝是在求救。

如果雷切下潜救唐巍，唐巍可能就收起杀意了。不过雷切没有救他，他抬起右脚，一脚蹬在唐巍的手腕上。

水下格斗是唐巍的看家本领，他使出全力抓人，怎么可能被蹬开？这一脚毫无作用，唐巍抓着雷切，双腿蹬水，快速下沉，转眼之间已经下沉了十余米，其他人的身影完全消失在浑浊的河水中。

唐巍突然放开雷切的脚踝，身体直立起来，和雷切脸挨着脸，雷切没想到唐巍会突然起来，愣了一下。唐巍趁他一愣的工夫，右手分水峨嵋刺透心而入！

唐巍这一招狠辣无比，分水峨嵋刺完全贯穿了左肺，从背后透出，鲜血眼见着从雷切的口鼻喷涌而出。雷切的脸上一片错愕，他无论如何也想象不到，唐巍竟然会下手杀他。

雷切想要说些什么，嘴巴一张，水立刻灌了进去。唐巍担心他不死，又一击洞穿了他的心脏，鲜血像箭一样喷射出来。雷切的眼睛很快失去了神采，头一垂，死了。

唐巍担心尸体浮出水面被人发现，顺手将他的浮力游泳衣完全划破，水灌进去，带着雷切的死尸沉入水下。水底泥沙中栖息着无数食尸虫和食腐鱼，他们很快就会将尸体啃食一空。

唐巍穿过浑浊的泥沙，迎面碰上村正和虎彻。原来村正和虎彻见到唐巍抓着雷切沉下水去，担心雷切的安全，追了过来。

他们见到只有唐巍一个人过来，很是疑惑。这是在水下，没法说话，两人于是用手势询问唐巍：雷切哪去了？

唐巍也明白两人的意思，侧身用手往水下一指，意思是雷切在下面。

两人根本没想到唐巍竟然会藐视一切规则，痛下杀手。于是从唐巍的身边游过，潜入水下，寻找雷切。

两人都把巨大而沉重的背囊摘掉了，背部完全露了出来，在唐巍看来，这里犹如鲜嫩的奶油蛋糕。唐巍左右打量，没有见到其他人，随即右臂一震，分水峨嵋刺破浪而出，正中村正的背心。

村正感到背上一阵刺痛，还以为是被巨型虎鱼咬的呢，回手就是一匕首，同时转过身来。匕首刺空之时，看到了狞笑的唐巍。

村正惊得目瞪口呆，按照他们的想法，他们欺负了唐巍，他应该在比赛场上找回尊严，可是谁想到唐巍竟然趁乱偷袭。

唐巍收回分水峨嵋刺，再次击出。这次分水峨嵋刺从右眼刺入，直没入脑，要不是被坚硬的头骨挡住，甚至能够破脑而出。

唐巍抖手收回分水峨嵋刺，鲜血激涌而出。村正的尸体随后翻滚着沉入水下，几条巨型虎鱼猛冲过来，大肆撕咬。

边上的虎彻看到这一切起了杀心，他拔出匕首，猛扑向唐巍。

别看在陆地上，虎彻与唐巍打了个不相上下，可是在水下，他远远赶不上唐巍。唐巍轻盈地一转身，虎彻便扑了个空。他想要回身正面迎战唐巍，没想到唐巍的速度更快，一记分水峨嵋刺，顺着肋骨缝隙刺了进去。虎彻顿时鲜血喷涌，一命呜呼。

15 阴谋败露

阴谋败露

唐巍接连杀掉雷切、村正和虎彻，还剩下一个鬼丸，唐巍迟疑了片刻，不打算杀他。因为这个家伙还是不错的，从来都没有挑衅过唐巍。即便是最后雷切、村正和虎彻三人联手激怒唐巍的时候，他也没有参与。

唐巍想到此处，浮出水面，深深地换了口气，正在这时，他突然发现，鬼丸正在不远处看着他，五官狰狞、面目扭曲，好像活见鬼一般。

唐巍的心一颤，刚刚杀掉村正和虎彻的过程，不会被他看到了吧？

正在犹豫，只听鬼丸放声怒吼：“你这个疯子，你竟然……”

唐巍全身一震，听他的意思，他是把整个过程都看在了眼里！

那就不能留着他了！唐巍没有丝毫犹豫，如同一条灵鱼，直扑鬼丸，鬼丸刚要把唐巍杀掉他同伴的事情喊出来，就被唐巍抱住大腿拽进了水里，水灌进嘴巴，一个字都喊不出来。

唐巍本来以为鬼丸也和雷切那些人一样，对水下格斗一窍不通，没想到鬼丸的出招竟然相当狠毒，右手成爪，直接挖唐巍的眼睛。在水下，拳打掌击的威力都受限制，唯独这挖眼，威力丝毫不减。

唐巍的动作还是比鬼丸快，他头一歪，嘴巴一张，一口咬在了鬼丸的手指上。唐巍的咬力是相当强的，疼得鬼丸全身发颤。鬼丸也不示弱，索性张口咬向唐巍。

唐巍一扬分水峨嵋刺，对准鬼丸的嘴捅了进去，分水峨嵋刺从下向上，直接从口腔捅进大脑。

鬼丸瞬间不再挣扎，身体绵软下去。唐巍抽出分水峨嵋刺，划破了他的潜水衣，尸体快速向水下沉去。

唐巍把四个F国特种兵全部杀掉，他收好分水峨嵋刺，振臂向岸边游去。正在这时，只见对面游过来一个人，定睛一看，竟然是女兵雪鹰。

雪鹰靠近唐巍，焦急地说道："你没遇到危险吧？我是来帮你的，快点跟我走吧。"

唐巍哭笑不得，心想我还用你帮吗？不过他觉得雪鹰一片好心，也没有多说什么，跟着雪鹰向岸边游去。水中的巨型虎鱼此时正在抢食雷切四个人的尸体，没有追上来。

唐巍和雪鹰很快上了岸。大部分人此时都上岸了，他们在岸边或坐或站，神情凝重。还有一些特种兵被巨型虎鱼咬伤，军医正在救治。

唐巍先力战刺鳐，后斗杀四名特种兵，体力消耗远远超过其他人。刚刚在水里的时候还不觉得累，现在一上岸，顿时感觉体力透支，仰面朝天躺在地上，喘着粗气。

唐巍的样子被其他人看在眼里。他们都感觉，唐巍之所以这样疲惫，完全是因为体力不足，不禁对唐巍生出不少不屑。更有一些人想起了唐巍起初的潜泳，认为他在打肿脸充胖子，对他的不屑更重了。

雪鹰坐到唐巍的身边，把水递了过来，柔声鼓励他。唐巍不觉生出许多感慨，蓝珊还是他的战友呢，几乎从没对他这样过。

又过了一会儿，水中的特种兵全部上岸，裁判长清点人数，发现只有四个人没有上岸，正是雷切那四个人。另有十几个人受伤，伤势有轻有重，并不致命。

由于水中还有巨型虎鱼，所以裁判长也不敢命人下水打捞。而是呼叫支援，等支援梯队过来，用渔网打捞尸体。

支援梯队过来至少要一个小时，唐巍很高兴。非洲雨林的河流食腐动物极多，一个小时四具尸体就会被啃得面目全非，根本查不出死因。

唐巍偷偷地笑了起来，可是他的脑海中闪出一个念头，让他的笑声戛然而止！

如果四具尸体被打捞上来，即便是尸体被啃食得一干二净，他还有被发现的危险——在杀村正的时候，分水峨嵋刺从他的右眼刺进去，撞到了头盖骨后部；在杀鬼丸的时候，分水峨嵋刺从他的嘴巴刺进去，刺中了头盖骨顶部。这两次刺击，都会伤到头骨，留下人为伤害的痕迹。

今天下水的这些人携带的防身武器，只有唐巍的分水峨嵋刺能做到这一点。一旦这些痕迹被人发现，顺藤摸瓜，必然抓到唐巍。

不行！绝对不能让支援梯队找到尸体！唐巍暗下决心，让尸体不被发现，最好的办法就是参与打捞，怎么能参与打捞呢？直接提出来难免引人怀疑，他转头看了一眼心地善良的雪鹰，就利用她一下吧。

唐巍叹了口气，小声对雪鹰说道：“四个F国特种兵故去了，真让人伤心，不知道尸体能不能找到？”

雪鹰神色一黯，默然说道：“但愿能找到吧……”

“水下搜索人手足够很重要，支援梯队的人手未必够用，他们未必能找得到……”唐巍故意把话放着，等着雪鹰来接。雪鹰果然“中计”，说道：“那一会儿我们帮他们打捞吧。”

唐巍点点头，表示赞同。之后便不再说话，从雪鹰那里要来一些单兵口粮吃，恢复体力。

一个小时之后，四艘快艇赶到，两艘把众人接上，返回营地，两艘开始搜寻四具尸体。在这座基地，死人是常有的事情，因此没派太多的人搜索。

雪鹰自告奋勇，帮忙搜索，唐巍也表示赞同。不过雪鹰的队长很不高兴，认为雪鹰是多管闲事，雪鹰劝了队长半天，R国参赛队也留了下来。

两艘搜索船一方面用渔网搜寻，一方面派出潜水员，唐巍和雪鹰等人也潜水寻找。结果找寻了几个小时，连尸体的影子都没有找到。这种事情其实非常正常，尸体在水下不仅会被动物吞噬，更会被水流冲荡，冲到哪里去都有可能。

众人返回基地，唐巍高兴极了。终于把四个F国特种兵杀掉了，算是报了一箭之仇，而且报仇过程神不知鬼不觉！

晚饭的时候，唐巍大吃一顿，兴高采烈地回到住处，刚刚把门关上，只听房间角落里传来了蓝珊的声音："你杀掉了四个F国特种兵，杀得很爽嘛。"

唐巍全身汗毛都炸了起来，这个女魔头是怎么知道的？不对，她一定是在诈我，不能上当。

"你在胡说什么？我干吗要杀他们？"唐巍不屑地说道。

"你还敢狡辩。"蓝珊冷笑着站起身来，走到唐巍的面前，"你为了杀掉他们，弄伤一条刺鳐，引来巨型虎鱼，将整个队伍冲散，然后趁乱一个一个杀掉。杀鬼丸的时候你犹豫了，可是鬼丸看到了你杀雷切、村正和虎彻，所以你不能留他，也把他杀掉了，我说得没错吧？"

唐巍听得浑身冷汗，这些事情蓝珊竟然如同亲眼所见，这怎么可能！唐巍决心狡辩到底，他摇摇头，笑道："你就编故事吧，根本没有那些事情。"

"真是不见棺材不掉泪。"蓝珊嘀咕一句，随手拿出一支录音笔，轻轻一按，录音笔里传来了鬼丸撕心裂肺的声音："你是不是疯了，你竟然……"竟然是鬼丸在被杀之前说的话。

"你……你哪里弄到的录音？"唐巍真的害怕了，声音都发颤了。

蓝珊说："'深海鬼灵'水下监听系统，当初水藻就用这个东西，听到了你和灰鲭鲨搏斗。"

唐巍面如死灰，身体有些发软，后退了两步，坐在了椅子上。

蓝珊得意地笑道："如果你还不承认，我们就发动最大的人力物力，去找四具尸体。你习惯用分水峨嵋刺杀人，经常刺中骨头，我们检验一下骨头上的痕迹就知道了。"

事到如今，唐巍知道狡辩已经没有用了。他一咬牙，站起身来，硬声说道："我承认，人是我杀的，他们对我百般挑衅，还出阴招暗算我，我就是要杀他们！现在我承认了，要杀要剐，悉听尊便。不过我先把话挑明，我是不会坐以待毙的。"

唐巍攥紧了拳头，摆出一副同归于尽的架势。蓝珊竟然笑了出来，笑得花枝乱颤。唐巍满头雾水，问："你笑什么啊？"

"我笑你竟然那么认真。"蓝珊后退两步，倒在了沙发上，随手打开了电视，"这件事情我只会秘密汇报给团长，其他人我是不会告诉的。"

唐巍说："你要告诉团长？那团长会怎么看我？"

蓝珊说："团长会觉得你太笨，弄伤鳐鱼之前竟然没发现它是刺鳐，更没发现周围都是刺鳐，险些丢了小命……哈哈……"

唐巍松了口气，波塞冬如果这样想，那他就没把这件事情当回事。这时蓝珊甩手把录音笔扔了过来，"这是唯一的证据，销毁了吧，你报复心那么重，我可不敢留着它。万一趁着睡着的时候杀掉我可怎么办？"

唐巍伸手接住录音笔，冲进卫生间，一掰两段，抽出内存条扔进马桶，长长地出了一口气。这时只听见外面传来蓝珊的声音："两天之后就是最后一个项目了，在这个项目上你要好好表现，争取拿综合成绩第一哦。"

东国特种兵

唐巍苦笑摇头，所有项目里，格斗和武装泅渡是他最有把握的两项了。可是这两项都失手了，再想拿综合成绩第一，无异于痴人说梦。

唐巍忍不住问道："最后一个项目是什么？一个项目就能让我拿综合成绩第一吗？"

蓝珊笑道："最后一个项目具体是什么我也不知道。不过我知道这个项目的权重非常大，如果你的成绩非常非常好，还是很有机会获得综合成绩第一的。"

两天的休息时间很快过去了。这段时间里，唐巍特别留意了尸体的事情，发现尸体并没有被找到，这才稍微放心。

这天清晨，所有参赛队被要求携带全套单兵作战装备，在机场集合。

大赛组织方十分看重这个项目，他们在下发通知的时候，特别针对蓝珊提出了一条："谁要是不参加，立即枪毙。"蓝珊不得不委曲求全，穿着沉重的装备，和唐巍一起赶到机场。

机场上人人面色肃然，小声议论着这场比赛的内容。这时有工作人员过来通知："一会儿麦巴桑乔将军将亲自赶到机场，为大家讲解比赛内容。"

麦巴桑乔将军亲自讲解比赛内容，这让众人更感觉这场作战神秘莫测。几分钟之后，又工作人员透出话来："这次作战，将会面对一批实实在在的敌人。"

这句话像一针兴奋剂，所有人的情绪都被点燃了。之前的战斗都是模拟对抗，不是实战，让他们觉得很没意思，一会儿可能面对一场实战。

在基地附近的热带雨林里，始终潜伏着麦巴桑乔将军的反对者，这些反对者不时发动对平民的袭扰。一会儿的比赛项目，很有可能是针对他们。

又过了几分钟，麦巴桑乔将军乘坐军车来到机场，他下车来到众人面前，朗声说道："这次比赛项目，是全真环境模拟对抗演练。"

竟然又是"模拟对抗"，不是实战，不少人露出了失望之色。麦巴桑乔将军继续说道："这次模拟对抗，我将为大家介绍一批全新的敌人。"

全新的敌人？所有人都被麦巴桑乔将军的话勾起了兴致，全神贯注地看着麦巴桑乔将军。

只见麦巴桑乔将军冲远处的米 –171 直升机做了个手势，一队军人走了出来，来到麦巴桑乔将军面前。这些军人每一个都没有携带武器，却都戴着头盔、护目镜，身上披着伪装网，看不出长相。

麦巴桑乔将军笑道：“这些人是我们这次比赛的特邀嘉宾，也是你们这次对抗演练的全新敌人，来自东国逆鳞特种部队。也就是说，他们是东国特种兵。”

众人一片惊声，没有人会想到这次的对手竟然会是东国特种兵！

唐巍的心猛地一颤。原来雷切说的东国特种兵会以神秘身份参赛，是这个意思。

唐巍看着这些来自祖国的人，心中有一种看见亲人的感觉。只是他们根本不知道唐巍是谁，来自哪里，唐巍也不能说出自己的身份。

麦巴桑乔将军继续说道：“这次你们会被送进热带雨林的深处，在那里，与这些东国特种兵进行一场对抗。你们的目标是搜索、发现、捕捉东国特种兵，而他们，可以对你们进行反捕捉、击毙。

“这次比赛，按照俘获东国特种兵的数量计算成绩，俘获的越多，成绩越高。凡是被东国特种兵捕捉、击毙的人，一律没有成绩。我还要强调一点，热带雨林危机四伏，你们很有可能在毒虫、猛兽的袭击之下毙命。

“一旦丧命，你们可就不是没有成绩那么简单了，我希望你们都活着回来。”

麦巴桑乔将军交代完比赛规则，把手一挥，朗声说道：“开始准备吧。”

众人立刻开始换装模拟交战装备，东国特种兵已经提前上了直升机，飞抵演习场。

在机场上，唐巍听到众人议论纷纷。他的左手边是“血狼佣兵团”，影刺正在口若悬河地说：“东国人总爱吹嘘东国是雇佣兵的禁地，我这回倒要看看，东国特种兵到底有什么本事。”

唐巍面对东国特种兵，心情复杂。不过有一点他可以肯定，在这场对抗之中，他绝对不是东国特种兵的对手。于是他转头去看蓝珊，心想这次只能靠你了，不想蓝珊一副无所谓的样子，坐在地上望着天空发呆。

很快模拟交战装备换装完毕，工作人员对二十支参赛队进行了分组，每两支参赛队编成一个作战小组，共同完成对抗。这也是考验他们与陌生友军协同作战的能力。

唐巍、蓝珊和R国参赛队编成一组，R国参赛队队长极为不满，队长代号剑齿虎，典型的欧洲壮汉，性格严厉。在他看来，唐巍和蓝珊完全是废物，是猪队友，只能拖后腿。

剑齿虎毫不客气地冲唐巍和蓝珊训斥："你们两个给我记住，到了雨林里面，无论发生什么事情，我们都不会管你们的，你们也不要拖累我们。"

唐巍自觉雨林作战能力不足，没有反驳，看向了蓝珊。没想到蓝珊既不辩解，也不生气，只是平静地看着队长。

雪鹰一拉队长的携行具，柔声劝道："好啦，你不要说这些话了，到了雨林里面，我们必须互相帮忙。"

队长狠狠瞪了雪鹰一眼，转身走了。雪鹰笑着安慰唐巍和蓝珊："你们不要害怕，我们队长虽然表面凶狠严厉，可是对别人还是很好的，你们不管有什么事情，他都会第一个帮忙。"

蓝珊笑了笑，唐巍说了两句客气话，雪鹰也去准备了。很快，各个参赛队便上了直升机，被空投到雨林的不同地点。

唐巍一落地，便感觉到了非洲雨林与亚马逊雨林的不同，这里比亚马逊雨林明亮一些，没有亚马逊雨林那种咄咄逼人的幽暗。因为非洲雨林的树木间隙比较大，绞杀藤一类的攀缘植物也比较少，阳光能够透射下来。

剑齿虎一落地便和三名队员组成丛林搜索队形，自动忽略唐巍和蓝珊。而且行走速度很快，似乎想把唐巍和蓝珊这两个拖油瓶远远甩开。倒是雪鹰，不时回头提醒两人别掉队，两人也不说话，默默跟在他们后面。

不时有各种各样的叫声从树林中传来，唐巍感觉这里似乎比亚马逊雨林还热闹一些。正在这时，突然一阵急促的枪声从东北方向传来，看来已经有人和东国特种兵交手了。

枪声大概持续了三五分钟就停止了，双方交战结束。蓝珊打开了通讯器，上面显示：印迪亚国参赛队和卡兹国参赛队八名队员全部被东国特种兵“击毙”。

印迪亚国参赛队和卡兹国参赛队尽管实力比较弱，可是刚刚和东国特种兵交手便全军覆没，这足以显出东国特种兵的能力了。

雪鹰回过头来对蓝珊和唐巍说道：“东国特种兵比我们想象的要厉害，你们一定要跟紧我们。”

蓝珊阴沉着脸，一语不发，唐巍笑着感谢雪鹰，队伍继续前进。随着队伍的前进，唐巍觉得蓝珊越来越不正常，她的脸色越来越难看，难道说蓝珊也害怕东国特种兵吗？不应该啊，这个世界上还没有什么能让蓝珊害怕的东西呢……

唐巍小声问道：“你怎么了？哪里不舒服吗？”

“不对劲……”蓝珊声音忧虑，紧张地咬着嘴唇。唐巍的心一下子悬了起来，急忙问道：“哪里不对劲？”

“太吵了。”蓝珊用手指了指四周，“你听，各种各样的叫声，雨林不应该是这个样子的。”

唐巍说：“也许是枪声把动物们都惊动了吧？”

蓝珊说：“不会的，如果枪声真的惊动了这些动物，那它们应该远远地逃开，而不是在这里乱喊乱叫。”

唐巍说：“那……那可能是怎么回事？”

蓝珊说：“这个我也不知道……所以我一直觉得不对劲。”

“嘿！你们不要说话！”蓝珊和唐巍正在说话，剑齿虎猛地回过头来，狠狠训斥。唐巍知道蓝珊的厉害，对剑齿虎也不客气，呛声道：“不听她的话，我们就会丧命。”

“别说话，我们发现敌人的痕迹了，东国特种兵很可能就在附近！”剑齿虎用手往前面地上一指，只见地上的草被压倒了几块，“草被压倒成这种形状，很明显是被人压出来的。”

唐巍和蓝珊走到近前，果然见到几块倒下的草。这些倒下的草每隔几步就会出现，一直蜿蜒到雨林深处。

蓝珊不屑一笑，说道：“这些草倒下得如此明显，很显然是有人在故意吸引我们上钩，我们不能过去，一旦过去就会被伏击。”

“伏击？没有那种可能，我们绝对不可能被伏击。”剑齿虎说得信心十足，蓝珊脸色猛地一变，沉声说道：“你就那么敢肯定？”

手撕活人

“当然，因为我们有他。”剑齿虎抬手指了指身边代号北极狼的队员，“他是闻香师出身，鼻子堪比警犬，能够在远距离上通过气味找到敌人。如果有人敢伏击我们，必然会被我们打出反伏击。”

唐巍听说过闻香师，他们的嗅觉极为灵敏，能够辨别出各种香料的气味。可是他们真能通过气味找到敌人吗？唐巍面露疑色。

北极狼自信地笑了笑，用手往前面一指，说道：“这附近都没有人的气味，敌人应该不在这附近。”

“很好，我们继续向前搜索。”剑齿虎轻蔑地瞥了一眼蓝珊和唐巍，带着人向雨林深处走去。雪鹰想劝他们跟上，可是又担心剑齿虎不高兴，只好用眼神示意他们跟上。

唐巍看向蓝珊，问道：“我们现在该怎么办？”

蓝珊说：“先跟上吧，不过距离他们远一些，我总觉得不对劲……”两人于是远远跟在后面。蓝珊板着俏脸，皱着秀眉，那副样子让唐巍非常担心。他的心乱跳，额头上不觉出了一层冷汗。

正在走着，突然见到剑齿虎把手一举，雪鹰三人立刻停了下来，背靠着背。唐巍和蓝珊跟着就是一停，躲在了一边的树后。

只见剑齿虎一扬手，四个人一起把枪口指向头顶，如临大敌。唐巍看向他们头顶，触目所及的满是绿油油的枝叶，根本看不到枝叶里面有什么。

唐巍轻轻一拍蓝珊，小声问道："他们头顶有什么啊？能让他们那么紧张。"

"我也不知道，先别说话。"蓝珊摆了摆手，两人一起看向前方。

过了一会儿，剑齿虎举起手，用战术手语下达了"后退"的指令。四个人缓缓后退，退回到唐巍和蓝珊身边才停下。

唐巍急忙发问："你们发现什么了？"

剑齿虎眉头一紧，沉声说道："我们听到头顶有声音，可抬头看的时候，枝叶太密，看不清楚。"

"会是东国特种兵的伏兵吗？"唐巍问道。

"不会的。"北极狼坚定地摇头，"那不可能是东国特种兵的伏兵，因为我没有嗅到人的气息。"

"你不会判断错吗？"唐巍只是随口一问，没想到北极狼竟然火了，他狠狠瞪向唐巍，"你这是在侮辱我。"

"你敢保证你不错吗？"唐巍也不示弱，狠狠顶了回去。雪鹰急忙冲了过来，拦在两人中间，冲唐巍说道："北极狼是不会错的，你不能怀疑他。"

"好吧，我道歉。"唐巍不想节外生枝，委屈自己息事宁人，转换话题："既然前面有不明危险，那我们就绕开吧。"唐巍把水下经验用在了陆地上，遇到可能的危险，首先想到的是躲避。

"不行！"剑齿虎猛地一挥手，"这里有东国特种兵的线索，如果我们绕路，线索就断了，再想找到他们就难了。"

"我去侦察！"一个沙哑的声音响起。说话这人代号长臂猿，也是R国参赛队队员，他个头矮壮，沉默寡言，身手矫健，最擅长攀爬。在之前的巷战模拟对抗中，他几乎眨眼之间就爬上了几米高的平台。

“树枝太密集了，我们很难看清上面有什么，如果我爬上去，就能看清了。”长臂猿说得信心十足。剑齿虎犹豫了一下，为难地说：“你爬上去，会不会有危险？”

“放心吧，没问题的，我的攀爬速度非常快，一旦发现危险，我立刻下来。”长臂猿说着开始做攀爬准备。他摘下了步枪和背囊，扎紧了袖口裤口，避免毒虫钻入；用面罩包住脸，避免毒虫叮咬。

“还是别上去为好。”唐巍出言相劝，“按照我的经验，进入未知区域凶险万分，我家族中那些冒险的人，几乎都死了。”

长臂猿没有理会唐巍，他走到一棵大树前面，唐巍还要再说，蓝珊狠狠瞪了他一眼，唐巍自知失言，再往下说，恐怕要把自己的身世说出来了。

长臂猿助跑几步，跃上树干，手抓脚蹬，不一会儿已经钻进浓密的枝叶。众人躲在树后，举着枪指着树上，全神贯注。

蓝珊轻轻一拍唐巍的肩膀，示意他往后面走，与剑齿虎、北极狼和雪鹰拉开距离，一旦树上有什么危险，只要跑过他们三人，就能保命。唐巍觉得这样有些对不起雪鹰，可还是跟着蓝珊往后面走了好几步。

突然，只听一个撕心裂肺的惨叫声从树顶传来，随后只见枝叶一分，长臂猿从枝叶间纵身跳下。这树很高，跳下来非常危险，长臂猿显然是慌不择路。

长臂猿落地之时一个前滚翻，缓冲下落的冲劲儿，站起身来。他的样子让所有人都心惊胆寒——右臂不知被什么东西活活扯掉，鲜血一股股地向外喷，白骨森然可见。

雪鹰是医护兵，她抓起止血带冲向长臂猿，可就在这时，只听头顶恶风响动，一个银灰色的庞然大物凌空跃下，正好落在长臂猿的身后。

这个庞然大物竟然是非洲雨林霸主——银背大猩猩！这家伙直立起来足有一人多高，体重超过一百千克，牙尖似刃，爪利如刀。更恐怖的是这家伙怪力无穷，能将腕口粗的树枝随手折断。

银背大猩猩抓起长臂猿的身子，高高举起，用力一扯，人头竟然被生生扯掉。它双臂一甩，尸体飞出去很远，人头滚入树丛，踪迹不见。

雪鹰根本没见过这种杀人方式，腿一软，栽倒在地。剑齿虎几步冲了过去，将她拖了回来，三人一起将步枪背在身后，抽出了匕首。他们的枪是对抗演练用枪，没有实弹，全是空包弹。

银背大猩猩人立而起，双拳捶胸、放声怒吼、张开大口、露出尖牙。刚才长臂猿已经将它激怒了。

唐巍心头一颤，暗暗叫苦，他急忙回想林奈教授他的应对之策：遇上银背大猩猩，绝对不能跑，必须双手抱头，双腿张开，呈“大”字形趴在地上。这是在告诉银背大猩猩：我已经臣服，它一般就不会伤人了。

唐巍举起双手，抱在脑后，刚要趴在地上。只听蓝珊在身后低低地说了声“跑”，转头一看，蓝珊已经撒腿跑了。

唐巍一愣，你怎么不按林奈的方法做啊？可是他还是选择信任蓝珊，跟在她身后，撒腿就跑。

原来蓝珊也知道林奈的办法，可是她看到银背大猩猩先把长臂猿的胳膊撕下，又把脑袋扯掉，知道它已经暴怒了。这种时候，趴在地上就是等死，唯一的办法就是跑。要比赛跑，人是跑不过银背大猩猩的，不过有剑齿虎三个人在后面拖着，一时半会儿追不上来。

唐巍觉得逃跑对不起雪鹰，可他只是犹豫了片刻，就头也不回地跑了。因为他根本救不了雪鹰。他尽管格斗术高超，可是面对狂暴的银背大猩猩，任凭你格斗术再高超也不管用，“一力降十会”真不是随便说的。银背大猩猩抡过来一记重拳，力量之大，你格斗术再高也做不到“一巧破千斤”。

既然留下来救不了雪鹰，那就只有跑，死一个总比死两个好！唐巍跟在蓝珊后面，跑得飞快。突然，唐巍感觉头盔被什么东西撞了一下，脑袋一下就晕了，脚下一软，摔倒在地。

蓝珊听到唐巍摔倒，立刻回身拉他，刚把手伸到唐巍的胸前，唐巍却猛地抓住她的手，狠狠将她拽进了怀里。

蓝珊扑倒在唐巍的胸前，两片柔嫩的粉唇竟然贴在了唐巍的脸上，给唐巍来了个香吻，她羞怒交加，正要作色。只听见“呼”的一声尖啸从头顶飞过，抬头一看，一块西瓜大小的石头落在身后。如果不是唐巍拉她这一下，石头会把她砸得骨断筋折。

蓝珊也顾不上被唐巍强吻了，拉着他站起身来。回头一看，不远处的树下，又有一只银背大猩猩出现，它正抓起地上的石头，砸向两人。银背大猩猩手掌灵活，极善于用石头砸猎物。

看见又一只银背大猩猩出现，两人感觉情况不妙了。银背大猩猩这东西是群居的，一个族群里可能有十几只、几十只，现在出现了两只，说明这里很可能有一个银背大猩猩的族群。他们闯入了这个族群的领地，等待他们的将是无数愤怒的利爪尖牙。

如果是别的猛兽，唐巍和蓝珊还能用上树这一招来躲一躲，可是对付银背大猩猩……人家上树更快！

幸运的是，那只银背大猩猩只是冲他们扔石头，没有冲过来，似乎把他们两个当成玩物。蓝珊急忙说道：“往开阔地跑，到了开阔地，它们不一定追上来。”

直升机着陆点就是一片开阔地。在他们的后面，两人急忙转身往回跑，身后那只银背大猩猩并没有追，只是不断扔石头。

两人渐渐将它甩在身后。可就在这时，眼前树枝一晃，一只银背大猩猩咆哮着落了下来，拦住去路。

银背大猩猩之王

这只银背大猩猩看上去比之前两只还要高大，还要强壮，它直立而起，放声咆哮。咆哮声射进丛林，震得不少枝叶簌簌而下。

唐巍和蓝珊第一个反应是绕开它。可是刚刚往旁边一走，银背大猩猩就嘶吼着拦住去路，背上的毛炸立而起，双臂不停挥舞。绕开它是不可能了。

唐巍和蓝珊对视一眼，不约而同向后退去。尽管身后有一只扔石头的银背大猩猩，不过被石头砸总比被“手撕”好。

银背大猩猩见到唐巍和蓝珊后退，嘶吼一声，冲了过来。银背大猩猩的奔跑姿势很奇特，它的双手攥成拳头，用拳头着地，就像是两只脚，这让它看起来更加恐怖。

要论短跑，唐巍和蓝珊都堪称是人类中的精英，可是在银背大猩猩看来，他们简直是慢如龟爬。唐巍和蓝珊只听见身后风声靠近，银背大猩猩身上那股怪异的气味扑鼻而来。蓝珊用手一指眼前那棵树，两人立刻绕着大树转了个弯。

在面对强大野兽的时候，绕树跑是一个好办法。野兽体重大，惯性大，转弯不灵活。可是没想到银背大猩猩是个例外，它用手一抓树干，竟然围着树干荡了个圈，速度更快了，直接追上了唐巍，冲他后背就扑。

唐巍感觉脑后一阵风袭来，立即向旁边一滚，银背大猩猩扑了个空，唐巍顺势站起身来，那只银背大猩猩已经近在眼前，想跑是跑不掉了，只能一战，可战……哪是人家对手啊……

唐巍正伸手摸分水峨嵋刺，突然听到蓝珊大吼一声。蓝珊手一扬，天女散花般扔出一大堆东西，纷纷扬扬，全砸在银背大猩猩头脸上。

唐巍全身一激灵，心说蓝珊你这不是坑我吗？银背大猩猩已经暴怒了，你还用东西砸它的脸，是担心我死得不够惨吗？

没想到银背大猩猩在被砸中之后，没有继续攻击唐巍，而是低下头，抓起地下的东西，塞进嘴里。

唐巍这才看清，蓝珊扔出去的东西是单兵口粮。这种口粮完全按照西方人饮食习惯制作，高油高糖，唐巍戏称“没弹药的时候可以把这玩意当燃烧弹扔出去”。野兽都喜欢吃高油高糖的食物，见到这么多美味立刻大吃起来，也顾不上唐巍了。

唐巍趁机跑到蓝珊身边，两人继续往前跑，跑出去不知道多远，迎面撞上了剑齿虎、雪鹰和北极狼。雪鹰见到两人，惊喜道："你们没事，太好了，我还以为你们出事了呢。"

唐巍见到雪鹰这个时候还关心他们，更觉惭愧。蓝珊快速问道："你们那只银背大猩猩呢？"

"我们把焰火棒扔了出去，暂时把银背大猩猩吓住了……"剑齿虎气喘吁吁。

"扔了焰火棒？那你们不是要退赛吗？"唐巍惊声问道。焰火棒是用来求援的，一打开就意味着退出比赛。

"顾不了那么多了，保命要紧。我们还向大赛组委会请求了支援，不过支援直升机过来需要一个小时，肯定指望不上，赶紧往开阔地带走。"剑齿虎说着就往唐巍和蓝珊来时的方向走。

唐巍伸手拦住他，急着说道："没用的，那边也有银背大猩猩，我们就是被它们拦回来的。"

"你们也碰到银背大猩猩了？几只？"剑齿虎三人齐刷刷地变了脸色。

唐巍说："两只，一只比较小，喜欢用石头扔人，另一只比你们那只还大。"

"看来我们进到银背大猩猩的老巢了！"北极狼狠狠一攥拳，重重砸在一边的树干上，"东国特种兵可真够狠的，竟然把我们往银背大猩猩的老巢里引。"

"我不觉得东国特种兵会这么狠毒，他们可能也只是遭遇了银背大猩猩。现在说这些已经没有意义了，我们赶紧想办法逃命吧。"雪鹰紧紧地盯着剑齿虎。

剑齿虎思索片刻，用手往东边一指，说道："如果地图没有出错的话，那边有一条河，我们穿过这片树林，就能到那条河。只要下了河，银背大猩猩就不会追我们了。”

北极狼用最快的速度赞同：“尽管穿过树林很危险，可这是唯一一条路，走吧。”

雪鹰先是点头赞同，然后看向唐巍和蓝珊，忧声说道：“下水的话，你们两个行不行啊？”

唐巍哭笑不得，百米深海我们都不怕，何况一条淡水河，他没有多说什么，快速答应，蓝珊略微点头。五个人走进东边的树林，他们的速度很快。因为焰火棒和单兵口粮拖不住银背大猩猩太久，这里还是它们的领地，它们一定会追过来。

五个人的周围，不时响起令人胆寒的叫声，周围不知道有多少银背大猩猩。不过它们并没有现身，渐渐地，响亮的水声出现在远处，所有人都看到了生的希望。

可就在这时，头顶传来一声嘶吼，唐巍喊了一声“趴下”，身子一低，卧倒在地，只感觉一个庞然大物从头上掠过。抬头看时，只见一只银背大猩猩落在地上，口中还叼着不断挣扎的北极狼。

这只银背大猩猩的个头极大，趴在那里都比唐巍高一头，比前面两只都要大一圈。它一出现，周围不断响起的叫声就小了许多。这只银背大猩猩，俨然就是这个族群的王！

剑齿虎和雪鹰见到同伴被抓，急忙学蓝珊掏出单兵口粮，扔了过去。银背大猩猩果然扔下了北极狼，去吃单兵口粮。两人急忙冲北极狼打手势，让他跑回来。

只见北极狼挣扎着往起站，蓝珊脸色瞬间变了，用最快的语速冲剑齿虎说道：“让他趴好别动。”

“你说什么？”剑齿虎一愣神。话音未落，银背大猩猩嘶吼一声，扔下单兵口粮，一口咬在北极狼的脖子上。只听见一声脆响，北极狼的颈椎被活活咬断，一命呜呼。

原来在银背大猩猩看来，北极狼被它扔在一边不动，已经被它征服了。如果北极狼站起来走动，那就是对它的挑战，它会不惜一切代价将他杀死。

北极狼这一站起身，不仅让他自己命丧黄泉，更激怒了银背大猩猩。银背大猩猩不顾地上的单兵口粮，冲着唐巍四个人捶胸怒吼。

四个人面面相觑，谁都不知道怎么办。蓝珊第一个站了出来，沉声说道："只能一战了，别无选择。"

这回蓝珊没有选择独自逃跑。R国参赛队只剩下了剑齿虎和雪鹰，仅凭他们两个人很难拖住暴怒的银背大猩猩之王。

其他三人都没办法，见到蓝珊第一个提出办法，就听她的了。唐巍顺势问道："你说怎么打？"

蓝珊迟疑片刻，说道："打眼睛，如果能把它的眼睛废掉，会让它陷入暂时的混乱，我们可能有逃走的机会。"

"打眼睛？打……打得到吗？"唐巍看着那两颗小小的眼睛，满腹怀疑。更困难的是，它有两只眼睛，要打就要在短时间内把两只都打掉，可要是先打掉一只，银背大猩猩就会进入疯狂状态。一只疯狂的银背大猩猩有多恐怖，不用想也知道。

"你们吸引它的注意力，打眼睛交给我，再给我一支匕首。"蓝珊冲唐巍一伸手，唐巍把自己的匕首递了过去。蓝珊伸手接下，缓缓从银背大猩猩的右侧靠近。她的手指捏着刀尖，准备将匕首当做飞刀扔出。

银背大猩猩感觉到了蓝珊在靠近，把身子转向了她。唐巍举起分水峨嵋刺，在胸前弹匣上重重连砸，大声吆喝。剑齿虎和雪鹰也开始吼叫，银背大猩猩被声音吸引，嘶吼一声，回头看向三人。

蓝珊趁着这短暂的时间，迅速接近了银背大猩猩，扬起右臂。两支匕首激射而出，直取银背大猩猩的双眼。

眼看着匕首就要刺中银背大猩猩的眼睛，没想到它竟然猛地一抬手，将两支匕首打落。两道狭长的血痕出现在了它的手臂上，鲜血顺着长长的毛发流淌下来。

蓝珊见到攻击失败，急忙退回到三人身边。唐巍的心一凉，蓝珊不仅攻击失败，还弄伤了银背大猩猩，它一定会发狂报复的。他下意识地去看剑齿虎和雪鹰，只见他们也是面如死灰。

没想到那只银背大猩猩竟然没有发动攻击，而是站了起来，仰天长啸。声音尖锐刺耳，所有人都不由自主捂住了耳朵。

声音刚落，只听见丛林周围，一声接一声的啼叫声响起，那些声音由远及近，一时间只听树叶响动，一只又一只银背大猩猩从树林里钻了出来。大约有三四十只。它们围绕着四个人站定，将四人彻底包围，冲四人怒目而视，捶胸怒吼。

蓝珊、唐巍、剑齿虎和雪鹰，四个人加在一起，连一只银背大猩猩都打不过，现在身边竟然出现了三四十只……

冲入急流

四个人背靠着背，剑齿虎和雪鹰握着匕首，唐巍攥着分水峨嵋刺，蓝珊的匕首已经扔出去了，只能解下武装带当鞭子。他们没有人说话，也想不出脱身的办法，唯一的办法似乎是杀出一条血路。可是这个办法，也是不可能的。

三四十只银背大猩猩围住四人，却没有下手，只是在他们身边咆哮怒吼，不知道它们在想些什么。

突然，一片稚嫩欢快的鸣叫声从它们背后传来。循声看去，十几只年幼的银背大猩猩跑了出来，它们活泼极了，蹦蹦跳跳地跑到四人跟前，伸手去抓四个人。

没想到银背大猩猩的第一波攻击，竟然是这些小家伙发动的！

四人挥舞兵器驱赶它们。这些年幼的银背大猩猩极其灵活，左边打一下，右边冲一下，弄得四个人左支右绌。

没过多少时间，只听剑齿虎一声惨叫，抓握匕首的右手已经被一只银背大猩猩一口咬中，匕首猛然落地。紧接着，两只银背大猩猩扑上来，咬住剑齿虎的手臂，将它带倒在地。

剑齿虎摔倒在地，手臂上鲜血直流。几只年幼银背大猩猩猛扑上来，抓起他就往后拖，剑齿虎一边惨叫一边挣扎，向雪鹰伸手求援。雪鹰尖叫一声，伸手就去抓他，可是手刚伸出去，就被一只年幼银背大猩猩一口咬在手腕上，鲜血喷涌而出。

一瞬间，剑齿虎就被抓出了十多米远，几只年幼银背大猩猩一拥而上。眨眼之间，剑齿虎肠开肚裂，鲜血四溢，肠子被年幼银背大猩猩扯出来，当成了玩具。

剑齿虎的惨死让四人压力顿减，因为所有银背大猩猩都扑向剑齿虎的死尸了。唐巍趁机说道："咱们不能再这样打，打下去必死无疑。"

"那你说怎么办？"雪鹰焦急地发问。

"最后一招了，不知道管不管用。"唐巍看了看分水峨嵋刺。

"只要有办法就先用吧，顾不了那么多了。"雪鹰带着哭腔叫嚷。

"那好，你们两个，抱紧我。"蓝珊没有丝毫犹豫，紧紧抱住唐巍，雪鹰先是愣了一下，也抱紧了唐巍。唐巍被两个美丽姑娘抱着，心里没有一点绮念，都到这时候了，除了活命，什么心思都没有了。

唐巍将分水峨嵋刺高高举起，一扣机关，一股淡黄色的粉末飘落下来，撒在三人身上。这正是唐巍在食人鱼行动中，逼退绿森蚺的"逐妖散"。

当初唐巍见到绿森蚺被逐妖散逼走，觉得这东西还是有点用的。于是把配方交给了海神的医学专家海妖，让海妖帮他制作了一些，重新装填到分水峨嵋刺里。在后来的盗火者行动里，唐巍一直没有机会用，没想到在今天用上了。

唐巍刚才一直没想用逐妖散，因为它不知道这东西对银背大猩猩管不管用。现在剑齿虎被银背大猩猩扯走分尸，唐巍也就顾不上许多了，死马当活马医，先试试再说。

逐妖散一出来，顿时一股恶心至极的气味飘散出来，那气味又腥又臭，比下水道的臭味恶心千百倍。雪鹰一闻到那股气味，瞬间吐了，吐了唐巍一身。

唐巍也顾不上收拾了，喊了一声“跑”，冲水流方向跑了过去。蓝珊瞬间跟上，雪鹰连嘴角的秽物都来不及擦，也跟了上去。

眼前就有几只银背大猩猩拦路，唐巍不管不顾地冲了过去。只见那几只银背大猩猩一起发出厌恶的哀叫，躲在一旁。唐巍、蓝珊和雪鹰闪电般冲了过去，那只银背大猩猩之王发出一声长啸，其他银背大猩猩跟在三人后面追了过来。

它们虽然在追，可是由于三人身上的恶心气味，它们不敢靠得太近，三人也丝毫不敢松懈。因为他们身上的气味，正在飞快变淡，这正是唐巍不愿意用逐妖散的原因之一，作用时间太短。

水流声越来越大，穿过一片灌木丛。眼前豁然开朗，只见一条大河出现在眼前，正是那条救命之河。

可是三人看到这条河，脸色都是一变，因为这条河根本不能进！水流实在太急了。眼看着一道道白浪上下翻滚，前扑后冲，人要是进到这样的水里，眨眼就会被冲走。

更恐怖的是，水流之中不时溅起半米多高的浪花，说明水里面有不少礁石。这要是被水流冲到礁石上那么一撞，小命肯定保不住了。

雪鹰瞬间停住了脚步，拉住唐巍和蓝珊，尖叫道：“不……不能下水！”

唐巍的脑袋也是“嗡”的一声。他在大海里见过不少激流怪浪，每一次他都老老实实躲在船上，绝不敢下水挑战。经常潜水的人都对大自然敬畏万分，在大自然面前，人类渺小得就像一粒尘埃。

可就在这时，只听身后一片咆哮，银背大猩猩已经追了上来。而三人身上的气味，已经若有若无，逐妖散已经失效了。

蓝珊甩开雪鹰的手，沉声说道：“不下水不行了！”快步冲向急流，一个鱼跃，消失在急流之中。

雪鹰双腿打颤，裹足不前。唐巍手腕一翻，反抓住雪鹰的手腕，沉声说道：“被淹死，总比被撕碎强。”拉着她往急流里冲，雪鹰也不再坚持，跟着唐巍冲向急流，两人一起跳了进去。

这时银背大猩猩正好追出来，它们也知道这急流的厉害，没有下水。站在岸边冲着急流一顿咆哮，回身消失在雨林之中。

唐巍三人一下水就被冲了出去。在这种水流中，游泳已经毫无意义了，因为水流速度远远大于游泳速度，你无论怎么游都不可能比水快。唐巍只能全力保持头浮出水面，不被淹死。

唐巍有极其出色的水下本能，手脚不停划水，尽量保持头露出水面。雪鹰就不同了，她在如此急流中彻底慌了手脚，连划水都不会了。

唐巍急忙伸出左手，环抱着她的腰，用力把她的头托出水面，用右手和双腿打水，保持两人头部露出水面。可雪鹰却出于求生本能，死死抓住唐巍的右臂。

如果是在普通的河里，唐巍可以让雪鹰随便抓，以唐巍的能力，不用手都能把女人带出水。可这是急流啊，唐巍只靠双腿根本不够用。

雪鹰要是别人，唐巍早就一脚把他踹开了，可是对她，唐巍下不去手，他扯着嗓子猛喊“松手”，可雪鹰完全慌了，根本听不见唐巍的叫喊。

眼看两人一起往水下沉。正在这时，蓝珊出现在雪鹰身后，抬手狠狠在雪鹰后脑上砸了一下，雪鹰当场昏迷。唐巍的右臂解放出来，拼命划水，让两人的头露出水面。

蓝珊扯着嗓子冲唐巍喊道：“斜前方的岩石，我们到那上面去！”

“你说什么？”水流声太大了，蓝珊的声音夹杂其中，唐巍没听清。

“斜前方，岩石，上去。”蓝珊又喊了一遍，这回唐巍听懂了。他的心一颤，那块岩石能游得上去吗？水流一直裹挟着人往前冲，游上岩石的时机稍纵即逝，稍微控制不好身体，就会错过岩石。

“我先过去等你！”蓝珊深吸了一口气，钻进了水里，不一会儿，只见她像一条飞鱼，从水中一跃而起，趴在了岩石上。

蓝珊竟然在能这么急的水流中把身体控制得那么好，准确地冲上岩石，唐巍赞叹不已。他可做不到这一点，他只能尽力往岩石的方向游。

水流速度太快了，唐巍眼看就要错过游上岩石的时机。可就在这时，一根绳子从岩石上飞落下来，蓝珊的声音在水流声中响起：“抓紧绳子。”

绳子也被水向下流冲去，唐巍眼疾手快，一把抓住了绳子。蓝珊立刻往回拉绳子，唐巍借着绳子的拉力，终于靠近了岩石。他把雪鹰扔了上去，然后在蓝珊的拉拽下爬上了岩石。

岩石高出水面一大块，水流卷不走他们，他们暂时安全了。唐巍在水中拖带雪鹰，消耗了大量体力，跪趴在岩石上，直喘粗气。

蓝珊用手指了指雪鹰，对唐巍说道：“赶紧把她弄醒，我们必须赶紧离开这里。”

“离开这里？我们离得开吗？”唐巍看着四周湍急的水流。

“我们没得选择！”蓝珊用手一指岩石的边缘，“水一直在上涨，从我上来到现在，已经上涨很高了，估计再过十几分钟，这块岩石就会被淹没。”

唐巍嘴角颤了一下，急忙伸手去掐雪鹰的人中穴。雪鹰很快醒了，她想起水中的事情，急忙向唐巍道歉，向蓝珊道谢。唐巍心想事态紧急，急忙打断了她，三言两语给她介绍了情况。最后告诉她：“我们必须想办法离开这里，到岸上去。”

雪鹰终于恢复了一个特种兵应有的平静。她看着岸边，眉头紧锁，开始想如何才能到岸边去。

从这块岩石到岸边，只有短短的三十米，这三十米之中，到处都是岩石。也就是说，只要三个人下水，就会被水流推到岩石上，在剧烈的撞击下一命呜呼。

16　神秘敌人

大洪水

雪鹰毕竟是陆上作战的特种兵，面对这种局面很快想出了应对之策——将绳子抛到对岸，在空中架起一座“绳索桥”，这个办法的确可行，唐巍和蓝珊都同意。不过这个办法也存在问题，那就是绳子抛到对岸之后，必须固定住，如何能让绳子固定住？

唐巍想出了办法。那就是在分水峨嵋刺后面绑上绳子，由他将分水峨嵋刺抛到对面岸边的树上。分水峨嵋刺能够卡进树里，足以承受人的重量。

雪鹰和蓝珊都同意这个方案。于是唐巍将绳子绑在分水峨嵋刺后面，将分水峨嵋刺扔向对岸。他很幸运，第一次投掷就让分水峨嵋刺牢牢刺进树里。

三人担心分水峨嵋刺卡得不牢，于是让体重最轻的蓝珊先过。蓝珊很快爬了过去，然后加固了绳索，唐巍和雪鹰先后爬过。

三人终于脱离险境，立刻检查剩余装备，步枪、手枪、手榴弹等武器都扔了，背囊已经都扔了，食物和水都没有了。不过通讯器和衣服上的激光模拟交战系统都还能用。也就是说，他们还能继续参加比赛。

雪鹰想了一会儿，说道：“我还想继续比赛，你们呢？”

“你们不是已经退赛了吗？”唐巍想起了剑齿虎打开焰火棒的事情。

雪鹰说：“没关系，我再发出消息，说明情况就好了，你们还要继续比赛吗？”

唐巍没回答，看向蓝珊。蓝珊摇了摇头，说道：“我觉得现在不应该继续比赛了，我们应该立刻请求支援，撤出对抗演练区域。”

“就这么放弃？不……不行！”两行清泪从雪鹰的脸上滑落，“我的三名队友都希望在这次比赛中拿到好成绩，现在他们不在了，我要完成他们的遗愿……”

“现在我们面临的局面，更加危险。”蓝珊的脸色阴沉下来，看得唐巍和雪鹰都是心头一颤。

“没有了银背大猩猩，也没有了急流，局面怎么会更危险？”雪鹰问道。

蓝珊说：“你就没有想过，这里为什么会有银背大猩猩吗？”

雪鹰说：“这有什么好想的？这片雨林里有银背大猩猩不是很正常吗？”

“一点都不正常……”蓝珊缓缓摇着头，“对于没有装备实弹的演习人员来说，银背大猩猩是极其危险的动物，赛会组织者一定不会把有银背大猩猩领地的区域划为对抗演练场。”

雪鹰沉默了，想着蓝珊的话。蓝珊继续说道：“你再想想，刚刚那条河流速那么快，为什么你的队长没有提前说明？”

“这……”雪鹰挠了挠头，“我也不清楚，也许是队长出于情况紧急，没有说这么详细的情况。”

蓝珊说：“请你打开通讯器里的地图，好好看看这条河的水文情况备注。”

雪鹰一脸茫然地打开通讯器，疑道：“奇怪了，地图上说这条河的流速每秒只有零点一米，比实际情况慢得多。”

蓝珊长出了一口气，说道：“既然都说到这里了，我想你应该明白是怎么回事了。”

雪鹰一头雾水，怔怔地看着蓝珊，犹豫道：“我……我应该明白什么啊？”

唐巍也不明白怎么回事，从旁边问道：“对啊，到底是怎么回事啊？”

蓝珊的眼睛扫过两人，一字一顿地说道：“有大洪水来了。”

“大洪水？”唐巍和雪鹰齐声惊呼。

“不错，就是大洪水。”蓝珊眼睛一亮，“你们应该还记得我在进入雨林之后说感觉不对劲，太吵了，当时我还没想明白，后来我看到暴涨的河水才明白，上游出现了大洪水，把上游的动物全都逼过来了。包括银背大猩猩，所以我才觉得太吵。”

“这不可能！”雪鹰说得斩钉截铁，“我最近一直在看中非雨林国的天气预报，全国都没有地方下大暴雨，上游怎么可能有洪水下来？”

“我觉得是因为……”蓝珊语气一顿，摇了摇头，“算了，我的猜测太疯狂，还是不说了。”

“好吧，就算你说的对，上游确实有大洪水。”雪鹰话锋一转，“那大洪水也不一定会影响我们比赛吧？毕竟银背大猩猩这种凶猛动物还是很少的。”

“如果我那个疯狂的猜测没有错，洪水可能淹没整片雨林。”蓝珊脸色变了变，声音有些发虚，对自己的猜测很没把握。

“什……什么猜测？”雪鹰的脸煞白。

“我这个猜测的确太疯狂了。”蓝珊停顿了好一会儿，又说道：“我觉得，造成大洪水的原因，是上游的博诺萨水库大坝被炸开了。”

博诺萨水库，中非雨林国最大的水库之一，总库容超过五千万立方米。

蓝珊接着说：“如果我的猜测真的成立，那么以博诺萨水库的蓄水量和我们所在位置的地形，我们身边将会变成一片汪洋。低洼处积水大约会有十米深，无数毒虫顺水乱漂，对人的威胁极大。至于水生的东西，比如说大鲶鱼、水蛭等等，对人的杀伤力就更大了。”

“当然，一些高地也会露出水面，不过那些地方会被强大的动物占据，我们也是很难上去的。”

雪鹰面色骤变，倒吸了一口凉气，蓝珊说的事情毕竟太大了，她不太相信会发生。她颤声问道："这……这不太可能吧？"

蓝珊并不是一个喜欢和人争论的人，见到雪鹰不相信她的话，也不多解释，笑道："如果你愿意继续参赛，没问题，不过我不打算参赛了，我退出。"

蓝珊拿出了通讯器，发出了退赛消息。赛会组织方随即通知她就近前往一号着陆地，准备乘坐直升机撤离。

雪鹰还在犹豫，唐巍伸手一拍她的肩膀，说道："退出吧，留下来危险太大，为了一次比赛，为了虚无缥缈的成绩，不值得。"

唐巍说完也发出了退赛消息，雪鹰想了好一阵子，终于作出了艰难的决定，她也发出了退赛消息。

三人都退出了比赛，这时他们才发现，在他们和银背大猩猩激战的同时，东国特种兵还在和其他人进行对抗。英格利国参赛队、佛朗西国参赛队、妖王佣兵团都已经全军覆没。而八名东国特种兵一个都没有损失。东国特种兵果然厉害，没能和他们较量，真是个大遗憾。

三人开始往一号集结地走，路上雪鹰问唐巍和蓝珊："你们到底是什么人啊？看你们平时很差劲的样子，没想到你们那么厉害？"

蓝珊嫣然一笑，没有回答，唐巍嘿嘿一笑，也没有回答。雪鹰还要再问，蓝珊轻轻瞪了她一眼，斥道："不要说话了，节省体力。"

雪鹰吐了吐舌头，不再说话，专心赶路，前往一号着陆点。路上不时出现蜈蚣、蝎子之类的毒虫，比之前要多得多，似乎是在佐证蓝珊的猜测。

一号集结地很快到了，直升机还没有来。雪鹰拉着唐巍问东问西，问的问题都是关于唐巍和蓝珊身份的，唐巍自然是避而不答。时间过了半个多小时，远处天空中传来一阵阵发动机轰鸣声，抬头看去，一架米－171直升机快速驶来。

蓝珊点燃了一支焰火棒，放出浓密的黄色烟雾，为直升机指明方向。直升机看到了烟雾，径直地飞向三人。

可就在这时，只听见一阵剧烈的流水声从远处传来。循声看去，只见天边涌来一股亮白色细线。那道细线快速变粗变大，眨眼之间已经冲到了三人身边。蓝珊猜测的大洪水，真的来了。

这里的洪水被雨林中的各种树木抵挡，已经没有了冲击力。不像陆地上的洪水，能直接把人卷走。它只是不停地堆积，地面上的水越来越深。

很巧的是，一号着陆点本来就是一个低洼地，四面八方的水几乎都往这里涌，没用多少时间，地上的水就已经齐腰深了。这水裹挟了大量枯枝败叶、腐尸淤泥，呈现深棕色。水面不时出现几个奇异的虫子，恐怖至极。

唐巍在食人鱼行动的时候见过类似的场面，并没有太在意，雪鹰就不行了，她有些慌乱，抓着蓝珊的手紧张问道：“现在我们该怎么办？”

蓝珊说：“这种水深，直升机是肯定不敢降落了，他们应该会抛软梯下来。”

雪鹰说：“不……不躲一躲这些水吗？”

蓝珊说：“不能躲，躲了就上不了飞机了。”

三个人站在水里，不停向空中的米－171挥手。米－171在三人头顶盘旋一圈，缓缓下降，很快一架软梯抛了下来，而在此时，水已经淹没三个人的胸口了。

唐巍看到软梯落在身前，一推雪鹰，说了声“你先上”。雪鹰也不推辞，抓着软梯就往上爬。话音刚落，水就已经没过唐巍的头顶了，唐巍双脚离地，漂浮在水中。

雪鹰爬软梯的速度不慢，眨眼之间已经爬到梯子中部了，正在这时，唐巍突然听到蓝珊在身后撕心裂肺地大叫："快把她拉下来，快把她拉下来！"

唐巍没反应过来蓝珊的意思，回头看着她，大声问道："你说什么？"

蓝珊急得五官都扭曲了，双手快速挥舞，做着向下的手势，叫声更大了："赶紧把她拉下来！"

遭遇剿杀

蓝珊看样子是真急了。唐巍不敢怠慢，从水中一跃而起，一把抓住雪鹰的脚踝，狠狠向下一拽。雪鹰没有防备，"扑通"一声落在水里。

与此同时，唐巍就看到一道闪光从斜刺中冲出来。那竟然是一枚火箭弹，直扑米-171直升机。只听"轰"的一声炸响，一团闪光在尾翼上亮起，整个尾翼都被打烂，冒着浓密的黑烟，米-171像陀螺一样旋转坠落。

米-171被击中了！唐巍的心一紧，正好这个时候雪鹰从水中探出头来，他抱住雪鹰的肩膀，一下子扎进水底。如果米-171在头顶爆炸，水体至少能缓冲碎片。

幸运的是，米-171没有爆炸，它旋转着向远处坠去，唐巍和雪鹰也不敢浮出水面，凭着记忆往高处走。蓝珊很快过来，在他身上一拉，带着两人走上高地，离开积水。

三人刚刚上了高地，只见那架米-171在不远处坠落爆炸，一团火球冲天而起，火光映红了天空。

蓝珊看了看爆炸位置，沉声说道："这里不能待了，燃油会流过来，一边流一边烧，赶紧走。"

唐巍和雪鹰也来不及多说什么，跟着蓝珊往远处跑。在他们的身后，燃油果然带着火焰流了过来。雨林空气潮湿，大量水被火焰蒸发，树林里雾气蒙蒙。

三人不断遇到深深浅浅的积水，深的游过去，浅的蹚过去，终于远离了火焰。火在潮湿的雨林里无法扩大，过了一阵火势就平息了，三人也跑到了安全地方。

一到安全地方，三人立刻脱光全身衣服，检查身上有没有毒虫。非洲雨林毒虫极多，尤其是这种积水里，水蛭之类的东西已经算常见的了。还有许许多多不知名的毒虫，比如说其中一种，能把卵产在人体之中，幼虫吸收人体营养，成虫破体而出，十分恐怖。

蓝珊和雪鹰的玉体唐巍可没见到，她们是互相检查的。唐巍的身体却被她们看到了，几条水蛭趴在唐巍的后背上吸血，被蓝珊用打火机烤掉了。唐巍的携行具里还钻进了一只巴掌大小的蜈蚣，被唐巍一靴子砸死。

蓝珊和雪鹰两人身上也粘上了几条毒虫，都被两人弄死。雪鹰还被蝎子蜇了一口，小腿肿了起来，她抹了些草药，问题不大。

等到检查完毕，穿好衣服，唐巍这才问道："怎么会有火箭弹把米-171击落？它是从哪里来的？"他有些紧张,敌人既然敢击落米-171，就也敢来杀他们。

"那个方向。"蓝珊用手往西边一指，"距离我们不算太近，发射火箭弹的人，应该是反对派武装。"

雪鹰这时才知道米-171是火箭弹击落的，她诧然惊道："反对派武装为什么会来这里？难道他们是冲我们来的？"

蓝珊说："没错，他们就是冲我们来的。我们手里没有实弹，他们打我们，胜算很大。"

"可是……可是他们疯了吗？"雪鹰无法相信蓝珊的话，"打我们，就是与世界各个大国为敌！"

"这正是他们的目的。反对派是极端恐怖分子，根本不在乎与各个大国为敌。"蓝珊淡淡地说道。

“既然如此，我们不能和他们硬拼，必须立刻撤退，我这就联系基地。”雪鹰说着拿出了通讯器。没想到通讯器根本没有信号，她眉头一紧，“我的通讯器没有信号，你们的呢？”

唐巍和蓝珊都拿出了自己的通讯器，都没有信号。雪鹰狠狠地一咬牙，怒道：“通讯器没有信号，肯定是被反对派武装分子屏蔽了，基地的直升机，再也不能来接我们了。”

“那我们只能步行穿越雨林了。”唐巍说话了，“这样做，有可能吗？”

“可能性是有的，不过危险很大。”蓝珊指了指地上被砸扁的毒虫，“先不说它们了，那群银背大猩猩你忘记了？现在大洪水冲了过来，有些猛兽来不及逃走，正好和我们遇上。”

“那我们还有别的办法吗？大洪水过来，自然环境已经相当凶险了，现在又出现了反对派武装分子……”唐巍无奈地说道。

“我们没有别的办法了，只能穿越雨林，返回基地。”蓝珊站起身来冲雪鹰说道，“我们找一些草带在身上，能防一些毒虫。”

雪鹰答应一声，在周围树林寻找着。不一会儿两人带着一大堆形形色色的草回来，三人平分，带在身上。

与此同时，在遥远的指挥部里，麦巴桑乔将军的一个部下紧张说道：“将军，反对派武装破坏了诺博萨水库的大坝，我们的对抗演练区域，此时已经是一片汪洋。”

麦巴桑乔将军饱经沧桑的脸上显出一丝怒意。破坏这座水库的大坝，不仅会淹没所有参赛队伍，还会让下游几个城市、十几万人受灾。他沉声说道：“立刻派出救援部队，将所有参赛者带出来。”

部下说：“明白！不过……将军，我们现在也应该做最坏的打算了，所有参赛队员，可能都出不来了……我们要做好预案。”

“去准备吧。”麦巴桑乔将军说完，目光望向了远处的雨林，心中暗暗想道：就算所有人都回不来，也有两个人能回来……波塞冬，对你的人，我还是很放心的……

唐巍、蓝珊和雪鹰辨别了位置和方向，开始返回基地。返回的路艰险无比，低洼的地方已经是一片汪洋，高出水面的地方被各种猛兽占据，喜欢水的掠食者——比如说蟒蛇、鳄鱼则借着水的掩护大快朵颐。

在行进的同时，还不时听到枪声在森林中响起，声音明显是实弹发出来的，反对派武装正在对参赛队进行剿杀。

三人游过一片积水，上到一块高地，前行一阵，眼看的一幕让三人目瞪口呆。眼前全都是蛇，各种各样的蛇，地上、树干上、树枝上，长短不一、花色不齐，它们一条压着一条，一条叠着一条，缠绕在一起，不断蠕动，让人头皮发麻。

唐巍眉头一紧，一阵干呕。雪鹰轻轻拍了拍他的背，柔声说道：“别怕，这些蛇应该没有毒。”

“我才不怕，我只是觉得恶心。”唐巍随口嘟囔一句，折下一截树枝，充当打蛇棍，就要走进蛇群。蓝珊把他一拦，轻声说道：“蛇太多了，进去的话恐怕会有大麻烦，我们换条路走。”

三人改变了方向，陆地是没法走了，只能走附近的积水。这片积水的面积不小，放眼望去，完全看不到陆地。这里在没有积水之前是一片开阔地，树木比较少，现在已经成了一片大湖。

他们不敢闯蛇群，也就只能从这里游过去了。三人刚准备下水，唐巍突然发现左前方有人影闪动，他急忙压低声音喊了一句：“有人。”然后闪身躲进一边的灌木丛，雪鹰和蓝珊也跟着躲了进来，一起向左前方观望。

雪鹰之前把枪上的瞄准镜卸了下来，当望远镜用。她举起望远镜，观察一阵，小声说道：“是血狼佣兵团，影刺他们，他们看起来要过河。”

雪鹰说着放下瞄准镜，就要冲影刺他们打招呼。唐巍一把捂住了她的嘴，在她耳边说道：“别喊，等他们下水，水里不一定有什么呢。”

雪鹰水下作战经验并不丰富，她点点头，唐巍松开了手。只见影刺四个人缓缓下水，他们似乎还不知道反对派武装的事情，还摆出战斗搜索队形，四个人背靠背，四支没有实弹的枪指向四周。

突然，只见远处一片草丛后面，转出了两艘橡皮艇。每一艘上面有四个人，穿着迷彩服、蒙着脸，手中举着步枪。唐巍三人的心都是一颤，这些人，就是反对派武装分子。

可是影刺那四个人好像根本不知道他们的身份，竟然据枪朝他们射击！雪鹰脸色剧变，就要开口提醒他们，可是嘴巴张开到一半，硬是把想说的话全都咽了下去。他们手里没有实弹，张口提醒就会被敌人发现，凶多吉少。

反对派武装很快开枪了。他们用的是AKS-74U冲锋枪，射速快、威力强，子弹打在水面上，水花四溅。影刺四个人眨眼之间就被击中，四具尸体躺倒在水中。

雪鹰天性善良，和所有参赛队员的关系都不错。见到影刺四人惨死，闭上眼睛，不忍心再看。唐巍和蓝珊倒没什么感觉，这些人死就死了，和他们没有关系。他们更担心被反对派武装分子发现。

真是怕什么来什么，唐巍突然感觉"嗖"的一声从耳边划过。再看两艘橡皮艇，径直朝三人冲来，一边冲一边开枪。子弹落在三人周围，打得树叶"哗哗"往下落。

反对派武装分子能够发现唐巍三人，完全是因为意外。三人的隐藏能力很强，一般情况下，反对派武装分子是无法发现他们的。可是天有不测风云，三人附近的树上落着一群鸟，枪声一响，把这群鸟吓飞了。

飞动的鸟群引起了反对派武装分子的注意，他们觉得是有人把鸟惊飞了，立刻用望远镜仔细搜索。很快在草丛中发现了三人，立刻发起攻击。

霰弹凶猛

三人急忙转身往树林里跑，子弹不断落在他们后面。很快三人跑进了树林，反对派武装分子停止射击，下了船，追进树林。

唐巍躲在一棵大树后面，从树枝缝隙之间观察反对派武装分子的行动。他们手上的枪让唐巍吃了一惊，他们用的竟然是霰弹枪——MPS的AA-12式十八点五三毫米口径霰弹枪，进弹口上插着圆圆的三十二发弹鼓。

这种枪最恐怖的地方在于——它是自动的。三十二发高爆霰弹，能够在一分钟之内全都发射出去，织成一张巨大的火力网。任何敌人都会被这张火力网撕碎。

蓝珊和雪鹰躲在另一侧的大树后面，视角被挡住，看不到反对派武装分子手中的枪。唐巍用战术手语告诉蓝珊：他们用的是霰弹枪。蓝珊的脸色也是一变，在空间狭小的树林之中，射程短、覆盖面积大的霰弹枪杀伤力远远超过步枪。

反对派武装分子完全没有乌合之众的样子，他们八个人分成两个小组，每组四人。小组之中有人前进搜索，有人保护两翼，有人殿后防备包抄。分工明确、毫无破绽。

反对派武装分子越来越近，脚步声清晰可闻，唐巍握着分水峨嵋刺，满身冷汗。对手成小组作战，即便暴起突袭，也只能干掉一个，随后被其他人杀掉。

唐巍看向蓝珊和雪鹰，用手势询问她们有没有办法。蓝珊打出一系列手势——我冲出去，吸引他们的注意，你们趁机偷袭。

唐巍担心蓝珊有危险，刚想摇头，可是想到她是蓝珊，于是点点头。蓝珊用手指倒计时——三、二、一，行动！

蓝珊像飞箭一样冲出大树，向斜刺里冲去，反对派武装分子果然注意到了她。可他们的队形根本没有散乱，两个就近的人去追蓝珊，另外两人加入另一个四人小组，重新组成一个作战小组。唐巍和雪鹰根本没有偷袭的机会。

与此同时，“轰”的一声，枪声响起，蓝珊像风筝一样飞了出去，撞在一颗小树上。

蓝珊被击中了，蓝珊竟然被击中了！唐巍全身一震，她无法想象，蓝珊在战场上会被击中……

蓝珊靠在小树上，并没有倒地。枪声再一次响了，蓝珊又一次飞了出去，这一块高地边上就是积水，蓝珊落入水中，踪迹不见。

蓝珊死了！唐巍有如五雷轰顶。从他加入海神的那一天开始，就一直和蓝珊在一起，一起训练，一起战斗。虽然蓝珊对他很坏，他也讨厌蓝珊，不想和蓝珊多待一秒钟。可是蓝珊就这样死在他的面前，他无法接受……

泪水不由自主涌出眼眶，唐巍抬起手，狠狠擦干眼泪。现在反对派武装分子的威胁还没有解除，绝对不是悲伤的时候。

唐巍沉下心来，思索对策。可是不知道为什么，脑海里全都是蓝珊的影子，胸中满是冲出去和反对派武装分子拼了的冲动。

"冷静……冷静……千万要冷静……"唐巍拼命告诉自己。可是那悲痛铭心刻骨，挥之不去……

就在这时，他看到雪鹰在给他打手势——跟我走！到了这个时候，唐巍也只能听雪鹰的了，唐巍打回手势——明白。

雪鹰比划了三个数，闪电般向后面跑去，唐巍紧随其后。反对派武装分子已经知道他们只剩两个人了，见到两人的身影，立刻追了过来，霰弹枪那特有的啸声不断在身后响起。幸好枝叶众多，两人又跑出曲线，霰弹没能击中两人。

唐巍看着雪鹰的背影，一头雾水，我们要跑到哪里去啊？他们人多，又有霰弹枪，甩开他们希望可不大……不过很快唐巍就明白雪鹰的办法了，因为他们停在了蛇群外面。

雪鹰用手一指蛇群，喊了声"冲"，迈步冲了进去。唐巍看着那些扭曲蠕动的家伙，胃一阵阵抽搐。可身后 AA-12 霰弹枪如芒在背，唐巍把牙一咬，冲了进去。

脚下全都是各种各样的蛇，根本没有空地，唐巍只能踩着蛇跑。那些蛇似乎被突如其来的大水吓蒙了，被踩了也没有咬唐巍。蛇皮本来就滑，再沾上水，更加湿滑，唐巍刚跑出去几步就摔倒了。身下满是蠕动的蛇，它们又凉又硬，难受极了。

唐巍急忙往起爬，可爬起来一半，脚下一滑，再次摔倒。这时雪鹰冲了过来，将唐巍一把拉起来，带着他往前跑。雪鹰的平衡能力很强，在蛇群里竟然没被滑倒。

两人正在蛇堆里"跋涉"，八名反对派武装分子就到了，他们也被这么多蛇吓住了。看着唐巍和雪鹰在蛇堆里走，也没有开枪，他们担心枪声惊扰蛇群。如果这么多蛇突然发起攻击，仅凭区区八支霰弹枪是无法应付的。

八名反对派武装分子转身离开。唐巍和雪鹰在蛇群里挣扎一阵，终于出了蛇群，到了一个安全的地方。唐巍全身上下都是蛇身上的黏液，一股奇怪的味道。他还吐出了几片鳞片，都是摔倒的时候吃进嘴里的。

两人瘫软在地，直喘粗气。唐巍想起死去的蓝珊，泪水汹涌而出，雪鹰也落下了泪水。她和蓝珊是参赛队员中仅有的两名女子，她觉得蓝珊水平不行，一直像大姐姐一样照顾她。

唐巍见到雪鹰落泪，反而坚强了，他对雪鹰说道："她已经走了，哭也没用，咱们得想办法对付那些反对派武装分子，首先要做的，就是抢枪。"

"没错，是要抢枪，可是这枪，怎么才能抢到呢？我们现在连他们在哪里都不知道。"雪鹰说的没错，反对派武装分子神出鬼没，无处可寻。他们装备精良，唐巍和雪鹰避之不及，更不用说找他们了。

"尸体，他们会在尸体那里。"唐巍灵机一动，快速说道。

雪鹰说："什……什么尸体？"

"血狼佣兵团的尸体，他们应该会在那里。反对派武装分子杀掉我们不是目的，借杀掉我们造成恶劣影响才是他们的目的，所以他们应该会回去找尸体。”唐巍站起身来，收拾装备，“现在回去，应该能趁他们打捞尸体，干掉他们，抢到枪。”

“别把这件事想得太容易了！”雪鹰站起身来，一把拉住唐巍，“他们打捞尸体的时候肯定会警戒，你怎么靠近啊？”

唐巍说：“只要他们下水，我就不会输。”雪鹰瞬间皱起眉头，斥责道：“你也太自负了，他们下水你就能赢？”

唐巍苦笑，你是不知道我的经历啊，不过到这个时候，他仍然不想说出自己的身份。他只是简单说了句“我会小心的”，就走到一边灌木丛里找“装备”。

唐巍找到了一根草茎，砍掉叶子和根，只留下中间的茎，茎中间是空的，能当呼吸管用。唐巍做了一大把这样的“呼吸管”，塞进携行具里，带着雪鹰往影刺四个人死的地方走。两人绕过蛇群，很快来到了“湖”边。

唐巍没有猜错，那些反对派武装分子果然在打捞尸体。已经有两具尸体打捞上来，放在岸边的裹尸袋里。

唐巍掏出一根草茎，叼在嘴里，准备下水。雪鹰一把拉住他，紧张说道：“别下水，你看那边。”扬手一指。唐巍顺着雪鹰指的方向看去，只见一队反对派武装分子，应该有四五十人，正从远处走来。

雪鹰说：“敌人的数量这么多，你下水，实在是太危险了。”

“我们没有选择。”唐巍轻轻推开雪鹰的手臂，悄悄地下了水。

唐巍把草茎叼在嘴里，让草茎露在外面，通过草茎呼吸。这种呼吸方式的优点是呼吸时间长，缺点是不能下潜太深。如果下潜的太深，水压就会远远超过大气压，压住人的胸腔，让人无法呼吸。所以唐巍的下潜深度只有一米，幸好水面浑浊，他也不担心被人发现。

唐巍的目标是反对派武装分子停在水面上的那艘橡皮艇，橡皮艇前面架着一挺 7.62 毫米 RPK 轻机枪，还有几箱弹药。四名反对派武装分子都把武器——冲锋枪和霰弹枪放在其中。夺下那艘橡皮艇，就什么武器都不缺了。

唐巍凭借记忆，快速游向那艘橡皮艇。不一会儿来到了橡皮艇下面，向水面一看，只见橡皮艇上没有人。

好机会！唐巍惊喜过望，双手抓住橡皮艇侧舷，腰上一用力，跃入橡皮艇，抓起船桨，开始往雪鹰的方向划。他的动作很轻，尽量不引起敌人的注意。

可就在这时，一个武装分子从水中冒出头来，一眼看到了正在划桨的唐巍。他见到唐巍不是自己人，顿时大叫起来。

此时的唐巍，已经不是那个对枪械一窍不通的家伙了。经过了蓝珊的特训，对于各种枪械，他已经差不多会用了。可他仍然不想开枪，一旦开枪就会惊动其他人。他抽出分水峨嵋刺，冲那个家伙扔了出去。

没想到那个家伙竟然振臂划水，躲开了分水峨嵋刺，同时冲向橡皮艇，其他三个反对派武装分子也从水中露出头来。

唐巍想要收回分水峨嵋刺，已经来不及了。他回身抓起一支 AA-12 霰弹枪，开保险上膛，对准那个反对派武装分子扣动扳机。

神秘敌人

唐巍扣动了扳机，“轰”的一声，数十枚弹片雨点一样散射出去。那个反对派武装分子距离他不远，这些弹片还没怎么散开就轰在他的头上，整个脑袋都被轰掉了。

唐巍的胸中涌起了复仇的快感，这种快感，比当初杀雷切、村正那四个 F 国特种兵还要强烈。他调转枪口，对准另一个反对派武装分子，再次扣动扳机。这个武装分子头一低，潜入水下。唐巍担心一枪杀不掉他，连开两枪，弹片在水面激起一层水花，尸体浮出水面。

剩下两个武装分子不敢靠近橡皮艇，逃走了。枪声一响，岸边的反对派武装分子都被惊动了，他们纷纷看向枪声方向。一眼看到了橡皮艇已被别人抢到，顿时炸了锅，纷纷举起冲锋枪，朝唐巍射击。

唐巍卧倒在橡皮艇上，抓起了橡皮艇上的轻机枪，对准岸边的反对派武装分子扣动了扳机。别看唐巍的轻机枪射击水平只是中等偏下，不过橡皮艇距离岸边不远，子弹密度又大，一排反对派武装分子被击中倒地。其他人急忙退进树林，借助树木的掩护开枪。

子弹“嗖嗖嗖”地向唐巍射来，许多子弹击中了橡皮艇。幸好橡皮艇足够结实，冲锋枪子弹威力又小，唐巍一时间才没被击中。尽管如此，可唐巍还是陷入了非常危险的境地。因为他完全被子弹压制，不敢起身划桨，小艇根本无法返回岸边。

有的反对派武装分子也上了橡皮艇，开始向唐巍的侧翼迂回，准备对唐巍进行包围。唐巍看到了他们的行动，却束手无策，正面和侧面的敌人让他顾此失彼。

正在危急关头，唐巍突然听到橡皮艇后面水声响动。他的心一颤，难道说反对派武装分子还要从水下偷袭吗？回头一看，只见一个女子钻出水面，正是雪鹰。

雪鹰的动作极快，身子一滚进了橡皮艇，匍匐到唐巍的身边，在密集的枪声中高喊：“你去划桨，我来掩护。”

雪鹰说着抓起了轻机枪，唐巍退到橡皮艇后面，躺在橡皮艇里划桨，尽量减少暴露面积。

雪鹰扣动了机枪扳机，她的枪法比唐巍准多了，“啪啪啪”几个短点射打出，几个反对派武装分子就横尸当场。反对派武装分子见识到厉害，急忙后撤，枪声一时间小了许多。

唐巍趁着这个机会划到岸边，两人拎起四个战斗背囊上了岸，躲进了树林。这个时候，乘坐另外一艘橡皮艇的追兵到了，毫不犹豫追进了树林。

唐巍和雪鹰一人留下一支 AA-12 霰弹枪，揣上所有弹药，往树林深处撤退。此时一直在陆地上的几十名反对派武装分子也包抄过来，对两人进行围攻。

对方人数太多，唐巍和雪鹰不敢和他们对抗，一路后撤，没跑多大一会儿，眼前就出现了一大片积水。积水上飘满了树枝，唐巍脚步一停，没有下水。雪鹰没有犹豫，迈步就往里冲。

唐巍一把拉住她，低低说了声“别过去”，雪鹰一愣，急着说道：“不过去不行，敌人追上来了。”

“你看那些树枝，过去就是死！”雪鹰急忙细看水中漂浮的树枝，只见上面缠绕着一条条蛇，其中几条不时地张开嘴巴，露出尖牙，吐出舌头。这些蛇的口腔是纯黑色，犹如墨染，它们竟然是黑曼巴蛇！这种蛇毒性极强，只需要两滴毒液，就能让人一命归西。

黑曼巴蛇平时都在远离水的地方活动，比较喜欢栖息在树上。如果不是这场大洪水，唐巍和雪鹰无论如何也不会在积水里看到它们。这种蛇性情暴躁，进入不熟悉的环境就会变得焦躁不安，极具攻击性。唐巍和雪鹰一旦下水，必然遭到它的殊死攻击。

雪鹰脸色一沉，握紧了霰弹枪，咬着牙说道：“只能拼死一战了。”

唐巍微微点头，两人回身躲在大树后面，反对派武装分子已经靠近了。唐巍透过灌木丛，清晰地看到了一个带着面罩的家伙。他还没有看到唐巍，端着一支 AKS-74U 冲锋枪，还在左右搜索。

唐巍大致瞄准了目标，扣动了扳机。一枪轰出去，面前的灌木丛炸飞了一片，那个反对派武装分子跟着灌木丛飞了出去，重重摔在地上。唐巍的心莫名一痛，蓝珊飞出去的样子，几乎和他一样。

枪声把所有的反对派武装分子吸引了过来，一时间脚步声四起，唐巍和雪鹰已经被团团围住。他们躲在树后，不停朝武装分子开枪，武装分子也不开枪，耐心地等他们弹药耗尽。

唐巍和雪鹰处在危难之中。可就在这时，只听一个反对派武装分子发出一连串撕心裂肺的惨叫，随后又是一个，一时间撕心裂肺的惨叫声此起彼伏，不绝于耳。反对派武装分子一片大乱。

唐巍和雪鹰的视线被树林遮挡，根本看不见发生了什么，他们只能听到反对派武装分子惨绝人寰的叫声和慌乱的叫骂声。

雪鹰紧张地看着唐巍，小声问道："他们怎么了？你知道吗？"

"不……"唐巍轻轻摇了摇头，"我没听过这样惨叫的，不知道他们遭遇了什么，你的雨林生存经验应该比我丰富，你也不知道吗？"

雪鹰说："如果没有洪水，我应该是知道的，可是现在大洪水来了，我就不敢确定了。"两人百思不得其解，都不再说话，仔细地听着外面的声音。

几分钟后，反对派武装分子匆忙撤退了，惨叫声渐渐消失在远处。雪鹰拆下弹鼓，扔进背囊，拿出一个新的插上，沉声说道："我们去看看，他们到底遭遇了什么。"

"别！"唐巍按住雪鹰的肩膀，"面对未知的危险，躲避，是最好的办法。"

"躲不了……"雪鹰推开唐巍的手，"未知的危险能杀死反对派武装分子，就一样能杀死我们，我们必须弄清它是什么。"

雪鹰小心地走进树林，唐巍不想看到雪鹰有危险，端起枪跟了过去。

两人顺着惨叫声传来的方向走。很快看到地面上一条一条的血迹，呈射线状，伤者的受伤部位一定在大动脉，血全都喷出去了。除了血迹，地面上就没有更多线索了。

唐巍低着头，全力找寻脚印。他觉得杀伤反对派武装分子的是什么奇特的动物，应该还有剧毒，否则伤口不会那么痛。

唐巍正在找着，突然，他发现雪鹰的身影在他的视野中闪了一下，然后消失了。他急忙抬起头，只见周围草木还是刚刚的样子，可是雪鹰，却不见了踪影。

唐巍的心骤然收紧，几秒钟之前雪鹰还在视线之中呢，怎么一低头人就不见了？这么短的时间，她不可能走远，如果她是被什么东西拖走的，那也不至于连惨叫声都发不出来吧？

唐巍小心翼翼地靠近雪鹰之前的位置。只见边上满是灌木丛，差不多一人高，十分密集。从外面几乎看不到里面。

“雪鹰？”唐巍轻声呼唤着，枪口指着灌木丛，同时绕着灌木丛走，他不敢直接进去，只能寻找缝隙观察内部。

突然，唐巍猛然听到身后的树林里一响，不好，有危险！唐巍急忙转身。可就在身体刚刚转过来的一瞬间，只听身后灌木丛中一阵风声，一个东西向他扑来。

唐巍连回头的时间都没有，倒地一个侧滚。起来的瞬间也不看眼前是什么东西，直接举枪扣动扳机。可就在枪响的瞬间，一个东西撞在枪管上，推着枪管一偏，弹片全都打歪了，把一边的树枝轰掉了一片。

唐巍这时才看清扑过来的东西，那是一个人，一个伪装成灌木丛的人，他的伪装能力太强了，唐巍竟然没发现。

那个人一个虎扑冲向唐巍，双手成爪，要锁唐巍的咽喉。唐巍再想开枪已经来不及了，索性扔了枪，右手攥拳，振臂击出，直取那人面门。

唐巍的速度极快，本以为能一招毙敌。没想到那个人速度更快，竟然在半空变招，锁住了唐巍的拳头，两人一起扑倒在地。

唐巍也是一愣，从来没见过身手这么快的人了，他比虎彻、蓝珊都快。刚要变招再战，只听见边上有人大喊了一声“停”。

唐巍根本没理他，心说生死关头，我停个屁呀！翻身将那人压在身下，左手变招，直接锁喉……可是没想到那个人却收招了，跟着喊“住手”，唐巍也就没有继续出招，从那人身上站了起来。

这时，只听周围一片脚步声响动，出现一群身穿伪装衣的人，有的从树上跃下，有的从灌木丛钻出来，为首那个快速说道：“我们是东国特种兵，自己人。”

唐巍心头一热，刚想用东国语说话，可是转念一想：不行，不能让他们知道我是东国人。如果他们顺势调查我，再查到我的家人，我就麻烦了。

逆鳞特种部队

唐巍压抑下用东国语说话的冲动，用英语淡淡地说了声“你们好”，然后问道：“我的同伴呢？”

“实在抱歉，为了确保我们的绝对安全，不得不先对你们进行控制。”为首那人一挥手，一个东国特种兵走到一边的灌木丛里，把雪鹰抱了出来，按压人中，把她救醒。

在救醒雪鹰之后，为首的东国特种兵带着部下脱掉了伪装衣，唐巍这才看清他们的脸。为首那人三十岁上下，国字脸，浓眉大眼，胡茬微青，一脸正义。他对唐巍和雪鹰说：“我就是这支东国特种兵分队的队长，代号龙魂。我们来自逆鳞特种部队，每个人的代号都和龙有关，和你交手的是龙胆，格斗能力最强。”

代号龙胆的年轻人和唐巍握了握手，称赞道：“你很厉害”。

“用石块打歪唐巍霰弹枪的是龙影，最擅长精准投掷，是我们的狙击手。”代号龙影的狙击手冲唐巍微微点头，神色冷淡。唐巍心想这样的人才像狙击手，水藻那种家伙太另类了。

“再给你介绍一个人。”龙魂把一个文质彬彬的特种兵拉了过来，他长得很帅气，雪鹰一见他脸就微微一红。

“他代号龙牙，化学和生物学双硕士，最擅长使用毒药。我们伏击反对派武装分子的时候，就用了他配制的毒药。”龙魂道。

接下来龙魂给唐巍和雪鹰介绍了其他队员，还告诉他们，反对派武装分子就是他们伏击的，用的武器是弩弓，不过他们没有真实弩箭。于是用刀削尖一种木头当箭，箭头上还抹上了龙牙找的几种草的汁液，让中箭者产生剧痛。

至于是什么木头、什么草，龙魂没有细说。这种“小窍门”也算是各个特种部队的绝技了，一般情况绝不外泄。

龙魂说完之前的情况，问唐巍和雪鹰："你们两个要到什么地方去？"

唐巍答道："我们打算穿越雨林，返回基地。"

龙魂愣了一下，用惊讶的眼神打量了两人一阵，笑道："现在洪水淹没了雨林，反对派武装分子又疯狂追杀我们，你们两个回得去吗？"

唐巍无奈说道："希望不大，可这是唯一的办法，我们的通讯断了，指挥部根本不可能知道我们在哪里。"

龙魂爽朗笑道："既然如此，你就跟我们走吧，这次通讯中断，是因为反对派武装分子设置了干扰机，我们摧毁干扰机，通讯就恢复了。"

唐巍和雪鹰眼睛同时一亮，追问道："干扰机在哪里？"

"干扰机在四号着陆点。"龙魂答道，"不过那里被反对派武装分子占据，想要夺回来，必须有武器。我们伏击他们，就是想弄到武器，可惜啊……他们逃走的时候，把武器都捡走了。"

唐巍急忙说道："要武器我们有啊，我们抢了四个背囊，每一个里都有两种武器，AKS-74U 冲锋枪和 AA-12 霰弹枪。"

龙魂、龙胆等八个人都兴奋起来，纷纷问道："那四个背囊在哪里？"

"走，我去给你们取。"唐巍说着带龙魂等人去拿背囊，他刚才和雪鹰拿完霰弹枪和子弹，顺手把背囊扔进水里。唐巍进了水里，把背囊打捞上来，众人把武器和弹药分了，吃了些东西，休息一阵，随即出发。

雪鹰不同于唐巍，唐巍对其他参赛队员漠不关心，她关心每个人。于是在路上问龙魂："其他人的情况怎么样了？"

龙魂答道："我们知道的人里面，有一些人撤出了，比如说印迪亚国参赛队和卡兹国参赛队，他们最早被我们干掉，赶在洪水到来之前回到了基地。还有一些人死了，另外一些人被俘了，包括鹰星国、英格利国和佛朗西国。"

"被俘？"唐巍很是不屑，心想这些参赛队也太尿了，竟然投降。

"确实投降了，他们没有实弹武器，遇到反对派武装分子之后就选择了投降，这些人一般不会杀他们，会利用他们索要巨额赎金。”龙魂笑眯眯地看了看唐巍和雪鹰，“你们两个没投降，真是让我很意外啊。”

唐巍和雪鹰相视一笑，从一开始，三个人就谁都没想过投降。唐巍自不必说，两次落入敌手都遭遇了非人的酷刑，从此宁战死不被俘。蓝珊和雪鹰都是女子，还是大美女，被俘的下场其惨无比。

随着队伍的行进，唐巍渐渐感觉到这些东国特种兵的过人之处，他们的行进速度非常快。唐巍和雪鹰也许是经历太多苦战，体力跟不上，很快落在了后面。

雪鹰见到身边没有东国特种兵了，小声问唐巍：“你不是东国人吗？怎么和他们说话还用英语？”

“谁说我是东国人？”唐巍矢口否认。

“我听到过你和深水海蛇说东国语……”雪鹰说道。深水海蛇是蓝珊的假代号。

“那是我们说着玩的。”唐巍神色一黯，“不要提她了……”

雪鹰知道蓝珊的死对唐巍打击很大，也就不再提她。这时龙魂发现两人落后，让龙胆和龙牙把两人的装备背上，两人轻松了不少，这才跟上队伍。

天完全黑了下来，一行人来到了四号着陆点外面。他们和起降点隔着一条小河，水流平缓，河面不宽，只有一百米左右。

起降点里扎着十几座帐篷，看样子是反对派武装分子的营地，距离这里比较远。具体的人数、装备都看不清楚。

龙魂派人抵近侦察，一个小时后回来报告，营地里大约有二十人，装备包括 AK-74 突击步枪、AKS-74U 冲锋枪，人少枪少，不难对付。

最难对付的是——反对派武装分子装备了大量的夜视镜，他们只要过河，就会被发现。在这种条件下，过河的唯一办法是潜渡，全程潜伏在水下。

这是唐巍最擅长的，不过他没有说话，等着看东国特种兵如何应对。

龙魂根本没把潜渡当回事，他笑着挥了挥手，说道："大家去准备简易呼吸管吧，潜渡过去，应该不难。"

其他东国特种兵也没把潜渡当回事，众人立刻去准备，折断草茎做呼吸管，唐巍全程都没有表态。龙魂并不知道唐巍的能力，也没想带上他，对他和雪鹰说道："我们先过去，你们作为第二梯队。"

龙魂众人准备好就下水了，唐巍和雪鹰在对面看着他们。东国特种兵一下水，唐巍就记下了时间，他这是有心和他们比赛，看看他和东国特种兵谁强。

十分钟后，反对派武装分子的营地里响起了枪声，龙魂几个人已经上岸了。唐巍的心一颤，单从潜渡时间来看，东国特种兵是绝对不弱于他的。

枪声在反对派武装分子的营地里持续了十多分钟，龙魂发出了信号。唐巍和雪鹰游过小河，来到营地，发现二十名反对派武装分子已经被全部击毙。相比之下，东国特种兵无一阵亡。

雪鹰激动地夸奖东国特种兵，尤其是帅气的龙牙，他们却只是平静地说了几声"谢谢"。

龙魂把众人集合起来，郑重说道："我们已经关闭了电子干扰机，通讯也恢复了，救援直升机大约会在一个小时之后赶来。不过我们的行动也被敌人察觉了，在接下来的一个小时时间里，敌人一定会集中火力夺回营地。我们必须挡住他们的攻击，现在开始挖掩体吧。"

龙魂这些人每一个都携带了便携式工兵铲。这种东西用途极广，不仅可以进行土工作业，还可以当成武器，甚至可以烤肉……东国军队的土工作业是非常有名的，不到二十分钟，一道简易的环形战壕就挖了出来。

这里的土壤十分湿润，一米深的战壕泡着半米深的水，水里还有奇奇怪怪的小虫子。所以谁都没进战壕，都在外面警戒。

唐巍和雪鹰负责警戒西边，两人躲在灌木丛后面，闲来无事，开始聊天，雪鹰笑着问道："你家里都有什么人啊？"

唐巍突然想起了电影、电视里"战前聊家人必死"的铁律，摇头说道："咱们不聊这个，聊点别的。"

雪鹰说："也好……那聊聊深水海蛇吧，她是你什么人啊？我看你和她的关系不一般……"

"我们只是普通战友关系……"唐巍黯然回答。雪鹰摇了摇头，肃然说道："我的直觉告诉我，你们绝对不是普通战友关系……"

"那我们是什么关系？"唐巍苦笑着问道。

雪鹰刚要回答，突然半空中传来一声沉闷的呼啸，竟然是炮弹破空声。

唐巍和雪鹰同时一惊，飞身冲进战壕。与此同时，炮弹在不远处爆炸，这爆炸与唐巍见过的爆炸截然不同。这爆炸，炸出来的竟然是一团火花，就好像烟花一般。那些火花落在灌木上，立刻疯狂燃烧，冒出亮白色的火焰，冒出淡黄色的烟。

唐巍一阵心惊，这种炮弹不是别的，正是恐怖的白磷弹啊！这种炮弹里面装填白磷，爆炸之后白磷会四处飞溅，燃烧，一旦粘在身上，几乎弄不掉，它会把皮肉烧掉，一直烧到骨头……

可就在这时，一阵凄厉的惨叫声在身边响起，只见雪鹰的胸前粘上了白磷，亮白色的火焰蹿起来很高……